U0407336

本书属于中国国家新闻出版广电总局和俄罗斯出版与大众传媒署批准的“中俄文学互译出版项目·俄罗斯文库”，由中国文字著作权协会和俄罗斯翻译学院负责组织实施。

Бесова душа

魔鬼的灵魂

Евгений Шишкин
〔俄〕叶甫盖尼·希什金 著
温玉霞 译

中俄文学互译出版项目·俄罗斯文库

北京大学出版社
PEKING UNIVERSITY PRESS

著作权合同登记号　图字：01-2015-5800
图书在版编目(CIP)数据

魔鬼的灵魂/（俄罗斯）希什金著；温玉霞译. —北京：北京大学出版社，2015.9
ISBN 978-7-301-26303-7

Ⅰ.①魔…　Ⅱ.①希…②温…　Ⅲ.①长篇小说—俄罗斯—现代
Ⅳ.①I512.45

中国版本图书馆CIP数据核字(2015)第207622号

本书属于中国国家新闻出版广电总局和俄罗斯出版与大众传媒署批准的“中俄文学互译出版项目·俄罗斯文库”，由中国文字著作权协会和俄罗斯翻译学院负责组织实施。

书　　名　魔鬼的灵魂
　　　　　Mogui de Linghun
著作责任者　[俄]叶甫盖尼·希什金　著　温玉霞　译
责任编辑　李　娜
标准书号　ISBN 978-7-301-26303-7
出版发行　北京大学出版社
地　　址　北京市海淀区成府路205号　100871
网　　址　http://www.pup.cn　　新浪微博：@北京大学出版社
电子信箱　345014015@qq.com
电　　话　邮购部62752015　发行部62750672　编辑部62759634
印 刷 者　北京中科印刷有限公司
经 销 者　新华书店
　　　　　650毫米×980毫米　16开本　21印张　280千字
　　　　　2015年9月第1版　2017年9月第2次印刷
定　　价　48.00元

译 者 序

叶甫盖尼·瓦西里耶维奇·希什金（Евгений Васильевич Шишкин）是俄罗斯小说家、戏剧家、剧作家。1956年6月1日生于基洛夫市。1979年毕业于基洛夫工程技术学院计算机自动化技术系。1985年毕业于高尔基大学语文系。1995年毕业于莫斯科高尔基文学院高级文学进修班。1981—1987年领导铁路工人文化宫艺术团。1987—1989年在河运中等学校教书。1989—1993年在艺术文学宣传局担任顾问。1993年成为俄罗斯作家协会的会员。1995年成为下诺夫哥罗德的河马出版社的编辑。1998—2001年担任《下诺夫哥罗德》杂志的主编。2001—2003年在高尔基文学院担任教师（创作教研室副教授），现任《我们同时代人》杂志小说部主任。希什金已婚，有两个女儿，现住在莫斯科。

希什金在《小说报纸》《我们同时代人》《接班人》《世界文学》《莫斯科通报》等杂志上发表了许多作品。他的短篇小说被译为中文和阿拉伯文出版。1991年由下诺夫哥罗德的伏尔加—维亚特卡河书籍出版社出版了他的中短篇小说集《拂晓》（До самого горизонта），其中有中篇小说《音乐会》（Концерт）、《迎面风》（Встречный ветер），短篇小说《第十九个》（Девятнадцатый）、《拂晓》（До самого горизонта）、《街道》（Улица）、《守卫室》

（Сторожка）、《爱情短篇故事》（Новеллы о любви）。在短篇小说《爱情短篇故事》中又收集了短篇小说《篝火旁》（У костра）、《陌生的灵魂》（Чужая душа）、《歌曲》（Песня）、《暴风雪》（Шторм）、《第四十天》（Сороковой день）。2000年由下诺夫哥罗德河马出版社出版了他的长篇小说《魔鬼的灵魂》（Бесова душа）。2002年由《小说报纸》杂志社出版了他的长篇小说《钉在十字架上的灵魂》（Распятая душа）。2005年由《小说月报》杂志社出版了他的长篇小说《保存爱情的规则》（Закон сохранения любви）。2008年由莫斯科眼科学出版社出版了童话故事《神奇的眼球》（Волшебные хрусталики），该童话是献给伟大的眼科医生斯维亚托斯拉夫·尼古拉耶维奇·费奥多罗夫（Святослав Николаевич Федоров）的，童话被编成儿童剧在莫斯科木偶剧院上演。2009年由莫斯科亚乌扎—埃克斯莫出版社出版了他的长篇小说《到惩戒营当志愿兵》（Добровольцем в штрафбат）。2011年由莫斯科阿斯特列里出版社出版了他的长篇小说《真理与极乐》（Правда и блаженство）。希什金创作的剧本《我是否有罪？》（Виновата ли я?）曾在莫斯科戏剧院上演。他还写了关于普希金、果戈理、冈察洛夫、契诃夫的评论文章，以及为参加高考的学生编写了教学参考书《请正确书写》（Пишите без ошибок）。希什金曾荣获“下诺夫哥罗德市奖”、1999年“舒克申文学奖”、2000年安·普·普拉东诺夫“聪明心”文学奖、2001年“文学俄罗斯”周刊奖、2011年纪念伊·安·冈察洛夫二百周年的“全俄文学”奖等。

长篇小说《魔鬼的灵魂》由“刀子”“激战之地”和“未婚妻的连衣裙”三部分及“尾声”组成。主人公——拉门斯克村（Раменск）的青年费奥多尔·扎维亚洛夫（Фёдор Завьялов）不学无术，到处闲逛，因情感招惹是非，他追逐深爱的姑娘奥莉加（Ольга）的同时，又与同村的寡妇达莉娅（Дарья）纠缠不清。父亲伊戈尔·尼古拉耶维奇（Егор Николаевич）和母亲伊丽莎白·安德烈耶夫娜（Елизавета Андреевна）为此操碎了心。就如爷爷安德烈（Андрей）所说，费奥多尔承袭了扎维亚洛夫家族祖辈们的传统，因情感和嫉妒而杀人、被流放、坐牢，费奥多尔就是“魔鬼的灵魂”。

在拉门斯克村每年举办的青年舞会上，费奥多尔看到所爱的恋人奥莉加与城里来的风流倜傥的青年维肯季·萨韦利耶夫（Викентий Савельев）亲热接触，手挽着手行走在队伍里，在舞会跳舞。他醋意大发，用四句头诗歌挖苦奥莉加对他的背叛，挑衅萨韦利耶夫。在嫉妒、羡慕、报复中，他用刀子捅伤了萨韦利耶夫，为此，他被判坐牢六年。

在肮脏、拥挤的监狱里，费奥多尔忍受着想念家人和奥莉加的痛苦，经历了被同囚室人调戏、污辱、毒打。他逃狱未成，被关进寒冷的禁闭室，与死尸共眠。在劳改营的服刑期间，他带病、饿着肚子砍伐树木，目睹瘦弱的囚犯被树木砸死。他接触了各式各样的囚犯，也领教了囚犯们各自的“本领”。在经历了饥饿、寒冷、精神痛苦、肉体折磨、濒临死亡之后，一方面，他学会了思考生活、命运、信仰、美与爱情的关系；另一方面，他学会了适应监狱的生活，他以欺骗和耍滑头，巧妙地应对监狱官员的检查，同时他又保持了人的尊严，坚强地活着。

费奥多尔在监狱服刑期间，正值第二次世界大战爆发，德国法西斯入侵苏联，苏联人民经历着残酷的战争洗礼。费奥多尔宁愿战死在疆场，也不愿苟且偷生地死在服役的劳改营里。他递交奔赴前线的申请。费奥多尔作为一名“受惩人员”、一名惩戒营志愿兵，跟随大部队奔赴前线，投入了残酷的战争中。在枪林弹雨、炮火连天的战场上，他为部队运送手榴弹，抓德国“舌头”，巧妙地袭击敌人的坦克兵、炮兵，英勇杀敌，多次受伤住院治疗，屡立战功，受过各种奖励，他虽然被接纳为共产党，却为自己的入党行为在上帝面前忏悔。甚至在营队医院住院治疗期间，为了获得利益，费奥多尔冷漠地对待濒临死亡的战友，欺瞒护士，想方设法偷走战友缴获的手表，在市场上变卖。等他回到病室，看到死去战友空着的床铺时，他内心发生了变化，他决定再次踏上奔往前线的火车。在目睹自己的战友们牺牲、血流成河的死亡场面，他思考生活的意义、人生的价值、人的信仰等问题。他甚至像背叛的约伯一样责骂上帝，怀疑和否定上帝的存在。

在战争胜利前夕的柏林战役中，费奥多尔在炮轰中严重受伤，被送到后方医院治疗，最后双腿和双臂被截肢，没有手和脚，只剩下短小的躯干。战争结束之后，家人和恋人奥莉加千方百计打听费奥多尔的下落，而费奥多尔在医院治疗并康复。尽管他很想念家乡，梦里多次梦见母亲和家乡，渴望与恋人奥莉加约会、永远不分开，但他却选择独自忍受内心的煎熬、思念家乡和亲人的痛苦，不愿意让亲人们看到他残废且丑陋的样子，不希望将痛苦带给亲人们和深爱着的奥莉加，他拒绝给家人写信，拒绝告诉他们自己的状况。最后，他背着护士，半夜用床单结成环扣，在病房里用上吊的办法结束了自己的生命。

战后，多年过去，费奥多尔墓地上的金合花依然盛开，人们似乎忘记了过去。尽管奥莉加被视为士兵的遗孀，实际上她终身未嫁，一直在等着费奥多尔的归来。早在临死之前，老年的奥莉加亲手为自己缝制了一件鲜艳亮丽的新娘连衣裙，并吩咐邻居们在她离世后给她穿上这件连衣裙下葬。

《魔鬼的灵魂》是一部独具特色的长篇小说。围绕着主人公费奥多尔的个人命运，作者用优美的语言塑造了许多特色鲜明的人物形象。小说集民间文学、抒情小说、乡村小说、劳改营小说、军事小说、心理小说于一体。小说塑造了一个集钟情爱情、眷恋故乡的魔鬼、无赖和倔强、自尊自强的勇士、智者于一身的形象——费奥多尔。费奥多尔作为扎维亚洛夫家族的一员，当家族成员信奉宗教时，他却不信上帝。他时而发誓，时而违背誓言。与拉门斯克村的寡妇达莉娅鬼混在一起，以获得生理的慰藉。又因对奥莉加的深爱，对维肯季·萨韦利耶夫的嫉妒，他用种种违反常规的、魔鬼般的方法刺激、折磨所爱恋的奥莉加，甚至动用刀子捅伤维肯季。他的身上既具有上帝般美好的力量，又有恶魔般可怕的力量，他像一个恶魔，游荡在天堂和地狱的苦难之间，游荡在村委会房屋上的那面红旗和教堂顶上的十字架之间，游荡在生与死之间。在被押送劳改营的途中，他在押送队长沃洛宁面前，违心地撒谎，用两个指头划十字的旧礼仪教徒的方式，掩盖自己逃跑的意图，以欺骗的方式赢得队长沃洛宁的信任和宽容。在监狱里，为了生存，他以机灵的头脑、超强的适应能力，接受匪首，安德烈爷爷的老朋友费普对他进行的监狱生活的“教导”。在劳改营服役期间，为了逃避繁重的伐木工作，借看病的机会，他以勤劳和机灵赢得了医生苏希宁的信任，当上了一名值班员，苏希宁甚至有了将他派到卫生员培训班学习的意愿。为了展示自己的才能和获得利益，他继承父亲的鞋匠职业，在劳改营中制作鞋子、修理金属饰件，并将其倒换成生活日用品。同时他又因疏忽职责酿成火灾，被罚回到监狱，因私藏刀子等违禁品，被罚关在单人禁闭室，忍受饥饿、寒冷和死亡。他冷漠、麻木地对待同病房的犯人，为了得到手表，他违背良心地漠视同病房病人窒息而死，并将手表变卖换成食品。但是当遇到自己的仇人利亚马，他又可怜落难的利亚马，同情他的小偷生涯，宽恕了他。为了自己的生存，获得死者的那份口粮，他隐瞒同囚室病人的死亡。从利亚马的遭遇他开始质疑上帝的权威，认为自己就是自己的主宰。在劳改营的改造中，他经历了囚犯艰难而沉重的服役工作，忍受饥饿、毒打、惩罚。特别是在他敬佩的医生苏希宁和政治囚犯的启蒙下，费奥多尔思考着什么是美、爱情、幸福、不幸、痛苦、命运等。他开始有了怀疑和希望。他就像背叛的约伯，质疑，甚至责骂上帝，否定上帝的存在。他作为一名惩戒营的战士奔赴前线，在前线作战中，他遇到正直、主持公正的前线指挥员中校伊萨耶夫，结识了勇敢作战、不顾死活的将士们。他经历了枪林弹雨、浴血奋战的战斗，目睹了战友的死亡。他多次受伤，多次受到嘉奖。他在政治副营长的启发下，懵懵地加入了苏联共产党。在战场上他更加勇猛作战。面对前线的流血、战友的阵亡，费奥多尔进一步认识了生与死的意义，开始思考个人的命运和幸福，希望成为一个善良、朝气蓬勃、有作为、有理想追求和信仰的人。在战争结束前夕的柏林战役中，他身负重伤，被运回后备部队医院治疗。他双臂和双腿被截肢，失去了手和脚，成为残废人。他非常痛苦，不希望将自己的痛苦和丑陋展示给亲人们和未婚妻，宁愿以独特的“死亡”维护自己作为完整个人的尊严。就在临死那一刻，他自己真正有了迟来的信仰、有了自己心目中的上帝：那就是只有经历痛苦之路，才能将爱和光明带给所有人。

小说塑造了许多个性鲜明的妇女形象。善良、仁慈、受难者的母亲伊丽莎白·安德烈耶夫娜，在儿子与丈夫发生不和之时，她充当艰难的调节者；在经受了丈夫阵亡、女儿病死、儿子服刑，她忍受肉体（小产）和精神双重痛苦，默默地坚强地活着。纯洁、可爱、懂事、恭顺、忠诚于上帝的妹妹塔尼卡（Танька），为父亲带给她的小礼物而高兴，为哥哥的服刑和父亲的阵亡而悲伤，为自己成为大姑娘而羞怯，为获得初恋的情感而开心和欢愉，同时她为自己口出恶言刺激哥哥犯罪而自责。她虔诚地在圣母面前忏悔，为哥哥祈祷；她为自己暗恋的欢愉和幻想做母亲的想法，在圣母像面前赎罪，恳求圣母的理解、宽容和原谅；在男人们上了战场之后，她努力劳作，承担起没有男人的家庭生活，最终因劳累过度而死。放荡不羁的寡妇达莉娅经历了曲折的人生，结婚一年，因她出轨，她的丈夫无法忍受而自杀；后来她认识了从城里来的讲师，讲师醉酒后与她发生一夜情；第二天，讲师酒醒，请求她的原谅，并弃她而去；之后达莉娅生下了痴女卡奇卡，作为未婚妈妈，她独自一人带着痴女生活；在与费奥多尔不正常的生理慰藉中，达莉娅消磨了自己的青春时光；最终她在手风琴手马克西姆身上找到了真爱。热情活泼、能歌善舞的丽达忠贞于自己的未婚夫帕尼亚，在战争中她等待着帕尼亚的归来，忍受未婚夫阵亡带给她的痛苦，同时也宽慰、理解和帮助自己的闺蜜——奥莉加，分担奥莉加的苦恼、伤感、等待和痛苦。迷信、热心帮助村民的阿夫多季娅巫婆，每当村妇们有迷惑和困难之处，她都会及时出现，帮助村妇们接生孩子、看病，她以扑克牌占卜、算命的方式安慰和帮助人们，成为村民们的精神支柱。忠贞于爱情、宽容的未婚妻奥莉加，她深爱着费奥多尔，面对费奥多尔与达莉娅放荡的交往，她容忍，向往纯洁的爱情；在费奥多尔服刑期间，她自责自己与维肯季的亲密交往行为，认为正是自己的行为才导致恋人坐牢，她是费奥多尔坐牢的祸根；为此，她默默地忍受着村民们对她的谴责，忍受费奥多尔对她的误解，忍受着他的不回信，但她的内心却一直挚爱着费奥多尔，默默地为他的命运担惊受怕，她不断忏悔、祈祷；在煎熬的折磨和痛苦中，她苦苦地等待费奥多尔的归来，直到她去世。

小说还塑造了一批村民形象。代表扎维亚洛夫家族气质的安德烈爷爷，他命运多舛，宽容、仁慈、大度、独立、勇敢、有责任心；他曾经因爱情和嫉妒之心犯错误，被流放，经历了国内战争、革命运动等，受过伤，成为带着假肢的残疾人；他独居在大森林的守卫室里，看护美丽的大森林；他忍受着孤独、悲伤和忧愁，理解和安慰女儿和孙子。伴随在安德烈身边的小灰狗，聪明、善解人意、忠诚，它的秉性复制着主子安德烈老人，在老人去世之时，它竭尽全力寻找人救助，与主子一起经历孤独、悲伤和忧愁。费奥多尔的父亲伊戈尔·尼古拉耶维奇，他细心、勤劳、认真，是一个能工巧匠，同时又是一位有责任心、严厉、勇敢的父亲。虽然他与儿子发生不和，但内心希望儿子继承家业，成为对社会有用的人；在儿子被判刑、坐牢之后，他内心隐隐作痛，后悔没有去见儿子一面；他作为奔赴前线的一名勇敢的战士，最后在战争中牺牲。小说中还有一批善良、诚实、幽默、机智、勤劳的乡村小伙子们，如手风琴手马克西姆，虽然在战争中失去了胳膊，但他坚强而乐观地面对生活，在达莉娅的身上最终找到了爱情；还有在战场上牺牲的帕尼亚、村团委书记克里卡·德罗诺夫，以及维肯季·萨韦利耶夫等一批年轻人。

小说还塑造了许多在战争灾难中受苦受难的苏联普通人民和将士的形象。在劳改营里和战场上，有各式各样的犯人，有政治副营长、指挥员以及普通的士兵；有爷爷的老朋友费普，他教会费奥多尔如何适应监狱生活，以各种方式保护自己；有像沃洛霍夫那样激进的囚犯；有利亚马那样凶狠、残忍的匪首；有受过少许教育、举止优雅，但好占便宜的小偷阿尔吉斯特；有政治犯科斯秋欣和鲍里斯拉夫斯基；还有慢性子、有教养、说话客气的劳改营医生谢尔盖·伊万诺维奇·苏希宁，在费奥多尔的眼里，苏希宁就如拉门斯克村教堂的教父，让他钦佩。苏希宁经常与费奥多尔探讨什么是美的问题，评论陀思妥耶夫斯基的“美拯救世界”是错误的，只是表面现象，是嫉妒和犯罪。正是在他的启蒙和引导下，费奥多尔才学会了思考人生的意义，质疑上帝的权威和公正。也正是在政治副营长的启蒙和劝说下，费奥多尔在前线加入了共产党，有了理想，有了对未来的追求，有了信仰。

在小说中可看到俄罗斯经典文学作品和作家创作风格影响的痕迹。小说中既有民间文学创作中的谚语、俗语、四句头诗、歌曲，又有口语中带口音的土话、黑话、行话、骂人话；既有普希金、屠格涅夫笔下的优美的妇女形象，又有战争文学中真正的人——勇敢的士兵、毁容的英雄飞行员；既有屠格涅夫笔下优美风景的文学语言的描写，对真挚爱情的情感抒发，又有乡村作家笔下对自然、土地、家乡和传统文化的眷恋；既有列夫·托尔斯泰笔下对幸福、战争、人的命运、上帝、人生意义的哲理思考，又有陀思妥耶夫斯基笔下对罪与罚、美与爱情关系的哲理思考；既有索尔仁尼琴劳改营小说的日常生活的细节描写和人性的分析，又有“前线一代”作家笔下对战争道德的描写和真正的俄罗斯人性格的塑造；既有爱情、幸福、战争、忏悔和惩罚的主题表现，又有对上帝、人生、命运、生与死、美与丑、善与恶的哲理思考。

小说从语言描写的层面、从历史发展动态中的人物塑造，提升到对俄罗斯文化传统和宗教信仰等高深层面的哲理思考。作者用最普通的故事，通过对民间的占卜、茅草屋、茶炊、煤油灯、雪橇、红色墙角里的圣像、洋葱顶的教堂、燃烧的蜡烛、十字架、墓地等传统文化象征物的展现，以及对俄罗斯森林、田野、白桦树、延伸到天际的乡间小路、奔流的河流、山丘谷地、广袤的草原、暴风雪、天空、云朵等大自然风景的描写，叙说了个人的曲折人生与国家和民族命运的发展轨迹：经历了内心的苦楚、肉体和精神的折磨，从世俗的个人私爱走向非人间的普世之爱，从庸俗的人生走向意义重大而深远的崇高的未来。

小说广泛涉及了俄罗斯民间文学和俄罗斯传统文化元素、历史背景、历史人物、宗教信仰等。小说的语言优美、词汇丰富，作者抒情式地描写了大自然乡村的美丽，真实地书写了俄罗斯乡村的风土人情，细腻地描绘了人物内心的变化，运用预叙、插叙和倒叙的艺术手法，叙述故事情节，启发读者从哲理层面思考命运、爱情、幸福、战争、罪与罚、死亡等主题。

温玉霞

2015年7月

目　录

第一部　刀子

农舍里刚冲洗干净的地板油光锃亮，散发着潮气。塔尼卡在门口迎风拧着湿衣服。

“别给我拧坏了！”她一边冲着哥哥费奥多尔喊，一边眯起眼睛，看那金色阳光照射下飘起的浮尘。

太阳已经西下，可阳光还是那么鲜活、耀眼。橙色的阳光射入打开的窗户，透过鲜红的天竺葵花蕾，照射在俄式壁炉旁取暖小炉上的镀镍大茶炊上，细碎的阳光又反射在笨重的餐柜门扇上，洒落在透花刺绣的低垂床帏上，辐射在粗房梁钉子上挂着的煤油灯以及镶着黑色雕刻夹板的镜子上，泛着银色的小镜子里倒映出费奥多尔。

他把一绺浅褐色的刘海儿向一边梳。可是他的梳子很不好使，有豁口。这不，又一个梳齿子折弯了，这很容易刮伤太阳穴。

“呸！”费奥多尔生气地吐了一口，从窗台上拿起木把刀子，用刀子把弯曲的梳子齿咔嚓一下削掉了。

费奥多尔怎么都不会想到，他今天会用这把刀杀人。更确切些说，全拉门斯克村传来令人毛骨悚然、触目惊心的消息：在1941年这个温暖的五月之夜，费季卡[①]·扎维亚洛夫杀死人了！

但消息不完全准确：那个被杀的人还活着。他从死亡的边缘逃脱出来。他摆脱了死亡，或许，是因为费奥多尔的母亲、伊丽莎白·安德烈耶夫娜以临产的孩子为付出的代价（她即将分娩，

① 费奥多尔的小表爱之称。——译者注。

因突然出现的不幸，她早产下一个男死婴）；或许，是因为塔尼卡，她不停地颤抖，面对淡黄色油灯烛上神龛里的尼古拉·乌戈德尼克圣像，虔诚地划着十字，苍白的嘴唇念叨着自编的祷告词，虔诚地祈祷。不幸的飞蛾在油灯烛焰上烧焦了自己的翅膀。

塔尼卡在洗手盆里哗啦哗啦地洗手，在围裙上擦干手，在墙角的长凳上坐下。

“爹爹吩咐要把鸡窝里的栖架稍加修整，你忘了？我既要照料这些家畜，去割草，又要洗地板。你却像个姑娘似的照镜子。”她想把那些脏活推给哥哥，自己好去参加晚会。

“你自己去修整！”费奥多尔一边粗鲁地说着，一边穿上擦得锃亮的铬鞣革皮筒靴。

塔尼卡非常气恼，仔细观察着哥哥如何打扮：他穿着带绣花侧扣竖领的天蓝色衬衫，整理完流苏绳腰带，又把上衣的下摆拽平整，之后往身上喷洒了香水。

“你就好好打扮吧，发傻吧，而奥莉加早沉迷于他人。对她来说，你不适合追求她，只有那个从城里来的人才适合追求她。我自己就看到了！”塔尼卡忍不住说出来，她的话戳到了哥哥的最痛处。

“你个废物，哪儿不需要就不要往哪儿钻，否则我把你的腿打断！”

塔尼卡跑得快，她已经不是坐在凳子上，而是跑到门口。她知道，哥哥发火了，可能会因这些侮辱性的话做出非同小可的事。

“你确定看到了他？没看错？”费奥多尔背向妹妹问道。

“暂时我还没瞎！一下子就认出了他。尽管天气很热，他穿着讲究的长大衣，打着领带。我们这里的人是不会这样穿戴的。他大步流星地往奥莉加的家走去。他看起来就像公鸡一样高傲……我也瞧不起你！瞧，爹爹回来了！”

塔尼卡从房间里急忙跑出，整个穿堂都能听到她急促的脚步声，从街上到窗口就已经听到了她清亮的声音。街上传来运货大车轱辘的滚动声和马蹄声。

伊戈尔·尼古拉耶维奇拉紧缰绳，从大车上下来，稍稍拥抱了跑到他跟前的女儿。他从马车的栏杆上卸下装木工工具的箱子，给雷日卡马卸下牲口套。马不时地抖动着烟灰色的马鬃，厚嘴唇打着响鼻，龇着大黄牙，又黑又亮的眼睛斜视着马车夫，似乎为自己拉车出力要求主人的奖赏。

“安静地站着！”伊戈尔·尼古拉耶维奇呵斥道，拿走解开的车辕，拍拍红褐色的马屁股。

几年前，在普及集体化时期，伊戈尔·尼古拉耶维奇浑身紧张地、痛苦地将这个瘦腿、爱踢人的小马驹雷日卡带到集体马厩——充公。雷日卡留在集体农庄里，好在它被悄悄地派给扎维亚洛夫一家照看。在他们特殊的照看下，在集体农庄的马群中，它被视为最温顺的马。

塔尼卡帮着卸下马颈上的套具，像个陀螺似地围着父亲转——等着父亲带给她的小礼品。爹爹就算再忙，因工作需要到邻村去，他也不可能忘记给她带小礼品。大概爹爹没有忘记，他带来了！一个封盖的白色釉子装的蜜糖饼干。

“好吧，稍微动动马蹄！喂，亲爱的！”塔尼卡牵着马，“爹爹，我将马牵走，我给它饮水、清洗。您就放心吧！”

她为父亲分担工作，父亲也为女儿带来了礼物。伊戈尔·尼古拉耶维奇就是与儿子相处不融洽：就好像他们是生活在一起的继父和继子。

扎维亚洛夫家族中个个都是能工巧匠，伊戈尔·尼古拉耶维奇承袭了祖辈的传统，在手艺方面，他尽心竭力，勤勉劳动，有机灵的观察力和创新能力。他不仅精于掌握斧子、凿子和刨子，还加工各种兽皮：腌制、浸透、涂色，做到尽善尽美。他用兽皮对针缝制靴子、凉鞋，制造样式非常时尚的女式皮鞋。他想让儿子对手艺感兴趣，培养儿子成为自己的帮手和接班人。可是费奥多尔一点儿也不像他，折断了祖传工匠这根树枝：他身上既没有真正工匠的精细，也没有埋头苦干的精神。尽管这样，伊戈尔·尼古拉耶维奇不想放弃，他给儿子授课，强行给他传授技能。其中的一次授课真是镰刀碰石头，硬碰硬，那时费奥多尔还是个半大小子、愣头青。

“你制作的兽皮是什么，笨蛋！难道我是这样教你切割的吗？弯到哪里去了？”

“瞧那个，你自己不也切割弯了！”费季卡暴怒地说。他的活没做好，又挨了一顿臭骂，在火头上他把一块皮子、木鞋楦都扔了。

“你个混蛋，捡起来！我跟你说，捡起来！”

“不捡。”

“那我给你捡……”

后来，伊戈尔·尼古拉耶维奇多次内心后悔替儿子捡鞋楦。如果没有妻子的阻拦，他能把儿子往死里揍，或把他打成残废。

伊丽莎白·安德烈耶夫娜夹在丈夫和儿子之间，内心很难过，痛苦的眼泪模糊了视线，她的下眼窝过早有了皱纹，她轻声地恳求丈夫：

“伊戈尔，你这是干什么？要知道他可是咱们的亲儿子，唯一的儿子。他不想学你这一套，就不要为难他。不是所有的人都能成为像你这样的工匠的……现在到哪里找他？他从家里跑出去两天两夜了。现在已是十一月了。在大森林里他一定会被冻死的。或者被狼……伊戈尔，你怎么会成为这样？”

第四天，瘸腿爷爷安德烈将费季卡带回家。起初，跑出家的费季卡在森林里待了一天，在旷野的草垛中过夜，又冷又饿，他用手掌抚摸着被父亲打痛的肋骨侧，自己发誓永不回家。两天过后，天冷了，他忍不住上下牙打战，就到独居在森林守卫室的爷爷那里去。守卫室坐落在距离拉门斯克村较远的一块森林空地上，这个守卫室是爷爷从他的一个看护森林的朋友手中得到的，20年代他的这个朋友被不明是非的布尔什维克人用转轮手枪枪杀，原因是他窝藏了高尔察克军官。

费季卡请求爷爷把他永远留在身边，他保证听话，尽一切可能帮助爷爷干家务。但是安德烈爷爷不容违抗地打断他：

“每个年龄的人都有各自的委屈和感受，要慢慢磨合。年轻人血气旺盛，很快就会忘记的。还要知道，你就该受到父亲的惩罚。随着年龄的增长，你会理解，这对你是有好处的。回家吧，费季卡，回到你父母那里去，魔鬼的灵魂……”

费季卡与爷爷没有对抗多久，也不反抗爷爷的训导，只是自己的内心对待父亲就像石头一样冷漠。此后，尽管没有发生小冲突，父亲也不再动手打他，可他与父亲还是合不来。如果有不相投的地方——俩人都皱着眉头，用挑剔的眼光相互对视，沉默一会儿，彼此带着说不出的懊丧离去。

儿子和父亲现在彼此对视很短，常常彼此偷偷地看一眼。此时他们相遇在门厅，却逃避直视和过多的谈话。

“我到同学马克西姆那里去，”为了与父亲不再沉默地擦肩而过，费奥多尔不自在地说，“在那里，鸡笼里……塔尼卡说过

了。我明天再做。”

“不着急做。”父亲说。

门厅的灯光很微弱，从小窗透射到大门上方，但是费奥多尔敏锐地区分出父亲。父亲瘦长、狭窄的脸上出现了新的淡白色斑点和下垂的灰色胡须，双颊两侧布满硬硬的胡茬。额头的皱纹上明显地有一道被帽子压出的环圈印记。浅色衬衣胸部有一团发暗的、潮湿的痕迹：看得出，父亲用井边的水桶喝水，无意溅湿了。皮筒高鞡靴子上黏着锯末和泥土的刨花残渣。父亲行动很慢，驼着背，疲乏地走路，疲惫不堪地歪着头。“爹爹累得够呛，”费奥多尔想了想，为自己的闲逛和洒香水感到害羞。他急忙走出门厅，避免与父亲打照面。

但是，在下台阶时他还是回了下头，再次看了父亲一眼：内心有种东西在拂动着费奥多尔，似乎被某种隐藏的悲伤感阻挡了。此刻，伊戈尔·尼古拉耶维奇也转向了儿子，似乎他想说些什么，警告什么，或者想听儿子说些什么。这是父亲一种期待的、有些惊慌失措的、肯让步的眼光，他衬衣上胸前的那块弄湿的地方、黏着泥土和锯末的靴子、在门口挥手，这些将永远铭刻在费奥多尔的记忆里。

2

走出篱笆门，费奥多尔站在马路中间，看着房屋顶上方蓝色的教堂洋葱顶、在夕阳余晖照射下的十字架。

“迷恋于他人……”塔尼卡的话如蜜蜂的刺刺入他的脑子，“就是说，他又来了。显然，是想念了……穿着大衣，打着领带显摆……"

教堂的钟楼张开它那空洞的受凌辱的眼睛。几年前，为了维护非宗教化的新政权，人们用粗缆绳把大钟从教堂拖出，回炉熔炼。人们想毁坏所有的上帝教堂，甚至还计算用多少炸药能把教堂变成废墟。但最终他们放弃了。于是，就留下了附近地方唯一的教区。教堂因长久没有修缮，已经破损，屋顶生锈、发黑，洋葱圆顶蓝镶边多处剥落，装饰华丽的白泥灰散落一地，雕刻装饰的窗框小柱子脱落，褐色的砌砖露出来。但它还是教堂，是由虔诚的祖辈们坚固地建立起来的，就像根深蒂固的东正教古老城堡那样，高贵地竖立在村子中央，圆顶上方升起它的标志——镂空螺纹的十字架。

在村子中央，面对着教堂大门的就是小广场，穿过广场，就是用新砍伐的原木建造的两层楼房，屋顶是用铁、含铅矿物装饰的，它就是村委会和集体农庄管委会，村子有权力象征的城堡。在房脊的长竹竿上，挂着一面鲜红的大旗。现在，在无风的时候，旗子看上去就像拉长的红丝袜，而傲慢的金色十字架似乎在嘲笑它的破布挂法。可是，当刮风的时候，特别是雷电到来之前，大地颤抖，森林摇动，树叶呼啸、翻卷，旗帜就好像是穿衣女人，在长长的旗杆上，无拘无束地展开鲜红的无产者身体，迎风左右飘荡，直冲云霄，划开飞翔的天空，似乎要遮住阴沉的、陈腐的十字架……

在路上，在教堂和村委会之间，费奥多尔正要去参加晚会，但他站住，思考。他扭过身子，既不看旗子，也不看十字架。"城里人常串门。好啊，让你串门！"费奥多尔报复性地想着，内心就像一把炽热的火被点燃。他快速地沿着街道往村边走去。

今年的五月，丁香花盛开。与秋宾果树和黑稠李子树一样，丁香花盛开在拉门斯克村，是必要的，也是荣耀的。几乎每户家门口都种着细秆且不高的丁香小树，在嫩绿色的叶子之间，盛开着一束束奶紫色的花蕾。拉门斯克村盛产丁香花！但是只有一户家门前的花圃里长出了白色的丁香，对当地来说，这是很少见的白丁香。它就像洁白的飞沫在空中闪耀，顺着绿枝杈，从无数芬芳的花序中绽放出来。这就是长在奥莉加家门口的丁香花。

“而我，也许，对她不合适？他才适合追求她？”塔尼卡的话激怒了费奥多尔。但他一点都不怨恨妹妹的出口恶言。这与她有何相干！怨恨的该是他人。满街的丁香花映入眼帘，显得芬芳妖艳，令人不安。

似乎从侧边有人拽了一下费奥多尔，他迅速地转身跑向通往沟壑的路上。沿着沟壑，他悄悄地横穿半个村子，绕道来到不平坦的小路上，附近长得高高的秋种黑麦田。他躲在路边的灌木丛中，又开始返回到原来的街道上。他之所以绕弯，是想绕过开着白丁香花的房子，避免偶遇自己的母亲。母亲去找住在村边的阿夫多季娅巫婆。

费奥多尔越过不高的木栏杆和马林丛，低着头，来到达莉娅家的牲口棚。为了不让村里人说闲话，他四周环顾，似乎没人发现他。他瞥了一眼扔在草里的斧子，旁边是一段被劈开却没有分裂的白桦树原木。费奥多尔小心翼翼地穿过笨重而干裂的大门，进入牲口棚。“安静！”他吆喝并撵走闻到人味咩咩叫的母山羊，继续往前走，来到堆满废物、狭窄的通道。他穿着破棉袄倚靠在门前，仔细听了听，里面没声音，也没有别人。他用力一拉门，进到了农舍里。

“啊呀！”达莉娅大喊一声，正在凳子下半弯着腰，“谁把你扯来的！吓死人了……你就不能像人一样进来？有礼貌的人得敲门报告。”

她伸直了背，全身转向费奥多尔。她围着白色三角头巾，绿色的眼睛，丰满的嘴唇，乳房因不均匀的深呼吸时常起伏，一双脏手拿着切碎的草料，看来，准备喂骟猪。

费奥多尔充耳不闻达莉娅的责怪，大步、急不可耐地跨到她的面前。达莉娅身上散发出的汗味、头发散发出的草香味和半张开的嘴唇呼出的气味，一下子让他兴奋起来，他紧紧地抱住达莉娅。

“我到你这来。”他热烈地说道。

“我看到你来了，”她微微一笑，用胳膊肘把他推开，“我的围裙脏，手还没洗。我会把你的服装弄坏的。你作为未婚夫，现在要参加晚会。”

但是，费奥多尔不让步，他装作不在意自己的服装，毫不吝惜地弄脏它，他把达莉娅抱得更紧了。

“弄断我了，你个魔鬼！”她喊了一声，“你发疯了，卡奇卡就坐在那里，你就不能忍到天黑？”

“反正卡奇卡什么都不懂。”

“但我懂！就算她不懂事，她也是我的女儿。”

在低矮的床上，在用碎花布拼做的被子上，坐着一个穿印花布衣服的痴呆的小女孩，她光着头，双腿像火柴一样又短又瘦。她拽着木偶娃娃，娃娃的脸是由笔画出的，头发是用纤维粘贴的。一整天，她都在摆弄那没有情感的木偶朋友，似乎想叫醒它。当她感觉叫醒了木娃娃，她不时发出高兴的尖叫声……卡奇卡几乎没有眉毛和眼睫毛，一双天蓝色的、亮晶晶而空洞的眼睛，永久地凝结着惊奇，红润的嘴唇流着口水。

“我们到干草棚去。”费奥多尔低声地喊。他想快些得到达

莉娅令人快慰的身体。融化和消失在她的怀抱里，他盲目地、毫不思考地将头埋到她浅黄色的头发里。

“立刻到干草棚？小伙子快！”达莉娅笑着说。但是她盯着费奥多尔，就像任何一个女人看男人一样，她知道，自己是他喜欢的心上人，知道他喜欢自己更多些，之后她假装不让步，来抬高自己的身价。“就像鼠疫患者一样跑来……小眼睛发红了。没有耐性……等一等，我洗洗手。”

达莉娅取下围裙，拿掉头巾，走到洗脸盆前，温柔地用手掌揉洗自己的脸。她在镜子前梳头，把头发缠在一起，甩到肩后，金色的头发轻轻摆动，蓬松地垂下。费奥多尔贪婪地看着她，几乎控制不住自己，真想一把拉住她的手，把她拉到自己怀里。而她故意挑逗他，对着镜子问：“我是世界上最可爱的吗？”最后，轻佻地微笑了一下，故作羞涩地向镜子里的自己抛了个媚眼……她走出农舍时，塞给卡奇卡一个薄荷蜜糖饼干。

达莉娅是个寡妇。她与丈夫结婚头一年，她的丈夫因忍受不了达莉娅的变心，没有留下后代，就用猎枪自杀了。痴呆女是达莉娅与城里来拉门斯克村教书的醉鬼讲师怀上的。讲师在农舍阅览室讲完课之后，在主席的宴请上大吃大喝，稍有醉意，胆大起来，结识了与他一起散步的达莉娅。很快他就求婚，让达莉娅嫁给他，并请求留他住宿，于是，他就在达莉娅那里过夜。第二天早晨，讲师醒来，酒醒后，他害怕地想起自己已结婚多年，于是，他下跪，恳请达莉娅的原谅，央求不要把他告到党小组领导那里去。此后，讲师来不及等村党委主席派来的四轮轻便马车，就悄悄地上路，从拉门斯克村彻底溜掉了。

达莉娅天生一种轻浮、放荡的性格，她具有一种让男人迷魂的魅力。所有与她有过私通的人，后来都想她，想起与她在一起，一生都满足，满足地微笑，在梦里因得不到她而痛苦地咬牙切齿。但是达莉娅并不接受所有人，她好挑剔，只与那些真心喜欢她的人鬼混，她不会同时有两个情人。如果她选择了他人，就永远放弃原来那个。费奥多尔很快也落入她的爱欲丰满的翅膀下。有时达莉娅想用迷魂药，永远地将费奥多尔贴到自己身边，但是她不想做那样罪恶的事，尽管她因另一个罪恶成为寡妇，但她还不放弃做一个女人的快乐。

“你今天这么狠。快压死我了。”达莉娅坐在干草上，把短上衣披在肩上，从自己蓬乱的头发上揪出干草茎。“我就不明白，你为什么这么狠啊？我想，因奥莉加你痛苦不堪。你就是大傻瓜！”

费奥多尔看着干草棚的木板墙，到处是裂缝，夕阳的余晖从这些裂缝中泻进棚子里。他的欲望平息、冷却下来，他一下子蔫儿了，甚至有点怕看达莉娅，想躲避开她的眼光。他想尽快地离开，但出于礼貌，他躺着，拖延时间，听着她自信的话语。

“这都是奥莉加的毒药。她长得标志。大辫子，浓眉毛。可这些不是快乐，而是带给男人的灾难。她对你是不合适的，只会折磨你。你把她从你的心里赶走！不要再痛苦了。”达莉娅用温暖的手抚摸着费奥多尔的胸脯，用温柔的手指抚摸他的脸颊，抚摸着他的一绺头发。“你的头发这么硬,就像禾秆。从头发就看出，你是个倔强的、妒忌心强的人。你不会温柔……而对待奥莉加，就像胡蜂黏着蜜：各种好斗的小伙子们开始黏着她。你自己痛苦了，还看不到。好在，马大哈的邻居有个漂亮的妻子。你可以任意地爱，不需要警戒……你想，我的丈夫为什么自杀？他烧伤自己。你识不透我，也弄不明白，这就因为他爱我，他才会痛苦。”

“那你为什么折磨他呢？”费奥多尔瞥了一眼达莉娅，看了一眼她敞开的上衣，乳房上粉红色的乳头竖起来，就像贞洁的少女的乳房那样迷人。

“我稍微喝了点酒，失去了控制。”她微笑了一下，紧紧地贴近费奥多尔。“难道还要把你这样帅气的小伙子放过？……那时我不想只爱一个人，我不能。甚至任何女人都想尝试其他的男人。只是一个女人没有勇气，而另一个女人有条件……”

“达什卡[①]，你就是条蛇。”费奥多尔打断她的话。

“蛇！”她接着他的话说，“而我对你——就是教训。我比你年长些。要记得，如果在年轻时不放弃她，奥莉加会折磨你的心。”达莉娅调皮地眯了眯眼睛，更温柔地接着说：“你先强奸她，然后把她甩了。那就不会委屈啦。然后让她因想念你而痛苦、憔悴。这就像玩俄罗斯棒球：该轮到她追着球跑。”

费奥多尔警觉地看了看达莉娅绿色的机灵的眼睛，默不作声。

夜晚的蓝色渐渐在空中消散。秋种越冬的田野后面的森林在暮霭中变黑。一缕缕弯曲的白色云雾弥漫山谷，昏暗的小溪奔流在狭窄的河道上。空气新鲜，红红的落日余晖伴随着云彩，隐没在起伏的田野中，深红色的薄纱温柔地把自己留在了白色墙壁的钟楼、洋葱顶和十字架上。一只疲倦的乌鸦栖息在道路旁的电线杆上，缩头蜷身，准备睡觉。

费奥多尔习惯性地顺着马林丛，跳过杆子，从小窗户里爬出来，他拍拍裤子。在这个地方，那个尖嘴乌鸦站着的电线杆旁，费奥多尔不止一次地发过誓“照顾达莉娅”，劝说自己克制男人的淫欲，为奥莉加保持忠诚。但是他多次发誓，多次违背誓言，无法预料，好像忘得一干二净。他出现在这里，就是要悄悄地跳

① 达莉娅的表小表爱之称。——译者注。

过荒芜的牲口棚，跳过废物对面的干草，接近诱人的达莉娅的肉体。

他的身体还保存着满足后的轻松和慰藉，嘴里留存有亲吻达莉娅的气味，而且她的皮肤光滑，她的全身上下起伏，激情四射。但是，理智让费奥多尔没有委身于她。

在秋天阴雨天和冬天最冷的时候，拉门斯克村的年轻人挨家挨户轮流举办晚会：有时在这家举办周末聚会，有时在那家举办。春天时，从复活节开始到苏联新节日“五一”节，那时的天气十分暖和，大地变干了，年轻人在窗户下彼此邀请少男少女们一起到街上跳舞。最近，年轻人看中了离村边不远的一块用于散步的荒地，就在村子舞会主要参与者马克西姆家的后面。跳舞的地方渐渐固定下来：在跳舞踩踏出的圆圈周围，摆放了许多简易长凳，之后，在姑娘们的怂恿下，小伙子们搬了些小木板铺在地上，好让跳“切乔特卡”踢踏舞时，发出的声音更响亮，激起人们跳舞时的火热激情。

别骂我，亲爱的妈妈，
因欢乐尽情狂饮！
年轻的时光即将流逝，
如果不容许——那我就不去！

还在远处，费奥多尔就听到了跳舞的丽达高昂的尖叫声。丽

达是奥莉加的闺蜜，胆怯、小巧玲珑。伴随着短小情歌，马克西姆用力地拉起了双排按钮手风琴，在悠扬的乐曲伴奏下，鞋跟发出有力的踩踏声。马克西姆凭着自修和天赋学会了拉俄式双排手风琴，他的手指在键盘上轻巧地弹奏，舒展的风箱发出悦耳的琴声。琴声平息，踢踏舞声放慢，从圆圈中传出帕尼亚的男高音四句头对歌。帕尼亚在追求丽达，他同样喜欢跳踢踏舞。

媒人来到了少年家
乘坐黑母马。
姑娘擦粉、涂胭脂——
一起回了家！

跳舞者的脚重新跺起来，手风琴拉起来，哨声吹起来，还有大笑声，姑娘们的尖叫声。晚会气氛热情高涨。

费奥多尔与小伙子们打招呼，礼貌地向姑娘们点点头，绕过跳舞广场。他既没有在跳舞的圈子里看到奥莉加，也没有在外围喧哗的姑娘群里看到她。拉门斯克村共青团团委书记克里卡·德罗诺夫一般跟随“城里的客人”，在任何青年集会上护着他，现在却一个人在晚会上，没有与城里人在一起。

费奥多尔坐到长凳上，靠近琴手马克西姆，轻轻地用胳膊肘捅了他一下：

“奥莉加没有到这里来？”

“没，没。”马克西姆用低沉的男中音拖长声调说。

“压根没有出现吗？”

“怎么说呢……”

“也就是说，她与他厮混在一起。两个人都不在了。克里卡·德罗诺夫就挤到这里来了，好不妨碍他们。”费奥多尔闷闷不乐地看着地。

从拉门斯克村到维亚特卡市郊外的维亚特卡河对岸，要走坑坑洼洼的小路，路程总共也不超过六七俄里。不少的拉门斯克村的村民，有的因饥饿贫穷，有的因响应工业化发展的号召，迁居到城里居住，在工厂挣钱，获得城市居民的优越条件。但他们又没有完全脱离开故乡，因此常常作为客人，回到村子。这些外地来的客人到村子里走亲访友，将最新的新闻、新的生活方式带给村民，他们衣着时尚，吸引了拉门斯克村的姑娘们……

当费奥多尔抬起头，环顾村庄，却看到了维肯季·萨韦利耶夫，他迈着从容的步伐，从马路的另一头向开晚会的方向走来。萨韦利耶夫身材魁梧，宽肩膀，打着领带，穿着敞开的浅色大衣和城里时尚的宽大裤子，傲慢的如一只鹅。从少年时期，他就在区、市党委部门就职。怎会有这样的人！奥莉加迈着均匀的步伐，与萨韦利耶夫并排走着。奥莉加走在他身旁，似乎不像她自己。她就像一只雌孔雀，臀部后翘，仪态端庄，步履从容地走着。她穿着自己最好的深红色白翻领的毛连衣裙，脖子上戴着鲜红色的项链，她的举止就像从未挤过牛奶一样的城里人……她好像被人偷换了一样，故意装出一副傲慢的架势，在这个客人身边装出“公主”的样子！

费奥多尔挖苦地评价着他们俩，目光无意与丽达相遇。

“到我们这里来！”丽达挥挥手，邀请他进跳舞圈子。

“看来是真的，咱们跳舞吧！”费奥多尔摆了摆额前的刘海儿，走到跳舞的圈子里。

心上人，想起那个林荫道，

想起绿色的小花园！

想起狭窄的小长凳

那是我俩一起坐过的地方！

费奥多尔挑衅地大声唱起来。所有人猜到了他为何发出如此大的声音。舞蹈欢快起来，马克西姆把手风琴拉奏得更快，姑娘们在回音响亮的跳舞板上跺着脚。许多人斜视着奥莉加和萨韦利耶夫。

在多个曲目弹奏完之后，丽达跳到舞圈中间，使劲地挥着手，用情歌对唱的方式提醒闺蜜。

啊哈！我爱科里亚，

后来我又爱托利亚。

啊呀！现在我不知道，

在哪里我能找到追求者？

帕尼亚站在奥莉加对面，他机灵地盯着奥莉加的脸，回应唱出四句头对歌。

我爱你，小姑娘。

热烈而炽热地爱着。

你没有感受到爱——

因为你的心冷酷无情！

奥莉加感到难为情，她抱歉地看着小伙子们和姑娘们的脸。对村民来说，费奥多尔对奥莉加的爱意和追求早已不是秘密了。奥莉加也早就公开地表示她爱费奥多尔。因此，没有人像黑猫一样横刀阻拦费奥多尔对奥莉加的追求，人们也劝说他们早点结婚。但是，就像寒冬河里坚冰下流淌的河流，人们私下怀疑地说，费奥多尔和奥莉加的感情不牢，费奥多尔对处女奥莉加追求只是短暂的。而且，奥莉加的性格和行为中有某种脱离现实的、幻想的、飘忽不定的东西。似乎她想要的生活和爱情更宽广，而不是乡村这块空间：特殊的待人态度、看戏、听音乐会、一束玫瑰，而不是野金凤花。而且衣柜里得有贵重的深红色天鹅绒连衣裙……费奥多尔对她来说是不合适的，虽然他脸蛋英俊，天性勇敢。那时，新的农庄会计从区中心搬到拉门斯克村，他的侄子维肯季·萨韦利耶夫开始从城里来这里探望他，如春天的冰融化，他的到来打乱了村里的成规。有人毫不怀疑地认为，萨韦利耶夫就是奥莉加无法抗拒的未婚夫，并同情地看着费季卡·扎维亚洛夫，预言他将无条件地失败。但是大部分拉门斯克村的小伙子们和姑娘们站在本村人一边，费奥多尔并非无因地在跳舞圈里用脚踏拍子，他们唱着关于轻浮女人、流逝的爱之歌。

手风琴手马克西姆卖劲儿地拉起琴，费奥多尔微微抬起手：于是开始唱——别管闲事。

可是奥莉加背叛了我，
虽然她对爱发过誓。
因她的这种行为
应该把她淹死在河里！

大家都知道，四句头对歌中，象征性的“心上人”有所指，费奥多尔却把匿名的轻浮女人换成具体的名字。奥莉加面红耳赤，双唇颤抖，两眼怒火中烧。萨韦利耶夫猜到是怎么回事，他走向前，似乎打算教训一下费奥多尔，但是他站住了。而马克西姆被这微妙的场景吓坏了，他一下子停止了拉手风琴。他本想轻轻地拉起手风琴，不间断地盖住跳舞中费奥多尔的独唱，但双排手风琴不合时宜地停止了，最后，只剩下稀疏的跺脚声在木地板上响着，所有人都不说话了。

萨韦利耶夫严肃地盯着费奥多尔，就像看一个胡闹的纨绔子弟，但他还是不说话。而奥莉加已经成为公众瞩目的对象，她满脸通红，显然，她内心有许多委屈的话想要往外倒出来。

“你胡编乱造！”她终于喊出来了，“短小情歌不是这样的！你胡编乱造！”她大概还想说点什么，自卫，也许，她想用挖苦人的四句头回应，此时萨韦利耶夫插话了。

“是的，扎维亚洛夫同志，您失态了。您现在是共青团员。这样的不良行为太不得当了。”大概，他明白自己说出的是空洞的官话，他把眼睛转向克里卡·德罗诺夫，此人长久地站在城里的教导员身边，接着说了一些讽刺性的鼓励话：“如果你们共青团的成员里有扎维亚洛夫这样聪明的同志，应该引导他更积极地投入工作。”

费奥多尔双手叉腰站着，挑衅地嘲笑着。“可笑至极！甚至称‘扎维亚洛夫同志’。你把晚会当成集会了。官气十足的傻瓜！你还在这里说废话……”他想挖苦一下，以戏弄官腔的腔调嘲笑萨韦利耶夫，但为了奥莉加，他饶恕了萨韦利耶夫。此刻奥莉加既气愤，又好像是在恳求：“住嘴！不要胡搅蛮缠！滚！”费奥多尔转身走了。就这样吧！他不自在地把脚迈向木板边，因夜晚的潮湿露水，他的鞋跟打滑，脚崴了一下，摔倒了。

“活该！”他听到奥莉加幸灾乐祸的声音以及大家的

笑声。

当他很快站起来时，奥莉加和萨韦利耶夫已经转过身：够了，这场戏已经结束了。

此时华尔兹音乐响起。

在整个拉门斯克村只有奥莉加一个人会跳华尔兹舞。当时村里还没有时兴跳华尔兹舞，只跳圆圈舞。卡德里尔舞和华尔兹舞是城里人的娱乐。这是奥莉加的哥哥在留声机带子的伴奏下，好不容易才教会奥莉加的。她的哥哥习惯住在城里，周日，他骄傲地骑着自行车（自行车也是奢饰品啊！）来到这里。孤陋寡闻的马克西姆不知道身体扭动的舞蹈，可他一听旋转的华尔兹音乐，就能用手风琴把它很好地拉奏出来。

萨韦利耶夫把浅色的大衣扔到克里卡·德罗诺夫的手里，穿着黑色大翻领的上衣，恭敬地给奥莉加鞠躬，把手递过去。维肯季·萨韦利耶夫身材魁梧，仪表堂堂，当地嗑着瓜子的乡巴佬都不是他的对手。他跳得非常美：大步，旋转不乱——平静、高傲、熟练。马克西姆为了不丢脸，尽力准确地紧跟着他的步伐拉琴，他甚至因太尽心嘴巴微微张开。而奥莉加更是努力地与舞伴步调一致。兴奋至极的奥莉加踮着脚尖滑步，她的全身向上引，靠近舞伴。在这首舞曲中她的身材显得均匀秀美，极其敏捷。深红色的连衣裙下摆自由自在地摆动，紧编的发辫随着旋转稍微抬起，敞露的脖子细长、优美地舒展着。

被拒绝和侮辱的费奥多尔皱着眉头盯着他们俩。他既憎恨又羡慕萨韦利耶夫。他，费季卡·扎维亚洛夫，从未有幸能这样彬彬有礼地展示自己的身材，这样伴着音乐准确无误地“蹬动”双腿，奥莉加也从未这样引身向他：他的个子比萨韦利耶夫低半头，肩膀也比萨韦利耶夫窄。奥莉加与他从未这样生机勃勃，这样好！更刺眼的则是他看到，奥莉加的乳房紧贴着萨韦利耶夫的胸部，萨韦利耶夫的手紧搂着她的腰。背叛的、疏远的奥莉加与他一起，在可憎的华尔兹乐曲伴奏下跳舞，双腿下滑动着什么东西，似乎大地的轴心在移动，开始了不可挽回的剧变。

所有人都在痴迷地看着这一对舞伴的表演：身材匀称的舞伴，一双大而细白的双手，干净的指甲，紧紧而温柔地搂着女舞伴的腰，时而不费力地把她拖离地面，转圈，他们俩各自沉浸在华尔兹一起一伏的旋转中，只稍微喘口气。

最后，人们大吼起来，手风琴停止拉奏。一些姑娘赞赏地拍手鼓掌。奥莉加的双颊瞬间绯红，眼睛放射出幸福的光芒，显然，她像一个感到荣幸的女演员，想给公众弯腰致谢。萨韦利耶夫一直拉着她的手，微笑着。

几个小时后，暮色降临，暮霭弥漫，人群轮廓模糊不清。马克西姆稍作休息之后，又拉起了俄罗斯歌舞《告别的姑娘！》

等克里卡·德罗诺夫缠着萨韦利耶夫谈共青团员事项时，费奥多尔趁机来到奥莉加跟前，他轻声、讨好地问：

“你现在到哪里去？”

“不是你操心的事。”

“还要与这个穿着漂亮的人在一起，是不是？”

“当你跑到达什卡那里，就没有问过我的意见！”奥莉加背过他。

费奥多尔看到她的编得均匀的辫子下垂到肩胛骨间，薄薄的一股头发搭在细白的脖子和肩膀上。现在他疯狂地奔向她，却又痛恨她这样冷漠和疏远。达莉娅说得对：应该强奸她！那她就不再摆架子。达莉娅还真是有经验的女人……强奸！耍滑头达到！尽力征服她！不惜任何代价！但是无论费奥多尔如何怂恿自己，甚至想鼓起勇气，使用诡计得到奥莉加，然后再学会说话，献殷勤，可他怎么都做不出来。

不久，大伙儿从晚会上散去。费奥多尔不想结伴回家，独自一人待在散步的空地上。

落日的余晖在地平线暮色苍茫中微微发光。伴随着繁星点点，拉门斯克村的天空被高高的巨大的一团乌云遮盖，乌云从北方延伸开。在天幕下，乌云密布，就像灰白的烟雾和浮云，在大地没有丝毫感觉的微风吹拂下，款款游动。风从道路的一边，经过牧场刮向邻村，温柔地、轻声地唱着悠扬动听的少女之歌。从白桦树林中传来夜莺叫声，时而甜蜜地发出颤音，时而戛然而止，似乎是它在努力倾听自己的回声。寂静的夜晚，村边有人打开篱笆门，门吱地响了一下，声音大得刺耳。

费奥多尔坐在长凳上，回忆起自己如何当众跌倒，被嘲笑，耳边响起了华尔兹音乐——令人憎恨的华尔兹，奥莉加与萨韦利耶夫在一起跳得如醉如痴……“您现在是共青团员”，一想起萨韦利耶夫警告的对白，费奥多尔滑稽地模仿。奥莉加也这样劝说过！做就做呗！为何要落后他人？她死记硬背，读了几本书。就是想让自己满足呗！费奥多尔“呸”了一下，骂了一句。“我到达莉娅那里去！就到她那里！她才不是你这样的人——她永远接受。”他想象着怎样贪婪地用自己的温情继续折磨达莉娅，这是有意“折磨”奥莉加和他自己。

他并没有直接穿过村子回家，而是决定绕路，以免逗留在达莉娅家附近再去约会，让村子的人说闲话，传到奥莉加耳朵里。他双手插在裤兜里，磕磕绊绊地走着，就像醉鬼一样。

“不该到达莉娅那里去。瞧，如果与达莉娅断了关系，奥莉加就不会胡扯了。怎么办？现在到哪里去？”他站在岔

路口，这是通往沟谷的一条小路，顺着绕远的路继续走，就到达莉娅的家，顺着小路经过沟谷走，就回到自己的家。他不知为何想起达莉娅家木板墙对面电线杆上的乌鸦，他用中指向它比划，心中默默地说：“哼，哼，大坏蛋！”然后转向小路回家。

费奥多尔不参与宗教信仰：他既不向神龛鞠躬和膜拜，也不将三个手指合拢，在胸前划十字祈祷，他只在为去世的亲戚做安魂弥撒时才去教堂。塔尼卡却相反，虔诚、恭顺，从已故的奶奶安娜、父亲的母亲那里，她继承了对圣三位一体的虔诚崇拜。伊丽莎白·安德烈耶夫娜每晚把红角圣像前的油灯点燃，低声地祷告。她持斋，喜欢教堂的节日礼拜。伊戈尔·尼古拉耶维奇虽然不太严格地遵守东正教的教规，但不改变每次饭后和工作前划三次十字的习惯，在圣诞节的时候他还去晨祷。总之，扎维亚洛夫一家信奉上帝，只有费奥多尔不信上帝，侧身站在圣像面前。对此大家并不责备他，只惋惜他没有贴近家庭传统。

费奥多尔不剖析自己，也不寻找原因，为什么会是这样，谁传给他对宗教的冷漠，好像这一切都不是自己的愿望和所需。不信仰宗教没有什么坏处，也没有任何诡计，无神论者和苦行僧受到同样的尊敬。人们信神，不信神，这是他们私人的不可剥夺的权力。把十字架架在教堂圆顶上，想必就是需要。村委会屋顶悬挂的无神的红旗，迎风飘扬，也意味着需要。但是，自然界、人类生活秩序中存在着某种奥秘的东西——上帝般美好的和恶魔般可怕的力量，这两股力量时而防止人们受到罪恶的诱惑和陷入深渊，时而束缚人们自己的命运。不论你接触或不接触这股力量，它们都是抱成团。只要你同意了这个，就承认了创世奇迹。

大概，这一晚，不是上帝，而是恶魔的指挥棒把费奥多尔从无法拒绝的情妇达莉娅那里引开。

他走到黑黢黢的潮湿而凉爽的山谷，走在嫩绿的牛蒡和荨麻灌丛之间，朝着发黑的屋顶角和黑黝黝的树林走去。这时，他突然战栗了一下，惊呆住了。有个熟悉的浅色大衣的影子闪过。他发现影子就在山谷边的上方，那里是没有窗户的长板棚墙，它的旁边平放着旧的原木。白天小男孩们坐在原木上晒太阳，从蕨类茎管子里吐泡泡，用弹弓打麻雀。晚上这里总是没人，很幽静。这么晚走在山谷的人一定很特殊。一定是萨韦利耶夫和奥莉加，就是他们。

离费奥多尔初吻奥莉加没过多长时间，那不是随便的亲吻，而是带响的、名副其实的、放纵的亲吻。他快乐而骄傲地回忆起她嘴唇发出的味道，她害羞、不懂得拥抱。那时奥莉加顺从他的亲吻，有点僵硬，不像达莉娅那样；她因亲吻而窒息，紧紧地闭着眼睛，害怕被旁人偷看，害怕周围有动静，害怕触及她个人私密处。之后，费奥多尔开始变得放肆，挑逗少女的欲望，拥抱松软的奥莉加，献殷勤，热吻她那炙热而性感的嘴唇，抚摸她的乳房、大腿。有时奥莉加突然醒悟，对他类似的放肆举动发出幼稚而严厉的警告。现在，萨韦利耶夫却把背叛的奥莉加轻易拉到身边，没有经过长久的追求就得到了她。

费奥多尔的视力如猫的视力一样好。而且他敏感地猜到，山谷那边发生了什么。萨韦利耶夫把自己的大衣披到奥莉加的肩上（为了不让她打冷战），萨韦利耶夫敞怀拥抱着她，亲吻她的脸。他们时而低头私语，时而大笑，然后又沉默，两个身影交叠在一起，萨韦利耶夫用手从大衣下抚摸着奥莉加的身体，他们俩在抽动。

“让你这个坏蛋摸！”费奥多尔攥紧拳头，想冲上去。但他站住了。如果顺着陡峭的山谷斜坡往上爬的话，就会有响声，惊跑他们……“不行，我从另一面爬过去。让他摸……我当场抓个现行，好让他……”他不断地喘着气，浑身肌肉因愤怒紧绷，热血沸腾。什么也抑制不住他疯狂的嫉妒。

几分钟后，扎维亚洛夫家的窗框玻璃咣当响了一下，花瓶咕咚一声掉在地上。费奥多尔没有进屋，而是从街上推开了自家的窗户，拿起窗台上的刀子。他知道，家里的窗扇没有关。

伊丽莎白·安德烈耶夫娜受到惊吓，一下子醒了：要么是小偷，要么是魔鬼，或者是小猫钻窗户——这永远都是招灾。塔尼卡也醒了，她冲着黑处，害怕地问道：

“谁在那里？爹爹，谁在那里？”

伊戈尔从床上起来，把煤油灯的捻子点着。

此时，大家看清楚了打碎的花瓶、破碎的黑钙土、嫩红色的天竺葵。从山谷那边传来刺耳的尖叫声。伊丽莎白·安德烈耶夫娜啊呀了一声，感觉自己的肚子有种不可避免的、急速的下坠感。因疼痛她眼前一阵发黑，就在她仰面倒在地上的霎时间，伊戈尔·尼古拉耶维奇及时地扶住了她。塔尼卡恐惧地用手捂住嘴。

……费奥多尔快步、悄声无息地潜入板棚的角落。待了一会儿，机灵地听了听：嘈杂声没有了——就是说，他们在接吻。于是他跳到原木前。

“让你胡搞，跳舞的人！让你胡搞，混蛋！”他用力拉开这一对黏在一起的情人。

奥莉加躲闪到板棚墙前，大声叫喊起来，大衣从她的肩上滑落下来。萨韦利耶夫恐惧地睁大了眼睛，还没来得及说一句话，刀子一下子就戳到他的腹部，好像轻易地戳进干草垫子里。费奥多尔因对方渐渐松软下来的身体而发呆。“是否戳到那里？”他头脑发热，贸然地说出这句话。然后他看了看自己，压住刀子，确认是戳破了肚子。身材粗壮的男人倒向原木，存留女人身体余热的时髦浅色大衣扔在那里。一股股血腥味与粘着黏液的肠子，一起从被划开的肚子流到了敞开的上衣、白衬衫上。

奥莉加歇斯底里地尖叫，一边跑，一边抱着头，号啕大哭，呼喊救助；她挣脱费奥多尔的手，奔跑着求救……

整个拉门斯克村震惊了，被夜晚的叫声惊扰，人们纷纷起床。

漆黑的窗户里亮起了灯。共青团委书记克里卡·德罗诺夫光着脚穿上靴子，跑到街上，大声地骂着，指派帕尼亚去那里；头发蓬乱的丽达在睡衣上套着毛衣，奔出去找奥莉加；手风琴手马克西姆从屋子的窗户伸出头，望着吵闹的人群；姑娘们、妇女们、小伙子们，男女老少们，个个神情紧张，从各自的家里一个接一个地跑出来；他们就像救火一样地跑去看“被杀的人”，在灯笼的照耀下，萨韦利耶夫穿着宽大的帆布短上衣，已经被抬到村里会计员的家里。

狗在门缝下吠叫，被惊醒的公鸡也叫起来，马厩中的马冲着喧闹的人嘶叫着。

“天哪！是谁把他戳成这样？为什么？”

“让开路！闪开！号叫什么……”

“听说，是伊戈尔的儿子费季卡，因为姑娘。”

“去叫医生了吗？”

“帕尼亚去了。”

“好像他还活着。那个血啊！就像生小猪仔……”

“是不是费季卡喝醉了，才拿着刀子？”

“这个该死的把他们收拾了！”

“抓到了？”

“这半夜的到哪里去抓他？恶棍早跑了！”

“瞧，他父亲来了。”

“他不能替他负责。”

“伊戈尔·尼古拉耶维奇，你为什么把儿子放走了？”

“现在就把他关起来。”

“足够让他坐牢的。”

“我恨不得枪毙了他。这么有文化的党员来到我们村里做客，怎能与这个狗屎般的人相配！他居然还想用刀子……”

“因谁？因为谁，你说？……去你的吧！他还嫌姑娘不够，仅奥莉加就足够了！”

“那你这个共青团领导为什么不说话？现在他给我们全村的人抹黑了。”

“奥莉加也难逃干系！干嘛要去那么远的地方闲逛！”

“从晚会上直接去的。他们在那里吵架了。”

“那也是母亲的悲痛！可怜的伊丽莎白。”

“再别说了。对她来说是双重的痛苦。她要生了。她的女儿，塔尼卡，跑去叫阿夫多季娅巫婆……她要小产了。她还没有怀足月……”

起初，费奥多尔从板棚的角落里逃出去，离开山谷，没命地跑。他迎着黑暗，气喘吁吁，听到自己的心脏咚咚地跳，奥莉加的尖叫声抽打着他的背，他绝望地、不知所措地狂奔。甚至当他回头看时，确切地意识到没人追赶时，他仍继续筋疲力尽地奔跑……

一种奇怪的感觉让费奥多尔站住，他感觉手里机械地握着刀子，为何不丢掉，不一下子扔掉？在山谷附近，刀子上沾的血迹令他感到沉重。费奥多尔环顾四周，弄明白了自己在小溪附近，他开始走过雾蒙蒙的低地，来到小溪边。他先在带露水的草上摩擦掉了刀子上的血迹，然后蹲在河边，用河底的沙子蹭着，把刀刃和刀把在水里洗干净。他感到口渴，往上游挪了挪，捧起溪水喝了好一阵，之后俯下身，脸对着河水，炙热的喉咙也感受不到水凉。他用袖子擦了擦嘴，起身，深深地吸了口气，到现在他才惊奇地发现，刀子竟然还攥在手里。他把刀子扔到小溪对岸的草里，甩掉刀子后，他首次清醒地感到懊恼："我不应该用刀子。手有的是力量，完全可以把穿着时髦的男人搞定。不应该用刀子……"

费奥多尔从低地走出来，环顾四周，朝拉门斯克村的居民点看着，仔细地听着。他自己都不明白：时而他很清楚地听到，时而觉得好像是人声，又像是狗叫声，又好像是刺耳的关门声。突然他看到，村委会一层和二层房子里的灯都亮了。这些灯光似乎从没这样的刺眼，照亮周围，号召人民抓捕杀人逃犯……这些灯光驱赶着费奥多尔越跑越远。

他又走到低地，那里是那样的安静，雾气腾腾，漆黑一片，寂静无声。只有小溪流水潺潺，似乎诉说着难以弥补的事情。

5

寂静的夜晚，森林守卫室旁边的大灰狗突然吠叫起来。

大灰狗“汪、汪”的叫声在漆黑的森林上空回荡。草丛中的雎鹌鹑抖动了一下羽毛，扑腾飞到没有月光的黑暗处，但翅膀却被树枝挂住。

“冲谁叫呢？”安德烈嘴里嘟囔着，从土炕上下来。他猜想，狗是冲着人才叫的。夏天狼是温顺的，即使驼鹿、熊、野猪夜里出没山谷，也没法轰走它们。狗断断续续的叫声在森林里回荡，安德烈爷爷想：“看来，是自己人。应该点上灯。”

他在小炉子上摸到火柴，点着灯罩里的烛光。守卫室里的原木墙上长满了灰绿色的苔藓，墙上映照出头发蓬乱、蓄着蓬松大胡子的老人身影。他的木制假肢在没装饰的地板上响着，他一瘸一拐地走到台阶上，还没有辨认出黑暗中的客人，就听到客人急促的呼吸声。

“谁这样？”

“是我，安德烈爷爷！我！”孙子的声音从黑暗处传来。

“费季卡？出事了吗？为什么夜里来？”

费奥多尔跑到台阶前，停在灯笼前：

“我杀人了，安德烈爷爷！用刀子，杀死人了。”

老人往后踉跄了一下，好像眼前站的不是自己的亲孙子，而是一个凶恶的妖怪。他把灯抬高，仔细看了看。

“这是真的，安德烈爷爷。”费奥多尔轻声地说。

费奥多尔喉咙堵得难受，热泪盈眶，安德烈爷爷的大胡子脸和灯罩玻璃下的蜡烛在他含有泪水的眼里变得歪歪斜斜。费奥多尔本想顺从地来投奔爷爷，投入爷爷的怀抱，就像前不久他从家里跑来，又冷又饿找爷爷诉说父亲的不公。那时爷爷抚爱地接待了他。而现在爷爷却冷漠、严肃地站着，不看他，而是往森林夜幕那边看去。爷爷紧皱的宽额头上嵌着很深的皱纹，双眼皮下是呆滞的目光，蓬乱的花白胡子翘到一边，——大概，老人在沉痛地想着什么。

费奥多尔咽下一口吐沫，悄悄地用手指弹去脸颊上的眼泪。

“追赶你了吗？”最后，安德烈爷爷问。

“不知道。大概，已经在搜寻。”

他们进入守卫室。灯笼的光照射到干草上，照射到一个很大的、未粘贴面的棺材上，棺材竖立，靠着墙。这口逍遥自在的棺材是安德烈爷爷提前给自己打制的，以免以后有朝一日麻烦他人。费奥多尔不知为何觉得棺材就像萨韦利耶夫临死前突出的眼睛，当他用力把刀子戳进他肚子的一刹那，那个肚子似乎全是空的、无形的。这使费奥多尔又感到恶心想吐，口渴难挨。

“因何罪杀他？”

“他从晚会上带走了姑娘。我和她早就好了，他却插进来……”费奥多尔喝了一大勺子水，坐在长凳上，把手插进头发里，搓揉头发，内心感到内疚。“我不应该用刀子……我一时糊涂。我也管不住自己……他们躲在棚子后，而我发现了……刀子怎么拿到手里的，我自己也不明白。这刀子控制了我。因委屈就冲过去了……”

老人摇了摇头：

“你呀，费季卡，走我的老路了。或许我们的家族热血沸腾，或许女人就是一切的祸根……是的，如果年轻的命运被女人捆绑，没有比此更糟的事。”——老人又愁眉苦脸地、呆呆地思考什么——年迈的老人，长满了花白头发，交合在一起的双手青筋突起，指甲又厚又黄。

少年的费奥多尔遗传了更多母亲家族的特征，家族多次因爱

情惹是生非。安德烈爷爷的父亲，费奥多尔的祖父，是名骑兵军官，参加过克里木战争，因爱情，因争夺部队军需官的女儿，他与团军医决斗。他想让军需官的女儿做自己的未婚妻，团军医却打乱了他的计划……决斗以没有杀人结束，团军医受了轻伤。但是，对虚荣心重的军官审判是，决定把他革职，流放到边远的维亚特卡省。

被流放到这里的费奥多尔的远祖，娶了当地不太富裕的商人之女，但不久因打牌输钱，连少得可怜的嫁妆都输掉了，以致债台高筑，变穷了，不久便病逝了，留下的孩子都四处游荡。其中之一的安德烈，就由独眼的女人带到地主库普佐夫家当管家，库普佐夫的庄园就坐落在拉门斯克村附近。

决斗使得整个家族神志不清，后来被法庭流放，名声扫地。那时还年轻的安德烈爷爷本人，身材魁梧、力气出众。他第一次就因女人设下阴谋圈套和可耻的行为，被投进了监狱。地主库普佐夫的年轻妻子安菲萨是个淫荡的美女，她强迫安德烈做她的情人，甚至劝说他与自己私奔，逃离令她厌恶的、贪婪的地主丈夫。可是，当他们的情人关系传到丈夫的耳朵时，她诬陷安德烈强暴她。“我要把这个人活埋！把头扯下来！喂狗吃！我要杀死安德列伊卡[①]！”库普佐夫咆哮着，拿着手枪追到粮仓。“怎么可能，你试试杀死我。”安德烈从干草棚里走出来，及时地抓住愤怒的地主拿枪的手。他把地主摔倒在地。“我要杀死你！杀死你！”库普佐夫低声地嘟哝。但是，安德烈把枪顶到他的胸口，用手扣动了扳机。他平息了主人的愤怒，也为自己的未来选择了监狱和后来的四处流浪。

可是，这不是最后一次对安德烈爷爷进行严厉的法庭审判，

① 安德烈的表鄙之称。——译者注。

第二次因叛乱罪安德烈被判入狱多年，那已经是1917年后的苏维埃时期。“还无法评判，谁的叛乱罪更多，是委员还是我们。”如果拉门斯克村有人向他提及不光彩的过去时，安德烈爷爷就会这样说。

从母亲简单的陈述和爷爷的简要谈话中，费奥多尔得知了整个故事的大概。

……“是的，”安德烈爷爷阴郁地重复着，“因为淫荡的女人，你不走运，脑袋发热。对任何女人都不要抱希望，你以后会明白的。”

守卫室的台阶上传来急促而低沉的敲门声。费奥多尔颤抖起来，警觉地听着，吓呆了。看来，跳蚤让公狗不得安宁，它挠痒痒，无意中用爪子用力敲打地板。现在每个响动、沙沙声，甚至壁炉后蝗螂的扑簌声，都会把费奥多尔吓傻！

“因那个女人你被判了多少年刑期？”费奥多尔问道，希望与爷爷说话，不要沉默不语，以躲避夜晚的任何声音。这些响声让他感到危险。

“早就判了，还在沙皇执政时期。证人的诽谤很多，被判了五年。虽然那个坏家伙活下来了，但也变丑了，他没有死，子弹穿膛而过。”

安德烈爷爷轻轻地挥了一下手。他说：“过去的事，经历的年代。”费奥多尔也不需要他生动详细地叙述。

家族的共同点达到顶峰，法庭现在将他们连接在一起。一个老了，头发斑白，左脚装有一条木制假肢，他已经饱尝艰辛，提前给自己打制了一口棺材。另一个年轻、火热、结实，他刚开始品尝人生的苦难。

“他是哪里人？”安德烈爷爷问。

“不是我们这里的。是会计员的侄子。在州党委某个部门工作。”

老人耸了耸肩：

“咳，你真不该招惹党员！因这样的党员你得判很多年。要是不坐牢还好。现在的政权很严厉的，不喜欢花费很长时间调查清楚事情。并且监狱也不是那些……你的膝盖在颤抖，费季卡。你不想坐牢？”

“那你想坐牢吗？！”费奥多尔勃然大怒，跳起来，差点把灯从桌子上撞下。

安德烈爷爷无视他的急躁，继续务实地说：

“费季卡，你应该离开。我有一个朋友住在昆古尔。我与他曾一起游荡，因一个案件我们走到一起。他是我忠实的朋友，比我年轻一些，很机灵，脑瓜好使。到他那里去。他会把你安排到原始森林，任何村委员都找不到你。然后他会给你安排工作和住处。”

“安德烈爷爷，你说的什么啊？我得像狼一样生活在森林里吗？”

“刚开始在森林，躲避一段时间，等你的案子暂时翻过去。你得学会耍小聪明、学机灵。更换证件。那里会有人帮助你。俄罗斯很大，有地方可躲避的。只是从此再不要露面，对自家人来说，你已是过独立生活的人了。”

费奥多尔仔细地看着安德烈爷爷，不认识他了。费奥多尔理解他这样的直率——爷爷有着对生活特殊的阐释和态度，这种新转变令人感到神秘。

“在我20岁时，因为委员的血我被投到监狱，消耗……走吧，费季卡。谁知道，也许，这个政权会垮台。世上没有永久，只有希望。你瞧，一切都会彻底改变，那时你再回来。人们会原谅你，忘记所发生的事情。布尔什维克自己把监狱的板床坐坏了，一会儿是苦役犯，一会儿是逃亡的流放犯人。现在，你瞧，英雄整英雄……记住我给你说的，要牢牢地记住。”

费奥多尔仔细地听着，如何走向普列杜拉里耶，进入昆古尔，找到爷爷说的那个人，让他如何安排自己。安德烈爷爷的声音不是平常的，而是低沉的、悄然的、有些嘶哑的声音。他没有空话，说的每一句话都非常有分量，每个词的发音都带有一定的意义。——大概，这样浓缩的含有大容量信息的话语，用土匪的话说，就是每个词都有一、二、三个意义。那是能救命的痛苦而甜蜜的话，好像有些卑鄙、不合适，仿佛代表可能用偷盗的钱为罪恶行为赎身。再次偷盗，就再次赎身……

“你拿些路上吃的面包。我给你初期用的钱。”安德烈爷爷从小土炕下拽出方格子包皮的铁箱子，翻寻了一阵，拿出纸票。

费奥多尔看着这个“瘸土匪”的举动——在拉门斯克村，一些人这样称呼安德烈爷爷，有些人也害怕他——他盯着原木墙和低矮的棚顶上爷爷蓬乱的身影，无意发现了被熏得很黑的炉口、门后一把磨损坏了的笤帚和窗台上的一只死苍蝇，费奥多尔满怀忧伤地痛思，他想到原始森林土匪的篝火炊烟，洞穴圣徒邋遢的生活。因内心的感受他甚至耸了耸肩，好像披着臭烘烘的兽皮一样。与此同时，摆在他面前的是不可违反的事实：从现在起，他，费奥多尔·扎维亚洛夫就是个罪犯，注定要受到残酷的惩罚。以前他过着简单的农民日常生活，如今他要漂泊在恶棍的世界中。他的第一个领路人就是安德烈爷爷。

“不要走大路，你穿过墓地，转向普列什科夫宽谷。然后沿

着小路到维亚特卡。不要坐火车，那里人多。改乘小船，找附近村庄的人问问。”

显然，一切都说完了。离开的时间到了。村里的人们大概也猜出，费奥多尔会到“土匪”安德烈爷爷那里寻找庇护。

他们走到台阶上。老人用灯照耀着黑夜。夜晚依然是没有月光，寂静无声，苍茫暮色降落在森林深处。悠远的森林上方，依稀可以看到初升的晨曦慢慢移动。五月的夜晚易逝，白日将要到来，万物即将苏醒，此时的道路显得略有些神秘。

安德烈爷爷拥抱了费奥多尔，浓密的大胡子耷拉到他的肩上。

“我们再也见不到面了，费季卡。我老了，而你前面的路还很长。”老人眼里闪动着泪花，双手紧紧地抱着孙子，“再见，费季卡，魔鬼的灵魂！”

老人、灯、低矮的守卫室，消失在黑暗中。温顺的公狗将费奥多尔引向狭窄的森林小路，它站住，然后转身跑向自己的主子——老人。

费奥多尔不紧不慢地离开。他不急着走向新生活。他奔到安德烈爷爷这里，似乎想从梦魇的池塘中跳出——他飞速奔跑，非常希望得到爷爷的拯救和安慰。但是，安德烈爷爷不习惯说安慰人的话，也不乐意做空洞的安慰。不像已去世的奶奶安娜，她会痛哭一阵，会全身心同情一阵，会给即将坐牢的他吃饼子、夹果酱。

清晨，森林渐渐发亮。粗糙、不光滑的针叶林松树，从层层浓雾中隐约现出，如黑压压一团团的大蚂蚁窝，呈椭圆形起伏显现。长长的云杉树叶刺向发亮的灰色天空。在深蓝色的天空下，白桦树林的树干显得更加洁净、柔和，树干伸向拂晓的天穹。寂静的凌晨，小鸟断断续续地发出啼叫声。

费奥多尔经过森林边被采伐过的旧荒地，来到乡村墓地前。墓地周围灌木丛生，墓地布满各式各样的十字架。费奥多尔试着辨认奶奶安娜墓上的十字架。他打算给奶奶说些告别的话，认错和忏悔，或者在墓前磕头。但是他辨认不出奶奶墓地上的记号。只是不合时宜地想起，奶奶安娜非常娴熟地采集野果：带金粒的粉红色草莓，柔和的如深紫色项链珠。村里找不到与草莓一样的浆果植物，奶奶却知道禁止采集的地方，她有一双灵巧的手，可以采集到这样的草莓。可是那些远离现实、不合时宜的回忆，以及奶奶那装满浆果的柳条筐，很快就消失了。他从一大堆十字架中寻找沉重的、变浑的十字架，那似乎暗示着萨韦利耶夫的十字架。“白白地用刀子杀了。也许，他还活着……难道现在他隐姓埋名，到处游逛？”

费奥多尔继续行走。但是，他不知怎么就走过了普列什科夫宽谷。他迟疑了一会儿，又折回，本要到安德烈爷爷指定的安全的地方，双腿却将他引向回村的路上。他没有完全舍弃爷爷的计划，而是将它放在内心深处。对他自己来说，那个暗无天日的时刻还没有到来。现在，一大清早，他走向通往拉门斯克村的路上。一种无法遏制的本能力量将他领向那里。所有的本性都服从于这股力量。费奥多尔无法清楚地解释，他为什么返回那里：他不打算到村派出所自首，只想回到故里——他还没进去——如果人们埋伏起来，守候他，那么他就坚定而不让步地对捉拿的人说："让我看看村子，哪怕吊死在那里……"

他登上小山丘，那里离林边不远，曾是地主库普佐夫的世袭领地。在第一次俄国革命时期，革命的火焰将其彻底烧毁，只残留下一堆残砖破瓦，一堆无用的生锈废物，烧焦了的原木上长满了青苔。如今庄园野草丛生，就像被遗忘的墓地山冈，没有了过去忙碌的生活。时间改变了地主家人的命运，改变了仆人们的命运，安德烈爷爷就属于这类人。在这里，爷爷经受了无数痛苦。

费奥多尔坐在长满苔藓的、腐朽的原木边上，把爷爷给他的装有装备用品的帆布包放在旁边，双肘撑在膝盖上。从这里，从山冈上俯瞰整个拉门斯克村，一切尽收眼底。

灰蒙蒙的乌云，聚成一团，向东游走。鲜红的彩霞将半个天空染红，一缕缕初晨的阳光照射在睡醒的大地上。森林中小鸟在啼鸣。潮湿的凉风从北边吹来，在秋播的山冈上如波浪翻滚，往村子方向吹去。教堂对面的村委会上空的红旗迎风飘扬。

费奥多尔不止一次认为，红旗和十字架——就像人性格的不同方面。他不能，也不会准确地用语言确定，但是凭灵感，他在飘扬的旗子上找到了——任意放肆、自由奔放、变化不定的特质：风将旗子四面吹动、撕扯、拉长……——而十字架——不向风低头：它内心有忠诚于永恒的原则、坚定的精神和智慧的力量。无论旗子和十字架彼此多么格格不入，有时他能猜出，在它们之间有着某种相似和统一之处：它们都是耸立入空，向往难以实现的理想……

费奥多尔一直盯着自家的屋顶看。至此，一种莫名其妙的感觉绞刮着他的内心。怎么会是这样？家这么近，却不能回家。从这里到家，半俄里的路程不到，也许，多年才能回到家。他眼前呈现出鲜活的、真真实实能触摸到的家庭生活设施，听到地板的咯吱声，闻到母亲在俄罗斯壁炉中烤制的大麦圆面包散发出的香味。在窗间墙上，挂着母亲手织的饰品，在细碎的小方格上，绣着一个拿着高水罐的苗条姑娘，发乌的铜茶托摆放在绿色玻璃的餐柜里。在盛水的大肚子木桶一侧，挂着舀水勺……从两级台阶走到院子——这里就是棚子、盖着盖子的水井、水桶，稍远一点放着卸下的马车，车辕就像疲倦的细胳膊……费奥多尔还是孩子的时候，他与父亲一起将小马驹雷日卡从院子牵到集体农庄的马厩。父亲将小马驹交出去，他垂下眼睛，似乎因背叛在雷日卡面前感到惭愧，他也不想把新的马具交出（一套马具也是被逼迫带回来的）。父亲在菜园边挖了个坑，把新马具埋起来，直到现在也没有挖开，也没有使用，虽然它还是可以用的……

费奥多尔内心想起了所有人曾说过的话。父亲很短且小声的话语：“母亲，让我们晚饭吃点什么？”他一边说，一边伸直因干鞋匠活而变驼的背。塔尼卡用清脆响亮的声音说：“费季卡，你穿的什么？啊呀，有点不适合你……”还有母亲温柔的、独一无二的“费季卡”的呼叫声。甚至当他犯错误的时候，母亲也是这样叫他的名字。

最后的几个月，怀孕的母亲脸上出现了斑点，她小心谨慎、轻声地走路。也许是阿夫多季娅巫婆用纸牌算的卦，也许是强烈的愿望，她坚信要生个儿子。她抚摸着凸起的、圆圆的肚子，像哄小孩子一样，给肚子里的孩子哼着儿歌。“我早把摇篮歌曲忘记了，”至此，费奥多尔听到母亲向肚子里的孩子说的话。“没关系，会想起来的。这不是要生你嘛，就都想起来啦。”母亲准备了婴儿服，用破旧的女短上衣缝制出“柔软的小被子”。“为了弟弟。”她对费奥多尔解释道。因此她的脸发红，然后她抱紧

费奥多尔，不知为什么大哭起来。

……费奥多尔的眼睛情不自禁地看着家家户户的屋顶。离费奥多尔最近的栅栏边，坐落着两个寡妇的贫瘠的房子：年老的阿夫多季娅巫婆和年轻的达莉娅的家。费奥多尔内心涌动，欲望一下子燃起，内心先是发热，渐渐地又冷却下来。这就是他与达莉娅分手的小路。刚开始俩人都痛苦，就像与她顺利地结束了不愉快的事情，和平地分手，但是不抱屈，——“而那时，一下子一切就结束了。其他人将亲吻你，达什卡！……”

此时费奥多尔感到内心沉重，折磨不已，眼光盯着窗户下盛开着白丁香花的屋子。一簇簇白丁香花蕾格外妖娆……现在奥莉加落到谁的手里？她将会是谁的妻子？一种没有怜悯的尖刀戳向他的心脏，又疼又让他妒忌，他彻底绝望，耳边响着奥莉加大声呼救的声音。整个晚上他怒火中烧：峡谷边缘、萨韦利耶夫拥抱着奥莉加以及他手里的刀子。恶魔般的凶残充满了他的整个胸膛。要把他们俩一下子杀死！让她与他一起死！反正一辈子都是痛苦！或者——枪杀……唉，魔鬼的灵魂！

费奥多尔从原木上站起来，最后扫视了一眼故乡拉门斯克村，然后穿过田野走到低处，来到小溪前，来到把沾血的刀子洗干净、扔掉的苔草岸边。

7

费奥多尔伤害萨韦利耶夫的案件审判后，过了几个星期，在炎热的六月，拉门斯克村又发生了另一桩事件。

达莉娅为费奥多尔的命运而感到痛苦，非常想念他的温柔。

一天她在马路上遇到奥莉加，奥莉加避免与她有任何接触，尽可能地回避同村人对她的责备，这次她却没来得及提前转向小巷子，回避不愉快的见面。达莉娅不放过机会，挑衅地喊道：

“怎么，美女？硬把费奥多尔投到监狱，现在，大概，你很高兴吧？翘着尾巴，勾引小伙子。你真是个不害羞的婊子！”

奥莉加就像榆树上燃起了火，一下子被激怒，怒火迸发。她颤抖着，满脸通红，大声吼叫道：

“你？！你自己才是！你是村里的第一个烂货！你没资格辱骂我！你在我们之间插了一杠子！你把他勾引到自己身边。”

“啊呀，你这个恶棍！难道是我错了？你真是个高级骚货！”

“你敢骂我！……你才是个贱货！”

“我是这样的贱货吗？”

两个女人毫无理由地、无休止地对骂起来。达莉娅一怒之下，抓住奥莉加的辫子。尖叫声！喊声！她们俩就像两只猫，厮打在一起。在厮打中发出尖叫声。

“发疯了！两个妖精随时会发疯！”村妇们及时跑过来劝架。

“放开她！”

“不害羞！”

“你们两个滑头，丢人！”

奥莉加最终放手，用手掌捂住被抓伤的面颊，快速跑开。达莉娅冲着她的背影喊道：“你才是个贱货！”她挥手赶走那些起哄的、羞辱她的村妇们：“你们散开！”她将裙摆上黏着的草籽

剥去。

当村妇们散去，达莉娅痛苦地叹息了一下，抚摸着被奥莉加咬伤的肩膀，摇摇晃晃地走着，她慢慢地向村头走去，回到自己寂寞且没有男人的家。

她疲倦地走到屋前，站在门口，看了看女儿。卡奇卡忠诚于自己的木娃娃，现在正满意地微笑着：看来，她似乎叫醒了自己的木娃娃，温柔地抚摸着木娃娃的头发，高兴地喊叫着。

屋里被太阳烤得闷热，卡奇卡的宽额头上沁出了汗。一块方糖放在床边：大概，是卡奇卡专心玩自己的木娃娃而掉下的。

"唉，宝贝，我给你擦完汗，带你到街上去。在院子坐一坐。晒一晒身体……我们拿上你的娃娃。拿上，宝贝。"达莉娅走到女儿面前，用亚麻毛巾擦去她脸上的汗，给她的头上围上白围巾。

卡奇卡天真地看看母亲，又看看木娃娃，嘴里咕哝着什么，试图让母亲分享她的快乐。

达莉娅将被子和女儿一起抱起来。

"你怎么这么轻啊！你自己就像个木娃娃……"她苦恼地低声说，把女儿带出栅栏。

她把卡奇卡放在栅栏旁的接骨木丛阴凉处。一群鸡咯咯地叫着，围上来，用鸡爪在沙子里刨。卡奇卡惊异地看着鸡群，用手指着它们，发出哑巴般的声音，只有她自己的木娃娃明白她的语言……

卡奇卡头上的围巾歪了。达莉娅蹲下来，给女儿重新围上围巾，围严实后，她自己却疲倦地紧靠着铺开的被子旁，沉思起来。她开始思念女人的幸福。要知道，她比其他村妇们都漂亮——脸上没有一个斑点，她有一双勤劳的手，只是个人生活不顺。没有丈夫，知心的情人被囚禁，等待法庭对“杀伤”萨韦利耶夫事件的判决。她的心肝宝贝女儿——智障儿，天生的傻子！现在依靠谁？在哪儿能找到能够让她青春的身体不发酵和内心不苦闷的慰藉呢？

达莉娅在沉思中一下子没注意，手风琴手马克西姆已跑到了村口的栅栏边。她听到他的喘气声。他坐在达莉娅的对面。

“你为什么跑得这么疯癫？你吓到我的孩子啦！”

“战争，达莉娅！战争开始了！”

“什么战争？”达莉娅慌神地问，“为什么人们都不知道？我见过村妇们，谁也没说到。”

“战争……我第一个说给你。我刚从码头回来。拉货的大车走到半路上，还没有到村子。我径直跑到你这里，穿过森林……战争！”

马克西姆跑走了，挨家挨户传递消息。或许这对于拉门斯克村是一件令人震惊的事件……

“与谁打仗？”达莉娅追喊着。

“与德国人！”马克西姆跑着回答。

达莉娅一出生就是半个孤儿。她没见过父亲。父亲在第一次世界大战的德国战场上阵亡。可能，她只记得这个，事实上她记不住（不能记住，那时她只有两岁），她只是清楚地记得，被战争夺走一切的母亲，揪扯着自己的头发，号啕痛哭……达莉娅恐惧地看着女儿。卡奇卡一动不动、谨慎地坐着，似乎明白所听到的话，紧紧抱着木娃娃，躲避看不见的灾难。

达莉娅僵硬地耸耸在骂街时被奥莉加咬伤了的肩，她想起了费奥多尔，瞬间又想起：“监狱，对他来说，大概好一点。可以

逃避战争。在那里被枪杀……”但是一点好事都没有，一点都没有。

“我们回家吧，宝贝。回家。”——好像她要拯救亲人于不幸，又用被子裹住卡奇卡和木娃娃，将她抱回家。

8

因为闷热，格里戈里耶夫法官松了松粗红脖子上的领带，打开文件夹。如今的刑事案件里的一切，犹如透过法庭高高的半圆窗户看到的八月的晴朗天空，透亮、清晰。因醋意打架斗殴，在日常生活中动刀子打架，情节严重（根据《宪法》条款并不严重，只是据实际情况，事件不会勾销）——何况受害者是区党委的代表；事实上，也有减刑的条件：罪犯到警察局自首，交出刀子。在不难的侦查过程中，只有一个令人费解的罪状出现：犯人戳伤了受害者的肚子。为什么？检察长是个丑老头，头发梳得光滑，留着中分，就像革命前小商铺的店员，他审视着这个被告人有暴虐倾向的案件，用单调乏味的声调说：“打击这种蓄意杀人。”律师面对法庭，坐不住，但语言贫瘠，只是摇头，任何辩护的证据都摆不出来。费奥多尔·扎维亚洛夫自己为自己的行为辩白，但他表述的意思极不清楚：

“我第一次使用刀子……我想，不会伤害人。为何一下戳得……”

格里戈里耶夫法官看到，带步枪的看管被告人的警卫张大嘴打了个哈欠，并点着头，他说：

“被告人，请暂时坐下！”

费奥多尔·扎维亚洛夫迅速坐下，弯腰驼背。他把剃成短发的头低下，坐在四周用宽扶手和花纹栏杆围着的小审判栏里。

当地豪华的政府机关还是沙皇时期留下的。格里戈里耶夫法官记得，细木工用雕刻双头鹰把柄的凿子在大厅挖凿，换上彩饰穗边的原木，在上面刻着苏联国徽。但是浸染过的、祖传的家具还保存着那个时代的印记，甚至法院的陪审员坐的椅子都被保存下来了。

格里戈里耶夫法官用冷淡的眼光扫视了一下坐在大厅里数量极少的人们，观察到穿着黑色套装、瘦而无胸的法院书记员，快速将笔在墨水瓶里蘸着，匆忙地写着备忘录，人群中妇女偏多，他将眼光转向窗户外，望着八月炎热的街道。

在微风吹拂下，槭树的花纹绿叶摇曳，在远处的淡褐色售货亭闪烁。穿着红色偏领男衬衫的浅色卷发的男子，手拿随身用的背囊，用杯子喝着格瓦斯，顺道与包发帽的女售货员闲聊。显然，他说着一些猥亵的话：她微笑着，向他挥着胖手。“男人，像是准备到战场去。拿着背囊。就是这样，到战场去……”格里戈里耶夫法官想了想，转身面向法庭大厅。

“受害人想要说什么吗？请向法庭陈述涉及事件的一切。”

维肯季·萨韦利耶夫几乎是拖着左腿，显然，是以防动作过猛。他走到大厅中央，走到一位不高的、保持立正姿势的人面前。格里戈里耶夫法官盯着侦查记录的文件夹看，因为他没有力量直视受害人的眼睛。对他而言，萨韦利耶夫是极其有名的人。萨韦利耶夫曾与格里戈里耶夫的女儿同班上学，之后又与他的内弟在同一区委工作。

维肯季·萨韦利耶夫碌碌无为，但他在上中学时却过早展示出非凡的品质和独特的性格。他性格中最大的特点——能够伪装自己。这个特点具体化在他的形象里——外表的身强力壮。似乎在少年时代他就善于与政权搞好团结。当着校长的面，他敢于公开评论同班同学的行为——所有人沉默不语，犹豫不决，而他——一步跨到前面，迎合那一刻，说出所有人所思所想，也许，这些人想过，却不好意思表达出来。“根据总结报告，谁在辩论中第一个发言？”共青团团委书记问。“我！”萨韦利耶夫声音不大，却非常坚定地回答，从那次总结会议起，他本人开始成为候选的书记。他一步步地获得先进人物称号，获得青年领头人的声誉，而这个领头人不是类似大自然鸟兽之首，而是官员的领路人。没有他任何一个权力机构都行不通。而这个权力机构又如任何权力一样，是必需的和重要的；普通人不能没有上级的管理者，而这个管理者出现了，普通人就再不用动脑筋……

“原告、辩护人、被告人是否对受害人进行提问？”格里戈里耶夫法官说出惯用的这句话。

只有法官老头向受害人提出例行公事的问题。

“萨韦利耶夫同志，在与被告扎维亚洛夫的反常流氓行为冲突之前，您没有得到消息吗？”

“没有，法官同志，没有得到消息。而且，我不认为被告扎维亚洛夫那晚的行为是流氓行为。我觉得，他的行为不能被认为是反社会行为，而是他无法控制自己的情绪，因此……”

格里戈里耶夫法官看着维肯季·萨韦利耶夫宽大的脸庞、梳向脑后的头发、微微上挑的双眉，听着他类似于法官的理性话语——似乎在党的某个积极分子会议上的发言——他不由得回忆起。他回忆，维肯季·萨韦利耶夫如何时而暗地里蓄意谋害，时而考虑不周，疯狂地让自己的同事和格里戈里耶夫的内弟（妻子的亲弟弟）名誉扫地。当斧子悬挂在内弟头上时，格里戈里耶夫为了自身不陷入牢房，他按照《宪法》第五十八条胡编、揭发那个不幸的内弟的所有罪状。他清楚地记得那个突然的、凸显荒唐逮捕的时刻，当他胆怯地给无辜的亲属套上“四轮马车”，当在所有政府机关办公室里，他神经警惕地表现自己时，当每夜听到窗户下的脚步声时，他就像杨树叶子一样颤抖……“在国内战争中，他与传奇师长一起杀死了波兰人！不怕子弹。火里烧，水里淹。但在1938年……”格里戈里耶夫法官皱了皱眉，不再回想。“人总是在寻找非常值得辩解的回忆，但是记忆，如大脑中不可磨灭的压痕，承受着这种羞辱。唉！哪里有什么不对？难道我一个人是这样的吗？”

“谢谢，萨韦利耶夫同志。我们转向听证人的供词。书记员同志，请到大厅……”格里戈里耶夫法官用熟练的声调说。这就是年轻的女证人奥莉加，她沿着通道走入法庭大厅，披着黑色头巾，就像戴孝一样，用新手帕擦着脖子上的汗。

检察官和辩护人拒绝向证人奥莉加提问，他们希望尽快结束这微不足道的刑事案件，但是格里戈里耶夫法官打算利用证人，来刺激维肯季·萨韦利耶夫的神经。

“证人，请问：能否对被告人扎维亚洛夫晚会上伤害萨韦利耶夫的行为认定为挑衅？”

奥莉加仔细地听着微妙费解的问题，努力地盯着法官发红的脸，盯着他脖颈上宽宽的领带结。但是被告的椅子离她出奇的近。她情不自禁地将目光滑向一边——与费奥多尔的眼光直接相遇。他的头发已剃光，因消瘦颧骨突出，脸色变得阴沉。奥莉加的心恐惧地紧了一下。她想逃离开这个令人忧郁不乐的大厅。

“您明白我的问题吗？”格里戈里耶夫法官问。

“我不知道。”证人奥莉加轻声而简短地回答。在那里——似乎对自己进行着双重惩罚——她看了一下达莉娅，更加胆怯，彻底不说话了。

达莉娅穿着浅色短上衣坐在第一排，靠近费奥多尔，她顺势向费奥多尔点头，用微笑鼓励他，并且总想给好动的律师使个眼色，让他别像个稻草人一样坐着，而是要主动地辩护。

“证人，据我们所知，您毕竟还是个共青团员。您是否认为您今天的行为，客气地说，是欠考虑的？”格里戈里耶夫犀利地问，希望用证人奥莉加的回答刺激维肯季·萨韦利耶夫。“为什么您不作回答？证人？”

“我不知道。我什么都不知道！”奥莉加抽噎啜泣，她满脸泪花。“全部的错都在我！审判我吧！你们放了他！”

法院的书记员挺直腰，从水壶里倒了一杯水，冷漠地递给奥莉加。

对证人的审问继续。第二个证人，不太重要的、也是最后一个走进法庭的人，就是手风琴手马克西姆。让他出庭作证，基本上是为了走形式。

马克西姆左右脚替换站着，手里揉搓着鸭舌帽，声音低而不清楚且不连贯地讲述着晚会，讲述费奥多尔的大概行为，说到萨韦利耶夫“对其他姑娘可能不垂涎三尺”，他突然停住了，转向费奥多尔，出其不意地大声喊：

“我要上战场去，费季卡！再见了！说完了！已经收到通知书了！”他的话透漏出微微的苦楚，“帕尼亚已经走了。共青团团委书记克里卡·德罗诺夫也走了。所有的人都将要上战场。再见了，费季卡！他们吩咐我转达对你的问候。”

格里戈里耶夫伸手拿起小铃，清脆的铃声打断了证人马克西姆的话，他命令马克西姆坐下。然后，格里戈里耶夫法官看着窗户，用目光寻找那个穿着红色偏领男衬衣、打着贵重领带结的男人。但是，那个人已经不在格瓦斯售货亭旁，似乎他就没有出现过。而那个售货亭与戴白包发帽的肥胖女售货员不知为何也消失了。"走了……看来，女售货员准备送他。他上了战场……"

几乎两个月后国家被德国侵略者侵占。明斯克沦陷，斯摩棱斯克沦陷，被围困的基辅开始痉挛、吃紧。虽然维亚特卡远离前线，但是所有人都在备战。从沦陷地区来的逃亡者漂泊在各个州，他们坐在车站的大草包上。兵役委员会挤满了应招的人。军列缓慢地驶向西方死亡的战场，而从那里通过邮件传来阵亡的消息。

"所有的人将要上战场。就这样。"格里戈里耶夫作出结论。他看了一眼维肯季·萨韦利耶夫，气愤地咬紧牙："而这个混蛋却没有上战场！人们在冲锋陷阵，他却躲在后方。他却在安全的地方显示自己的威风！这样的人总是将别人作为掩护体！"

但是，格里戈里耶夫法官对自己卑鄙地想到萨韦利耶夫的未来，感到气愤和冷漠，甚至失算！手术缝合之后，维肯季·萨韦利耶夫伤口愈合，结痂掉了之后，他应党的号召参加了作战部队。在哈尔科夫郊区撤退战斗中，作为政治指导员的萨韦利耶夫，与被击碎的高射炮兵营的碎片一起掉到地窖里。他打光了所有的子弹，失去了手，被震伤后被俘虏。奇怪的是，被德国占领地区的伪警察科瓦里丘克，那时是富裕的农庄主，是苏维埃时期被没收土地的富农分子，却从流放的西伯利亚回来。他按照德国军官的命令，在战俘面前叫嚣着："你们中谁是共产党？站出来！反正我们会搞清楚一切！"于是患病且受伤的维肯季·萨韦利耶夫突然抬起头，迈出致命的一步，他用自己的生命保持了党的原则。战争就是自己的过滤器……

伪警察从被吊在绞索上的萨韦利耶夫脚下把木块打掉，胸前挂着“共产党”牌号的萨韦利耶夫的身体开始笨重地下沉，从破碎的制服中可以清楚地看到他肚子上被刀刺的大伤痕。

……“被告！在裁判之前由您最后发言。”格里戈里耶夫一字一顿地说。

费奥多尔从被告椅子上站起来，把双手放在护栏上，然后又愧疚地把双手放到背后。他看了看大厅。母亲和依偎在她身旁的塔尼卡——在这关键时刻，俩人胆怯地看着；达莉娅比所有的人离得都近，也朝前看：显然，她做好准备忏悔；马克西姆蓬头垢面，兴奋的——似乎因为很快要上前线而高兴；萨韦利耶夫半侧着身子坐着——他是整个事件的起因，但对他没有申诉：他活下来——为此可以谢天谢地，不会将杀人案件的审判期限拖延。费奥多尔还看了一眼奥莉加。她身着黑色的服装，头巾包着发辫，她今天显得有点恭顺，就像平静的修女一样——甚至有点可怜。

费奥多尔转过身，背对大厅。他说道：

“公民们，我，想给你们说，结局如此……”连他都听不出自己的声音，时断时续，很沮丧。他沉默了。

还在侦讯监牢，费奥多尔就准备在审判时当众承认错误。因用刀子刺伤他人，他内疚、痛苦，无数次忏悔，夜里在床板上辗转反侧，难以入睡。他想让生活倒转——他如躲避蝰蛇一般躲避刀子。但现在，却要他试着，把所有的这一切讲述给裁判。

“哎一哎，小伙子，你在那里可要了威风！因骄傲和倔强，人要承受更多的痛苦……你第一次犯罪。很抱歉，据说，都是模范的公民。认识到一切，就请求宽恕。”早先囚禁在同室的、绰号费普的中年犯人这样教导他。“因爱情犯法。据说是这样的，很好的公民把未婚妻带走了！未婚夫的心迷茫、炽热。在无法言说的爱情的影响下，他失去控制……他装成不幸的母羊，痛哭流涕。得到同情——减刑一两年。监牢的一年是饥饿、枯燥的。”老练的囚犯费普确实了解得非常透彻，对监牢了如指掌。

……停顿持续了好长时间。检察长开始坐不住了，嘴里含糊不清地说话。律师歪着头对着费奥多尔，悄悄地给他提示。甚至警卫也忍不住了，把枪托上部抓得更低一些；无个性的、老处女的法院书记员手里的墨水笔已经干枯。格里戈里耶夫法官在宝座上伸了伸懒腰：

“被告，您没什么可说的？”

“得了吧！得了！说啊！”费奥多尔内心发怒，恳求自己，“说啊！要知道所有都已准备好了。”他就像上课前背诗，一大早重复储蓄好的词语：“公民们，我，在公民萨韦利耶夫和所有人面前赔罪……”

“我不想说什么！”最后，费奥多尔大声地、粗鲁地说完，坐到椅子上。审判吧！全部承担了，魔鬼的灵魂！他不是丑角那样逗乐的人，也不是无赖，所有准备好的话——都是杜撰！如果让他向众人展示自己的阿谀奉承，那么自己的内心感到恶心！面对这样的法庭他不会忏悔。他本人就是法庭！他面对自己忏悔！

大厅全体人的等待结束了。所有人站起来，互相看看。费奥多尔听到了母亲的哭泣，塔尼卡的不清晰的话语。他绝望地想了想："最好别让他们到这里来。爹爹就没来……"

检察长宣判，费奥多尔·扎维亚洛夫要坐六年的监牢。一般在类似的案件中格里戈里耶夫法官得花费"一年开恩"的时间，再做宣判。而这一次他减少了整整两年的检察诉求……

当判决完毕之后，费奥多尔被带到单独的房间，与大厅内的母亲、妹妹、达莉娅和马克西姆隔离。他们喊叫着，挤撞着警卫，想靠近费奥多尔，与他告别。在最后告别的那一刻，费奥多尔看到了奥莉加。她如冰冷的修女，站在空旷的椅子中间，似乎不明白发生的事，也看不清楚，她的追求者处在极度痛苦境地的目光。

"不许这样做！维持秩序。让出地方！"警卫大声喊叫。

伊丽莎白·安德烈耶夫娜仍然不听警卫的喊叫，穿过障碍，与费奥多尔进行简短的告别。

"只一会儿，一会儿。"母亲如抹蜜似地讨好着，之后警卫把母亲和塔尼卡放进房间，让她们来到被判决有罪的人面前。

伊丽莎白·安德烈耶夫娜把双手伸向前，一下子扑向费奥多尔：

"我亲爱的儿子！费季卡，愿上帝保佑你，该怎么办啊？最好的年华坐牢了……在监狱里你联系不上任何人。你尽量听话。也许，可以获得赦免。"她投入儿子的怀抱，头发蓬乱，眼泪纵横，看上去老了许多。"时间流逝！各村所有男人们都应征上了战场。很快战争就开始了吗？——也不知道。阿夫多季娅巫婆占卜：得持续一年多……你父亲也很快要应招上战场。你别生他的气，费季卡。他来这里会很难过。"

"他没来，做得很对。"费奥多尔毫无抱怨地说。

他尽量地控制自己。尽管母亲既不是陌生的法官，也不是“穿着时尚”的萨韦利耶夫，在她面前应该认错，请求原谅。但是他害怕动情，害怕直率流露，害怕流泪。他眯着眼睛看母亲。他看出，母亲变了，她消瘦了，脸色苍白，头发里似乎有一绺白发。当她腆着大肚子坐着，为自己未来出生的儿子幸福地绣花时脸上那个幸福的微笑到哪里去了？消失了，不再返回！费奥多尔知道，在那个可恶的夜晚她生下一个死胎。

“费季卡，你瘦多了。你多吃点。篮子里是给你带的小吃。瞧，带的什么小吃？我在说些什么啊！费季卡，原谅我。我替所有的人请求原谅。也许，相比其他人，我没有照看好……给我们写信，告诉我们，你待在哪里。我给你寄包裹，不要与长官顶嘴，尽量讨好他。”

“妈妈，没什么，我要走了。你别哭了，回吧。”费奥多尔干巴巴地说。

塔尼卡依偎在费奥多尔身旁。她从下到上虔诚地看着他，就像忠诚的小狗要与亲爱的主人分开，但它不相信要与主人分别。她内心有很多珍贵而温柔的话要对他说，但最终她一句话也没说出来。她只是从自己的内衣里扯下一枚小十字架，静静地塞到费奥多尔的手里。手掌里的十字架正面是耶稣受难像，背面刻着“拯救和保护”。

“别哭哭啼啼了！够了！”警卫终止了会面，“够了！我说，够了！”

费奥多尔把脸扭向小窗户，不想看到警卫如何把母亲和妹妹推出高高的墨守成规的大门。最后，他用手压住眼睛，不让眼泪流出来。

10

夜幕降临。拉门斯克村家家户户的窗户里亮起了灯。扎维亚洛夫家的玻璃上，也折射出长久的无眠之光。

法庭审判之后，塔尼卡整个晚上没有离开母亲。就像幼小的动物害怕单独留下，她处处缠着母亲，一直跟随在伊丽莎白·安德烈耶夫娜身边。她用某种方式折磨自己，忍受精神上的痛苦，负罪地望着圣像上尼古拉·乌戈德尼克严肃的面孔。最后，她向母亲伊丽莎白·安德烈耶夫娜忏悔：

“是我刺激了费季卡。我给他说了许多关于奥莉加的追求者的话。我激怒了他，使他暴怒，他才会带着刀子走了。因为我他才发怒的，亲爱的妈妈……”

夜深人静。临睡前，塔尼卡虔诚地对圣像划着十字，祈求上帝宽恕她挑唆性的罪过。她坐在凳子上，双手抱着头，伏在桌子上，睡着了。她的身旁放着一本打开的书，这是奶奶留下的祈祷书，书页上溅有蜡烛的痕迹。

正房的顶棚上挂着煤油灯。灯捻上的三角黄色火焰，模糊地映照在瓦灰色的天花板上，似忧郁的面孔，照射在圣像衣饰的银箔上，泻射在橱柜深绿色的玻璃上，游动在镜子里，又被截成圆影，映射在镜子后，半月形地凝固在木桶的水面上。灯光流散在整个房间，金黄色的灯光温柔地照射在睡熟的塔尼卡的头发上，且辐照在读过多页祈祷书的边缘上。

伊丽莎白·安德烈耶夫娜这一天受尽折磨，昏沉沉地睡着了，只是间断地呼吸、抽搐、搓脚。伊戈尔·尼古拉耶维奇没有睡。虽然他早早躺在床上，但没有完全合眼。

当塔尼卡低声祈祷完，伏在桌子睡着之后，他才轻轻地起床，来到女儿身边。他站在她身边，长久地看着她，似乎想更好地回忆：她那一双伏在头下的小手、从肩膀上滑下的头发、脖子上清晰可见的血脉。为了不打断她的睡梦，他侧向一边呼吸，小心翼翼地抱起女儿，把她抱到窗帘后的床上。他温柔而平稳地放下女儿，控制弹簧床发出的咯吱声。他轻轻地给她盖上被子。他想亲吻女儿，但他害怕胡子扎到她，破坏她的睡梦。他只是默默地祈祷："塔妞莎[①]，长大吧……别忘了我……"

然后他来到房子中间。环顾四周，似乎在这里没找到所需的东西。他已经不是第一次地猜想，在那里欠缺了什么。在壁炉的另一面，窗帘后面，就是费奥多尔的床——空的，他的床就好像被抛弃在储藏室里，布满灰尘。在今天开庭之前，这里已经空了，现在——更不用说了：似乎自己的房子失去了生机，被夺去了生气勃勃的一部分，留下了冷清的不安适和悲伤的回忆。

伊戈尔·尼古拉耶维奇从木桶里舀了一勺水，水面上的灯光为此摇摆，乱成细碎的涟漪。他喝了点水，把勺子放回原位。他觉得，还需要看看什么，转一转，检查一下。但是他不知道，自己究竟要干什么。他把煤油灯熄灭，原地站了一会儿，以便眼睛适应周边的黑夜。

月光透过窗户，洒在小格子窗框上，在灯光下看不出月光是那样的匀称和平静，正如寂静本身一样。在月色的衬托下，寂静越发幽深、沉静。从洗脸盆的龙头到下面放的盆子，能清晰地听到夜间的滴水声。滴水声是那样的熟悉而又让人恐惧。

① 塔尼卡的表小表爱之称。——译者注。

伊戈尔·尼古拉耶维奇穿上靴子，用肩膀轻轻地抵住门，以免门扣发出响声。他走出家。

在院子里，绿草泛着淡淡的银光。水井棚黑黝黝的锐角影显在绿草中间。院子边缘爬满了篱笆杆的影子。装着一捆捆干草的四轮马车的栏杆微微发白。

满月高高地挂在森林上空。周围微微透射出清亮、淡蓝色的虹圈——月虹。临近秋天的夜晚，星星闪亮、耀眼，在大地上空密集而清晰地闪烁。在凝滞的苍穹中，繁星点点：离大地较近——如巨大的闪亮的蓝宝石，较高、较远——如细小的花玻璃珠子，更深远些——如闪烁的灰尘，消失在无边无垠的深处。人永远也够不到，也无法认识和想象这个深处。

人为何而生？生命给了人什么？伊戈尔·尼古拉耶维奇站在院子中央，突然想到了这个无法解决的悲伤的问题。这个问题第一次出现在他的脑海里，第一次触动了他的全身，穿进他的内心。但是，他很快明白，他内心这个忧伤、沉思的涌动来自何方。他、他的家、所有的人，这个世界周围的一切，都将面临战争。一两天后，他将要背上士兵的行囊，出发，到西方，那里有听不见、看不到、非同小可的硝烟弥漫的战斗。

他如一个迷途的、迷失自我的、陷入无法解释的人类历史混乱中的人，站在自家的房屋旁，站在皎洁的月色中，站在凝固的苍穹群星荟萃中。

……门厅传来响声和小心翼翼的脚步声。伊丽莎白·安德烈耶夫娜穿着白色的睡衣，走出房子，站在台阶上。她看到身穿贴身白衬衫的丈夫站在院子中央，在月光下，衬衣因白垩般的白光如某个已故者的衣服在飘荡。丈夫长长的身影延长到她的光脚前。

“伊戈尔，你怎么啦？为什么不睡觉？”她轻声地问着走到丈夫跟前，轻轻地触摸他的手。她害怕自己和丈夫身上穿的这些白色衣服，还有——她害怕丈夫的一动不动和着魔似的沉默不语。

“应该与费奥多尔见见面。我不应该不去法庭。不该分别。”过了一会儿，他愧疚地说道，避开伊丽莎白·安德烈耶夫娜黑暗中那双注视的眼睛。

在警卫的喊话中，在警犬的吠叫声中，一大帮囚犯忙乱地从令人窒息的、窗户上顶着板条的脏闷罐车里下来，匆忙地四处张望。如一垛垛禾捆，囚犯们扎满在离铁路路基最近的空地上。“坐下！坐下！说你呢！”押送员就像砍树桩似地，把打哈欠的犯人推向前，将犯人们推搡、集中在一起，以便很好地看管。为了警示，押送员抖动了一下手里倾向前的步枪，呵斥警犬，防备犯人逃跑到森林。囚犯们却因可以变换地方住而高兴。显然，在中转站，不仅是那些在污浊营地里巡逻的人员可以让肺吸入新鲜空气，还有那些在又脏又破的闷罐车厢里喧闹的犯人们，也可以出来，透透新鲜空气。

站队、点名，重新组成五个人一横排的纵队之后，囚犯们被转送到了监狱。这里不再是恶臭、密集的闷罐车厢，而是拥挤的、烟雾腾腾的囚室。囚室的墙壁污浊、破损，床板光秃秃的，日常设施陈旧的已无法使用。

费奥多尔经常想起在他“关押审查”期间的监护人、小老头费普。费普驼背，但经验丰富，他不是出于心肠软而成为费奥多尔监狱学问的教导者。一开始他就打探：

“小伙子，你来自哪里？是来自拉门斯克村吗？你认识不认识那个地方有个叫安德烈叔叔的？他现在已是老人了，瘸腿，孤零零地一个人生活在森林的茅屋里。”

“那就是我的爷爷！亲爷爷！”

“嘿嘿！”费普高兴地喊起来，“那时我与他交朋友。闹着玩，与政治委员吵架……你的爷爷值得拥有忠实的名声。他真实地生活着。他常说‘钱是什么？钱多了就要吃饱、喝醉，但内心——要公正……’”

从此费普开始担任朋友孙子的启蒙老师，教他如何在审讯时应对检察员、保护同囚室的犯人、用细心和关怀讨好他人。

费奥多尔观察费普，他驼背，有着像猴子一样瘦小的身材和长胳膊，满脸皱纹，装腔作势。费奥多尔发现，在监狱里费普的所作所为具有权威性。犯人们普遍尊重他。有次，费普手下一个可憎的囚犯想算计费奥多尔，此人以残暴出名，当他得知费奥多尔的亲爷爷在土匪中有名望时，他低着头走了。当一个人想以不正当的手段为自己谋权夺利、获得特殊的公正时，正是诱惑在他身边。就像费奥多尔一样——他的血管里常常浮动着魔鬼的想法，自己想走爷爷的道路，选择像爷爷一样的勇猛。安德烈爷爷敢于这样做，而他自己就差远了，是不是？

在这个中转站，却没费普的帮助和影响。在铁窗里，由挂着铁锁的门和带刺的铁丝网组成的围墙里——看不到任何彩虹。所有的犯人如穿着破衫烂褂的畸形儿，显然，由那些更卑鄙的人行使着对他们的权力。只有纵横交错的铁窗方格外，在那片天空中，才是洁净的——可以愉快而自由地观赏。

几天后，押送员按照调拨单从营房里开始传唤。所有的囚犯都被赶到院子里，徒步去维亚特卡省的北边，那里有一个小地方叫卡伊，是原始森林地带。预先猜到了要走很长的无聊的路，费奥多尔坐在监狱的院子里，脱下靴子，裸露着沤烂的脚底——在褪色的草地上透风。

早晨的太阳高高升起在监狱的围墙上空，厚厚的盘卷的云层下透出粉红色的晨曦。一个白色之字形翅膀的大海鸥——想必，从某个近处春泛的地方——飞翔在令人羡慕的自由自在的空间。它不想俯瞰，试图盘旋到那些被关押在黑暗的砖房板条窗户里的人们跟前。现在，只要有机会，费奥多尔就会长久地看着天空。以前他没有体验到自由的吸引力和魅力：来自世俗的痛苦、内心极度的空虚。只有在空虚之时，他才珍惜这份自由，也只有经过这个空虚，他才会将家、童年和间歇的回忆不切实际地联系在一起。云朵的形状，不知为何让他想起奶奶安娜给他讲的很久以前的雪姑娘的童话。“女伴们终于赶上了雪姑娘。她决定跳过小篝火。她一下不见了。她融化了，变成蒸汽，变成一个小云朵。而这个小云朵在飘浮，现在就在某个地方……”

费奥多尔没有听到，也没有察觉到，一个瘦骨嶙峋的高个小伙子走到他跟前，步态摇晃，似乎全身的关节都松动了。他光着脚，手里拿着半破损的、已经掉了鞋掌的皮靴。从他走路的姿势、手上刺的文身、嘴里的包金牙齿，可以猜出他就是以前这里的匪首，外号利亚马。此绰号有很深的含义。

利亚马拿起费奥多尔的靴子，把他的鞋掌与自己靴子的鞋掌比对，一量，颇为高兴：

“这双给你。穿上。我们两个人的脚一样大。”利亚马把自己的靴子放到费奥多尔的面前，拿走了费奥多尔的靴子。“包脚布留给你，合适。”

“不许动！”费奥多尔跳起来，伸手拽住利亚马，“这是我的靴子！我不给！”

“你个公子哥，干什么？现在这双靴子是你的。”利亚马狞笑着，暗示自己在这个圈子里的特殊权力。

周围的囚犯们冷漠地观看着合法争夺的场景，谁都不想干预和议论重新划分个人财物。

“给我！”费奥多尔低声地说。他一下子发怒了，因狂怒脸色变白：“给我，畜生！我要杀死你！”

费奥多尔如爆发的火山，热血沸腾，又如一头狂怒的猛兽，疯狂地抵抗周围的一切。他似乎不是用手指，而是用爪子从利亚马手里夺过靴子，然后快速地用拳头击向他的鼻子。接着又是一拳，利亚马的鼻子被打出了血，满脸都是血……利亚马摇晃起来，翻白眼，一下子瘫倒在坐得最近的囚犯的身上。费奥多尔并没有停手，他扑向利亚马，用手卡住利亚马的喉咙。他，可能，狂怒时真想掐死利亚马，如果不是病弱的邻居发出微弱的声音，费奥多尔气愤之时真会把他按倒在地。

“啊呀！公民，这是干什么！我是病人。我有哮喘。为何这样对我？”

费奥多尔控制住自己，用力推开欺负他的人。

利亚马清醒过来，坐在受哮喘病折磨的人旁边，用袖子擦拭出血的鼻子：

“行，公子哥，你得赔我，我会给你记上这笔账的……”

“住嘴，坏蛋！”费奥多尔拿起靴子，咬牙切齿地说，“你的嘴脸还想挨揍？”他对流着鼻血的利亚马威胁道。

看守没有发现犯人的冲突，而旁观的囚犯们为他人的内斗叫好。只有哮喘的人因被纠缠到打斗中，还在长久地叹息，不高兴地仰着肿胀的脸，睁着一双空洞的眼睛。

后来，当监狱里在押犯人们不再尊敬利亚马时，费奥多尔明白，他自己斗胆打破了这里的生活方式。“嘿嘿，小伙子，马上就到砍伐期了，”他的耳边响起了费普的教导，“你不是干小偷这一行的！那里实行分级。就是从贵族到布尔什维克——都是高层。这才有了小偷。早期，乞丐只想偷老爷。嘿嘿！砍伐！被饥饿折磨！掉了脑袋！哐当入狱，戴镣铐。真理总是在那些有钱有地位的人的手里。你要观察监狱的秩序。在日常生活中破坏规矩的事件面前，把自己扮成老鹰，不要退让。但对遵守团伙规矩的小偷别动棍子。他就是这里的老爷——心怀不轨。”

“集合！快速集合！”押送队长沃洛宁从监狱管理办公室走出来，喊起来。他整了整头上的帽子，盛气凌人地翘着小胡子。

押送人员快速地复制他的命令。

12

太阳烘烤着沙土路，松散的流沙扬起了一股热气——道路不仅对步行，而且对车马运输都很艰难。摇摇晃晃的囚犯队伍踉踉跄跄，拖着步伐，忍受炎热和饥饿，沿着空旷的乡间小路行进。跑得很快的立体鹡鸰摇晃着长长的尾巴，惊讶于庞大的行进队伍，从崎岖不平的道路上飞下来，盘旋在小湖上空，在黑麦田上空消失了。

“停！休息！”押送队长沃洛宁命令。他摘下帽子，帽子在太阳烘烤下，晒得发白。

没有休息，押送员们很难再继续行进：对他们来说，道路并不短，虽然有时轮换，但他们还是坐在随行的大车上。

押送的犯人们被安排在路边的低草地上，靠近清澈黑色的泥炭小湖。从湖水吹来了解乏的凉风：一股股湖水冷泉，拍打着湖底灰色的砂石，轻轻地吹动着水草。犯人们被命令坐在地上，只允许轮流着去洗脸、喝湖水。

“但是不能有任何的拥挤！要维持秩序！明白吗？”沃洛宁喊出犯人的领头人，翘着浅黄色的小胡子，习惯性地把手放在皮带上的手枪皮套上。

一路上出汗的马被松开了缰绳，放到活动场地。押送人员在其中的一辆大车上各自摆出食物。尽管太阳暴晒，他们一杯杯地喝着自制的家酿酒，津津有味地嚼吃着新鲜黄瓜，哈哈大笑，抽着卷烟。

费奥多尔嚼吃着上路时发的一整天的口粮，喝完允许的两杯湖水，冲洗了一下脸，仰面躺在草地上。

太阳当空照着。似乎，太阳早就挂在天顶上，没有一丝云，如烟一样的白云集聚在天边，不敢靠近它，用影子阻挡着热光。但是无限自由的高空现在并不吸引费奥多尔：与利亚马厮打之后，他变得忧虑而冷漠，他对家乡和未来的幻想渐渐冷却。在纵队里，瘦高的匪首似乎还在挑衅他。利亚马幸灾乐祸地预算到自己将与费奥多尔分在一个队伍里，他露着包金牙，阴险而报复性地看着费奥多尔。刑事犯不宽容怨恨。费奥多尔不是他们一伙的。

灌木丛中传来轻微的鼾声。脸上有麻子的年轻看守，显然快速地饮下度数高的白酒之后，喝醉了，懒洋洋地仰天躺着，张大嘴打鼾。他的枪从手上滑下，枪口对着草地。费奥多尔胳膊微微撑起来，警觉地四处看看。草地沿着道路，一边延伸到黑麦田边，另一边则平缓地下到底部，通向森林。而且离囚犯休息点不远的一块农田，则深入浓密的灌木丛林；再往下——直到平坦的沼泽地——布满了一望无际的针叶林原始森林。在道路的另一侧，草场堆积的草垛后，密集的原始森林如块状山体延伸到小山丘。

"在押送过程中没有警犬。"似乎有人在费奥多尔的耳边提示出逃的理由。

脸上有麻子的看守睡得很香。押送队长沃洛宁平躺在道路的斜坡上，用帽子盖住额头。其他的押送员沿着道路走来走去，懒散地交谈着，自然不再呵斥犯人。卸了套的马，摇晃着尾巴，在离费奥多尔较远的湖边溜达。

"当这样的机会出现。"那个挑唆性的声音悄声地说。

到现在为止，费奥多尔潜意识地想到了安德烈爷爷的拯救意图，现在这个诱人的想法如火焰迸发出来。

费奥多尔再次仔细地、敏锐地观察，算计了一下。经睡觉的人——匆忙跑到田里！趁押送员拿枪、上膛之时，他气喘吁吁而快速地跑起来，可以钻到黑麦地里。连蹦带跳，不让押送员瞄准，沿着麦田走到灌木丛林。他们，当然会拼命追，但不可能骑马，徒步不可能追到。趁自己脚上暂时还有力："跑吧！"只要跑到森林，后面就追不到了。森林——这是逃生之路。在那里不会饿死，有蘑菇、浆果……先躲过风头，然后到车站。只能晚上行动。爬货车，坐"铁皮"逃出。到时候到乌拉尔，到昆古尔，找爷爷的朋友。

费奥多尔快速地想着。他身上的每一个细胞，因幸福地预见到自由而活跃起来。现在时间紧迫。到处乱七八糟。多少人失

踪，抛弃家人，拿着他人的证件上前线，然后隐姓埋名。与其在监狱饿死或者因刀子犯刑事死罪，还不如上战场。到那里，上战场，当兵。找自己的……他甚至瞬间想到朋友——善于跳舞的帕尼亚和手风琴手马克西姆，想到共青团团委书记克里卡·德罗诺夫。一想到这里，他十分高兴！

费奥多尔小心地来到宿营地最边缘，来到睡着的看守前。然后他偷偷地爬动，离开囚犯队伍。麻子看守无拘无束地睡着，也不变换睡姿。对睡着的人来说，枪不再是武器，只是个木棍。重要的是——不要像以前走火。稍等，抓住机会。让路上巡逻的人走远一点。费奥多尔左腿跪着，稍微弯下身，把右腿蜷在胸前，以免碰撞。然后偷偷地察看，集中注意力，等了一会儿。他忍受着自己心脏怦怦地跳。难以抵挡的呼唤将他引向黄色的大麦田。就是它——决定的时刻临近！那时费奥多尔全身如一阵风，像兔子一样，快速跑起来……

该跑了！可以了！他想到这里，但是紧张的双腿还没摆动起来。此时枪声响起。枪不是射向他人，不是偶然的，而是瞄准了他，朝他射击！

子弹几乎贴近他的头顶，呼啸而过。费奥多尔趴在地上，蜷缩起来。麻子看守如被开水烫了一般跳起来，抓住步枪，盲目地朝四周射击。所有押送队员们乱作一团。犯人们惊呆了。

“杀死你！就像射杀一只狗！瞧，你个小混蛋，想跑！想从沃洛宁手里逃跑！还想欺骗我。我让你跑，兔崽子！”

沃洛宁长期从事监督工作，他拥有职业的经验。他不是从书本上学到掌握犯人的心理，他见过各种逃跑的人：其中有满嘴脏话的犯人，还有不懂事的无经验的人。他自己，经常准确地射中逃跑者的后背。他也观察到了费奥多尔的爬离。他躺在道路的斜坡上，从拉到眉毛的帽子缝隙里，观察到了费奥多尔。他没有打瞌睡，睁着一双练就的好眼力。“这个人总想逃跑。逃跑，像个笨蛋转悠。的确就是逃跑。但他从我这里逃不了。谁也别想从沃洛宁手里逃出去！”他把手放到手枪皮套上，静静地抽出左轮手枪，扣动扳机。

沃洛宁嘴里骂骂咧咧，用脚将坐在路上的犯人们拨开，挥动着手枪，走到费奥多尔面前。他翘着小胡子，瞪着那对犀利的小眼睛，龇牙叫骂着，逼近费奥多尔。黑洞洞的枪口顶在费奥多尔的鼻梁上。

“你想骗过我，狗崽子！骗我？沃洛宁？那我让你瞧……沃洛宁让你们看，兔崽子们！给你们所有人教训！我杀死你们！”

也许受沃洛宁那一枪的威胁，费奥多尔一动不动，半躺在草地上。但是强烈的生命力量早已压过押送队长的叫骂、愤怒和子弹的威胁。费奥多尔一下子从地上跳起来，用手握住枪杆，冲着狂怒的小胡子押解队长喊起来：

“我不想逃跑！不想！我说的是实话，长官公民！我去采浆果！采石岩悬钩子果……瞧那些十字架——我不想！”费奥多尔突然对着自己划十字，他快速、坚定，不是用三个指头捏在一起划十字，而是按照旧礼仪派，两个指头划十字。“瞧，我的十字架！”他从口袋里掏出塔尼卡临别时给他的小十字架。

看到十字架上祈祷的姿势，沃洛宁一下子惊慌了，拿枪的那只手沉重地放下来。因职业义务他放过了不少被判决有罪的旧礼仪教徒（红军中被没收土地财产的富农和被拒绝出国者），他坚信，旧礼仪教徒没有抛弃用两个指头划十字，他们在自己的房间里忏悔，不可能在十字架下撒谎。他把目光投到费奥多尔的背后——直视一两根被碎削的草茎和发红的石岩悬钩子果。沃洛宁用带“鬼”字的脏话骂人，厌恶地用手枪将费奥多尔伸出的手上拿着的十字架打了一下，冲着麻子看守喊道：

“懒虫，你为什么要睡觉？为什么抛开武器？谁在履行职责？我纵容你们，你们却如此……”他用粗野的脏话骂娘，大声地喊，“起来！像狗一样地随便地躺着！”

押送队员们忙乱起来，队长发的火越大，他们就越加凶狠地打骂囚犯们。费奥多尔离开站立的地方，忧伤地回头看：黑幽幽的湖潭，闪动着金色涟漪的抽穗的黑麦，一块乱蓬蓬的灌木丛。他自己也不知道：他懊悔没有逃跑成功，以及为保留自己性命而自卫。他们可以像杀一只小兔子一样射杀他，或者抓住他，以惩罚来消耗他。但是非常可惜的是，他丧失了塔尼卡的十字架。它被沃洛宁从手里打落，可费奥多尔没来得及在草里寻找它。从押送队员的手枪里射向他的第一颗子弹以及子弹“嗖！”的呼啸声，永远停留在他的记忆里。

“不要躺着了！集合！站直！谁要站偏一步——我就开枪！”热心工作的沃洛宁强调着纪律。

在无风的黄昏里，当厚厚的雪靛色的云彩挤压着鲜红的太阳，白雾漫天铺地地笼罩在草甸和牧场时，森林一片寂静，犯人们沿着灰尘弥漫的道路到达一个小村庄。几乎看不到村里的人：押送这样一批犯人们到这里已不是稀罕事。如果战争开始之初，就阉割了守规矩的人民，那些人生活在没有参与犯罪的世界里，那么，谁会对囚犯感兴趣！只有看门狗们显示出兴趣——它们冲着队伍吠叫，当队伍单调地行走在村子边上，其中几个淘气狗默默地盯着犯人们阴沉的脸，以及肩膀上背着枪的押送员。

犯人们被安排到围着带刺的铁丝网的空马厩里过夜。押送人员一般住在简易的木板棚里。不久前，这里似乎失过火，留下一堆发黑的东西：像是有意纵火；战争仅仅将村子里的马厩腾空了——所有的马都被带上前线使用——因此，空着的可容纳一匹马的单栏就供人使用。

犯人们被安排到单栏里睡觉。所有的马厩不仅散发出马的气味、马粪味、木板的腐朽味，而且还散发出人的尿骚味，还留有以前被押送的犯人们留下的粪便痕迹。在半黑暗中，犯人们相互挤着，各自为自己疲惫的身体寻找舒适的地方。犯人们被密集地安顿下来，几乎一个紧挨着一个。得到任何一块未被燃烧的地方、一块干净的干草，都让犯人们暗自庆幸。

犯行窃罪的犯人被安排的地方比其他犯人的宽敞些：铺着被子，且他们带着在中转站里选购的个人用品，为了舒适，还点上了蜡烛。还在中转站时，他们就彼此通过暗号辨认、聚集，他们自信且放肆，非常自由，对待一些押送员也不拘礼节。

夜晚，刑事犯们安排了酒宴。小偷的钱不会转移，就在这里被消费掉了。如同苍蝇总会飞向粪便，押送队中的受贿者寻找着赚钱的机会：他们给小偷拿来家酿酒和肥肉。小偷为满足欲望还寻找妓女。在这批被押送的犯人中，有十二个被判罪的女人，其中一些，可能不是以出卖肉体为生，也不知道监狱的传染病。

费奥多尔无意中偷听到两个女人的对话。在隔壁的黑暗中，她们嘀咕着：

“我去小偷那里。好想吃。”

“你傻了？他们会强奸你的！”

“不应该强奸我。我……”她此时厌恶地骂了一句，“不可怜。只要给我吃的。要是害羞就不会吃饱。”

费奥多尔给自己腾出一小块地方，因挤压与旁边的犯人互骂了一阵后，他挤到单栏的墙角。虽然他在长途跋涉中累坏了，但还是睡不着。费奥多尔知道，今夜，他得为打伤利亚马的脸付出代价。利亚马手拿着燃烧的火把，造访他，并咬牙切齿地警告：

“公子哥，让你多活一会儿。让你的胎羽再丰满些……”

费奥多尔猜中了利亚马画的“油井中的贝雷帽”的含义。利亚马未必敢“杀人”：根据一切判断，在小偷帮里，利亚马是个弱者，当着朋友们的面嘲笑“被侦讯的人”——为了加重行窃的分量，给他直接的好处。费奥多尔内心恐惧，无法安宁。但他无法从马厩脱身，也没什么可保护自己的。他无意中听到醉汉与妓女吧嗒嘴，得意地哈哈大笑以及妓女的淫荡笑声。他们使用黑话。这种骂人话他已经知道，但是在实际对话中他从没有用过，对他来说，似乎这种语言是偷来的。

“在我的地盘还有挑衅的男人。”

“监察员很快就来这里，所有干轻活的女犯人都得不到庇护。”

“……从男妓到娼妓工作紧张。”

“哎—哎，老朋友。别摸！这是我的姘妇。比我聪明……”

在拥挤、黑暗、寂静的夜里，从马厩平坦的窗户里透射出昏暗的月光，犯人的声音格外清楚，嘶哑的笑声传得很远，还能闻到刺鼻的烟草味。稍晚一点，传来人的肮脏的性交声：男人急促的喘息声和女人的呻吟声。

费奥多尔很疲乏。他沉睡在梦中。他完全睡熟了，梦见纠缠不休的报复，以及无法实现的手拿斧头的愿望。他甚至在梦里开始用手触摸小斧子……

费奥多尔被睡在旁边的犯人生气的喃喃声和熟悉的阴险的笑声惊醒：

“这个人！”

费奥多尔抽搐了一下，睁大眼睛，开始在身边摸索什么。他的面前刺眼地燃烧着火柴火焰。但很快熄灭。此刻一团细细的被拧成麻花状的东西塞到他的嘴里，他无法出声，头冲着地。有人将他的手抓住，背在背后——他完全无法反抗。黑暗中他隐约地看清那些人的脸廓，其中一个最近的人——包着褪色的牙套。费奥多尔全身使劲地挣脱，但不管用：他被抓得很牢，因强烈的挣扎他感到疼痛。他感觉到银色的东西在他眼前一闪，是一把尖锐的刀锋平顶在他的喉咙前。

“公子哥，你乖乖地穿上我的靴子？我现在让你……”利亚马将做酒烧糊的东西和葱辣味的东西糊在他的脸上，“我让你不得呼吸。”

但是锋利的刀锋从喉咙上拿开了，很快费奥多尔感到头隐隐作痛。利亚马用沉重的靴底踩着他的腹部，然后使劲踹，并全身压躺在他的肚子上。费奥多尔呼吸困难，全身难以抑制地疼痛。但他既不能呼气，又摆脱不了。然后，利亚马用黏着马粪、人尿和粪便的鞋底踩向他的脸，再次将沉重的身体压躺在他的腹部上。费奥多尔使出最后的力量猛冲向前，因猛地一冲，他把嘴里的堵塞物吐了出来，也因为肚子被不间断的极其残酷的挤压，他昏迷了过去。

拂晓，马厩的门完全敞开，少许的阳光照进污浊的单栏，押送队长沃洛宁大喊一声："起来！出去集合！"费奥多尔只能微微睁开眼皮，但他的手和腿不能动。被殴打的疼痛感传遍全身，他浑身沉重，无法起身，似乎全身萎缩了。

"喂，你，起来！为什么躺着！不听命令？"麻子看守冲着他躺着的角落，喊了一声。

费奥多尔没有动，呆滞地盯着上面，看着浑浊阳光里积聚的灰尘。

"为什么躺在那里？死了，是不是？"从马厩的门孔，沃洛宁叫住他的下属。

"不知道。现在我们去看看。不知为何躺着。"

沃洛宁不慌不忙地走上前了解怎么回事。

"起来！起来！"他扯着嗓子喊。但却没有任何回应。

沃洛宁和麻子看守——俩人俯下身，看着费奥多尔，厌恶地撇着嘴。费奥多尔瞪着一双冷漠而痴呆的眼睛，满脸的伤痕被粪便脏土糊着，嘴角撕裂处还留有一块凝固的浓血痕迹。

"怎么被揍成这样？"沃洛宁吐了一口唾沫。

两个犯人驾着费奥多尔，把他拖拉到生病犯人的四轮马车上，在马厩肮脏的地上，留下了他两行裸脚后跟拖拉的痕迹。很快利亚马也跳到马车上：

"我跟你说，这就是你的末日。"他把自己破损的靴子塞到费奥多尔的身下，愉快地穿上费奥多尔的靴子，好像跳舞似地跺了一下脚。

前往劳改营的路上，费奥多尔一直躺在马车上。当马车经过坑洼地段时，他因疼痛抽搐，好像心窝又被打了，他无声地呻吟着，皱着眉头，让自己忍受黑暗和痛苦。他甚至不想吃，但每时每刻又饥渴难忍。

那个哮喘的犯人与他一起躺在四轮马车上，一路上每次经过低洼地段时，他都会呻吟。有时他喘着气，竭力想给费奥多尔讲述自己的病，他不断重复，之后忘记了，又从头开始讲起。但哮喘者没有被运到劳改营。由于在马车上被太阳照射，哮喘者憋闷，睁着双眼死了；当押送员还没有来得及把死者卸下马车，死者的眼球已爬满了云团般的白苍蝇。

14

笨重的渡轮渡过了维亚特卡河，穿过浅绿色的河床，行驶在河水中，从城市开往乡村的河对岸的地方。阳光如金色小贝壳照射在水面上。奥莉加和丽达靠着栏杆，与其他同伴分开，站在一边。她们时而看看延伸在褐色陡岸顶上的城市：干净的石头城市，高高的河岸两旁的商业房，显著的白色柱子和圆顶的花亭，这些都是由著名建筑师为利于从斜坡观赏而建，巨大的教堂没有修士居住而变得荒芜，但特里丰诺夫寺院完好无损；时而她们把目光转向近处缓坡浅沙滩和浓密柳树的河岸。但是最吸引她们目光的还是河水。河水在渡轮的两侧密集地流动，泡沫翻滚，在阳光照射下闪闪发光，不乐意地回旋，冲刷着长满霉苔的原木；之后——河水又宽阔地延伸，平静地流淌，流向远方，河水温顺而神秘地保存着什么：也许是偷听到人的谈话和神秘的思想，也许是对所有人和事无法计算的年代。

“你为什么不去找维肯季？”丽达小声地问奥莉加，“对你来说，他不是外人。最好见一面。”

奥莉加不急于回答，而是沉思地看着河水。

她们来城里送奥莉加的哥哥上前线。丽达与奥莉加结伴而行：奥莉加给自己的亲人挥动手帕，泪流满面地告别。这样的送行让她痛苦。不久前丽达与帕尼亚告别，现在丽达一想起帕尼亚的每一句话和俩人最后的见面，就感觉既甜蜜又痛苦。

在嘈杂忙乱的站台上，在新兵准备上车的火车旁，丽达偶然认出了维肯季·萨韦利耶夫。"回头看，奥莉加，看！"她精神一振。奥莉加转过身来，一下子脸色发白，躲到哥哥的肩膀后，避免与维肯季见面。维肯季·萨韦利耶夫等到了自己的那辆专用列车。

"我不能走到他的面前，"奥莉加轻声地说，"既然判了费奥多尔，就断绝联系。维肯季在审判完之后，试图与我说话，而我如水里的毛虫，一句话也没有对他说：非坏非好……他是个聪明人，彬彬有礼的人。与他走在一起，任何姑娘都感到荣幸。这样的未婚夫总会找到未婚妻的。但是我的心不再因他而疼痛。不疼痛——难道你要等待这样的人吗？不值得见面。为什么在战争前要欺骗自己和他呢？"她猛一抬头，看着远处破损的寺院教堂圆顶的高空，然后又垂下眼睛，看着一望无际的河水。"我现在总觉得好像费奥多尔跟着我。好像他一切都知道，听得到：我做什么，与谁说话，想什么。他像个隐形人跟着我……当亲人发生不幸的事，就要珍惜自己的亲人。"

深水区越来越小——小支流在渡轮和湿滑的码头垫板间缩小。渡轮抵达岸边。渡轮沉闷地撞击着系船桩。人们开始登岸。一个少年马车夫响亮地吆喝着一匹黑马，这匹马在登船时不听使唤，现在又倔强地把邮政四轮马车拽倒在地上。

找不到同路到村里去的大马车，但是有一道前往拉门斯克村方向去的步行者。

“我们稍等一会儿，”奥莉加一边挽着丽达的胳膊，一边说，“让所有的人走到前面。我们两个人静静地跟在后面。”

直到现在，奥莉加羞于见他人，她自己觉得，拉门斯克村的村民们认为她是不可靠的，给她打上了某种放荡的印记。她独来独往，或者她与丽达来往更加密切。她还像以前一样回避伊丽莎白·安德烈耶夫娜，走到其他的路上，绕过扎维亚洛夫的家，甚至避免看到塔尼卡，塔尼卡的眼光流露出对她参与费奥多尔判刑的责备。他待在监狱，她却到处不受约束……

她们站在岸边，看着河湾，翻卷的河水拍打着绿色的河岸。看来河床在此似乎结束，不知消失何方。小船从远处划向河中央——显然，顺流划船——轻松，划橹频繁地被高高挥起，小船似乎想飞起来，但是怎么也飞不起来。

“你折磨够了自己，”丽达说，“我们的村妇们说的对。把费奥多尔投到监狱——不是投到战场。也许，这对他更好。拯救了他……现在生活完全变样了。所有的人准备战斗。战争把我的帕尼亚带走了，也把马克西姆带走了。你今天送走了哥哥。他们都不再参加晚会了。还不知道维肯季是否回来？你呀，显然，很珍惜费奥多尔的生命。常说，任何的恶都有善的转变。”

“唉，丽达！你说什么？”奥莉加叹息道，“难道我为战争负责？战争降临在每个人头上。让费奥多尔坐牢，是我造成的……我们走吧。该走了。”

沿岸，许多大蜻蜓忽闪着透明的双翼，在柳树丛、垂柳叶旁飞来飞去；大路经过高耸的有黄斑点的白桦树树干的岗棚，延伸到开阔的地方。在收割而未被翻耕的地里，在高高堆积的麦垛间，蟋蟀拼命地叫着，大路像一条明亮的带子向前延伸着，在远处的山丘上如扁担一样弯曲。

奥莉加咬了一口撕下来的小饼子。丽达看着女朋友，提出意味深长的问题。

“你怎么，打算等他，嫁给他？整整四年？” 最后，丽达决定问这个问题。

奥莉加既不否认，也不辩解。她不能为自己说的话负责。丽达尝试着想象未来，她觉得有点惶恐不安，似乎女友在等待的四年内，会错过婚嫁的年龄，会凋谢、衰老。而且奥莉加应该知道，在等谁？费奥多尔从监狱回来后会变成什么样？事实上，送别已正式订婚的未婚夫帕尼亚上前线后，丽达自己都有点害怕衰老。战争持续多久？一年？两年？不要超过四年！

奥莉加开始说话：

“如果我不与维肯季厮混，难道用理智去爱？——那么，我就等着费奥多尔。他暂时在那里，我数着日子等他。法院审判了他，那就让费奥多尔审判我。”她用发卡整理了一下脑后蓬乱的辫子；在太阳下她眯着眼，苦笑了一下。“有一次，我与费奥多尔一起沿着这条路走。太阳烤着，我想喝水——没有喝的。他不时地劝我：‘忍一忍，奥莉安卡[1]，在那个小山丘后的森林里就有泉水——在那里我们喝个够。’我因太阳晒得头疼，嗓子如炭火盆，全身干热。而他总是劝我，说了很多温柔的话！他恳求我忍耐……也许，泉水还没干。我们再次喝个够。”

然后，她们俩人长久地默默地走着。在秋天浅蓝色的一望无际的天空下，一片巨大的干草地中，在延伸笔直的道路上——两个娇小的身影走在这样过于空旷的大地上！道路两旁静悄悄的，几乎能听到发出的声响。突然，两个姑娘开始引吭高歌，歌声传

① 奥莉加的表小表爱之称。——译者注。

遍寂静的旷野，飞向上空，与地面上的两个娇小的身影不相匹配。歌声在道路和田野上空回荡，看不见人，却能听到她们热情洋溢的声音。丽达的高嗓音从胸部发出，铿锵有力地唱出每一句歌词。

你飞吧，灰色的小鸟，
飞向可爱的朋友那里，
你带上吧，灰色的小鸟，
我的忧愁、我的悲伤。

让他听到，
我心爱的朋友，
没有他害羞的姑娘
不能活……

很快奥莉加也随声附唱，配合着女伴的曲调。她的声调比丽达的调子低，声音也低沉些。她们的声音融合在一起，像是用鲜活的东西编织出充满忧伤的歌曲，而这时四周显得更加空旷。

你回到我的身边，
灰色的小鸟，
带来心爱人的
问候。

请告诉他，
害羞的姑娘
等着他，

等着——见面的时候……

歌声嘹亮而忧愁，又如晚霞一样火热。两个女伴站在马路上，热泪盈眶地拥抱——她们的歌声如双声部歌曲融汇在一起，表达着彼此的悲伤。

“唉，丽达！”奥莉加叹口气，还想提到费奥多尔，直白真情，可最后一刻，她不好意思说给女友，只将眼睛转向一边。“远处乌云腾起，”她将话题转移，说，“乌云密布。我总是发现，当乌云出现时，很快就要下大雨，连绵不停的淫雨。”

天边高高飘浮着翻卷的云彩——好像一绺羊毛卷，云彩下面，乌云密集，灰色的乌云团团升起。

的确，明天，久旱无雨的秋老虎即将结束。充足的雨水将滋润太阳烘烤的麦茬地，滋润晒蔫了的草地，滋润沼泽和草甸，滋润茂密的原始森林深处，湿润扬尘漫天的道路。

秋天加快了速度。

日历上的冬天还没来到。却有了冬天的征兆，第一场雪早早宣告冬天的到来——不是所有的杨树的黄树叶都被吹落到地上。夜晚下了场大雪，大而丰硕的雪——到处白茫茫一片，清晨，似乎整个世界突然间变得洁白、高尚，光芒四射。拉门斯克村，显然，缩小了，黑色的房屋被白雪笼罩，簇拥在一起。车辙很深的泥泞路、褐色的成块宅旁地、灰色的屋顶和院落——一切都被白色笼罩。似乎那沾满污点的一页翻过去了，大自然翻开了新的一页，没有污点，没有错误，没有文字中最初的迷茫……

奥莉加醒来很晚——清晨暮色已彻底消散，新的一天闪烁着初雪的银光。她高兴地微笑起来，还没有搞明白是怎么回事，还长久地躺在床上。在明亮的屋子里，她感到舒心，不用思考，畅快和轻松。她很快猜到，就是这场初雪带来了这样的舒心。正是这场雪让她发自内心地高兴——当明媚的晨光照亮心灵时，一个人只有在童年才能完全体验到这样的欢愉。奥莉加不想起床，她想把这份令人惊奇的童年感觉长久地珍藏在心里——与任何回忆隔绝开，在白色、无瑕疵的一页上重新干净地书写自己对人生的感受。

最后，她起床，走到窗前，想亲眼目睹外面的雪。她看到窗户下栅栏园里的丁香花，它们新奇别致、讨好地弯下树枝，银装素裹。没有阳光，它们的闪耀甚至让人眼花缭乱。奥莉加又微笑起来，完全不顾来临的一天还有其他事要干，她走到另一个窗前，没有种丁香花的窗户前，好好观赏了一下容貌一新的街道。

她向窗外一望——一下子躲开，躲到窗间墙后。她的脸变得没有血色，不是因为雪的照射，而是自己突然迸发出的想法。从窗帘下，她又小心地偷望了一眼街道——确信，她仿佛看到的不是那个人。事实上——长得也不像。

在街道中央，老人安德烈肩背袋子，拄着长长的弯曲的拐棍，一瘸一拐地走着。他身穿黑色无领大衣，头戴毛茸茸的帽子，留着浓密的斑白大胡子——只能看到他的鼻子和眼睛。驯服的灰色小公狗，胆怯地跟在他的身旁，不越过主子。老人走得很慢，但步伐匀称、稳当。他走在街中心，在美丽的白雪上留下了一串不好看的显眼的不匀称的脚印。奥莉加觉得，他将带给拉门斯克村恐怖的消息。他从自己的“窝”走来——一些村民称他的住所为孤独的修道院。

奥莉加躲在窗帘后，观察着老人均匀的步伐，当老人走到与她的房屋并排时，她又躲起来：也许是做梦，也许是真的——老人直盯着奥莉加的窗户，似乎盯着她本人……奥莉加背靠着窗间墙，害怕地把手压在胸口，纹丝不动，不敢向前伸，她感觉老人还站在那里。她只是猜想，安德烈老人在圣洁的白雪覆盖物上留下了笨拙的脚掌和拐棍的印记。老人用弯曲的拐杖戳着雪，行走，忠诚于他的小公狗跟随在他的身边。

白皑皑的早晨的欢愉是短暂的、幻觉的，好像费奥多尔的影子延伸到拉门斯克村的上空，在奥莉加的屋顶，遮盖住丁香树枝上初雪绣出的精致光泽。“这究竟是什么？疾病！每时，每刻，到处都是费奥多尔的身影。难道他不好了，因此才这样折磨我？或者他在诅咒我？勾起一系列不好的回忆……”

安德烈爷爷一瘸一拐地来到扎维亚洛夫家。他用假肢的木鞋掌踢开门，走进房屋，把袋子放到大门口的长凳子上，然后脱下帽子，鞠躬——向伊丽莎白·安德烈耶夫娜和塔尼卡问好。一切安排妥当之后，他对着神龛，在胸前划着十字。

“初雪清扫了泥泞。道路不再艰难，于是我来探望。”他说着，解开自己身上长长的棉外套，坐在凳子上。

塔尼卡胆怯地看着爷爷，看着他受潮的假腿——小腿上紧紧绑着的小木棍。安德烈爷爷让她想起童话中的森林巫师，闲逛在灌木丛中，与动物交朋友。她总是害怕爷爷，如果爷爷坐得很近，她总是沉默不语。虽然她是爷爷的亲孙女，很想亲热地依偎在爷爷的身旁——但无论何时，她还是想尽快从他的眼前消失。塔尼卡先在房子里待了一会儿，很快她就穿上衣服，走出了穿堂。

在穿堂里——卧着爷爷的小公狗。谁也不知道小狗的真实外号。老人本人用感叹号呼唤它。“嗨！喂！”——小狗一下子应声奔过来。它长着宽额头，牧羊犬的脸，全身灰色毛泽。塔尼卡称它为“灰狗”——既因为它的毛色，又因为它长得像狼。塔尼卡与小公狗相处，要比与爷爷相处轻松些。小狗的性子不急不躁，不吠叫，很聪明——小狗的有些习性似乎复制着主子。有时塔尼卡也害怕小狗，例如当小狗安静下来，摇晃尾巴，警觉地闪动着它那双绿底色的眼睛时。

塔尼卡蹲下来，搂着小灰狗的头，抚摸着它的背部，手触摸到它的脊梁骨。“灰狗，瘦了，老了。你现在饿了。”她怜惜地抚摸着它，不经意地听到了屋里的说话声，尽管弄不清所说的话。

“爹，你最好搬到我们这里住。在这样的季节为什么一个人要住在森林里呢？你瞧，这里都空着：伊戈尔不在、费季卡也不在。都不是外人。”伊丽莎白·安德烈耶夫娜一边说着，一边忙碌着倒茶。

“不行，丽扎[①]。我的家在森林。在那里可以打猎。放上捕兽的夹子。我视力不好，刚把鸟枪抬起来。来这里住，我是你们的累赘。瞧，塔尼卡都回避我。”安德烈爷爷指着凳子上的袋子，“我带给你们一些储备的东西。米粒在这里，腌肉，干蘑

① 伊丽莎白的表小表爱之称。——译者注。

菇。你给费季卡寄去。在监狱里，现在有大批人饿死。在那里人从来就不被宠爱，而现在——战争……就在这里，”他从怀里掏出一个丝绸绣花手帕，包成小包，“戒指。贵重的戒指。镶着宝石，叫钻石……你别这样看着我。不是偷的——清白的戒指。是我们祖上的传家宝。”

安德烈爷爷把诱人的手帕小包放在桌子上。伊丽莎白·安德烈耶夫娜惊慌失措，没有父亲的解释，她不敢触动一下父亲的贵重品。

“这个戒指又是你母亲家族传下来的。在你结婚时你母亲应该给你的。但是那时，你也知道，上帝把你母亲带走了，而我被投到监狱。之后我没想给你。害怕你在别人面前夸耀，引起他人的妒忌。他们会议论，告到委员会那里。这不，就一直保存在我这里……按照习俗，你应该在塔尼卡结婚时把这个戒指传给她。但是现在不想谈到结婚。饥饿袭来——任何钻石也不会让人高兴。把它卖了吧。不要把它卖得太便宜，我跟你说，在城里找一个金子收购商。不要让他按现价胡乱估价，你就说，是从我这里传下来的。它贵重得很。而且现在比粮食还贵很多。”

伊丽莎白·安德烈耶夫娜惊异丝绸上的精美的绣花，她小心地打开手帕，看到带着许多棱角的白金钻石戒指。这枚钻石吸收了白色雪的晨曦，精致的戒面神秘地折射出道道亮光。

“爹，我不会把它拿给收购商。暂时我们还没有饿死。戒指理应传给塔尼卡……”她还高兴地幻想平静安宁的年代，但是突然不说了。预先猜到——散播谣言。

“你最好知道，丽扎。我在此事上不是发号施令者。”老人说着，温和地向女儿微笑。

伊丽莎白·安德烈耶夫娜理解，今天父亲带着自己以备万一的最后珍藏的东西来到这里。这样的事情，看来，临近了。珍藏的传家宝不是无缘无故地拿出来的。明显，父亲想到了死亡。他老了，干瘪了，大胡子和头发变得稀少、蓬乱。他，想平静地度过自己的晚年，尽力奉献所能奉献出的东西。

在茶炊旁，他们父女俩长久地坐着，默默不语——在沉默的亲密交谈中。似乎需要和可以大声说话，却又好像不用语言将一切说出。

17

费奥多尔·扎维亚洛夫经历了在马厩里被毒打和濒临死亡之后，利亚马的狞笑和卑鄙行为让他感到憎恶。费奥多尔在劳改营的检疫所里清醒过来。但是，似乎青春永远离他而去。他难以抑制地极度消瘦，变得虚弱，时常感到忧郁。在劳改营里公民已丧失了自己的实际年龄。就像监狱理发师手里的那把呆板的机器，将所有的犯人头发剪成一样的短，囚犯的实际年龄也被标准化了。

“多大年龄？……多大，你说？按年龄你还是小伙子，看外表你就是个中年男人。为什么这样衰老？”马宁队长冷漠地嘲笑着问，他是来自监狱中间派别的一名囚犯，监狱派工员把费奥多尔派到他那里。马宁矮个儿，罗圈腿，小眼睛，脸上长包。马宁不满地犹豫着。在他疙疙瘩瘩的脸上，一双眯缝的眼睛在观察新来的帮工时，眯得更加狭小。“明天去伐木。你将与沃洛霍夫搭伴。”

谈话简短、清晰而粗鲁，如劳改营大部分的谈话一样，当

人们进入服苦役期，任何时候准备吵架、打架，甚至彼此抓伤眼睛，都只为了自身的一点小利益，微不足道的福利或者监狱威望。甚至笑在这里都是简短而不一般的狞笑。

“你就是沃洛霍夫？”费奥多尔声音不大地问，走到那个中年男人面前，他正要弯腰坐在床板上，嘴里嘟囔着什么，似乎在口中念念有词地进行着奇怪的祈祷。

“你是谁？你想干什么？”他把胡须浓重的脸转向费奥多尔，他的眼睛黑亮、机灵，颧骨突出，皮肤粗糙，嘴唇苍白。

“队长说，明天让我与你一起。”

“啊—啊，搭档……我以前的搭档死了。下一个是你，或者是我……小胡子叔叔安置了所有的人。今天给你挂奖章，明天你就会带着这枚奖章被埋到地里去……”沃洛霍夫又低下头，沉默了一会儿，但很快又开始嘟囔，粗暴地说出许多脏话：“与俄国打交道，就如与淫荡的妓女打交道。谁想做都可以。每个人还想挖苦别人。让他们见他妈的鬼吧！……所有的人标榜自己无罪，却犯着罪。官官相护。女儿们为赤色魔鬼祈祷。儿子们却告密父亲……欺骗人民！为所欲为。执行的路线……”他说着，没有发觉有人走进他，并排坐在费奥多尔的床上，——他似乎在说呓语，回应这些幻觉，但是他嘟囔的声音如燃烧的焦油沸腾，发泄着怨恨：“谁在执政，就执行什么样的路线。按照这个路线我的亲生母亲被发配到西伯利亚，父亲被枪决……无神论的政权。没有恐惧，也没有圣神。你想把路线引向那里……路线所在，就是共产主义？什么时候？是不是需要一千年，你自己能活到那个时候？狗杂种！”

“你总是在说什么？”费奥多尔谨慎地问，沃洛霍夫激烈愤怒的所指，他部分明白，但大部分不明白。

沃洛霍夫猛地一抖，怀疑地看了费奥多尔一眼：

“你想试探我？警察机关派来的探子？”

“安静下来。我很需要你做我的探子。”费奥多尔想离开，但沃洛霍夫拦住他：

“别生我的气，小伙子。我们现在是在一个锅里吃饭……我自言自语。为我自己，别听我的。你说话的时刻会到来的。监狱很快教会你动脑筋。”沃洛霍夫拿出呢绒袋子，一个荷包袋子，仔细地从里面掏出烟丝：在劳改营抽烟——很贵的。“哎呀，小伙子！我们的生活……”他骂了很多脏话，之后安静下来。

很快费奥多尔不得不从囚犯用的井水中舀水喝，当木棒敲打挂在劳改营中间的铁板时，新的一天开始，铁板发出单调而沉闷的响声，如一口破钟，发出撕裂声音，响彻劳改营。四周的高墙上布满了带刺的铁丝网，每隔一段铁丝网，升起一个“鸟窝”似的瞭望台，从那里哨兵监视这里的秩序。那时有两层床高的长长的简易工棚慢慢地出现。干草垫子上铺着又脏又破的被子，床摇摇晃晃。有人呻吟，一夜都在翻动身体，咳嗽，捏鼻涕，有人吵架，与值班人对骂。出现的监督人总是一样地咆哮：“什么，坏蛋，没听见‘起床’？”但是早晨的忙乱，无聊的对骂只有在吃饭的时候停息。一天发一次面包，所有的人等待分发那份口粮时，眼睛都盯在面包上，不断地往胃里吞咽着饥饿的口水，拿到面包就感到幸福。经过臭烘烘的食堂，盛上一碗无味的稀汤菜——轮流换着带鱼头的稀饭——冠名为加甜的劣等热汤茶。各小队汇集在劳改营练兵场上，派班。队伍整顿好，站成横队，点名，然后排队走向劳改营的大门，之后还要经过一个清点站台，向采伐区行进。押送员大声喊叫着威胁的话。训练有素的警犬，应声自己的主子，龇着大白狗牙，时断时续地吠叫着。

大批的囚犯默默地走着，那些一脸忧郁的人笨拙地挪动着脚步。在绒坎肩胸前的号码下——是一颗不安分的心。但不是所有的人如饿死鬼一样，行走在去伐木区的路上，另一些人看起来吃得饱，很乐意交谈、做鬼脸、开玩笑——就像日常生活一样。对小偷来说，监狱就是他们的家。任何的家都是舒服的，自己的家——即使很小，暂时的——却是富足的，使自己当之无愧地高兴。

田野的路伸向森林。沿着路两边，原始森林被开出一条林间通道——劳改营的砍伐就扎营在那里。犯人们砍倒了松树和云杉，锯开原条，堆成垛，或者把一段段的原木送到锯木机那里。附近村子里的一些人也被雇佣来此工作，他们在集材场用畜力拉车运输原木。这些人沉默寡言，没有受过教育——似乎也是囚犯，与犯人不同的是，他们穿着没有号码的工服。每天肮脏的拖拉机嘎嘎地行驶着，切割，在装卸货物时囚犯们使劲地聊天——与女拖拉机手聊天，她是个肥胖的女人，穿着沾满油污的粗帆布裤子和衣服。环顾四周——一切如平日，简单而有节奏的工作，斧子的砍伐和锯木声。细心观察——可以发现劳动的特点：警犬瞪着机灵的眼睛，龇着牙；看守持着枪；得意的小偷们居住在小工棚（他们不劳动，与劳改营的长官相处和睦，已达成不成文的随和协议）；那里还有一些身体虚弱的老人，他们不能挥动斧子，也没力气拖拉针叶林树枝；还有罗圈腿的骗子、小队长马宁，他溜须拍马，在登分记录员面前，游蛇般地转悠，用虚报丈量立方的手段，公然地掩盖工作计划。

“来吧，小伙子，抓住！把锯抓平些。不要往一边斜。”搭档谢苗·沃洛霍夫冲费奥多尔唠叨。他不是因对劳动的强烈愿望——而是因习惯唠叨，费奥多尔并不反感他的唠叨。

双把柄的锯齿深深地切入被推倒的粗大的云杉树干里，树脂从砍掉的树枝上新锯开的切口溢出。从锯齿下迸出一股强烈的锯末味：黑褐色的——来自树皮，白色黏稠的——来自多圈的树木质。很快费奥多尔就感到累了，汗流浃背，腰酸背痛。他不可能一下子掌握全部的锯木技术。

“小胡子叔叔要求完成定额！要完成，就得累死！我诅咒用生命取代定额！”喘息时沃洛霍夫絮叨，“就是它——新的尤里节[①]！人民获得了自由……以前对资本家和老爷鞠躬，现在要给红色的偶像下跪。如果你抬头，就被消灭。小胡子没事不会带着自己的走狗……”

有时沃洛霍夫长久不说话，甚至用手势解释，但突然发作——他遇到谁大骂谁：从不劳动的匪首到克里姆林宫的全国人民领袖。面对费奥多尔的忠诚，他非常信任费奥多尔，在他面前信口雌黄，但是发现有第三个人出现在他们俩人中间时，他就一下子沉默不语。

他们继续锯云杉树干，重新切割。费奥多尔双手抓住发亮的锯子把柄，已经习惯性地、迟钝而机械地把发亮的锯条拽过来。但是，很快他就停下来，盯着一个瘦弱无力的男人。那个男人，或者只是个人，似乎只能这样称呼他。就是菜园里的稻草人也比那个男人漂亮……他极其消瘦，肩膀就像被打掉了，垂下来，浑身黑的如烧过的火柴。长长的细脖子上，脑袋耷拉着，就像火柴上烧焦的钾硝石。他的脸的轮廓模糊不清——也许因为脏了，或许烟黑，或许饥饿，他的皮肤泛青；只是他的眼睛呈现浅灰色。

① 尤里节是旧俄历11月26日纪念圣徒格奥尔吉，或尤里的教会节日。《1497年法典》规定，此节日前后各一周间，农奴有权从一个封建地主家转到另一个封建地主家去。——译者注。

瘦弱无力的男人开始收拾那些砍伐下的云杉树枝，堆起来，他没有力气把它们堆成堆，一下子跪在地上。他以祈祷的姿势长久地跪着。没有怜悯（所有人得不到怜悯：在劳改营里瘦弱无力的人太多。他们是平庸、消瘦的人——是风一吹就倒的人）。但是，费奥多尔胆怯地看着他；有时他这样看一个无用的虚弱的人，不是出于好奇或同情，而是略微谨慎地看——看不到人的贫穷和衰落的特性。要知道他、费奥多尔，不会注定成为一个断了翅膀的半死不活的苍蝇，要知道他的那份口粮只剩白天的稀粥，勉强够吃，而到了晚上——一点都没了，他还没挨到中午，肚子就饿得咕咕叫。

“睡着了，小伙子？拔掉！”沃洛霍夫呵斥他。

钢锯向外弯，发出刺耳的声音，节奏不匀地跑到树皮上。费奥多尔却看着虚弱的人。那个人摇摇晃晃地站起来，蹒跚地走向林场边。他的步伐细碎、平静，也许，不知道往哪里走。当传来咔嚓声，最后的伐木声回荡起来，虚弱的人站住了。他好像很听话，但是黑黝黝的脖子上的脑袋没有抬起来。粗大的云杉原木无力承受细高的多树杈，干巴巴地发出吱吱响声。云杉，仿佛在思考倒向哪一侧，垂直了一段时间，然后晃动着所有的树枝，树梢从上空坠落下来。咔嚓声越来越大，在针叶林中呼啸着扑面而来，细细的树梢顺着周围的四开木疾驰坠下。云杉树倒下了，离地面越近，降落的速度越快，呼啸声就越大——像绿色雪崩一样。伐木工冲着虚弱的人喊叫，他却站在那里，一动不动。

“走开！要砸死的！走开！”费奥多尔内心无声地喊叫。

虚弱的人抬起头看着倒向他的云杉，甚至没有闪到一边，也许，他身上的所有直觉都死了。宽大的多树杈的云杉轰然倒地，弹跳的树杈减弱了力量，撞击到地面，但还在晃动，似乎做垂死的挣扎，最后不动了。云杉树沉重地盖住了那个虚弱的人，树枝包围着他，好不怜悯地拥抱着他，那个人甚至没有叫一声。

“我们过去看看。”费奥多尔惊慌地喘着气说。他本人瞬间也倒在云杉树下，不同的是，他及时地跳了出来……

“看什么？他只剩下残尸。人彻底受完了折磨。我们都一样，没什么区别。”沃洛霍夫嘟囔着，开始单独拉锯，但是立刻又放弃徒劳的用力。他比以前更加恶毒、凶狠地说起来：“把人民害到什么地步啦！把自己放到断头台上！找死……一会儿用内战，一会儿用坐牢消灭人民。政权比侵犯还糟糕！瘟疫到来——大批的人民死亡。暴君登上王位——比瘟疫还糟糕。”

费奥多尔看到一些囚犯集中到倒下的云杉树旁，试图从树底下将那个不幸的人拉出来。队长马宁也跑到出事地点，挥动着双手，指点着什么。这时传来他刺耳的声音：

“笨蛋，让他躺着！锯开之后再抽……你说，砍了多少？不完成定额，就别回监狱！”

沃洛霍夫坐在近处的树墩上，拿出自己的烟袋，用少量的烟丝自卷成烟卷。他又开始说起来，声调平静而均匀，但又很坚决。他花白的浓眉下，一双眼睛射出凶恶的光。

“从可恶的尼古拉这个怪癖开始，一切都塌陷了。没有理智和自由——就像草原上迎风的针茅草……执政者丑恶的鬼脸仪表端庄。若不能保卫俄罗斯，就把自己的王位打叉勾掉。与日本人打仗输了，又陷入与德国人的战争。让位，但他又是受过登基涂油仪式的君主！而他又像犹大出卖了耶稣，出卖了俄罗斯……放纵贪淫好色之徒的格里什卡找自己的异族的女人，这个败类在宫殿里找到安身之处。从可恶的尼古拉开始，腐朽到处滋生……啄

木鸟将衰弱的红鹰头啄吃掉了，现在人民啄吃自己。狗杂种！”

费奥多尔几乎与沃洛霍夫不分开，坚信与他同期服刑，从搭档曲折的半辈子经历中，费奥多尔知道了很多。谢苗·沃洛霍夫出生于阿尔汉格尔斯克的一个中农家庭，少年时学习成绩优秀。之后他就像米哈伊尔·罗蒙诺索夫一样，勇敢地到彼得堡去寻找科学发展的舞台。但是，他在彼得堡的大学没待多长时间：爆发了第一次世界大战，他成为沙皇军队的一名循规蹈矩的爱国者。在与德国战斗中他获得军官衔，因作战英勇获得乔治十字勋章。但是在与德国战争以及革命浪潮的席卷中，他不喜欢意志薄弱的沙皇，厌恶白俄罗斯官僚的胆怯，而且憎恶整个国家如老爷的家奴一样软弱。最终战斗的道路将沃洛霍夫引向那时还不稳固的布尔什维克的土壤。国内战争中他站在红军一边，消灭了北部协约国的盟敌。在实行新经济政策时期，沃洛霍夫住在彼得堡，在铁路部门工作，生活富裕、快乐。但是当“清洗”新经济政策时期的资本主义分子时，他的出身农民的父亲，被归为“被没收财产的富农分子”，财产全部被没收，沃洛霍夫憎恨由政权整改的制度。“可恶的尼古拉被推翻，而人民开始贿赂。贿赂是简单的事情，且不会出故障！人民就像村妇。许诺给她三箱——她会一下子就嫁给你。然后，什么也不管，想让你干多少，就得干多少，否则就得被鞭子抽。你也摆脱不了枷锁。根本不可能！沙皇的红色枷锁更牢固！只有把头砍了，才能把枷锁摘下来……”因为谢苗·沃洛霍夫说了许多刺激性而富于雄辩的话语，他不可避免地遭到政治告密，险些被砍头。但是他很幸运，没有死。按刑事罪判他坐牢——这还是他坐牢之前，四十年代前大处决之前的事。

在沃洛霍夫这样的经历中，疏漏了一个细节。“难道，你，谢苗，赌徒？”当知道这个细节时，费奥多尔惊异地看着他，

“每个家都有灰尘的角落，能有多少光辉？”沃洛霍夫冷笑着回答。“每个人都糊里糊涂地生活。一个人与许多女人不和谐，贪婪就会断送第二个人，伏特加酒会杀死第三个人。不让我吃面包——就玩玩……”谢苗·沃洛霍夫以酷爱赌博而扬名。他不玩纸牌。他自出现在彼得堡的第一天起，就痴迷于赌博，在绿天鹅绒铺就的长方形台球桌上，他痴迷于打黄白色象骨台球。有一次，在台球网旁，他与古板的红军师长下赌注。他打赌赢了，接着他又赢了师长几局。失败的师长懊恼地用卑鄙的话侮辱了他。沃洛霍夫忍不住——用台球杆一端重重地敲打在师长光秃的头上，师长重伤，协助师长的年轻副官在冲突中受伤，鼻梁骨骨折。在法庭上，沃洛霍夫勇敢地挑衅，好像是他自己在审判失败者，结果，他被关到监狱，关了好长时间。

“唉，小伙子！”沃洛霍夫叹了一声，抬起无法放下的锯子，“我们锯还是不锯这个原木。又开始与德国人打仗了。不要让我们的兄弟空等。”他看了看采伐过的地方，在皑皑白雪那里，埋葬着那个虚弱的人。

费奥多尔机械地把锯子的把柄伸过去，但是在目睹死亡之后，他倍感疲乏，肚子饿得咕咕叫。

所有的一切仅仅是开始……

按照劳改营管理的命令，由于战争时期，需要提高砍伐的定额，当接到上级的吩咐——雨水时而如柱，时而如淫雨，不断地下着——那时加快砍伐的速度，需要付出巨大的耐力。雨水几乎无止境地落在多刺的针叶树上，雨水淋湿了灰色抛光面的轨道和槽子，劳改营伐木区处在长久的潮湿中。原始森林湿透了。犯人的囚服淋透了，内衣变得潮湿。费奥多尔开始出现寒热。他的两眼流泪，胸脯散发出一股霉潮味，似乎是肺里——腐烂。他痨病似地不断咳嗽，浑身无力，松散，就像倾盆大雨浇注的路。他机械地移动锯子——昏昏沉沉地抓着锯子。看来，他不仅看起来更加消瘦，而且黑瘦的如得病的虚弱的人。显然，他预先下意识地看到了自身。

当初冬来临，森林水沟结上了一层层的薄冰，第一场新雪下到地上，立刻就融化了，通往伐木区的道路泥泞难行，而费奥多尔距离无希望的劳改营地的灯火，只有一步之远。

18

他很想睡觉。可是现在睡觉还早。不能睡。很快，在解除警报之前，囚犯们被从简易工棚赶到寒冷的户外，站队，点名。害病的他昏昏沉沉，摇摇晃晃地走路。当囚犯们返回工棚，门从外面锁上，这时最好合上眼，直到早晨冰冷的木槌敲击。

费奥多尔把自己裹在毛边磨损的被子里，用棉袄盖住脚。他不断地打摆子，上下牙齿打战，浑身起鸡皮疙瘩，似乎背上爬满了令人打寒战的蚂蚁。当寒战停止，他的胃因饥饿恶心呕吐。费奥多尔如河上漂浮的木片，在无边无际的时空中游荡，越过陡峭的山脊，时断时续地回忆起往事。他从侧面观察着工棚的生活。

好嘲笑人的、身材匀称、举止优雅的小偷阿尔吉斯特[①]，在床板之间宽敞的通道走来走去，一口接着一口地抽烟。他盯着身为艺术家的犯人在笔记本上画的图画，画中裸体女人摆着下流的动作，与男人交媾。在劳改营，小型发动机唧唧地响，电灯时而

① 阿尔吉斯特的俄文含义为“演员”。——译者注。

很亮，时而昏暗。此时阿尔吉斯特冲着电灯挥动着笔记本。

工棚里，在燃烧的火炉旁，炉子下放着一个带长弯管的大钢桶，一帮犯人在烤火。四个匪首坐在享有特权的铺着棉被的床板上尽情地玩着“二十一点”[①]。

离费奥多尔不远的斜对面，坐着科斯秋欣和鲍里斯拉夫斯基，两个朋友低声地交谈着。科斯秋欣用指头在书皮上勾勒着，解释着什么。鲍里斯拉夫斯基点头，摸着铺在膝盖上拢在一起的条纹坎肩，坎肩上的斑点花纹就像是水兵衫。这个新坎肩是他今天搞到手的，为了保暖——他用无意得到的一个向日葵，在女囚犯工棚里换到的。两个牢狱的朋友经历了三十年代末人所共知的政治斗争。在与阶级敌人斗争中，科斯秋欣被当做出版机关的敌人揪出来，鲍里斯拉夫斯基从很小的、最早的列宁“星火”开始，虔诚于马克思主义学说，后来，他在教研室里给大学生宣传马克思主义时，“第58号”的鲍里斯拉夫斯基被当作特务从大学教研室揪了出来。

“啊呀！”看到鲍里斯拉夫斯基的新坎肩时，阿尔吉斯特欣喜地叫起来，“这简直就是海军衫！我最喜欢的样式！”他把笔记本扔到最近的床铺上，吐出烟头，很快脱光上身，将棉坎肩费劲地穿在自己有文身的身上。看着身上干净的新坎肩，他笑了笑，咧开本来就很大的嘴。“很好的衣服！好衣服！”他喜欢重复富有内容的关键词，而且富有表现力地大声地说。

“你应该再戴顶有带子的海军帽。”从小偷床铺那边，有人冲着阿尔吉斯特喊。

“无沿的海军帽，太黑！”受过一点教育的阿尔吉斯特猜想自己穿着戏剧服装的模样。“这就是轻松喜剧的情节，歌剧的形

① 一种纸牌赌博。——译者注。

象。剧院的优雅！优雅！”

当工棚里传出音量不大，但很清晰、富有穿透力的声音时，阿尔吉斯特已经离开了鲍里斯拉夫斯基。

“畜生！”

鲍里斯拉夫斯基，大概，不想这样——大声地说出这句话，但因委屈迸发而出，且在嘈杂的工棚里这句话是不合时宜的。犯人们的头转向阿尔吉斯特。他一动不动地站着，非常惊讶。

阿尔吉斯特最初的小偷生涯不是在小客栈度过的，他不是无人照管的穿破衣烂衫的乞丐，更不是吃着残羹剩饭的孤儿。他成长于干净、开阔的剧院环境中。他的父亲是戏院老板，母亲是歌唱演员，他在优雅的艺术世界和舞台装饰环境中成长起来。在舞台上他曾扮演过儿童剧中的主角，能背诵出《波罗金诺》，熟记拨弦古钢琴上的音阶。歌唱演员的母亲咏叹调唱得不错，总能赢得观众的喜爱和掌声，她喜爱喝樱桃果子酒。他的父亲留着络腮胡子，穿着浆过的胸衣，每天晚上喝得醉醺醺的。阿尔吉斯特大胆地扮演着乖孩子的角色，他天使般的微笑不仅迷惑了自己的父母，而且迷惑了检票员和剧院存衣室的工作人员。他跳着舞，唱着歌，在存衣室里玩耍，顺手扒窃大衣和皮袄的口袋。一次他决定偷窃大数额的——在偷貂皮帽子时当场被捉住。天使般的名誉有了污点，被狠狠地教训一顿之后，他被送到乡下婶婶家改造。他又偷了婶婶所有的钱和值钱的东西，虽然婶婶的那些东西都是赝品，但他的小偷职业越发升级。他的父亲在二十年代跑到土耳其的君士坦布尔，不久因贫穷而死，他的母亲因长期喝樱桃果子酒，不久失音，得不到观众的尊敬，到硼砂化妆室工作。阿尔吉斯特从剧院演员化妆室继承了父母优雅的步态、生活方式和话语天赋，这些对他日后的生活有益，在劳改营他灵活地运用它们，挖苦那些公子哥们。

在工棚氛围里从未有人喊出“畜生！”这个词。阿尔吉斯特纹丝不动。他就像舞台上的人物，保持了获胜的停顿。鲍里斯拉夫斯基则坐在床上，一动不动，脸色如死人般的苍白。

小偷们以一种特殊的态度蔑视政治犯。他们将劳动的乡巴佬们视为一群笨人，却又怀疑政治犯们无处发挥的力量。突然遇到时刻会变化的人——而这种力量善于惩罚和消灭，因此，小偷们对抗性地憎恨他们，嗜好欺负他们。

“公子哥，这就是粗鲁。粗鲁！这可不是演戏！”阿尔吉斯特终于说出来了，他很快走到鲍里斯拉夫斯基面前。

阿尔吉斯特大声地冷笑着，用双手揪住鲍里斯拉夫斯基的耳朵，往上拽，把他从床铺上拉了下来。

“你以为你是谁？”阿尔吉斯特揪着他的耳朵，就像拉手风琴，“是17年的革命者？是吗？”

“是的。”鲍里斯拉夫斯基从嘴里挤出，脸上露出受难者的羞愧之色。

“公子哥，那你现在是谁？谁？”

显然，鲍里斯拉夫斯基不知道此时怎样回答，他使着劲，张大鼻孔，伸长穿着短袜子的脚。因疼痛眼泪溢了出来。

“现在你是，”阿尔吉斯特提示，“反革命分子。反革命分子！”

“是。”鲍里斯拉夫斯基给阿尔吉斯特弯腰，嘶哑地承认。

阿尔吉斯特大笑起来：

“啊呀呀！原来是革命者——现在又成为反革命分子！我可是在17年前就是个小偷，现在还是小偷。不会把我纳入告密者里。这就是你，下贱的母狗……”他一下推开鲍里斯拉夫斯基，把伸出食指的手抬高，严厉地命令："我想唱歌。《上帝保佑沙皇》！唱，母狗！"

鲍里斯拉夫斯基害怕地看着阿尔吉斯特，大概是准备完成他的任何古怪的要求，可是，也许提防他以后某种精心设计的诡计。

"三—四。开唱！"阿尔吉斯特晃着脑袋，用手指开始指挥。

鲍里斯拉夫斯基用压低的宣叙声调开始唱，唱起独裁的颂诗。

上—帝，请保—佑—沙—皇！
强—大—有—力的，有—威—力的，
让非常—好地——统—治—……

"继续！"

好—极—了，我们非常好！
统——治地—让敌人害怕……

鲍里斯拉夫斯基完全没有按照主调唱。阿尔吉斯特火了，打断了他的拙劣的仿作：

"反革命，听不到你的声音！你走调了！"

懂行的阿尔吉斯特用头猛地撞到鲍里斯拉夫斯基的脸上，用膝盖顶在他的腹股部。鲍里斯拉夫斯基蜷曲着，倒在地上。

阿尔吉斯特走到一边，重新抽起了烟，冲着电灯吐烟圈。电灯周边形成一层层青色烟雾的光环。

费奥多尔害怕而厌恶地看着阿尔吉斯特的表演。肆无忌惮的做派、粗鲁耍弄人的傲气使犯人们结为一伙，阿尔吉斯特让费奥多尔想到恶棍利亚马。劳改营的登记处将他们分在不同的工棚里，现在他对利亚马的反感和憎恶转移到了这个阿尔吉斯特身上。但是利亚马还很年轻，只是模仿匪首行恶，而阿尔吉斯特是天生的职业老手，狡诈、毫不留情。

“畜生！”费奥多尔想了想，想转过身去，眼光却停留在墙角的黑处。但是，阿尔吉斯特缓了口气，继续表演戏弄人的行为，他把没有抽完的烟塞给一个渴求抽烟的囚犯手里，然后转向鲍里斯拉夫斯基，拽着他的耳朵，迫使他从地上站起来。

“这里谁是畜生？谁？”

“我一我！”鲍里斯拉夫斯基嘶哑地拖长声，很快地说出。

从年龄、教育和学识方面阿尔吉斯特无法与鲍里斯拉夫斯基相提并论，鲍里斯拉夫斯基四十岁，学识渊博，阿尔吉斯特是一个未受完教育的小偷和小丑。鲍里斯拉夫斯基鼻子流着血，眼里流着泪，弯着身，半弓着腰，浑身都是土，也许，如果小偷还想这样更加用劲地揪扯他的耳朵的话，他愚蠢地顺从，忘记了一切自负的科学，他就给自己判了死刑。

“大声说！喂，你个穷戏迷，听着！你是谁？谁？”

“我是畜生！”鲍里斯拉夫斯基用哭腔响亮地回答。

“得到了改造！啊呀呀！得到了改造！”阿尔吉斯特把鲍里斯拉夫斯基推到床上，俯下身，对他的朋友科斯秋欣说：“为我准备好了故事？”

“是，是。”科斯秋欣回答。他用非同寻常的有趣故事娱乐小偷们，同时避免自己被排挤，因能够出色地讲滑稽戏类的故事，科斯秋欣有时还可以从小偷那里得到小礼物。

“那就讲海盗的故事！讲海盗！我今天的打扮就是海军。”

“我讲海盗。”科斯秋欣有准备地同意道。

自我满足的阿尔吉斯特开始翻阅他的淫秽笔记本，他坐到小偷们的床上，裹上被子。鲍里斯拉夫斯基用一块破布擦拭鼻子流出的血水，科斯秋欣轻声地反复地说着什么——看来，是在安慰他。

费奥多尔背过身去，看到了沃洛霍夫极其阴恶的眼神。沃洛霍夫与他并排躺在床上，也在看滑稽的表演。

“一点不可怜这些人，”他咬着牙嘟囔着，“那些被逼迫爬到粪里的人——才是真正的受害者。而这些人自己完全爬到粪里，也把其他人拖进去。把人弄糊涂了，挑起血腥的搏斗。俄罗斯人用刺刀杀自己人。为什么？就为了他们头脑里的马克思和革命……残忍没心肝的家伙们！他们的权力是无耻的。这样的权力，就是相互间的欺骗和撕咬。造就了小胡子叔叔成为盗窃集团的头目。他将为自己的愚蠢付出代价……”

费奥多尔疲倦地闭上眼睛。

无知的不守法的行为就在于，无可救药的刑事犯阿尔吉斯特戏弄和殴打作为启蒙者的鲍里斯拉夫斯基，更为糊涂和可恶的还在于，关心自己同志、追求布尔什维克事业的思想者却与这些小偷败类们同住在一个工棚里。谁在这里成功地背叛和欺诈，恶意和指令就归谁？——费奥多尔不能解释，只是他为有这样两面派的人感到吃惊。

他歪着干裂的嘴唇，忧郁地笑了笑。回忆起，在拉门斯克村的邮局里，人声嘈杂，村共青团开会。团委书记克里卡·德罗诺夫富有表情地振振有词，姑娘们聚精会神地听着关于突击队的报告，关于五年计划，以及有关强壮的斯达汉诺夫采煤工的报告。他本人，首先是因为奥莉加——为了她，读了报纸上的文章，学习了小册子，在每一段，都有必修的陈词滥调，“造物主”列宁的名字，以及“神父”斯大林的名字。现在从这里，从劳改营的床铺上，村邮局的蜂箱打开了，克里卡·德罗诺夫的激情话语、印刷物都成为了淫秽物、胡说八道，尽管它们使小伙子和姑娘们眼里闪烁着共青团员的激情，幻想着修建德涅伯河水电站，怀抱普遍单纯的思想。

透过监牢几天的灰色帷幕，费奥多尔既看清了自己，也认清了过去，那时在奥莉加的口述下，他努力地写着，然后誊写密密麻麻的入团申请书；他咬着钢笔端，小心地在墨水瓶里沾着墨水，害怕墨水点形成污点：“……想成为共产主义先进的建设者。”奥莉加非常严肃，就像拿着圣书的修女，手拿共青团章程，她的严肃让人无法靠近；费奥多尔甚至不敢用手指动她一下，只是斜着眼睛看着她——从空白的申请书到奥莉加的白色上衣，她的胸高高耸立。

但是奥莉加不会伪装，不做作，不戏弄思想！村邮局里的共青团团委书记克里卡·德罗诺夫，以及其他姑娘和小伙子们都不会居心不良！他们满怀着一颗纯洁的心，相信共产主义的未来，并当真地在报纸和书本里寻找这个光明灿烂的未来。费奥多尔要是不坐牢，不遇见驼背的指导员费普，不遇见语言尖酸刻薄的沃洛霍夫，不遇到小偷阿尔吉斯特，以及“反革命”的鲍里斯拉夫斯基，他就不会知道，生活竟然有阴暗的、令人讨厌的一面！如果他没有看到，奥莉加背叛地接触萨韦利耶夫，也许，他永远也不会揭开这个令人厌恶的一面、暴露性的真实！可是她为什么？她图什么？他探询出来——以后要做什么？最好不要成为这样！

如果真理都是丑陋的话，没有快乐，那么为何需要它？瞧，阿尔吉斯特手里的笔记本只会刺激欲望，他想看它一眼，看完，就会唾弃。完全是在鄙视这种知识！其中没有安宁，没有光明。最好按简单的方法在村共青团会上随声附和姑娘和小伙子们，把带镰刀的图画里大脑门子的、络腮胡子的男人们认为是遵守教规者，而把他们的继承者斯大林认为是人民的神父！最好别无意跟踪奥莉加和萨韦利耶夫！没有监狱一切都行。监狱的床铺让他学会痛苦地理解生活，即使这种理解该死！也许，被圈禁在未知里是最大的幸福！道路越笔直，生活越简单！婴儿什么也不懂，因此就笑得越甜美。

他想起达莉娅的痴呆女儿卡奇卡的那双明亮、深蓝的美丽眼睛。卡奇卡长时间玩弄木偶娃娃，试图唤醒它，当木偶娃娃稍微动一下，她就会高兴地拥抱着它，快乐地嘟囔着什么。卡奇卡的脸上洋溢着灿烂的微笑。费奥多尔自己，忘记了一切，现在与卡奇卡一起微笑着……

"让俄罗斯的男人伸出脖子。如果伸得不好，就意味着你是愚昧无知。你应该受教育。你自己，就是个笨蛋，怎么也不明白，你的幸福是什么。你的幸福——就是斗争……"沃洛霍夫低声地嘟囔着，习惯性地自言自语，"喧嚣着要世界性革命。闹够了。德国自己先革命了。看来，德国人的大脑完全被粪便弄糊涂了。聪明人绝不去打仗。"

费奥多尔把被子拉到头上，不想听搭档的话，也不想得知他内心毫无意义的谋反。

不久，费奥多尔开始打冷战。寒热症状再次折磨他，他的牙齿咬得咯咯响，耳朵里都是锯木的声音，不断地锯木头的声音。他的思维因此声响而变得迟钝，一个接着一个缠绕在他的耳边，好像结束时工作绊着他的脚。寒战刚一停止，身体平静下来，他的眼帘像铅一样的重——抬不起来。

“站起来！排队集合！”监狱看守大声地在费奥多尔冰冷的大耳边叫骂着，“你躺什么？可恶的家伙，想进单人禁闭室吗？”

19

不断累积的疾病使得费奥多尔在当晚发烧。他全身隐隐酸痛，从胸腔发出低沉的咳嗽声。在身体虚弱的昏睡中，他梦见，一颗巨大的被砍伐的云杉树发出巨大的响声，带着呼啸声冲他倒下来。现在他就站在那个干瘪黑瘦的虚弱者倒下的地方，被绿色的巨石压着。因恐惧费奥多尔全身紧紧蜷缩在一起，在梦中无声地喊话——掀掉沉重的云杉覆盖物。病态的梦使他恐怖不安，但是，他又陷入梦中，云杉树又开始吱吱地叫，倒向他……

清晨，费奥多尔刚从床铺上爬起，下地，就差点跌倒。他眼冒金星，小腿的肌腱——就像破布松散开，撑不住。

队长马宁不满意地皱着眉，观察着。费奥多尔摇摇晃晃，穿上内衣，寻找棉袄的袖子，然后穿上棉袄。

“小伙子病倒了。应该把他送到军医院。”沃洛霍夫头朝着费奥多尔点了一下，对队长说。

“应该把这里一半的人送到军医院，”马宁发火，“你一个人在两边拉锯子吗？”

“你别冲我喊。有本事去与阿尔吉斯特较量。”沃洛霍夫噎

了他一句。

队长恶狠狠地眯着黑眼缝，左右脚替换着站了一会儿，喊起来："把废物统统抛掉——让医士开证明。够了！但是另一方面，小伙子年轻、健壮，不是瘦小孱弱的人。小队支持这样的人。他已筋疲力尽，是伤风感冒了。行吧，还是让他离开。应该保护劳动者。只要不去当土匪，从战争初给劳改营的补充人员就开始减少。甚至听说，还要回流到前线……"马宁走到费奥多尔前：

"去卫生院！你可以不劳动，卧床休养。我需要劳动力。"

沃洛霍夫声音不大地冲着费奥多尔笑着说："再锯一会儿。造福沙皇和祖国。"

天空已经发亮。经历工棚封闭的污浊的空气之后，清晨，一股潮湿而阴冷的空气袭着费奥多尔而来。在解冻的天气里，白雪变成灰色，雪地上出现了许多弯曲的污泥小路。费奥多尔回头望着，想起他为何从工棚离开，他要到哪里去，他步履蹒跚地往卫生院走去。他沿着栅栏慢慢地走着，旁边就是齐腰的带刺的铁丝网警戒地。禁止靠近此地带。如果他靠近——岗哨上的士兵一定会射伤他。费奥多尔离开小路，站在离禁区一步远的地方。

几年前，在他还是孩子的时候，在维亚特卡，他一不小心跌进了三月份河岸边的未结冰的水里。因难以忍受的刺骨的寒冷他病了。他喝了蜜糖水，半小杯加过热糖的伏特加，穿着皮袄躺在热炕上，迷迷糊糊地呻吟着。那时，夜晚昏沉，在安静的茅草屋里，安娜奶奶趿拉着毛拖鞋，在地板上发出嚓嚓的脚步声。她手拿蜡烛，走到火炉前，查看他的情况。蜡烛火焰从远处闪现在费奥多尔眼前，火焰发出令人不舒服、刺眼的光；火焰中闪出双影，走到哪里，跟随到哪里。然后照亮了安娜奶奶有皱纹的脸。她把冰凉的手放在费奥多尔发热的额头上，焦急而略带点兴奋地问道：

“孩子，还没死吧？”

费奥多尔吃力地张开黏在一起的嘴唇，一边咒骂神一边回答：

“老奶奶，已经死了。我已经——到天堂了。”

“上帝啊上帝！你在说些什么？”她低声说，“到天堂，要知道，很好。但是你得越过艰难的路才能到那里。”

“为何要越过艰难的路？最好一下子就到天堂！”

……费奥多尔瞥了一眼岗哨，守卫明显地在盯着他。只有一步就到了天堂。瞧那个鹏鸮，大概，抓到了苍蝇。往前走——就会到“奶奶说的”天堂。对所有的人来说，在那里很温暖，有小鸟歌唱……他闭上眼睛，开始失去自我，脑子一片空白。他摇摇晃晃地走向决定命运的带刺的禁地，准备经历某种新的愉快的感觉，就像倒在一片松软的干草地里。但是，他又一下子清醒过来。如果岗哨没有一枪命中他，他岂不白受伤？天堂之地离他而去，而他却要忍受流血和新的苦难！费奥多尔战栗地耸耸肩，继续蹒跚地向前走。显然，他没有什么可留恋的。他不想活了，但是又没有力气迈过生命。

谢尔盖·伊万诺维奇·苏希宁医生是个慢性子的人，说话客气，戴着圆框眼镜，一双纤细好看的手放在桌子上，如坐在课桌后的小学生，不断地听着费奥多尔的胸部。他从容不迫地给病人做检查：用纤细的冰凉的手指在病人背上敲打，把听诊器放在胸前听，让病人伸出舌头看，最后，对自己的检查程序做个总结：

“我们不做这样的住院诊断治疗。很遗憾，年轻人，我们不做。这是给您的药片，休息一天。明天再来。”

费奥多尔恭敬地给谢尔盖·伊万诺维奇鞠躬，多次感谢他，请原谅他弄脏了干净的地板。办公室散发着不甜蜜却使人镇静的草药味，因医生洁白的大褂和优雅的动作，办公室显得亮堂。非监狱圈子的人在这里来回游走。费奥多尔不想走——他寻找留下来的理由，想着，还要问些什么。

突然，医生办公室的门被放肆地打开，劳改营的长官斯克里普尼科夫像个皮球一样地滚进来，他肥胖，眼球突出，非常机灵，他从苏希宁身边走过时，喊叫：

“为什么死者在医院里？卫生员在哪儿？胆大妄为，混蛋！我要把所有的人派去集体劳动！”他凶狠地瞪大眼睛看着费奥多尔，“你是谁？为什么在这里闲逛？”

“他病了。”苏希宁替费奥多尔回答。

“病人应该躺着！两分钟死者就凉了！”

劳改营长官总是这样的激动，他几个星期没出现在监狱里，不知又到哪个上级部门去了。可是，每当他出现在辖管的监狱时，他亲自视察监狱的角角落落，急躁地叫骂着例行检查。

“我给你们这些懒人清理一下脑子！”斯克里普尼科夫抓起一小瓶水，没有找到杯子，直接对着瓶颈，贪婪地、大口地喝水，看来，他想遏制喝酒后的内心的燥热。

苏希宁和费奥多尔对视了一下。他们对视的眼光有某种一致的讥讽：好像，俩人以同样的标准评价长官的狂怒。

“要两分钟！”斯克里普尼科夫喊叫着说，用手掌擦着下巴，他像进来时蹦跳的皮球一样，又迅速地奔出办公室。

苏希宁摘下眼镜，用白色的餐巾擦拭着圆镜片，好像因斯克里普尼科夫的叫骂镜片都出汗了。费奥多尔犹豫不决地站在敞开的门旁——离开还是站一会儿？当他们观察饥渴的长官时，俩人简短的、理解的对视给了费奥多尔某种谈话的借口，某种可能的一线希望。他感觉，现在——就是现在！——应该尽量地拖着这个可爱的人，从他那里寻找庇护。

费奥多尔往前迈了一步，接近大夫，因激动咽了一口吐沫。

“我可以在您这儿待吗？想多待一会儿。我在砍伐场累死了……我愿意承担任何工作。”费奥多尔说着，谨慎地暗示着医院里的尸体还没有拉出去。“如果不合适的话，您立刻把我赶出去。”

谢尔盖·伊万诺维奇戴上眼镜，仔细地看着费奥多尔。费奥多尔也直视他的眼睛——就像新生儿一样没有自卫能力，整个处在这个纯洁的人的控制之下。让这个人拒绝他——费奥多尔的祈求变成了一种无力的愤怒。他这种病态的思想再次出现，好像他现在就站在天堂和地狱苦难间的某个地方。

“回到病房，扎维亚洛夫。”显然，谢尔盖·伊万诺维奇自言自语地说。他擦拭着手掌，使其暖和些：“街上太潮湿，您去生炉子。值班员刚好死了。您就代替他。”

前面将等待的是什么——费奥多尔不知道，但是，首次在生活中他想亲吻男医生的手，就像拉门斯克村的朝圣者们亲吻教父的手一样。

当卫生员马特维出现时，炉膛的柴火已让病房变得干燥而温暖。马特维是个独眼的老男人，长下颌，他的脸长得像马脸，滑稽可笑（在重病人中间，除了两个自诩为土匪头子的人在那里逗乐取笑，没人开他的玩笑）。他要暂时走开，拖拉着一个大袋子衣服去洗衣房。费奥多尔认识马特维之后，开始帮助他，给他讲

述斯克里普尼科夫的检查。

“晚上我把死者运到角落。我想，之后我们再拉出来。实际上却没有，眼睛鼓起的人看到了……显然，他发错火了？他不骂人不行。”马特维说，“按照医学分析，我们的长官是个好激动的人，这样的性格如狗一样。而那个死者是个特别能干的小老头，性子沉静。他连跳蚤都不欺负，却死了，永远地睡着了，不再醒来……把他带过来，是给他治疗心脏病的。”

对费奥多尔来说，这是首次搬运尸体。他第一次抓着裸体的没有生气的身体。没有极端恐惧，甚至没有厌恶——这也许是因为虚弱的身体状况使他的感觉变得迟钝，也许是因为他根本不害怕冰冷的、泛青黄色的僵尸。死者僵硬的脚后跟和指甲隆凸的多毛的双腿显得极长，就像是因为某种野性特征而长长。

“你为何像抓活人一样抓他的腋窝？要抓头。不要弯曲。已经僵硬了。”马特维毫不客气地教训，从侧边用一只黑色的大眼睛看着费奥多尔。

在长方形原木围起的卫生院隔壁，有一间大的单独病房，还有包扎室、医生办公室，以及一些小的工作室，隔壁就是地窖停尸房；当收集到“不少于五头”时，就从这里将死人运到公墓——马特维这样计算着死人。

20

在劳改营里，通常只把那些在伐木场无利可得的残废和老人会被安排到值班员的位置，去干轻松的工作。可是，苏希宁决定让劳改营派工员把这个空位子留给费奥多尔。因为，他相信费奥多尔的恭顺，并计划把他送到卫生学习班训练，提高他的医学职业技能。

不，不是为了美言，安德烈爷爷的战友、囚犯教授费普说：“重要的是——不要绝望！不自由的人死，不在于别人对他的折磨——而是他的自我折磨。第一个敌人和第一个医生都是你自己——你本人会让自己……哎呀—呀，小伙子，甚至不待在监狱。要绕过一切黑暗的东西，总会有应急的办法。你若看到这样的应急办法——硬闯到那里去！如果自己还过不去，用胳膊肘将所有的人推开！”

费奥多尔得到了劳改营卫生院值班员的职位，他很快熟悉了这份工作——逐渐地恢复了健康，也适应了这里的生活：在食堂里他结交朋友——为了弄点吃的；在自由的时间里，他想起父亲的手艺，当了鞋匠，为监督长一对双胞胎女儿缝制了两双鞋；他学会为芬兰刀把打磨金属饰件，再把它们倒手转卖给小偷，换成食品和日用品。在这里他已习惯于死亡，把它看成最正常不过的事——就像暴风雪、狗吠、阴沉的一望无际的忧伤。

“哎呀呀，小伙子，谁也不要可怜！人的生命微不足道——就像是苍蝇的生命。拍打它——就消失了！人的价值——就如小铜币！”费普用食指指向上面，给费奥多尔上自私自利的课。“地上踩踏多少人，就会死多少人。所有的人都会死——只在于谁先谁后。没必要可怜谁！只关心自己一个人……当然，不要背叛朋友，也不抛弃朋友！学会用心可怜自己。”

尽管费普老奸巨猾，毕竟他的学说还是有缺陷的。爱、阿谀奉承和贪婪——在任何人那里，甚至冰冷的人心里都为自己找到了哪怕是非常小的栖息之地！

男人的眼泪最让费奥多尔在精神上痛苦万分。

“小伙子，听着，”外号叫“富农”的库兹玛把他召唤来，“去找大夫，悄悄地要些毒药。太痛苦了——我想死。做些善事，上帝不会惩罚他的。”

眼泪在库兹玛胡子拉碴、布满皱纹的脸上流淌。他痛苦至极，特别是最近几天。他的双腿被截去后血止住了，但腿僵化、腐烂，上面覆盖着一层奶白色的痂。大概，库兹玛忍受了悲惨的疼痛，扭曲的脸上现出无声的哭泣和痛苦的神情。

“忍一忍，库兹玛。”费奥多尔说。

“做了十年牢——一切都忍了。疼痛得我一点力气都没有。”

“也许，是真的，”费奥多尔想，“给他一把‘安眠’药。让他睡过去。要知道给受伤的马再补开上一枪让它死，好不让它痛苦。沃洛霍夫讲述过，战争中就补开一枪将人打死。”

“行，库兹玛，我试一试……”

费奥多尔往医生办公室看去。苏希宁站在窗户旁，肩靠在墙上，看着窗外白茫茫的积雪，手指敲着玻璃。费奥多尔想离开——没有避开独处的沉思大夫。他还是被发现了：

“扎维亚洛夫，您站在那里干什么？”

“库兹玛感觉不好。”费奥多尔吞吞吐吐地回答，走进办公室。

“这我知道。该给他做手术，但是时间已错过。而且，早期的手术也导致他在劳改营里出现这样的结果。”显然，苏希宁自己还在思考。

“什么，谢尔盖·伊万诺维奇，您所从事的医学领域没有发明这种减轻疼痛的药吗？要不要让他安眠？”

“医学发明了很多，但这不仅仅是医学的事。尘世上被杀死的人比延长生命的药多很多。人们还没生产出这样的药，不可能有彻底毁灭、损害或者致一切死亡的药。”

费奥多尔犹豫了一会儿，猜想，现在开口要那个物品，是对医生的一种侮辱。

“您就不能帮助一下库兹玛吗？反正他也要死。他自己请求死。为何要刁难他呢？”

苏希宁猛地一抖，变了姿势，离开窗边，疑惑地沉默了一会儿，用指头在额头上弹了一下。

“年轻人，我同意您。现在有许多的犯罪行为，甚至不叫犯罪，杀害了成千上万个健康的很有价值的人……但是作为医生，我也是无能为力的。我发誓。有这样的誓言。”

“是在上帝面前？还是在教堂？”

“不是。这被称为‘希波克拉底[①]的誓言’。所有的医生都发过这个誓言。”苏希宁把手伸到自己的腋下。费奥多尔看出，大夫的一双手似乎总是冰凉。“年轻人，我不信上帝。如果他创造了人，那么人比他狡猾得多。人为所欲为，处在无政府状态。不是上帝能管理尘世的。甚至也不是沙皇，也不是领袖。人们想杀死沙皇——杀死……”

“谢尔盖·伊万诺维奇，谁管得了？”

“尽管奇怪，美统治一切……美使人神往，使人入迷。美唤醒了人们内心的贪婪，甚至侵犯。美强过一切统治者。这只是显示，强权的世界能够征服美。不，美不附属于它，而是它附属于美……”

“啊呀，原来如此，按照您说的，美做过错事。”费奥多尔

① 希波克拉底（约公元前460—公元前377）——古希腊医师、医学改革者、唯物主义者。——译者注。

不相信地直截了当地说。

苏希宁摘下眼镜，按摩了一下眼皮。每当此时，他总是机械地把这一切做完之后，习惯地微笑着陷入沉思。费奥多尔已经习惯于此。苏希宁戴上厚厚的近视眼镜后，开始解释说。

“从尘世间出现美的时候，就开始了人的不和。吃饱不是最初不和的原因。就是——这个美！美的迷惑的精灵……”苏希宁慢慢地说。也许，他想出了许多的词，可是只说出这些思想的提纲、要领。“美渗透在任何有价值的行为中，渗透在尘世间的功名富贵上。金子不是白白获得的……譬如普通的金属。不是。这个金属是挑选出的……要创造美，就需要力量和权力。力量——为了抓住权力，权力——为了分割力量……尘世上的财富可能是通过不正当的手段积攒和偷来的。但财富本身不是丑陋的。财富吸引人的漂亮。各种各样的财富——就是美的物质化身。甚至大自然的美也是分配的对象。人有了掌握太阳或者星星的可能，他一定会想方设法做成。哪里有美——哪里就有妒忌和犯罪……对不起，扎维亚洛夫，在劳改营中问一个不愉快的问题：您按照哪一条坐牢的——我知道，但具体是为什么？”

“为了女人。”费奥多尔回答，之后立刻更正，说得更文明些，“为了一个姑娘。确切些说，用刀子捅了欺负人的人。他勾引了她。”

“她漂亮吗？”

“谁，奥莉加吗？”

“就是奥莉加……”

“也许，她挺漂亮。”

“您瞧，年轻人，美也控制了您。您为了她——有点贪心。您还不想失去自己的姑娘。”

“好像这不是贪心，”费奥多尔微红着脸，反驳道，“而是爱引起的。”

“爱——这就是利用她的美的欲望。不一定是外在的明显的美，而是广义上的美。不仅仅是利用，而是征服它……有这样的作家——陀思妥耶夫斯基。顺便说，他也经历了苦役。他说了一句名言：‘美拯救世界！’他错了。美给世界带来光明与和谐，这是假象。美，就如炸弹，蕴藏着巨大的毁灭力。美——就是最大的诱惑。您的爱，年轻人，也符合这个诊断……比如说，我们所有的俄国作家都在解释世界的不同，但是同样忘记了，他们自己一生都在追求美，常常成为美的奴隶。那个天才的普希金——就是许多作家强烈愿望的表达者……”

当苏希宁涉及工作对象时，他目光坚定，当开始说到那些看不见、摸不着的东西时，他的目光羞涩、游离不定。费奥多尔甚至觉得，在他面前，苏希宁试图证实或者为某种行为羞愧，而这些是费奥多尔不得知的。

独眼卫生员马特维知道苏希宁大夫的全部底细。像对待朋友一样，他把部分信息传递给了费奥多尔。

按照不一般的刑事案件（秘密做人流）苏希宁初次被判刑，然后扩大到政治刑事案件——归并到他的老爷出身：苏希宁医生家族归属于宫廷医师。在苏希宁做手术的门诊部，来了一个漂亮的实习生，她是他的医生生涯中致命的一位女病人。她是大建筑工程主管唯一的女儿，心肝宝贝，无价之宝。手术之后，因害怕自己流血不止以及令人苦恼的虚弱，她歇斯底里地把一切都向惊恐不安的父母招认了。有权力影响力的爸爸把恶棍的医生带到清泉处，长久地折磨他，让他没有通信权。这一切很早就发生了。苏希宁打算移民柏林——跟随许多自愿离开或者被赶出国的知识分子。但是，他自小就视为自己的忠实朋友的妻子，背信弃义地抛弃了他，出国了。当他从医院回到家时，他看到厨房的桌子上放着一张便条，上面写着一首诗。

心在召唤——
更加理智。
对不起——再见了！
伊琳娜和安德烈。

“……他是个细腻的有文学创作才能的人，”卫生员马特维给费奥多尔讲述，“按照医学说法，他会成为抑郁症患者。他忍受了很多痛苦。因痛苦酗酒，差点丢了工作。但是他意外地遇到了一位年轻的女主治……医……，等等，现在我准确地说出，是主治医师！显然，还不算医生，但已经是半个医生了。从学习开始，她人就很好。按所有的标准她就是美人。他也开始燃烧起新的情感。他又恢复原状，不再喝酒，开始与女医师散步，给她送花，与她一起到剧院看戏。她也对他表达了自己的情感。苏希宁竭尽全力地说服她，恳求她嫁给他。但是她有所担心：或者她认为他的年龄有点大，或者对她的爱太少。她如一头母驴——什么也不顾。她就是那个建筑工程负责人的女儿……”

……

最后费奥多尔笑了笑，问大夫：

“谢尔盖·伊万诺维奇，这么说来，人们为何要这样不喜欢呢？出于美为何要在眼前挂块破抹布呢？”

“不是，自然……爱了，就会享受美。但要按统一的道德法。当没有统一道德法，人总会痛苦。最常见的是自己不明白为何痛苦……美和爱，年轻人，这就是麻醉品。一定得按照严格的剂量使用它们……吗啡瓦解人的肉体，美和爱瓦解意志。没有意志的人总是危险的。”他最后说出的话干巴巴的，非常形式化，好像不是自己的话。他沉思着什么，显然，只有他一个人——这个知识分子的“囚犯医生”，从来不说一些黑话。

后来费奥多尔从苏希宁冰冷的狭窄的手掌里拿到了几粒药片，他嘱咐道：

“这是给库兹玛的镇痛药，可消除几个小时的疼痛。晚上我们给他打一针。”

21

天黑了。冬天，监狱卫生院的病房里越加昏暗。窗户玻璃底边冻住的雾气开始融化，燃烧的火炉发出的热气让玻璃上的薄冰游动。费奥多尔坐在烧炉工的凳子上，看着厚厚的小铁门缝隙里的火光。炉子里燃烧着白桦树枝，发出吱吱叫声。碎小的煤块被烧成了灰烬。

在病房里，有人在自言自语，有人叹息、翻身，将压麻木的一侧身体换到另一侧，装病的骗子们在不停地洗自制的纸牌。

“富农”库兹玛躺在离火炉很近的地方。费奥多尔听着，库兹玛大声地给隔壁床的病人忏悔。这个人不是别人，而是马克思主义者、布尔什维克党员、列宁主义革命者、富农的敌人鲍里斯拉夫斯基。库兹玛怎会知道——额头上没有写明，在劳改营的服装镶边上也没有标注——忏悔者自己从理论上给他说明富农阶级

对无产阶级事业的危害。但如果人们告诉库兹玛这些，无疑他就沉默不语。库兹玛很快就要完蛋了。他那么想死，在临终前不会给任何人忏悔什么！哪怕是给敌人。

“你判断一下，可爱的人，”库兹玛把那双青筋突出的粗糙的手微抬到胸前，单调而又不恰当地给他做手势，“他们把我的财产全部没收。那么是谁来的？斯坚卡·波罗纳——他孤身一人，是个没有田地的贫穷农民，一生不劳动，玩牌赌博，他却被安排到集体农庄，并入了布尔什维克党。科里亚·西维伊——这是农村头号游手好闲的人，无论怎么引导他——他总是走歪路。村委会主席格里申卡——一个带着德国妞的逃兵。与他们一起逃回来的还有从区里来的两个士兵。‘我们，’他说，‘通过决议：你就是坏分子和富农。’‘划十字祝福吧！’我说。‘我怎么是坏分子，如果我与儿子们在村里起得比任何人早，睡得比所有人都晚，每个穗子如何算？’而他们这样乏味地阐述：‘你就是土豪。腾出屋子！把财物充公！’我的婆娘号啕大哭——孩子们都住在屋子里。两个儿子已经成人，女儿即将出嫁，其余的还小……我们被赶出屋子。把两匹马、两头牛和一头小母牛从家畜棚里赶出来。大儿子身上出了红斑点。他没忍住，打了主席格里申卡的嘴脸，然后被征去当兵。在那里他被枪杀了……其余的孩子们与我和婆娘一起被流放。半路上两个幼小的孩子得伤寒死了。女儿娜塔莉娅被列车长强奸。她，痛苦至极，从行驶的列车上跳下。那时我的心脏承受不了——跟踪并杀死了那个下流胚子。”

鲍里斯拉夫斯基是个无可奈何的旁听者，他一动不动地躺着，表情冷漠，嘴唇紧闭。显然，他不想听富农库兹玛的故事，但是他忍住了，就像与同路人挤在陌生的马车上，忍受着没有涂油的马车轮发出的咯吱声。

鲍里斯拉夫斯基前一天就被送到卫生院。他的膝盖被砸碎，被伐木场用雪橇车送来。在森林里他笨拙地伐木，用斧头平着砍树枝，斧子反弹到他的膝盖。侦查员将他送到卫生院，到处探听消息：他是否是有意自残肢体。调查清楚后，侦查员就不再纠缠。医生给鲍里斯拉夫斯基的腿紧紧地打着绷带，让他安静地躺着。

“就这样，可爱的人，”库兹玛告诉他，“难道这能翻转，如果不把我登记成坏分子？他们不认为我是坏分子，而是把我看作杀人犯！把一个出生农民的庄稼汉当作杀人犯！如果把一个人的喉咙掐住，愤怒之下任何事情都会发生。要知道谁又会这样做呢？那个斯坚卡不能够好好地夺下长把镰刀。”

库兹玛的话和问题得不到回应，消失在昏暗的夜色中。但是他还是没说够。

鲍里斯拉夫斯基的同案犯——科斯秋欣，带着一股寒气从外面走进病房。他低声地问候，扫视了所有人，走进朋友的床前，轻轻地坐在床沿边。“富农”库兹玛现在静静地躺在那里。库兹玛在他们的谈话中——就是个障碍。

科斯秋欣低声而谨慎地与鲍里斯拉夫斯基交谈，监狱到处都是侦查人员的耳朵，谁说什么话，就会有人打小报告，诽谤……但是今天鲍里斯拉夫斯基很兴奋：或者因受伤，或者被库兹玛刺激了神经，或者朋友的抬杠的思维让他失衡。从他们的谈话中透出某种东西，他们有时不经心，吐露他们与此群体格格不入。费奥多尔尽量捕捉他们的每一句话：这样的人引起他的兴趣。锻冶工人或陶艺工人总是惊讶那些从活动板房里出来的戴着滑稽鼻子的丑角：怎会有这样的丑角活着？怎么自己做鬼脸，从马虎的观众那里骗取20戈比呢？在哪里学的这一套？对费奥多尔就是这样：就是那些受过特殊的无神论的马克思、列宁书本教育的人，现在却被称为“政治犯”的鲍里斯拉夫斯基和科斯秋欣——他们就是另一片遥远原野的浆果。

“可以不同意，谢拉菲姆·因诺肯季叶维奇。任何改革的思想需要对社会的暴力……”费奥多尔无意听到了科斯秋欣的声音。

“达到极点！正是这样的歪东西！”费奥多尔暗暗吃惊（他还没有听到过鲍里斯拉夫斯基的全名），“一个父称就够追究责任……”

“尊敬的科斯秋欣同志，我们都是傻瓜！流血的念头——已经不是思想，而是头脑腐化的结果！”费奥多尔一下子听清了鲍里斯拉夫斯基压低声音，但刺耳的、能轻易捕捉到的话。“任何革命者都应该坐牢。更不用说道德磨难！难道您在这里，在监狱还不明白，我们在自己思想的影响下干了什么吗？”

“所有的事业在于个人。思想能够几千年不变。难道平等和博爱的口号属于我们吗？个人转变为思想。个人也能够损害最伟大的思想，把它们歪曲成闹剧……”

“确认我们有这样愚蠢的行为！我们没有学到主要的！没有辨别出个人的利益！忘记了历史进程中个人意愿的意义！”鲍里斯拉夫斯基几乎是喊着说的。

科斯秋欣想调和、平息相当危险的政治争吵：

“您现在病着，谢拉菲姆·因诺肯季叶维奇。您需要休息。我们的争论有时间探讨。”

但是鲍里斯拉夫斯基更加气愤：

“每个人看不清自己的命运！但是任何东西都不能把人变

得比思想更盲目！甚至信上帝！甚至几百年的基督教不能给人类真理和秩序。头脑中有世俗思想的人——双倍的愚昧！我和您的眼睛被这种思想灼伤……我和您不想看到痛苦！思想，据说，都是剽窃一切……没有剽窃！人的生活本身，不是强制的平等和博爱——生活高于所有的思想！枪被掌握在愚昧人的手里。这个枪已经向我们开了枪……我们两个傻瓜就该这样！”

科斯秋欣很快起身，抱歉地笑了笑，急忙制止住鲍里斯拉夫斯基：“不应该在这里谈论寻神说……谢拉菲姆·因诺肯季叶维奇，您好好恢复健康。我还要来。每天我都来，”他高兴地低声说，并从口袋里掏出什么，“两个煮土豆。给您的。瞧，用破布包着。”

科斯秋欣告辞，被打断的鲍里斯拉夫斯基还没说完话，就像库兹玛一样，黑着脸，嘴唇紧闭，又躺下了。

病房里一片忙乱，充满嘈杂声。半夜里，睡觉的床发出的咯吱的声音更加刺耳。火炉烧得很旺。费奥多尔用火钩在炉子里捅了捅，把烧红的煤块捣碎。煤块上的火焰已经熄灭——没有煤烟味。费奥多尔盖好炉子烟道的风门，回到自己的小屋。他又度过了劳改营的一天，又少了一天的刑期。

22

小屋里的整个环境拥挤——简易木床以及靠近小窗户的正方形的木板桌子。费奥多尔仰面朝天地躺在木床上，把双手放在头下。

临近半夜。窗外一片靛蓝，寒冷的雾气里已经没有了雪堆的折射光照。在支架的最上角，看得见的四根柱子后面——岗楼后面，一轮弯月闪现。伴随着月亮，明亮的星星闪烁着。四处寂静。费奥多尔内心涌动着一种黑暗模糊的感觉。好像他的内心迄今有一根没有触动的弦，这根琴弦苦闷地弹奏着，请求解释和解决什么。或者等待着，琴弦的梦没有奏出声。

费奥多尔回忆，他的父亲在集体农庄化开始时，把小马驹雷日卡带到集体农庄的马厩，回到家，在菜园边挖了个小坑，把新马具埋了。“都不许说！”父亲严厉地嘱咐。费奥多尔用孩子诧异的眼睛看着父亲是怎么用一块块土掩埋马脖子上新的套具和马鞍子，再用脚夯实。父亲为什么不把新马具带到集体农庄呢？他很可惜马具，说道：“让它腐烂，总比交出去的好！”现在费奥多尔都不知道怎样解决这样的问题。甚至当兴起筑“公社”大堤，为有益于个人经济，可以挖开马具，父亲都没做这些。一次费奥多尔提到这个，父亲自己也感到可惜：“割断了的手是接不上的！忘了我的约定吗？不许说！”但是有的时候费奥多尔发现：父亲很难过，好像因失去或者被没收的财产而与某人打长久的官司一样。父亲理智地接受村社的新安排，理解合作劳动的好处，但是内心还是回避它，不能原谅集体农庄主谋的过错。连“富农”库兹玛也不能理解这一切，为什么他被人从自己的土地上赶走。难道在“他们的”乡村里公正的意志是把穷人和社会败类交到管理委员会？谢拉菲姆·因诺肯季叶维奇甚至与聪明的鲍里斯拉夫斯基的名字，与他的好朋友科斯秋欣不能协调一致。他们评判和议论“关于个人”，想弄清楚，然后开始为那个真理服务。“每个人看不清自己的命运……我和您的眼睛被这种思想灼伤……”费奥多尔想起了偷听到的激昂的语句。

卫生员马特维看了一眼小屋。目光盯着费奥多尔，讨好地说起来：

“费季卡，今天这么早就上床睡觉了。大夫吩咐我把走廊再烧暖和一点儿。太冷了，他早已感觉到很冷。我在走廊临时安装了小铁炉子。你，兄弟，来生一下炉子。

“大夫吩咐你。你的手没有瘫痪。”费奥多尔冷冰冰地应付着。

“我需要回趟家。离开一个钟头。”

“你这批老马，又找女人去?”

“我在那里又不是私通，而是公事。你在入狱之前没有成家，而我是有家的人。这里我也需要家，以安慰内心的不足。”马特维辩解。

许多劳改营“傻头傻脑的人”在监狱结交女朋友，组建独特的家庭。卫生员马特维定期的，有时在不合适的时间里跑到女囚犯的工棚里，与劳改营的洗衣女工同居。费奥多尔内心发痒，也开始有这种念头——寻找一个看得上的女囚犯，在她那里找到安身之处，分享被囚禁的生活。但是，他暂时没有闲工夫到女人住的房屋去。

“请问，马特维，”费奥多尔出其不意地感兴趣，“什么是命运？”

马特维慌张地眨了眨眼。

“命运，费季卡，取决于人的爱好。你祈祷什么，就会选择什么样的命运。按照医学，性格能起很多作用，而按照生活，相信什么，那么就听命于什么。任何信仰里都有人的命运。你相信自己的女人——在她的影响下就开始做事。你也就为自己选择了这样的命运……”

“照你说，就是爱情？”费奥多尔嘲笑地刨根问底，“你爱自己的洗衣女工吗？”

马特维微笑着：“怎么不爱！爱情——这是女人善待男人，相反也是。在这个配方中就有密切的家庭关系。”

费奥多尔大笑起来：

“马特维，你真是个老手！不论问你什么，你的回答都非常简单。”

“现在我没有时间了，费季卡。生火吧。那里，我只是把柴火拿到炉子前。一切都安排就绪了。”

“哎—哎，不，”费奥多尔直说，“我也想与家人待在一起。”

“你的家在哪里？”马特维吃惊地伸出下颌，嘲笑地闪动着那个大的独眼球。

“我就是自己的家！”费奥多尔说，粗鲁地结束谈话，“吩咐的是你——你就去生火！”

“你这个急躁的讨厌鬼！”马特维骂了起来，但为了缓和气氛，他没有特别地抱怨。

任何时刻费奥多尔都服从于苏希宁的请求，但对他来说，马特维的话就不是命令。费奥多尔已经领教了监狱的教训：把靴子一次给他人——就会经常给人；让他人一次——总会让。“哎—呀—呀，小伙子，不要背对人，也不要相信任何人。瞧，那个小刺猬，虽然尺寸小，但是犍牛不敢靠近它。弯一次腰——就会让你尽情地弯个够。”费普也这样教导他。

马特维骂着走开，费奥多尔立刻忘了他的请求。

窗外还是那幅画面。一轮弯月挂在天空，银色的月光照射在岗楼上。无穷无尽的夜空深处，在遥远的寒冷月光的照射下，星星闪烁。四周一片寂静。冬天的夜晚，伤感是那样的缠绵，令人透不过气，饱含思虑。而费奥多尔的内心琴弦在弹奏……

这个世界发生了什么事？沃洛霍夫咒骂政权，认为沙皇和领袖是不劳而获者，是骗子。智者鲍里斯拉夫斯基准备承认自己傻。库兹玛一生拼命地劳动，没有获得任何荣誉——作为一个被杀者要死在牢房中。苏希宁大夫贬低美，称爱情为疾病。听听、看看——尘世上没有任何光明和圣神，到处都是恶作剧和欺骗。那么，人们生来不是为了高兴，而是为了令人烦心的事。如果是这样，那么死亡就不是痛苦，而是摆脱痛苦。正是他，费奥多尔，早想真的迈进禁区，迈进处在哨兵枪口下的禁区。

在家的生活是自由自在的，现在就像某种幻觉，陌生。真敢不相信，在马克西姆刺耳的手风琴伴奏下，他能够自我陶醉地在姑娘群中跳着踩脚舞；为舞者帕尼亚狂妄地哈哈大笑；触摸姑娘，在干草棚里拽下达莉娅的裙子，最后——拥抱和亲吻奥莉加。

他回忆起奥莉加时既甜蜜又苦痛。在监狱苦闷的环境里，他内心难以抑制对她的思念。他终生不会放弃奥莉加，只是尽量不去刺痛这个旧伤。就好像是心灵的疮痂，不应该触动，应该让它发痒、蔓延，等待它自行脱落。触及它——又让伤口流血。当伤口周围出现一层层新的疮痂，然后治愈它。无神者的苏希宁大夫按照自己的一套，评价人的所有痛苦，得出死亡的诊断，为其寻找原因——找到了美。“难道他是对的？”费奥多尔问自己，同时也是问所有的人，“那什么是命运？机遇？不幸的或者幸福的？想法简单的马特维比其他人懂得多，他用独眼比其他人更敏锐地看到了生活？命运，据说，这就是信仰。那么，我的命运就是被置于奥莉加身上？她身上的一切——就是我的幸福，我的不幸？不，我不想承认，也不想屈服于这个。不想让奥莉加将来对自己发号施令——哪怕不是直接的命令，而是间接的来自外来的恶的力量。让自己割断与她的联系。忘掉她！但是怎样才能忘记呢？也很可惜。毕竟她不是娼妇……”

在小屋的无眠的床上，费奥多尔梦见了奥莉加。有一次，在寒冷的一天，费奥多尔在村边等奥莉加，他迎风的一侧脸颊被冻伤。奥莉加从家里跑上前，用雪擦拭他变白的脸颊，恶作剧地将雪塞到他的衣领里，把自己手套的内衬裹到他的脸上，然后她严肃起来，紧紧依偎着他，将自己的脸颊贴到他的脸颊上。他们长久地这样站着，拥抱着，彼此抵御着一阵寒风的吹袭。阿夫多季娅巫婆突然出现，无意中看到他们的抚爱，大笑。

“爱情的事，是年轻人的事。不要偷，要保护自己的爱情。有什么害羞的？”她说着，以掩盖自己突然出现的尴尬。

阿夫多季娅巫婆停下来与他们聊天。

“你，婆婆，应该把披肩稍加整理，”奥莉加说着，上前把巫婆堆在上衣领子上的三角形披肩整了整。

“姑娘，你的小手掌是善良的。”阿夫多季娅一边感谢，一边说要看看奥莉加手里有什么。老太婆不愧拥有女巫婆和女占卜者的称号。

“手掌怎会善良？” 奥莉加笑着问。

阿夫多季娅巫婆抓起她的手，把手掌朝上，指着掌心一条长长的深沟枝杈，说那是“生命线”。

“瞧，你的生命线多好啊！长长的，一直延长到腕关节。姑娘，你将活很多年……”

费奥多尔也瞧着奥莉加的手掌，看着那条绵延弯曲的生命线。

他现在，就像真实地看到了奥莉加手掌上的那幅画。他记得一切。她的皮毛手套散发出舒适而温暖的味道。

但是，在劳改营卫生院漆黑的窗户外，似乎萨韦利耶夫的浅色大衣如不祥之鸟的翅膀一闪而过，大衣把奥莉加藏到板棚后。费奥多尔又用忍耐不住的委屈可怜自己，憎恨奥莉加，使温暖变冷，将回忆的灯光熄灭。为了报复奥莉加，他去找不拒绝他的达莉娅，从她那里寻找安慰。可是他并不爱达莉娅！但生活就是这样，他一想到达莉娅，就感觉思想非常轻松，毫无痛苦之处。

夜里的窗外已经一片漆黑。月亮已经隐没在窗框之外——看不见。在天空深处，星星悲伤地闪烁着。岗楼的影子弯弯曲曲地变黑,这样持续了好长时间！四年的刑期连一年还没有过完。

“我的妈呀！我的房子着火了！着火了！喂，男人们，起来！整个走廊火势很旺！”

夜间的喊声招致了一片忙乱。病人们仓皇地拿起个人用品、被子，匆忙地挤到病房里。走廊里，燃烧的墙摇摇晃晃，倒向街道。在漆黑的夜色中，卫生院被熊熊火苗照亮。

费奥多尔睁开眼，还没弄明白周围的嘈杂声和忙乱，就闻到空气中一股浓烈的烟味。浓烟从门缝里进入小屋，环绕在小屋的上空。从走廊和天花板上吹来一股热浪。火苗在小窗户上跳动。费奥多尔痉挛了一下，抑制住咳嗽，用手摸到鞋，穿上鞋，抓起棉袄和帽子，从小屋冲向病房。他一下子撞到了人，他叫骂了一声。几个人在病房里忙活，喊叫着，企图救出可怜的家当。火苗如柱，蹿上门的边框，蔓延到病房的内墙。有人用被子徒劳地试着灭火——浓烟更加呛鼻。在半黑的角落里，炉子后的地上，有个穿着白色睡衣的人挥动着手，喊叫着，但是在混乱和嘈杂中，听不明白他在喊什么。火光跳动，似乎，整个病房和四处奔跑的人的影子都在晃动，如暴风雨中的船。费奥多尔把病床推到一边，蹿进走廊。在这里他感到眼前一片灼热：火光扑向整个墙。军需仓库陷入火海，噼里啪啦地响着，刺鼻的浓烟从仓库窜出。火苗从仓库顶棚的缝隙里冒出来。费奥多尔用胳膊肘挡住脸，冲到街上，跑到喧闹的、半赤身裸体的颤抖的人群中。

劳改营的木棍敲击着铁制的“警钟”。烟从屋顶窜出，到处火海一片。铁顶上的雪融化了，咯吱咯吱响，从中冒出股股灰色烟团。火从地下往顶层阁楼燃烧，红色的火苗往外强有力地冲击，吞没了整个房梁。红色的光柱反射在从卫生院跑出来的人们惊恐的眼里。被服间的玻璃被敲碎，里面有人大声喊叫，开始从窗户抛出病人用的家什：被子、一捆捆床单。军人从保卫室跑上前。劳改营的值班军官盲目地指挥不知所措的人群。他们大声激动地说：

“火窜到了屋顶。那里有干草垫。如火药……”

“马马虎虎地生炉子。把‘小铁炉子’放在走廊……”

“火星窜过膝盖。一下子冒起火苗。”

“发现得太晚。夜里，所有的人都睡了。”

“值班人到哪里去了，可恶的家伙！”

“独眼的马特维值班。他生的炉子。”

“这个马大哈！干嘛站着？拿桶！水！”

“太冷了……从着火的桶里舀水。难道用桶……”

“住嘴！按我说的做！”

“瞧，说的废话！”

“因灼热玻璃崩裂。”

“彻底地燃烧。”

“没什么急的——救不了。”

费奥多尔被突然的火灾惊醒，混乱中他惊慌失措，直到现在他才清醒过来。

“谢尔盖·伊万诺维奇！谢尔盖·伊万诺维奇！”他大声地喊起来，折回屋里，冲进火苗冲天、浓烟呛鼻的走廊里。

苏希宁大夫在办公室隔壁的小房子里睡觉。房子的这一半没有着火，火扑向另一间。费奥多尔慢慢地爬到这里，钻进医生办公室，大声地叫着“谢尔盖·伊万诺维奇”，一下子撞到了苏希宁。大夫毫不慌张，甚至非常镇定地从柜子里拿出针盒、医疗器械、医疗用品和几本厚书，把它们放在摊在桌子的大褂上。

“到包扎室！”他冲费奥多尔点头说，“收集器械！能拿的都拿到。”

他的平静让费奥多尔清醒。在包扎室里，他首先做的事，就是用凳子将两个窗框的玻璃打碎，把床单铺在地上，把针盒、小玻璃瓶、小篮子、棉布绷带收拢在一起。烟从走廊穿过打碎的窗户进来，熏得人眼睛流泪。屋顶上着火，从屋顶流下融雪的水滴顺着顶楼隔层的柱子蔓延，火舌卷过天花板，殃及了惹祸的干草垫。费奥多尔拖拉着一大袋子医疗器械到医生办公室，准备返回到包扎室，以便从窗户将这些医疗器械抛出去，可是在门口他差点撞倒了马特维。

“谢尔盖·伊万诺维奇，不是我的错！我看着炉子。点着。然后我……不是我……”马特维大声喘着气，脸上的那只眼睛闪出恐惧和懊悔的光，长下颌上的嘴唇颤抖着。

“所有的人从病房跑出去了？你们检查了吗？”苏希宁严肃地问。

马特维慌了神：

“谁还能顾得上数他们？”

“就这样重新数一下！按照名单检查！”

马特维慌乱地跑到街上，跺着脚跑过着火的走廊，顺便喊着什么。

火势越来越大，烟呛得让人喘不过气来。

“接下来就危险了。扎维亚洛夫，咱们离开！”

“谢尔盖·伊万诺维奇，从窗户走！那里已经过不去了。烧焦了。”

他们试图熄灭火。好不容易灌满了一桶水，把轻便泵拖过来，拉长水龙带。从水龙带里溅出无力的水，暂时浇灭了原木上的火焰，房里冒出一股令人憋气的白色蒸汽，灌入打碎的窗户。但是火重新燃烧，从屋顶下一团团浓烟中蹿出明亮的火舌，整个窗户被红色的跳动的帷幕遮住。噼里啪啦的响声不断。内部不知什么东西倒塌了，溅出一股股火星。火星越来越明亮，火势越来越强烈，灭火的努力显得越来越无用。

卫生员马特维满身黑烟，眉毛已被烧焦，歪戴着被烧灼的帽子，一下子跑到苏希宁跟前：

“大家好像都跑出去了……库兹玛一个人没有跑出去。他起不来……这不是我的错，谢尔盖·伊万诺维奇……”

“库兹玛？”费奥多尔听到这个名字，迅速地回应。他一下子想起来——忽然想起，一个穿着内衣的人在角落里挥手，那个人就是“富农”库兹玛。“看来，他从床上爬下来，然后没力气……我怎么会忘记！要知道他需要帮助……”费奥多尔一时皱起了眉头。然后用手掌捧了把雪，抹在脸上："也许，库兹玛还活着？我来得及救他！从窗户……"

"站住，回来！"苏希宁及时抓住费奥多尔的棉袄袖子，"把自己烧了，却没有把库兹玛救出来。太晚了。"

"这样死了太不好了。至少让这个男人毫无痛苦地死去。恶棍们！"

苏希宁迅速地转过身对着他。

"我说的不是您，谢尔盖·伊万诺维奇。说的是那些被没收财产的富农分子……"费奥多尔说。

卫生员马特维重新忙活起来，消失在遭受火灾的人群中，这些人颇有特点地集聚在一起，有的人左右脚替换着站着，有的人裹着白色被子。

"马特维求您在走廊里值班，是真的吗？"苏希宁问。

"是的。但是我要是知道他没有照看好炉子，纠缠洗衣女工的话……我跟他说，而他却跟我说他有家，关系……"费奥多尔再次激怒了马特维，他把下颌伸长，"一切都因为臭婆娘。他这个老家伙才瞎跑。他使自己得到应有的惩罚。"

"可惜，年轻人，"苏希宁心情忧郁地赞同，"男人们经常因女人做傻事。"

这是费奥多尔从苏希宁大夫嘴里听到的最后的话。

不久，卫生员马特维又追上他们，低下头说：

"谢尔盖·伊万诺维奇，您不要生气，这里没有您的过错。还有一个人被困在火里。姓名是鲍里斯拉夫斯基。他也没走出去。总共有两个人……"

"瞧，这就是对他们的平等和博爱。"费奥多尔苦笑了一下，看着着火的房子。

劳改营的长官斯克里普尼科夫叫骂着，迅速地跑到着火的地方。他挥动短胳膊，摆动着解开的十分瘦小的大衣下摆，首先大骂实质上没有过错的值班军官，然后如老鹰一样扑向医生。

“我要把所有的人毙了！坏分子！敌人！”斯克里普尼科夫嘴边满是泡沫地吼叫着，瞪着眼睛，盯着苏希宁。“把你们这帮恶棍们吊死得太少！胆大妄为，无事可做的家伙们！等一等……”

但是，他突然住口了。从房子的一边发出了噼里啪啦的响声，房子尾架撑不住，房顶倒塌了。一大堆火星升向黑暗的天空。屋顶上折弯的铁条挤压着火光，很快横梁上的原木燃烧起来，吞没了整个屋顶上部。火苗冲天，火光四射。劳改营的长官斯克里普尼科夫像个木头人站着，只鼓动鼻翼。在苏希宁的眼镜玻璃片上，反射的火光疯狂地跳动着。

“不是我的错，不是我的错。”卫生员马特维如习惯了一样，颤抖的嘴唇嘟囔着，用手擦拭着从独眼里流出的眼泪。

费奥多尔皱着眉头观察，房檐吱吱响，掉到离房子不远处的脏雪上，就如小熄火器，无力承受火灾。水龙带里的水完全没有了，如无助的沉默人群看着死亡的场景。他已经试着确定，对他而言，这个夜晚的混乱不堪以什么结束，对奥莉加的恨，如尖锐的小石头瞬间刺进胸膛。似乎这个灾难就是她诅咒的……

掉在雪地里的木炭和木头屑散发出烧焦的味道。

那个夜晚，医生苏希宁、卫生员马特维和卫生院值班人费奥多尔·扎维亚洛夫被关押，送回到劳改营的监狱。一大清早，讯问员单独提审他们。一天之后，根据某个命令将医生苏希宁转送到另一个监狱，对卫生员和值班人因马虎犯错的案件的结果，仅占审讯记录短短的两页。结果简单且简短，判决也如算数一样极其简单和粗糙。

现在覆盖雪的冰层非常坚厚。清瘦的、拖着一条假肢的老人安德烈浅浅地踩着雪地，轻松地走在森林里。老人早就预料到解冻和再次的严寒，以便沿着雪面冰壳从森林走到拉门斯克村，——等待，遇到某个村民，得知女儿和孙子的情况。他本人不打算去拉门斯克村，不想空手去做客，因为冬天的森林几乎无利可图。如果想用猎枪和捕兽夹子捕获猎物，只能保证自己和四条腿的朋友小狗不会饿死。

住在守卫室，老人已经几个月没见到人了，甚至不知道世界上发生了什么：战争是否结束，德国人是否已经逼近维亚特卡河岸……

天空低沉地悬挂在大地之上。今天是多云、阴沉、有风的天气。针叶林的呼啸声响彻森林，树干吱吱作响，枯萎的干树叶四处飘飞。安德烈老人不满意地环顾四周。他选择从森林远足，但是天气看似是多变的。很快飘起了雪花，甚至在空旷的地方风雪交加。

“我们走的不是时候，”老人对自己的小公狗说。

但是，小公狗高兴地跑着，摇着尾巴。大概，小狗习惯陪伴老人打猎和以猎物获得报酬，它希望，在它的前面——有猎物可以美美地饱餐。

当他们刚一上路，狂风大作，暴风雪席卷而来。呼啸的大风

改变了方向，从四面吹来细碎的冰粒子。

周围空空荡荡的，这样的孤独，就如在森林深处。路上只有雪橇的痕迹和马蹄痕迹，但还未被风雪彻底地覆盖，这说明，世界上除了老人和小公狗外，还有他人存在。有人还安然无恙……

“瞧，暴风雪卷着，”老人说，环顾四周，天和地越来越混合在一起，在暴风雪裹挟中消失。老人几乎目睹着路上的雪橇痕迹被盖住。“是—是，坏天气，”他沉思了一会儿，拄着结实的拐棍。“在坏天气下人很容易迷失方向，迷路，累坏。而当回到正确的道路上时，一看，生活已经过去……在阳光明媚下很好地生活。瞧，快活了半辈子——所有的坏天气降落给俄罗斯人。老人们经历了德国战争和革命。而现在年轻人又不得不打仗。”安德烈老人等了一会儿，摇了摇头。“谁也看不见，”他转向小公狗。“我们返回吧。快点！走吧。”

安德烈老人沿着森林吃力地走着，本来就累了，在风雪交加的时刻他返回的步伐更艰难。已经不是某种身体不适，这种症状还能够用药物治疗，而是整个强壮的身体机能自身被磨损坏。何况他的腿上还戴着假肢。

老人已经往回返，踩着被蒙上薄薄一层雪的自己的脚印窝，但在风雪中，他听到清晰的铃铛叮当声。很快在路上出现了一匹枣红马，马鞍毯上覆盖着雪。马背下的铃铛叮当叮当响。当与短宽的无座雪橇并排时，老人看清了围着厚厚的披肩的女人。

“吁—！”她喊住马，拉住缰绳。雪橇停住。

安德烈老人认出赶马车的是拉门斯克村的邮递员杜妮亚，善良而机灵的女人，传递着所有的消息……

“大爷，坐上来！我们一起到村子去！风雪交加。没有时间了！”杜妮亚喊他。

“不了，我之后……”老人走近雪橇。“我只是想知道丽扎和塔尼卡的事。”

“她们活着。像所有的人一样，虽然半饥半饱，但活着，”杜妮亚说，“丽扎已经准备找你。她操心一切，操心你是否活着，大爷？……主显节的严寒来临，冷得让人喘不过气来。她说，等暖和一点，就坐滑雪板到你那里去……而塔尼卡在圣诞节前得了很重的病。她累得肚子疼。整整发烧一个星期。丽扎和阿夫多季娅巫婆一起轮流着照看她。她们刚一出去……女人们卸下结冰的原木。塔尼卡硬要去帮助丽扎。要知道她还是个孩子……现在孩子比大人还不好。瘦得只剩下眼睛了……”

“是一是，”老人不语，痛苦地沉思着。“现在应该保护塔尼卡。也许，冬天应该搬到她们那里住，”他心里责备自己。

“代我问候她们，”老人稍微抬了一下自己的帽子，几乎鞠躬。“战争如何？还没有结束吗？”

“哪里结束？只把德国人阻挡在莫斯科附近，”杜妮亚回答。“你的女婿，伊戈尔·尼古拉耶维奇，恰好就在那些地方战斗。”

“你们，这些女人们，没有男人处境更差吧？”老人安德烈说着，抖掉暴风雪吹到胡须上的雪。

“这不用说，”杜妮亚叹了口气说，“这些该死的魔鬼想出来的！你们这些男人们啊！打什么仗？最好与自己的老婆待在家里。”

“你是对的：任何战争——得不到任何好处。但是战争不是男人想出来的，”老人安德烈说，“把手伸进男人的皮衣后再抽出来——逗沙皇娱乐。恶人不是坐在茅草屋里的——而是坐在豪华住宅里。”

“大爷，我得走了。暴风雪越下越大！迷路了——喊叫不到任何人，”杜妮亚赶路走了。“驾！”她用缰绳抽打马。

雪橇慢慢启动。暴风雪吹动了马背上的铃铛，发出低沉的响声。安德烈老人突然想起来：“知道了丽扎和塔尼卡的近况，我怎么就没问到孙子的情况呢？”

“喂！杜妮亚！”老人把手掌合拢在嘴上，大声地喊，“怎么没听到费季卡的事情？喂，他是否写过信？”

“好吧！”他听到杜妮亚奇怪的牛头不对马嘴的回答。

雪橇和铃铛声消失在暴风雪中。

25

苏希宁大夫对费奥多尔的许诺和费奥多尔今后当卫生员的希望，彻底毁灭了。马宁队长在自己的简易住房里遇到费奥多尔，歪着斜眼的脸：

“治了病？……你和马特维又增加了多少？你说，多少？……每个人加五年？你的刑期几乎增加了一倍。在这里磨炼是简单的，”他既不幸灾乐祸也不同情地说——他不是冲着费奥多尔，而是冲着整个劳改营的秩序。费奥多尔看着马宁平坦的土黄色的脸，更加遗憾，没有利用安德烈爷爷的引导——没有从拉门斯克村畏罪潜逃。

“沃洛霍夫想念你。你又要成为他的搭档了……现在长官施行严格的标准。如贪食的胃，需要砍伐森林，”马宁总结道。他没有提到战争，尽管话语间偶尔援引对伐木场残忍行为强制性的容忍。

战争爆发。前线贪婪地需要武器，生产需要不间断地砍伐森林，劳改营的长官需要计划。陆地第六部队的生活，包括远离激烈战场的卡伊服役的偏远地区，不断地需要战壕战士。虽经历了几个月的动乱年代，但每个囚犯都忍受着自己的损失，损失不是直接的，而是附带的：敌人的子弹射中了某个人的父亲，兄弟毫无音讯或者被俘，谁的村子遭受到匪徒的入侵，首都莫斯科处在战火的半包围圈里——在监狱里很少说到战争，也不说打猎，似乎不想也不敢说到它。这里冷得要命，饿得人疲惫不堪。只有谢苗·沃洛霍夫与费奥多尔交谈，直接评论战事。

沃洛霍夫与费奥多尔并排坐在床上，他把凡士林涂抹在冻红的手指头上，这是费奥多尔在着火时从军医院的大袋子偷出来的。他突然说：

“小伙子，干嘛做傻事！在尼古拉执政时期战争失败，现在布尔什维克也做错事。所有人在赞扬——苏维埃社会主义共和国！它在哪儿，这个苏维埃社会主义共和国？德国鬼子都攻到莫斯科城下了。希特勒——这对你来说不是流鼻涕的恺撒，他野蛮地进攻。如果把莫斯科让出去，那就完蛋了。希特勒不是拿破仑——他更凶残。不要将石头放在石头上——硬碰硬。”但是过了几分钟，沃洛霍夫不太满意对战况的战略分析，似乎轻视了苏联的某些功绩：“有这样的说法：保卫莫斯科毕竟是暂时的。人们知道，严寒会有帮助的。面对我们的严寒，任何军队都是无力的……”他又惊讶地补充：“小胡子叔叔，就通过了英勇的考验。他没有从莫斯科逃跑。若是尼古拉，早躲起来了，或者让女皇本人带着面包和盐迎接德国人。小胡子叔叔坐在那里！人们紧握拳头，毫不示弱。”

费奥多尔用磨刀石磨着新的芬兰刀锋刃，这个刀子配制了一

个带有金属饰件的花色刀柄；他打算给小偷们销售刀子以换取食物。他没参与沃洛霍夫、纵容者和好抬杠人的谈话，而是顺便地指出：

“我看你，谢苗，我听……看来，你知道很多。而在你身上没有……”

“什么没有？”沃洛霍夫警觉起来，一双黑眼睛死盯着搭档。

费奥多尔不紧不慢地解释；他回想起谢尔盖·伊万诺维奇医生如何曲折地表达，如何有教养地擦拭着圆镜片，轻轻地扣动着纤细手指的关节。

“你，谢苗，似乎有文化。你说过，自己常去大学生那里，玩老爷式的台球，还当过士官。而听你一说——你就是个地道的庄稼汉。干不完的农活和脏活。你的言语中没有一点美。”

“什么？”沃洛霍夫因突然的抗议猛地一抖。脸上的浓眉毛向上挑。

“我说的不是扫兴的话，”费奥多尔抱歉地更正，“记得苏希宁大夫。他说话也非常平稳。再次想反驳他，你办不到。你不要积累用于辩论的智慧话语。他给我讲述了作家的事。”

“嗨，小伙子！瞧，我也想说得好听，”沃洛霍夫就像滚开的水咕咕嘟嘟，“他不喜欢庄稼汉……面对任何有教养的人物庄稼汉绝对忠诚！尽管庄稼汉头脑愚笨，但内心是干净的！庄稼人简单。他为土地、为面包去打仗，捍卫自己。但是硬要把海外的哲学灌输到他人的脑子里，盖上上帝的印记——在这里努力说漂亮话。让这些不愿干脏活和重活的人、这些作家去耕地——他们不会干。给他们一把斧头——连个房子都建不了。他们首先只会想到叛乱。不成体统的知识分子！引起国家骚动不安，却让庄稼汉收拾烂摊子！”沃洛霍夫更加冲动起来。“我不打算评价你的苏希宁。我也不知道他是哪只鸟。但我见过其他戴眼镜的人——太多了，”沃洛霍夫用手掌在喉咙划了一下。“小伙子，我在革命时期，听够他们了。在彼得堡上学，参加群众集会，读报纸。在那个‘老爷’台球馆看到许多打台球的人。有虚无主义者、民主主义者、立宪民主党人、社会党人、自由党人、各种作家。那些人都是贵族老爷的后裔、小少爷、小市民——他们只知道喋喋不休地议论俄罗斯，根本不想为它服务。他们喊到人民，却远离人民。你知道，实际上他们在想什么？想的是饭店的午餐、有妇女参加的边喝咖啡边聊天的娱乐晚会、剧院、巴黎。对他们而言，这才是他们真正的生活目标！他们不会被派去与德国人打仗，也不会在国内战场上浴血奋战。他们只会时而向白卫军，时而向红军应声号叫……很明白的，他们的鬼脸合乎礼仪。眼睛、胡子、帽子、白大衣领子。把鼻涕擤到叠好的手帕里，内部就是破烂货！干净的破烂货，我给你说，小伙子！这里可靠的标志就是：如果知识分子开始鼓动人民——就等着灾难。他们唤起混乱。那时又好像——救救俄罗斯吧！……小胡子叔叔就是恶魔，而且是地道的。按照功绩枪毙他们——狗崽子！”

“谁知道，也许，你是对的，谢苗。只是你从自己的角度看知识分子，”费奥多尔含糊地同意，但是不同意沃洛霍夫对苏希宁大夫的评价。他反驳说：“谢尔盖·伊万诺维奇未必只为享受。他的心被其他的蠕虫咬伤了。他也是爱情的受害者。”

“嘀一好极了！他们的爱都是歪着的。他们荒淫，而且互换女人。可怜的人也吝啬爱情！一切都是这个知识分子的卖弄聪明——就是掩饰自己的破烂东西……就让他们滚他妈的蛋吧！他们互相出卖、撕咬，就像临终前的母狗。”沃洛霍夫挥了一下手。他弓着背，垂头丧气地坐了好长时间，之后完全和蔼可亲地说起来：“小伙子，我感到委屈。多少人在拉磨，却没有安宁。上帝又要发出考验了。”他靠近费奥多尔。“号召从监狱往前线派人。传闻徒刑和刑期没有区别。只是不要政治犯和‘反革命’。我要请求，打报告去。”

“这是对的，”费奥多尔随声附和，手里转着磨锋利的芬兰刀。

费奥多尔作为有过经验教训的人回到小队。现在他能够通过熟人关系在食堂多搞到一碗无味的稀菜汤，能够装病，从新派来的医士那里搞到一天的休假条，凭自己的手艺从土匪头目那里获得好处。但是他无法阻止他周围那些告密者、监视者、同类的小偷团伙的卑鄙下流的行为。

在工棚里睡觉时，费奥多尔总是手拿芬兰刀——因寒冷他的脸被冻红——长官在两名监狱看守的陪同下，例行巡查。

劳改营的长官们，就如安排俄罗斯生活的任何领导，时而如松开的缰绳，允许欺骗和玩忽职守，时而出其不意地严厉，树立典型，整顿秩序。脾气古怪的斯克里普尼科夫从监狱管理层返回后，因在那里被训斥，他揭发了不好好执行劳改营原则的制度长官，那个长官，被降到底层官级，返回当监视员，与他们一起巡查犯人。

费奥多尔把芬兰刀塞到隐秘处——垫子里，但是藏得太晚，也太匆忙。一个巡视员发现了他的可疑动作，向制度长官点头。他没有逃避盘查。

“你的床铺？”

“我的，长官公民。”

"哎嘿，你把它藏到了垫子里！"

于是，一缕缕干草被抛到地上：芬兰刀、修鞋刀、锥子、带有金属装饰的刀柄的半成品、危险的刮胡刀。

"你的？"

"我的，长官公民。"费奥多尔承认。假装成乐器演奏者，打开——反正瞒不过去了。如果不解开，就会更加激怒检查人员。

"你知道，这是不容许的？"

"是的，长官公民。"

"……"

"不是，长官公民。"

"……"

"服从，长官公民。"

26

严寒的冰霜毛茸茸地挂在单人禁闭室墙的上方和天花板上。地上散落着肮脏的冻结在一起的锯末。禁闭室里没有床。挂着一层冰溜子的窄小的窗户是唯一的能射进灰蒙蒙阳光的通风口。劳改营的禁闭室建筑构思非常简陋，就像停尸房，费奥多尔和独眼马特维把"死尸"从卫生院拖拉到这里。禁闭室的框架深入地的深处——类似土窖。禁闭室里没有炉子。只在走廊里放着炉子——让思想呆滞的看守人员取暖用，犯过错的囚犯无缘烤火，一点也得不到。

费奥多尔蜷缩在角落，缩在霜少点、窗户通风差点的地方。

他把戴着手套的两只手塞进口袋，全身紧张，努力抑制打冷摆子，之后他全身一下子放松了——一段时间感觉不到寒冷……有时费奥多尔站起来，走走，在四方的禁闭室踱步：可是靴子里的脚冻坏了——他竭力运动，活血，使双脚暖和起来。他在禁闭室关了几个小时，但他感觉就像待了几个昼夜。只有三百克一份的面包和一杯水，同时他还要忍受寒冷。冬天虽说已接近尾声，但是二月末人还是被冻得瑟瑟发抖。

“喂，你！挪到我这里来！你的内脏会冻伤的——那就完蛋了！这里咱们互相挤着——暖和些。”费奥多尔对同禁闭室的人说。

在禁闭室的另一个角落，蜷曲着躺着一个人，戴着深色帽子，毛衣领子盖住头，脸冲着墙。他早就没有动静地躺着。睡着，还是没睡？像是，又不像是死了……费奥多尔不时地看看他，惊慌不安地猜到某种熟悉的东西，可是不能辨认出：在哪儿、何时见过此人？他见过太多的人！哪能记得所有的人。这个人在拉门斯克村住过，难道我见过这个人？那里的人寥寥无几，且都长得很相似。而这里每个人都不同。既有笨蛋、聪明的人，还有臭名远扬的恶棍。

“喂，你！听到没有？挪过来！”

可是同禁闭室的人还是没有回应，一动不动。

“看来他病了。已与我无关。”费奥多尔仔细地看了看黑暗角落里蜷曲躺着的那个身影。他是谁，这个不幸的兄弟？也许，他是部级官员，在纸上编造了无聊的字体，签错字而入狱，或者是说漏了嘴“被剥夺公民权者”；也许，他是个宠儿、浪荡公子、荣誉家族的后裔，与女人们在饭店喝了香槟酒，因一时糊涂借钱，欠债；也许，他的生活道路崎岖不平，经历了磨难——也许，他是个可怜的盗家贼、小扒手、不走运的骗子或者偶然要流氓的笨人，命运制伏了他。

“你怎么啦？完全死了吗？”

费奥多尔起身，走到可怜的人跟前，动了一下他的肩膀。被费奥多尔触动之后，同禁闭室的人猛地颤抖了一下，全身抽搐，之后整个身体开始歇斯底里地颤抖。费奥多尔惊讶地皱了皱眉头，把他的肩膀扳过来，想看清他的脸。他一下子呆住了：

“利亚马？”

“你想干什么？”

“利亚马！”费奥多尔重复道，“瞧我们又见面了，坏蛋！”

利亚马更害怕从身后传来的喊叫和袭击。小时候当保育员教训孩子们面墙而站，脱掉裤子，接受湿毛巾的抽打时，他就全身蜷曲，打战。谁也不知道，保育员经过面墙而站的光腚列队时，会用何种力量狠揍谁。这种恐惧不仅永远地渗透到了利亚马的意识里，而且渗透到了他的全身、他的脚、他的后脑勺。当有人从他的肩膀后面触动他时，当他听清并认出那个“公子哥”就是他曾经在中转站里强行扒去靴子的那个人时，他出于这个本能开始恐惧和颤抖。

“我把你，坏蛋……”费奥多尔找不出更好的词。他龇着牙，冲着利亚马扬起手，真想一拳打到他的脸上。但是他停住了。最后时刻，他仔细地盯着利亚马的脸——黑色的淤斑，肿胀的嘴唇，淤青的眼圈。他可怜这个人，把手放下。他用脚踹了一下利亚马的肋侧。一下，两下。他狠狠地踹了三五脚。但是利亚马辗转，把身子反侧过来，号叫起来，缩进角落。

“不要打我了，不要打了！我的肾脏已经坏了。”利亚马喘着气，号哭着，笨重地躲避踢打。然后他一下子全身无力，似乎死了——看来，他真的不行了。他躺在锯末上，一动不动。稍动一下他的身体，就听到他的哭泣声。

费奥多尔惊慌失措地站在可憎的恶人面前。后来经过劳改营的调配他们分到不同的地方，之后他们从未见过面，但是费奥多尔一直想报复对方。有时他想到极其残酷的惩罚。他忘不掉在马厩里的那个夜晚，当利亚马压倒在他的肚子上，用臭烘烘的鞋底踹他的脸。“等着瞧，恶棍！”费奥多尔从牙缝里挤出这句话，他想起利亚马顽皮的声音，看到他包金的牙齿、瘦长笔直的身材，以及摇摇晃晃的步伐。瞧，现在的他，利亚马。在他面前，可怜地抽噎哭泣，如一个被揍的小男孩。掐死他——就够了！谁会搞清楚，在禁闭室里生病的囚犯因何死亡？人们更多关注的是健康的人是如何死掉的。但是费奥多尔心中的报复之火熄灭了。

他蹲在利亚马身边。

“你吼叫什么？你出了什么事吗？你怎么会落到这里？”

“我没有父母。”费奥多尔听到利亚马哽咽的声音。

“你在说什么？”费奥多尔不知所措地问。显然，他什么也没有听到。“你的谁没有啦？”

“父母没有了……我是孤儿……”

很难弄清楚，利亚马说的是真的，他怯懦的，就如一头圈在诡诈的陷阱里受伤的野兽，嘟囔着不伦不类的半谵妄的话。他的声音毕竟是真诚的，充满忏悔的痛苦。似乎他度过的一切玷污了年代，偷盗、漂泊和坐牢，都汇集在一个简单却始料未及的解释，那就是出自于他那个红肿的嘴唇发出的哀求和哭泣：“我没有父母……”

利亚马出生于人所不知的家族。父母没有给他起名，他没有姓，也没有父称，他是个弃婴。那是在孤儿院的台阶附近，人们捡到毛茸茸的哭泣的他。长大的他从孤儿院逃跑出来，没有固定住所，最终因饥饿学会了偷窃。就这样他在小偷职场上健壮成长。在监狱的盗贼中，利亚马的名声不好。为了不让盗贼头目在自己背上捅一刀，利亚马害怕得要死，他给自己留下两条路：投奔劳改营的行政部门为其服务——行话就是“捻成一股”——或者以逃跑拯救自己。他选择了第二个。但是逃跑计划考虑得不周全，愚蠢地失败了，他被打得半死不活，之后被关到禁闭室。

“不要呻吟！本来就恶心，”费奥多尔不再凶狠地说，甚至鼓励利亚马：“你落到这里，你还驱赶公子哥。你的天性就是极可恶的……”

费奥多尔像拉袋子一样把利亚马拖拉到自己睡的墙角，与他背靠背地躺在一起，为了暖和紧靠在一起。

生活这样奇怪！多次他幻想就像捏死一只臭虫，杀死利亚马，现在他却可怜他。如果有一块面包，他甚至会将面包块分享给利亚马……他说，他是孤儿，他说，他的肾脏被打伤；他泪流满面。要知道那时候——他是犯罪团伙的老大……把傻瓜放到宝座上——他也就是国王！所有的人在他面前卑躬屈膝。或者抓住真正的国王——给他的脸好好地上肥皂，投入禁闭室——这就是让人瞧不起的人……难怪在审问中迫使无罪的人在所有纸上签字。如果想做——被迫做！人嘛——他是脆弱的。每个人——都能感受到饥饿，怕疼，每个人都有眼泪……看来，一切取决于条件。人自身也不是自己主人……那么谁是人的主人呢？上帝？上帝的意志？为什么那时人们说，人死后在上帝面前承担责任？他本人用自己的标尺丈量人的命运。就让人在他面前承担责任！

他本人就是一切的主宰——整个要求从他开始！……已经不是第一次，费奥多尔觉得整个世界是旋转的和无秩序的，似乎镜子中的影像——在镜子里，用石头敲打镜子，镜子会出现多道裂缝，每一个裂缝扭曲着尘世上任何美丽的真线条。这一切的安排是多么的不合理！也许，上帝本身就是正人君子，但却把自己装扮成老练的安排者，也许，因为人们在人类中想寻找某个上帝。瞧，布尔什维克给自己找到了神人。挂在教堂的对面的村委会屋顶上的旗帜，好让上帝知道自己的位置！他也有些害怕，若是完全没有从尘世上消灭……嗨，魔鬼的灵魂！费奥多尔更紧地靠着利亚马，利亚马静下来打着盹。

利亚马那一晚上死了。没有出声，没有惊厥。禁闭室里阴冷、黑暗，只有从小窗透射的一丝亮光、冷飕飕的黑暗和长久的寂静。但是费奥多尔一下子感觉到了利亚马将要死亡。费奥多尔有一种感觉，越是寂静——完全是死一般的寂静。似乎，他用某种可接受的膜片触动了利亚马跳动的心脏，突然，心脏停止跳动。四周顿时一片空虚。

费奥多尔俯身察看利亚马，确定他已经死亡，冰冷的眼睑闭得紧紧的。黑暗中他甚至看出不幸的土匪头目的孩子般恐怖而流泪的面部表情。利亚马微微张开的嘴里露出昏暗的包金牙。

“现在你，利亚马，自由了。没有栅栏，也没有笼子……原谅我。”费奥多尔叹了口气，开始从死者的身上把毛衣和手套扒下来——扒下一切能够使他暖和的东西。死人不需要暖和。

费奥多尔裹住自己，长久地躺着，睡不着，思考着与安德烈爷爷的谈话。“瞧，爷爷，我明白了你所说的幸福。生活如何把你引去当土匪——我不知道。但是现在我准确地知道：为什么你要把我派到你的老朋友那里……就让我坐四年牢狱——合法的。因为刀子，还要坐五年——毫无理由的判决。那时我不理解你。我认为你说的话太荒唐。现在我完全理解了。在这里我不会坐十年牢……”现在在禁闭室里，尽管费奥多尔的思绪混乱，在死者旁边、在以往的敌人旁，爷爷以前的指示得到了应验。亲爷爷，他不简单，不是亲孙子的敌人，也不是预谋者，怂恿他走向自由的乌拉尔森林的道路。那时，当他从拉门斯克村疾驰到安德烈爷爷那里，爷爷让他隐姓埋名躲起来，永久地逃跑，当时这对他来说是难以想象的。为何要在那里成为野人？与利亚马死在一起——难道最好？生命尽管转动，只有一个。他不想死，就要走在任何道路上。内心不要产生凶恶的行为，用和平征服残暴。在这个世界面前没什么可忏悔的……不在任何人面前忏悔罪……也许，在那个世界上有人在等？不，让上帝自己问自己，每一个人测量各自的罪过。这是他经手的事……费奥多尔使劲摆了摆头。在这里他还没有发疯。看来，禁闭室不仅让人思考，也会让人饥饿，而且会变痴呆。费奥多尔一想到在这里可能发疯，他内心憋闷且感到可怕，他觉得利亚马似乎动了一下。

夜里费奥多尔做梦，梦见了母亲。似乎母亲坐着，还是怀着未出世的男婴的样子。她坐在神龛下燃烧的神灯旁的凳子上，费奥多尔跪在母亲的面前，依偎在她的怀里。母亲用温柔的手掌抚摸着他剪短的头发，他还是穿着囚犯棉袄，胸前挂着号码。母亲安静地抚摸着他，内心信任地讲述着（她确实讲述过这个）：“费季卡，我艰难地生下你。之前在菜园里过度劳累。就在地里，在割麦时分娩。好在，阿夫多季娅巫婆就在跟前，她帮助我分娩。你出生时是那样的安静，不自私。最初喊了一声，就不喊了。大马车把我们母子拉回家，你还是沉默。‘怎么，’我问你，‘哑巴了？婴儿总是喊叫。’而你不吼叫，也不喊。之后你也几乎没有喊声。一直沉默，看着我，看着，几乎不眨眼地看着……我担心，突然生下来个怪物或有病的。甚至我想到罪过的事，费季卡：难道你是个残废，要不幸地生活？那时我若一下子死了，你和我都摆脱了痛苦……而你恢复了健康，一切顺利。之后我长久地祈祷宽恕自己的有罪的想法。是否祈祷求恕？一想起那个，我就感到痛苦。显然，上帝不宽恕我。你知道，费季卡，要知道尘世上人们为何痛苦？”——“为什么，妈妈，为什么？”他迫不及待地问。“告诉我，你是知道的。要不然你怎会是母亲。”母亲回答了他。一边说着什么，一边抚摸着他的头。但是他听不到她接下来的话。他努力地想听清楚母亲所说的话，睁大眼睛看着她，根据嘴唇的动作努力理解话的含义。但是最重要的话还是听不到。

从晚上开始，费奥多尔不再惊动守卫，守卫也不知道同禁闭室的邻居“已结束”。直到早晨，守卫同样也没有把他拉出去。但是在早晨，费奥多尔巧妙地掩盖了利亚马的死，从而为自己获得他的那份面包。

在禁闭室里，利亚马的尸体躺了两个昼夜，费奥多尔成功地欺骗了守卫，获得了死人的那份面包，盖着他的衣服取暖。可能，正是利亚马的死尸才让他活了下来。要知道没有任何秤杆能够衡量局势的意义：他们中何为最重要和能挽救的。有时恰好就差那么一点，就越过了危险的门槛。这一点虽然不大，但是出现得恰到好处且将延伸到很远。

待满期限，费奥多尔从禁闭室爬出来。他爬到走廊的炉子前，在守卫员的谩骂下，稍微烤了一下火，勉勉强强站起来。费奥多尔从禁闭室直接踉踉跄跄地走到了警备司令部。他交出护照，“请求把我派到前线。我不想死在劳改营，最好为祖国死在战场上。”

“你想通了，魔鬼？”警备司令部的军官冲费奥多尔怒吼，看着证件。“你在嘲笑？又想进禁闭室啦！”

“错了，长官公民。你混淆了词，魔鬼的灵魂。”

费奥多尔把毁坏的证书揉成团。

费奥多尔·扎维亚洛夫离去前线打仗还有很长时间。送囚犯去战场是有选择的且极为挑剔。他还得长久地让伐木的锯子锯开灵魂，彻底失去激情，还得从手掌上舔干净面包屑，忍受劳改营里不可消灭的虱子的叮咬和瘙痒。

第二部　激战之地

1

1943年的春天，俄罗斯铁路上蒸汽火车费劲地噗噗地喷着蒸汽，昼夜不停地向天空冒着灰黑色的烟，往西方战线上运送军人。开阔的站台上放着数不清的武器，站着穿制服的军人。车厢运送的人，是一批被运往前线的特殊的人。车厢里的人很独特，没有穿军服，统一穿着棉袄。列车现在就在俄罗斯中部铁路线的一个小车站上临时停车。取暖货车的车门敞开着，穿着灰色衣服的人密密麻麻地站着，把臂肘或胸部靠在隔离出口的木板上。他们抽着黄花烟，眯着眼睛，看着五月瓦蓝的天空，喧闹地开着玩笑。他们无忧无虑、随和地哈哈大笑，开玩笑，好像他们乘车去欢宴，要开怀畅饮。

沿着车厢一个瘦高个、肩上挎着步枪的士兵走来走去，他穿着宽大裤子，脚上穿着布满灰尘的皮鞋，腿上裹着肮脏的白色裹腿。带刺刀的步枪出奇得长，就像巡逻兵细长的身影。锋利的刺刀时不时地折射出刺眼的阳光。车厢里活跃的人群挖苦地，但又充满善意地冲着士兵喊叫，挑起斗嘴。

“喂，瞭望台[①]！你出生在哪里？”

“滚你的！不说。军事秘密。”

“那你在战争中杀死了几个德国鬼子，细高挑儿[②]？”

“他在哪里见过他们？他就是后备队。”

“把这样的铁棍子派来照顾我们。”

---

① 此处为黑话，意为瘦高个。——译者注。

② 意为又高又瘦的人。——译者注。

“认真地看——就是个英雄！”

“这样的裤子——像帆……”

“你为何不说话，锉刀[3]？裤子没夹紧？”

士兵起初还保持冷漠，没有回应挑衅，但之后他大笑起来，冲着刻薄的人们喊道：

“我不知道我是什么样的，而你们，朋友们，你们很快就要见到德国人了。后备部队不收留受过惩罚的人。你们一下子就会被派到前线冲锋。因此裤子对你们来说宽一些最合适。挨揍时，为了看不出来……”

但是他们没让士兵说下去：车厢里的同伙们开始激愤，大声喧哗起来。

“战争反正都一样！”

“德国人对我们这些坐过监狱的人——算个屁！”

“而你，脸上有麻子，十足的傻瓜……”

火车的汽笛声盖住了喧闹和大笑声。机车开始发出咝咝响声，缓冲器笃笃地响，一节一节列车启动，跑起来，取暖火车向前疾驰。瘦长的、不抱怨的士兵，把手指压在嘴上，大声地吹起了口哨，与其他警卫打招呼，跳上敞开的车厢过道的踏板上。车轮臂架开始发出咯吱声，铁轨接合处发出巨大的晃动声。站在敞开的车厢门口的人轻轻地晃动着。

在那些人群中，挤靠在列车出口的就是费奥多尔·扎维亚洛夫。他右手抓着横木，手上有无意义的文身——日落或太阳升起（同样可以阐释这个囚犯情节），他眯着眼睛，看着午间明亮阳光下嫩绿空旷的草甸，好像周围所有胡说八道的人无意地将他挤

③ 此处为黑话，意为男性生殖器。——译者注。

出了全景视图。他也感受着这短暂的奔往前线之前的欣喜，为张开理想的翅膀而高兴。

人不能向往不好的，这也是本性，大自然本身赋予的。如果他想到不好的、不体面或可怕的东西——那这就不是理想，而是自私自利的考虑或是疾病。理想对一个人——就是整个生命中最光明的朋友！死亡——是忠诚的忧郁的伴侣，总是唾手可得。理想是漂浮的、飞翔的、善良而朝气蓬勃的。理想又宽恕自己理想的无法实现。因为理想让人适合生存在边缘……

……“也就是说，一个走在森林小道上的军人，追上一个拿着一捆干树枝的老妪。”费奥多尔也仔细地听着邻居活宝讲的笑话。“‘大娘，我怎么才能走到大路上？’他问。‘我们顺路，要路过我的茅草屋，’农妇回答。‘那你扒在我的肩上，我把你和这捆干树枝一起送到。’农妇就扒在军人的肩上，他背着她。他们来到一片空地。那里有一座茅草屋，屋顶有一只猫头鹰，还有一只黑猫在台阶上走着。‘大娘，顺便问一下，你不是女巫师吗？’军人问。‘正是。因为你帮助了我，我要完成你的三个心愿。你想要什么？’‘我想要匹善良的马，沿途砍伐，还想要一个五面墙的房子和一个美丽的妻子！’‘一切都会有的，军人。等你走出森林，一匹马在一颗白桦树旁等你。在家乡为你准备了豪华住宅和一个漂亮的妻子……’‘那就谢谢你，大娘。一辈子我不忘记。’‘等等，军人，我也对你有个请求。请安抚我这个临死之前的老太婆。不要拒绝。与我过一宿……’”

“嗨，妈的，这个老太婆太精明了！

“太谨慎行事了！”

“老荡妇！”

讲述者笑了笑，继续讲：

“嗨，军人能做什么？也就是说，他为了等到她的这些礼物努力地好好滚了几下，让老太婆高兴极了……然后，按照指定的路线尽快地做好了启程准备。他想赶到那匹马、房子、美人跟前。他急急忙忙地跑了，老太婆看着他的后背，摇头：‘大傻瓜，相信童话……’”

男人们齐声哈哈大笑起来。

铁路枕木呈弧形倾斜，列车从绿色阔叶林两边驶出——已经完全不是原始森林——而是奔向辽阔草原的森林。前方，蓝色河水闪耀着太阳的反光，河水蜿蜒流淌在河岸的柳树间。河水的景色引人注目，敞开的车门旁的声音停息下来。在河水深区，中间湍急，从表面是看不出的，但湍急的河水使人发呆，给人喘息的时间——单独待一会，默默地沉思，回想一去不复返的时光。河水延伸了共同的视线，引向某种全面的思考：怀疑和希望。

维亚特卡河流就像俄罗斯所有的平原河流，谦虚而沉思地流淌着。两岸的柳树上，明亮的沙柳条下垂着。黑色的没有油漆过的小船船头被拖到了楔形角上。远处可以看到渡轮口。白色的航标，像一个大浮筒起落装置，推动通航的河道。

难道这一切能阻碍德国人？那个德国人没在这里生活？没在这个河边劳作？那个人不会说俄语？

列车以巨大的轰鸣声驶过铁路桥，河水像是停留在车厢外面，眼前的小山丘上显现出小村庄和红砖的教堂。锥形白杨树高高地耸入泥农舍干草屋顶上空。花园绽放着粉白色的樱桃和苹果花蕾。在远处，那边就是家乡拉门斯克村，也许，那里的鲜花正在含苞开放。

列车驶过墓地。墓地被五月白花和鲜嫩绿草装扮得犹如安静、平等、有秩序的小岛。每个十字架都是提示和责备。追求什么，为何痛苦？人这个傻瓜，生命这样短暂！要开导自己，也让自己的敌人明白过来……

一个庄稼汉沿着小路从墓地方向走着，他肩扛铲子，头戴鸭舌帽，身穿黑色的偏领男衬衫，脚穿高靿靴子。可能，是掘墓工人——如果拿着铲子……费奥多尔差点从取暖火车敞开的门里跳下去。庄稼汉很像父亲。甚至奇怪的怀疑顷刻间在费奥多尔内心萌生。不是父亲在走，而是不知怎么走到这里的路人？他走向哪里，目的何在？看不见他了。现在已是父亲周年的忌辰。父亲正是在五月被杀死的。

2

邮递员杜妮亚将阵亡通知书捎到扎维亚洛夫家。她默默不语地把它交给伊丽莎白·安德烈耶夫娜，之后用头巾角擦拭嘴唇，很快从茅草屋离开，她不想看到其他人的痛苦。

从与丈夫伊戈尔·尼古拉耶维奇分别的第一天，伊丽莎白·安德烈耶夫娜就不为人知地等待着“死亡”通知书。萦绕不去的预兆的痛苦，使她为绝望的等待诅咒自己——她等到的则是，内心希望的破灭，每刻祈祷的阉割。与伊戈尔·尼古拉耶维奇的告别也许本身就注定她将成为寡妇，也许女性敏感的心预知到这样的结局。还没读完通知书上的文字，伊丽莎白·安德烈耶夫娜已从邮递员杜妮亚的动作中读到了它的含义。通知书还没到达，就已经确定了。名、姓，五个字母，汇聚成一个短小的不祥的词“死亡”。

“伊戈尔！”她大喊一声，好像在召唤丈夫。实际上，她是在向世界空间呼喊。

塔尼卡奔向母亲，看了一眼阵亡通知书，急忙闪开，不相信地盯着母亲哭泣而颤抖的肩膀。突然她尖声叫喊起来：

“不……不一不不！”她急速地跑出屋。

到了傍晚，伊丽莎白·安德烈耶夫娜把阿夫多季娅巫婆叫来帮忙，到处询问遇到的人，在河边寻找塔尼卡。塔尼卡坐在倒在地上的一棵树上，双手抱着膝盖，一双不再哭泣的眼睛看着洁净的湖水。她像一只小野兽沉默不语。伊丽莎白·安德烈耶夫娜和阿夫多季娅巫婆竭尽全力好不容易劝她回到家。塔尼卡一直沉默，当稍微动她一下，她就害怕地躲开，斜着有些古怪的眼睛看人。

第二天塔尼卡内心开始痛苦——就像食盐撒在流血的伤口上。接到阵亡通知书之后，又接到了伊戈尔·尼古拉耶维奇生前写的一封信。邮递员杜妮亚将信交给塔尼卡。在信里父亲简要地描写了自己的作战部队，向大家致意，转达问候。精神错乱的塔尼卡在屋子里跑着，挥动着满是父亲笔迹的信，向母亲喊着：

“阵亡通知书是假的！假的！爹爹还活着！他只是在战场上失踪了，大家误认为他阵亡了。他活着！活着！你瞧！他写的！”

塔尼卡尖声叫着，发疯似得跳着，吓坏了伊丽莎白·安德烈耶夫娜。但是当狂欢发泄之后，塔尼卡扑向母亲的怀抱，放声大哭起来。最后她承认，父亲的“三角”信在路上被延迟送达，而阵亡通知书是直达。

伊丽莎白·安德烈耶夫娜给劳改营费奥多尔的信中勇敢而详细地写下了这一切。顺便她写道——很平静，字里行间没有哭诉——她与塔尼卡一起“勉强”度日，早已经不烤制“真正的面包”。在信的结尾伊丽莎白·安德烈耶夫娜似乎控制不住，改变了调子，在字里行间似乎可以听到她的哭泣声：“费季卡，你的父亲被杀死了。杀死了。你要保护好自己。保护好自己，听到没？请回家！”

一年前，在劳改营里，父亲阵亡的消息还没有激起费奥多尔作为儿子内心深处的哀伤。父亲总是那么遥远，尽管是亲人，但不是他的知心人。对于父亲他没有一点怨恨和一丝责备，但那时他还没有感受到失去亲人的巨大痛苦。而现在，当自己奔往前线，费奥多尔常常想起父亲。有时他甚至觉得他能体会到父亲上路的感觉。他看到列车车轮这样咣当响着行驶时，他在思考着什么？

费奥多尔对父亲的勤劳总是感到惊讶。以前，一大清早起床，睁开眼——看到，爹爹，从晚上就在做鞋匠活，现在还在做着；看来，他就没有睡觉——给某人缝制定制的鞋。可能，他就这样一直缝制下去。突然战争爆发了。他还是没有抛弃鞋匠活。人们开始悄悄地把鞋塞给他……而他不在了。为何那时他要匆匆忙忙地——夜夜缝制鞋呢？可能，世上既没有小丘，也没有标记他的木桩留下？可能，关于他、关于费奥多尔的什么东西都将不会留下？

很快费奥多尔也将给自己挖坟墓了。

命运是这样的不可用言语表达和难以猜测！这样的不可言语和难以猜测，如湍急的河流，如辽阔的田野和无边无际的草原，如永远通向天际的道路。这里有什么难以猜测的？当看到河流、田野、草原、延伸到天际的乡间小路时，为什么俄罗斯人会沉思和自我陶醉？谁能找到这个真正的原因和辩解的理由？

蒸汽火车开始噗噗地空转——列车停下，当每个车厢的门被打开时，人声喧哗。

“出来！所有的人都出来！”从外面传来某个人的声音，灯光照遍暖气火车车厢内部。有明亮星星的夜晚降临在运送“受惩戒的军人”下车之处。

没有任何耽搁新到达的人就被送到了营队的兵房。兵房不是劳改营的简易工棚：这里没有床，只有棉床垫、枕头和呢子被组成的单人床铺。明天，他们将被带到澡堂洗澡，之后穿上军人制服，领床单。犯人们高兴地心脏跳个不停，真的几乎是自由了！

“报号！所有人报号！”护送的军官说着，按名单点名。

队伍解散。好像孩子一样，所有人抢着占床铺。这里的长官不是低级警官——人人平等。费奥多尔睡在边上，靠近挂着黑色材料的灯火管制的窗户。他多次愉快地摇晃着床网，手掌撑着面颊，很快，他犹如玩耍俄罗斯棒球的幸福的小孩，进入了梦乡。

在未料想到的、精巧奇异的梦幻中，费奥多尔无意地出现在自己家的婚礼上。桌子上放着腌制的松蘑、油饼、疙疙瘩瘩的新鲜黄瓜、用大平底锅做的荷包煎蛋。参加婚礼酒宴的客人们都是自己的亲属，穿着特别的节日盛装。其中费奥多尔本人穿着红色衬衫。爹爹也坐在凳子上。母亲在炉子旁忙活着。大家都很快乐，用菱形小酒杯喝着酒，笑着，齐声唱着歌。新娘——塔尼卡穿着百合花般洁白的婚纱，坐在主桌一侧，头戴纸花做的环箍。

费奥多尔为她高兴：看来，妹妹恢复了健康，母亲写道，战争第一个和第二个冬天塔尼卡病得很厉害，差点死了……但是不明白的是：她出嫁时很小，也没有看到她的未婚夫。“你的未婚夫在哪儿？”费奥多尔追问道。“他马上来。去给我拿礼物了……”客人们喧闹地开怀畅饮，又开始唱起歌。甚至听到奥莉加的声音，在桌子后面看不到她，但在合唱中似乎能听到她的声音。

……那时隔壁是连队办公室，有两个醉鬼从连队办公室的侧翼踉踉跄跄地往营房走去。上尉波德列利斯基，高高的个子，壮得像头牛，勉强地挪动步子，打着嗝儿，摆动着蓬乱的头发。大士克萨利，也是体格壮大，因喝伏特加酒喝得脸红，刚吃过下酒菜的嘴唇油腻腻的，惺忪而警觉的目光环顾着四周，他的内衣为营房的服装。中士布尔科夫，圆脸，矮个子，经常眨眼睛。年轻的士兵列什卡·克罗托夫，有着粉嫩的嘴唇和亮黄色的小胡须——俩人因睡眠不足而虚弱——从长凳上站起，不情愿地在长官面前挺直腰。波德列利斯基咚的一声坐在空出来的长凳子上，克萨利，为了平衡，把双腿大大张开，用手指着士兵，开始说起来：

“到这里来听着。你拿着桶，拖布……把上尉同志的办公室打扫干净！有问题吗？没问题。”

“大士同志，”列什卡·克罗托夫开始诉苦：“我已经把整个营房打扫完了。您让补充人员清扫办公室吧。”

“是的，是的，大士同志，”布尔科夫随声附和着说，巴结地向克萨利眨眼。“抽调新人。他们该干什么？我们自己在执勤。”

克萨利看着侧身不稳当地坐在长凳子上的上尉，尽量让自己不晃动。之后他走到补充人员睡觉的床铺，摆出一副长官的样子。

“起来！起床！”克萨利捅了一下费奥多尔的肩膀，打断了他色彩缤纷而甜蜜的睡梦。

因值班灯光刺眼，费奥多尔眯着眼，撑着胳膊肘，稍微抬起身，看到左边的裤子、皮带，然后看到身材魁梧的带肩章的汉子，还没有看清楚脸，已经闻到从那个人嘴里散发出的浓重的酒气味。

“到办公室去！起来！”

费奥多尔打了个哈欠，挠着后脑勺，用思考提醒自己：“这里不是监狱。这，也许，不是监督人。不会被发回到劳改营。我不接受任何誓言。在这个红脸的醉鬼面前我没有义务。”于是他用常用的三个字厉声地对叫醒他的人说：

“滚你的，长官公民……”

“什么？”克萨利呆住了，开始用带乌克兰方言的口音说起来：“你说什么，鬼东西？什么？”他抓住费奥多尔，醉醺醺地将他从床铺上拽起来。

费奥多尔站在地上，他一点也不生气。

“滚开！”克萨利跳起来，用双拳一下子捅到费奥多尔的胸上。

大士后退，脚后跟踉踉跄跄，没站住，一下子倒在地上。轰隆一声，头磕在墙边的空桶上。中士布尔科夫和士兵列什卡·克罗托夫睁大眼睛、张开嘴站着。上尉波德列利斯基笨拙地，手指放不到扣子上，开始从皮套里掏枪。

克萨利发出含糊不清的声音，翻滚着，四肢着地，撅着屁股，喊叫道：

“抓住这个鬼东西！”

他手下的士兵不再像木偶似地站着，他们扑向费奥多尔，把他的手拧到后面。费奥多尔不反抗，只是猛地蹬踹，好在他们面前不失去勇敢。克萨利站起来，瞪着一双充血的眼睛，慢慢地攥紧拳头。费奥多尔想与大士大干一场，但幸运的是，冲突没有发生。波德列利斯基从皮套掏出手枪，咬牙切齿，因打嗝儿结结巴巴地说：

“我们枪杀了这个鬼东西！他自掘坟墓……”

地是沙土的，便于开挖。处决的地点确定在营房后面一片稀少的阔叶林边上，与部队扎营地接壤。醉鬼的上尉和大士的盘算是简单、愚蠢的，同时又是聪明的。他们把人赶到墓地坑里，把枪筒对着额头——让他两腿颤抖，那时他们尽情地嘲笑他。后来费奥多尔得知，有一次他们也与一个执拗的人开了同样的玩笑。假装“就地”处决，虽然这个执拗的人没有跪下，但是，从为自己挖的坑里爬出来时，那人年轻的头上长出了几绺白发。

被从营房选做巡逻兵的列什卡·克罗托夫站在离费奥多尔几步远，持枪对着他挖坑。波德列利斯基手里拿着手枪坐在地上，不停地打嗝儿。他旁边的大士一边擦着脸，一边尽情地骂人。

“你还想打我……这样的兔崽子还想到前线……”

但是，他说来说去就是重复这几句，不再那么尖刻。列什卡·克罗托夫犹豫不决，因寒冷蜷起，最后他乞求大士准许他跑去拿大衣，他好像想开溜掉，不想犯错。如果事情严重的话，好不作证。

费奥多尔不急着挖坑。他沉默不语。大概，他们害怕杀死他。尽管都知道，就像处决叛徒啪的一下“处死”，或者就像处决英雄一样。没有完成命令——意味着是叛徒。抵抗醉鬼的独断专行——英雄。这样或那样——一切都是真理。结果，一切真理，就存在在这个世界上！对一个人合适的东西就是真理。

他停下来一段时间，仔细观察。接近凌晨，天空发亮，星星暗淡，还有一些星星完全消失了。在近处的森林里，夜莺在叫，发出连续的长久的拖长了的甜美的颤音，这是五月最洪亮迷人的声音……

"为什么站起来？"大士冲着费奥多尔喊了一声。"挖！"

费奥多尔冷笑一声。他不害怕。主要是——他不回应他的问题。但是如果让他双手松开，他忍不住。忍不住，魔鬼的灵魂！他只好用铲子使自己的双手减速。那时，也许，他们会开枪的。结果，坟墓正合他们的心愿。大概，枪口还没有对着……"嗨，夜莺唱得多好！亲爱的，尽情地唱吧！亲爱的，不是在为我送终吧？唱吧，唱吧，可爱的夜莺！不要吝惜嗓音。"

在转弯处，汽车明亮的车前大灯一下子照亮了森林边的人，车直接冲他们开过来。大士忙乱起来，系紧制服领扣，不再吼叫，他悄声地对上尉说：

"司令部的长官来了。中校伊萨耶夫！他拐到这里了。要让他……"

"M"牌小汽车停下来。从驾驶室里钻出一个手拿轻便灯笼的人，他生硬地喊了一声：

"出什么事了？"灯光射在上尉的身上。

"中校同志……"波德列利斯基从地上站起来，微醉、生硬地开始报告。

但是费奥多尔打断了他的话：

"我给自己挖坟墓，长官同志！他们要枪决我！"灯光移到费奥多尔身上。"半夜他们把我叫起来，喝醉了，颐指气使。你们红军的指挥员就是这样的……"

"什么？你撒谎，鬼东西？"大士着急起来。

“住嘴！”中校打断他的话，“克萨利大士，因醉酒——关押三个晚上！向后转！齐步走！”

大士含糊不清地说：“是！”然后乖乖地垂头丧气，拖着步子慢慢地走向营房。下面轮到上尉。

“波德列利斯基，又打架了？你惹得不愉快的事还少吗？你是个军官，而不是……”中校不做声了，他不想当着费奥多尔的面臭骂上尉。“快去睡觉！然后我再收拾你。”

克萨利和波德列利斯基不满意的、摇摇晃晃的身影消失了。中校伊萨耶夫走到坟墓前，用灯照射黄土沙坑，摇了摇头。他拿出烟盒，蹲下来。费奥多尔不抽烟，但不敢拒绝抽烟的邀请。中校转了一下打火机的小齿轮。费奥多尔摇摇晃晃地把烟靠近火，不熟练地抽了一口烟。好在没有大咳不止——在救命恩人面前没有丢人。

“你从哪里来，士兵？”中校善意地问。

费奥多尔还从来没有从军人的嘴里听到这样亲密的语调。他想当场给他解释，他来自离维亚特卡河不远的拉门斯克村，但是无意贸然说出另一个：

“我来自北方的卡伊森林。从监狱来的。”

中校一点儿也不惊讶，明白地点点头，更不想知道什么。他们友好地沉默不语。

“去睡觉吧，士兵。在冲锋陷阵时所有的人只幻想一件事：睡足。”伊萨耶夫深深地吸了一口烟。一闪一灭的红色烟头映照出他那疲倦、过早出现皱纹的脸。

汽车急转返回，车灯照在最近的树干上。伊萨耶夫中校转过身，对着士兵（甚至还不是士兵——而是有某种刑事案底的小伙子），这个士兵从来没有参加战斗，已经站在坟墓里。这是什么，象征？荒诞的排练？前兆？……惩戒营——参加几个小时的战斗。最好的情况——参加几个昼夜。第一梯队开始进攻，参加战壕保卫战。不退后一步。死刑犯……

“去司令部。”伊萨耶夫命令司机，手又伸到口袋里拿烟。

夜已经过去。五月的晨光多么的短暂和易逝！天空高悬在大地之上，天空深处零星闪烁。只有明亮的星点在浅紫色底色下闪现。夜莺停止歌唱，其他的小鸟还没有醒来，好像从无人世界开始就保存着原生态的寂静。似乎能听到露水的滴答声，以及露水下的小草微微摆动的声音……在森林那边，天空已经放亮，驱散了暮霭，赶走了寒冷。细高的白杨树高耸在营房和部队建筑物上方，就像向下反转的巨大的丛枝底部。色彩替换了他们黑暗的轮廓——绿色树叶清晰地显现出，越来越多的金黄色集聚在东方。

费奥多尔坐在亲手为自己准备好的墓地边缘上。他的头因抽烟眩晕。他微笑着。此刻他感到无比的欢快和轻松。没有人监视他。他没有饥饿感，也不害怕。瞧，早晨，它是这样的自由！他甚至从军官嘴里听到人话！看来，人还是要被穿制服的人管制！所有的人一丝不挂地走着，就像在公共澡堂。瞧，每个人的心可以被理解……他哈哈大笑起来，深深地叹了一口气。可爱的夜莺光荣地唱着！亲爱的，你就唱吧！

费奥多尔坐在墓地边上，倾听早晨，他陶醉在夜莺的歌声中，享受自由，回味中校善意的话语和他的沉默，回忆与大士和上尉可笑的冲突之后获得的良好结局，甚至留恋那个烟味。他常常仰起头，他的前面是无边无际的世界。大概，在这个世界上此时没有更幸福的人了。每个人——哪怕只有一刻的崇高幸福就足矣！

从伊萨耶夫请他抽烟起，费奥多尔开始经常抽烟。好似只是身体渴望苦的乐趣。他无法解释因何突然有了这种嗜好，也不知晓其他人的欲望。

当他返回营房时，天空已经完全亮了。早晨天空色彩更加鲜艳：高耸的白杨树上的树叶——清晰可见，穿着绿色盛装。费奥多尔小声地哼唱曲子，早已熟悉的现在却在 “婚礼”的梦中听到的曲子。草地上的大露珠，像地面的雨水，浇湿了他的靴子。

在营房里，中士布尔科夫不舒服地蜷着身子坐着，把头放在小床头柜上，睡着了。费奥多尔随便地推醒他，当他狂怒地站起来时，费奥多尔把铲子像军器一样递给他。

“给你，战士！我杀死了你那两个指挥员，埋葬在森林边。赶紧到司令部的长官伊萨耶夫那里汇报情况。再不要把铲子交给任何人！这就是实物证据，你的最主要的罪状。”

矮个子中士害怕地频繁地眨着一双浑浊的眼睛，迅速擦去下巴上流下的口水。

还在发起总进攻之前，大地在库尔斯克弧线上承受着炮击。从德军驻地到前线只有一公里，路上正运送着成百上千辆坦克、大炮和迫击炮。两千架轰炸机和歼击机俯冲飞向库尔斯克天空。德国在拉斯登堡的大本营，即是希特勒、德国法西斯“万字”将领们精心策划巨大进攻行动的“城堡”。由德国坦克部队组成的钢铁爪子从南方的别尔哥罗德、北方的奥廖尔合拢，占领库尔斯克阵地——为1943年夏天战役的胜利打基础。

保卢斯[①]率领的德国部队在莫斯科郊外进行了集中的、原地不动的进攻，但结果失败了，在伏尔加河上被消灭……——第三次的军事进攻失败，让臭名昭著的“第三”帝国付出了沉重的代价。

莫斯科并不清闲自在。最高苏维埃统帅斯大林、严厉的孜孜不倦的朱可夫，不断地往库尔斯克前线阵地填充力量，使其与敌方的武器和防御部队人员数量相当，并占优势。多年之后，据军事史学家统计，仅防御战区的正面壕沟和战壕就被挖出五千多公里，可见，如果加在一起，就是从莫斯科到贝加尔湖。苏联进入了第三年的战争，已经适应了与德国人作战。人们在最痛苦和非常可怕的经验中继续战斗。

库尔斯克森林草原遭受了突然的空袭。军队调遣惩戒营中的人员到罗科索夫斯基[②]中央前线那里，到最前沿增援反坦克分队。名单中列有战士费奥多尔·扎维亚洛夫。

营队指挥员上尉波德列利斯基肥胖笨重，双下巴，一双手上长着很重的汗毛，他穿着最大号的靴子，在队伍前讲话：

“在战斗中不要往后看！任何企图的逃跑——自己，瞧这个手，”营长把大拳头往上举，“我就枪杀！在祖国面前以血洗涤罪恶！”他用过分华丽的词句大声说出。

当张大嘴说话时，营长的样子，就变得如军人般冷静、勇士般威严。但是，一开始讲话，似乎他又“醉醺醺”地从那魁梧巨大的胸腔里喊出毫无意义的口号。每一次，当费奥多尔盯着他看，就会回想起波德列利斯基歪坐在板凳上打嗝儿。虽然上尉对军事在行，享有勇敢指挥员的声誉，但因醉酒还是落到惩戒营。

① 保卢斯（1890—1957），法西斯德国陆军元帅。——译者注。

② 康斯坦丁·诺维奇·罗科索夫斯基（1896—1968），苏联元帅，两次获得“苏联英雄”称号。——译者注。

营队的组建人员不仅有过去的囚犯，还有那些品尝过德国猪肉但没有品尝过劳改营劣质菜汤的人：拥有优秀证件却被降职的中尉，他一个人从包围圈突围出来，而把“排”留下；粗俗的水兵，有一双黑黝黝的眼睛，他擅自离开部队而未赶上军列；中士布尔科夫，坦克机械师，无意毁坏了自己的坦克履带；留着金色小胡须的、从未刮过胡子的列什卡·克罗托夫，因企图强奸女公民落到惩戒营。在那个营中克萨利还占着大士的位置，醒酒时是个能干的人，他训练费奥多尔用步枪射击。“我教你，而你怎么不明白。怎么，看不到靶子？怎么，你不会把你的眼珠子对准？给你的这个不是铲子。怎么，又想挖墓了？”克萨利经历了斯大林格勒战役，受过伤，得过奖励，但是他被控告掠夺死伤人员的财物：从集体农庄的仓库给自己的连队运送了几袋面粉。

还有一些人，在惩戒营就听说过他们不幻想活下来。对他们来说，生活的整个兴趣就是无意识地好奇，能在哪里以及如何把他们杀死，他们就想让自己走到哪里，战死在哪里。但是绝大多数人希望成功地“负伤”并活下来，而费奥多尔和“强奸犯”列什卡·克罗托夫幻想完成功绩，弥补过失。

“上尉同志！少发给一点伏特加酒！只抿一下！”某个厚颜无耻的人在行进的队伍后面喊了一声，“据说，可以灌醉更多的德国鬼子！”

“依靠伏特加打不了胜仗！”营长又文绉绉地回应，不确定队伍里的喊叫者。

“没有伏特加我们打不了胜仗！”

“给我们多少，就杀敌多少。那是相等的！”

队列在笑声中摆动，不再整齐。

“停止说话！瞧，在那里，不要再和我说话！”波德列利斯基上尉大手向太阳方向挥了一下，似乎想把太阳放到地平线后。

那时刻的太阳，已经被白昼圈环绕，滚落到西边。希特勒的主要武器一定从那里运来。

在弧线尾部的别尔哥罗德与奥廖尔郊外的地区，部队整合，一段时间没有战事，相对平静。在苏联情报局的汇总中，只记载了地方战役，并附带说明战线没有实质性的变化。所有的人等待决定前途命运的战役——好似两个对手的一场赌局，压上的不是纸钱，不是金子，而生命本身，所有人的生命就集中在这个赌局上。对库尔斯克阵地的部队来说，等待是非常高兴的事情，可以得到短暂的喘息。尽管士兵有繁重的工作负担（挖、修建、运输），人们没有死。没有饿死，也没有冻死。但在这种局势下不确定性让人厌烦，真想让时钟走快些。似乎牌已分发，赌徒们急于拿到手，以争夺关键的赌局。

高高的白杨树稍稍不安地摇曳。太阳假装平静地发光。一双极其警觉的眼睛，痛苦地摸索到了敌方的某种东西——在中间地带、在雷区、在激战之地那边。

六月之夜，让人无法忍受。

为了阻挡德国人策划的早晨进攻，中央前线的炮兵部队提前用密集的活力猛攻，将远射程的榴弹炮、“喀秋莎”火箭炮、迫击炮发射到敌人的阵线。显然，猛烈的炮轰之后，没有一个德国鬼子能够逃出来，德国的进攻计划在碎片下被摧毁……但是真实发生的不是如此。失算了。提前进攻不完全有益。炮弹有时击不中具体的目标和前沿阵地，而是击中了空地。当早晨天亮时，装备齐全的德国鬼子已经完全习惯了变化的局势，没有改变进攻的打算。现在俄罗斯一半的前线阵地已经被炮火攻击。震耳欲聋的迫击炮呼啸着射向防御前沿，活的和快死的人开始呻吟起来，一切笼罩在爆炸声、烟雾、灰尘以及有害的炸药味中。俯冲的轰炸机轰鸣着涌向阵地上空，防御地带变成了一片沙土火焰，甚至掩蔽部的盖板也被沉重的爆炸掀翻到外面。连同掩蔽部里的家什……

“开始进攻了。等到了。”列什卡·克罗托夫低声地说。他舔舔嘴唇，吐出沙子。

“啊，这帮恶棍们，这么猛烈地射击！”水兵愤恨地感叹说。

“为了给坦克开路，现在把它弄坏。”布尔科夫警告说。

“一切都按照战术。”已经经历战争滚压却被降职的中尉不高兴地补充说。

中尉率领的布尔科夫分队在掩体里遭到炮击。沙土、灰尘散落在原木盖板间。土地被炸得抖动。人们把头深埋在肩膀里，在狭小的掩体里头盔之间无意地发生着碰撞。

对费奥多尔来说，这是真正战争的第一天。他全身紧张，有力地压住冲锋枪枪筒，炮弹呼啸地飞到营地，似乎打中了他……费奥多尔不止一次从“射死的”士兵那里听到关于炮击和坦克冲锋的故事，但是，真正地处在地狱般的前线，他变得惊慌失措和闭塞，部分地失去了个人理智。他不明白发生了什么事，要么机械地完成命令，要么颤抖着像其他人一样做事。

在最初爆炸之前，他还天真地相信，在战争中能保护好自

己，能够清醒地和小心翼翼地战斗。在第一场炮击和空袭之后，他更多地不再回想这些愚蠢的想法。在这里监狱导师费普的生活理论一文不值。

在监狱里死亡是悄声无息地、静静地，有时是偷偷地到来。不经过流血搏斗异常虚弱的人也会断送性命。这里的死亡是极其残酷、极其残忍的。勇猛的黑眼睛水兵的肠子被迫击炮弹碎片炸出来，乱蓬蓬地与水兵汗衫粘黏在一起。三个囚犯被空投炸弹埋在掩体里，变成了红灰色的泥浆。被降职的中尉头部中弹，人们用绷带给他头上包扎，但是因失血过多，他很快死亡了。

……爆炸逐渐减少。德国人将残酷的簇射移向深处，射向第二道防御线。

“看来，停息了。”

“现在最有趣的事……”

“将是坦克开过来。”

“他们给土地施肥，恶棍们！”

中士布尔科夫用细小的动作划十字，用某种不熟悉的命令口气大声喊：

“分散在堑壕！”

太阳的初光斜射在不分胜负、双方彼此无法夺回的大地上。双方间带缓坡的绿色凹地已经下陷。沿着斜坡和凹地边缘长着金银花和榛子灌木丛。这是一块不大的阵地，但在战略上是非常有利的一块阵地，德国鬼子必定钻到这里。波德列利斯基的惩戒营士兵和两个反坦克连队一定要将他们阻挡在这里。

森林延伸到凹地的右边。还有一个分队伏击在森林边。左边，在稀疏的桦木树林边，密密麻麻地布满了地雷——没有墓穴的墓地。谁也无法钻到那里。剩下的火炮武器布置在中间，以便与“森林分队”的炮手们一起控制交火地段。反坦克枪手连队和配合者们分布在离各个堑壕和战壕最近处，传递联合进展的情况。

但是，地界已经被破坏。一些武器被毁坏。第一场血战开始了。

“你们看，恶棍们开过来了！”

“这么多。我还没有见过这么多的。”

“人称‘猎豹’‘老虎’。”

“名字都像野兽。”

炮兵们急忙守在各自的武器旁。反坦克枪手紧握长杆子枪，瞄准。头盔在堑壕上时隐时现。一切等待如军事略图早已研究好的，一切又是那么意外——好像死亡本身，总是被预期的、必然的和突然的。德国的坦克沿着斜坡爬行——花斑点状，犹如打上灰绿色的补丁一样。坦克通过散乱的链条沿着凹地行驶在崎岖不平的道路上，炮杆来回晃动着。有时他们半路上射击，有时停下来——从炮头里射出火焰，在防御线上腾起一团土和碎片。射出的瓦灰色的烟、机器轰鸣声和炮塔射击声，这些更多的是吓唬，伴随着这些，可恶的短腿笨拙的鬼子们在行走。

“步兵上阵了。”

“啊呀，这么多！”

“下流痞子们来了！”

紧跟在坦克链条之后，装甲运输车驶入凹地。从装甲车里跳出冲锋枪手的黑影，他们集中火力朝四周射击。

太阳照射在铁制的笨重机器的侧面，长长的影子在草地上滑动。榛子和金银花灌木丛震颤着，被碾压在坦克履带下。尽管炮弹呼啸，爆炸轰隆，凹地上却如死一般的寂静。

过了几分钟。可能，几秒钟。时间变得捉摸不定——一秒能够延长一分钟，一分钟能够缩回到一秒钟。坦克和阵地间的距离，显然，急剧地缩短。已经可以清楚地看到坦克，看到德国步兵的身影。但是炮兵的武器仍在沉默。

“炮兵在等什么？为什么延缓？”

“让他们靠近。好直接瞄准，准确……”

“现在就瞄准他们……”

“嘿，狠打！”

“来吧，来吧，孩子们！猛击这些下流鬼们！”

坦克行驶越来越近，每个人都不再感到害怕。

“他们在干什么？在那里睡着了，见鬼！”

“他们变傻了！现在就摧毁！”

“开火！！！”有人大吼一声。

凹地的斜坡上连续不断地喷射出火焰。沿着堑壕呼喊出了一片欢乐声。

“开火！！！”

“瞧，终于开火了！”

“啊哈，打起来了！”

“消灭他们，孩子们！”

炮手们用所有的武器猛打。他们瞄准手，不躲避轰鸣声，也不知疲倦，打得非常准。瞧，前方的一辆坦克着火了。另一辆坦克也陷入了浓烟中，之后抛锚，成为一堆无用的废铁。还有一个坦克履带断了，原地猛地打转，一下子侧翻了。反坦克炮兵猛烈射击，发射的钢炮轰鸣声十分密集，射死了从被击毁的坦克车里爬出来的坦克兵，缴获了德国的坦克。似乎能射击的一切武器才开始启动。

绿色的斜坡，原来是放牧的好地方，如今已狼藉一片，成为毁坏的武器、丑陋的尸体、弹坑遍布的战场。在库尔斯克战役第一天，凹地的上空传出疯狂的音乐声——爆炸声、迫击炮的轰鸣声、飞机呼啸声、步枪和冲锋枪子弹射击声，组合成残酷的不悦耳的声音。这个音乐越混乱、轰鸣和野蛮，演奏它的意义越小，因为在炙热残暴的战斗中人的意识会暗淡，甚至恐惧会转变为忘我的复仇欢乐。

这一天费奥多尔几乎没说一句话。只有高呼声——时而是绝望，时而是惊异——还有含糊不清的叫骂声。费奥多尔，显然，他自己什么也不想。他用长长的冲锋枪盲目地射击——乱碰，但还是射向敌方；他跟在列什卡·克罗托夫后面，在堑壕里奔跑，往坦克里投掷燃烧瓶；他按照某人的命令充当弹药搬运工，看到汗珠子从装弹药人的脸上流着，浸透了身上的制服；他入迷似地观察，飞行员从被击中的苏联歼击机里爬出来，带着降落伞落在布雷区，在那里被炸死；他下巴撑在堑壕胸墙，爬在机枪手旁，一只耳朵差点被机枪射击震聋。他看到，德国鬼子耍酒疯似的疯狂地进攻，因阻击火力卧倒，黑压压一片，卧在灌木丛中，突然他们又站起来，又卧倒，又变得呆板无神，自杀式地站起来。他看到，分队的指挥员、矮个子布尔科夫阵亡。当德国坦克到达营队的战壕前沿，中士常常眨眨眼睛，脸因仇恨歪曲着，他抓起手榴弹，投到坦克里。布尔科夫就是被自己的手榴弹炸成碎片，而坦克一个履带下沉到堑壕里，不再加速，马达突突空转，之后又被投掷的手榴弹和燃烧瓶阻塞。从德国坦克里跳出一个燃烧的德国鬼子，当场就被扫射死，与阵亡的中士倒在一排。德国鬼子的尸体上持续地冒着烟，就像冒烟的蜡烛，散发出令人作呕的人肉烧焦味。

来自师团司令部长官中校伊萨耶夫的情报传到军队司令部：

“……上述地段在一天里敌人进攻六次。两次防御被冲破。但是敌人没有成功设防固守。由于波德列利斯基上尉的分队和反坦克营的英勇作战，在空军的援助下，敌人被赶到原出发点，同时敌方损失了一些坦克和大部分人员。我们的分队大部分人员伤亡，武器毁坏。为了不让敌人突破防御线，我认为，合理地调遣坦克团到这个地段。”

列什卡·克罗托夫坐在堑壕里，用结实的线缝制自己身上的裤子。炮弹的碎片从他的膝盖上侧穿过一条裤腿，幸运的是，腿没有被击中。

“看来，列什卡打算活好长时间，”费奥多尔观察他的针线，“缝合处密密麻麻，够一辈子用了。要知道他们还要进攻，我们什么也留不下。”

费奥多尔背靠在掩体壁上，疲乏地闭上眼睛。耳朵里嗡嗡作响，眼前坦克不停地沿着斜坡爬行，跟在坦克后的是德国鬼子，他们身材细高，手臂青筋暴露，有着健壮的下颌，头上戴有老鹰标志的钢盔，穿着短夹克衫、短靴子和制服（鬼知道，他们怎会出现在这里）——这是一批肆无忌惮、神圣忠诚于什么的人？

“列什卡，”费奥多尔声音不大地叫道（今天一天他第一次说出连贯而明白的话），“我们一起就坐在这里，坐在库尔斯克郊区的田野里。这我明白。我们是坐在自己的土地上。俄国的庄稼汉们生活在这里，就像在你的家乡奥卡，在我的家乡维亚特卡。德国鬼子们是哪根葱？这么多的尸体！为什么？你，列什卡，知道他们为什么在这里？”

列什卡停止缝合的动作，耸耸肩，粉红色的嘴微笑着。

在战场上，“为什么发生这一切？”这个问题常常折磨着费奥多尔。他虽然说不出来或者内心想不起来，但是当看到德国鬼子的尸体时，他的脑海中又出现了这个无法解决的混乱。在这个混乱中没有一点可怜，更多的则是无针对性的指责和悲伤。

雾霭笼罩着凹地。在雾霭中被击中的坦克变成了一堆变形的黑色废物。大士克萨利把野战炊事班带到阵地，给营队剩下的队员供应粥，分发伏特加酒和明天的干粮。带红十字的载重汽车将伤员运送到后方。掩埋队把阵亡的人就地掩埋。天空阴沉，士兵们筋疲力尽。

中间地带的夜晚，天空时常被照明弹照亮。有时德国炮手在黑暗处告诫地发射一长串的炮弹；无眠的炮弹带着可憎的呼啸声，引炸了德国备用的地雷，在森林远处的天空上，反射出巨大的红色火焰。时而从西边的天空，时而从东边传来马达突突声：飞机进行了夜间轰炸。

中士布尔科夫的分队十几个士兵中只有两个人安然无恙：费奥多尔·扎维亚洛夫和列什卡·克罗托夫。在分队的掩体里，这个夜晚让他们感到空旷。

第二天，剩下的营队战士们成群聚集在距离指挥观察哨所比较近的地方。幸运的是，他们得到了喘息。第一，德国鬼子收缩了进攻战线，在隔壁地段打开了缺口，就像蓄水池里的水，筑起土堤，企图用雨水冲成沟，作为突破口；第二，根据伊萨耶夫的命令，调遣由“三四十个”新人组成的坦克团，躲到敌人的背后进行突袭，准备掩护防线或者进行反突击；第三，上尉波德列利斯还活着。

在昨天的战斗中，波德列利斯基几乎没有下命令，但是他的不在场并没有引起大家的惊慌。他不能指挥所有的士兵作战，这不可能，也不需要，但是他总是在附近，这个事实给每个士兵一种坚强感。他不能保护士兵，没有把营队从前锋撤出，而是尽力坚守防线，他勇敢地面对这种局势，无声地用剩下的士兵扩充战线。他同样承担一切偶发事件、谋划以及必须死在阵地上的职责。有时波德列利斯基从容不迫地在堑壕里踱步，向某人点头，与机枪手握手，与工兵交谈，骂人，甚至冲联络兵挥拳头，但是稍后又用手掌鼓励地拍拍联络兵的肩膀——他总是留在下属中间。他这样做，未必是按照军事科学心理学。他做这个，是以伟人的天职——保护弱小者。哪里有指挥员，哪里就更平静，士兵在那块土地上就站得更坚强。似乎站在旁边的就是父亲。

波德列利斯基用望远镜长久地看着，望远镜在他的大手里显得很小，他自言自语：

“向森林那边走，那边好像没有隔断。我们不能被包围。”

他扭身看，看到费奥多尔·扎维亚洛夫，然后把他叫到自己跟前。

“给，”营长将望远镜从脖子上取下，递给费奥多尔，“看那里，双树干的白桦树那边。你看见了吗？”

费奥多尔把望远镜靠近眼睛，惊讶于所看到的，高兴地回答：

“似乎，伸手可够到白桦树。”

“那林间小道呢？”

“林间小道布满地雷。不能通过那里。再往右一点。穿越森林，就在那里可以很好地观察，观察是否有什么样的行动。可以沿着森林仔细观察道路，看看痕迹。不会迷路吗？”

“在这些森林里无地可迷路的。我没见过这样的。”

波德列利斯基斜眼看了看费奥多尔手上的文身，机灵地摇晃了一下头。

“上尉同志，”列什卡蹦跳到营长跟前，挺直身子，“请允许我和扎维亚洛夫一起。两只眼睛看不到的，四只眼睛能看到。”

“我想派分队，我这里仅剩下你们两个……算了，行动吧！到大士那里拿上望远镜，带上弹药。就说，是我下的命令。”

“是！”列什卡按士兵方式回答。

费奥多尔和列什卡跳跃前进，匍匐地从一个坑到一个坑，从一个灌木丛到灌木丛，提防射击，好不容易到达森林旁边的小树林。然后，他们站起身，跑向森林深处。在偏僻的林中空地坐下来，稍事休息。

这里，在森林绿叶的保护下，非常安静和干净，闻不到硝烟和炸药味，到处散发着绿草的芬芳。远处炮击声像蚊子的嗡嗡声和牛氓的爬动声，小得听不太清楚。在林中空地，正午的阳光照射在树干上；在刺眼的炎热里，条纹熊蜂飞在黄花上；螽蟖不停地吱吱叫；小鸟在树叶上鸠鸣。甚至不敢相信，森林后边到处在开火——前线火力地区。

列什卡就像摆弄玩具一样，玩弄望远镜：他时而用望远镜看看这边，时而看看那边。费奥多尔观察他，开玩笑地说：

“列什卡，你告诉我，你真的强奸了女人，还是没有？为什么把你列入惩戒营？”

“哪有这样的事！”列什卡气愤地说，“我压根就不想强奸她。你知道，她在澡堂里洗澡，而我想偷看。她漂亮、丰满，乳房那么大。”他大笑起来，“我的岗哨离澡堂不远。我也承认自己离岗的错误。但不想强奸。她吓坏了。”

“那你为什么不压住她？”费奥多尔讪笑地问。

“她觉得澡堂的水不够凉。旁边就是湖。她光着身子，提着水桶，到那里。转弯时，我就在那里。她大声喊叫。我冲她说：‘你别喊！别出卖我！’我捂着她的嘴，把她拉回到澡堂。我想解释、安慰。此时警备长突然出现，他凶恶的如狗……”列什卡从地上站起来，“我现在一定得表现出众，让他们把我的罪名撤销。你知道，我的妈妈是当教师的。如果传到她那里——多丢人。因此我叫上你。好让指挥员记得。你明白吗？”

“明白。”

“那个女人我压根就没动。我，”列什卡脸红着，看着一边，承认，“诚实地说，我还没有一个女人。妇女，确切些说……费季卡，出发，营长等着。”

列什卡走在前面，转动头，有时他把喜欢的望远镜放到眼睛上，看看什么。他身上的制服鼓起来，好像他是个驼背。他别出心裁地迈开双腿：似乎现在他绊在自己脚后跟上——身体往前伸，腿却留在后面。他把冲锋枪向前斜握着，把装着手榴弹的背包搭在肩上，背包随着他的步伐敲击着他的腰部。无意中费奥多尔看到他的裤子上昨天缝制的地方。“穿了很久，缝得太紧了……”

“站住！”列什卡突然停住，费奥多尔甚至撞到他的背上。“你闻，好像散发出太阳油的味道？”

在芬芳的森林里，从某个地方散发出一股汽油味道。他们悄悄地继续走。无声地潜到树枝下，观察，仔细听。前面，树中间的林中空地是一片田野。显然，森林没有了，森林边紧挨着道路。在太阳照射下，路上的沙子发黄，被履带压松散了。在道路的一边，一棵嫩桦树被折断，倒在地上。一棵松树耸立，它的皮被剥掉——不再流焦油，露出新鲜而清新的痕迹。费奥多尔和列什卡轻轻地移开树枝，来到散发太阳油的地方。当通过灌木丛仔细地观看时，俩人一下子吓呆了。在空地上，停着一辆被伪装成灰绿色的坦克。在炮塔的侧面，是镂空小角构成的白色十字。

列什卡嘴唇颤抖，但是他明亮的眼睛闪出勇敢而狡猾的眼神，就像小男孩想偷邻居菜园时的眼神一样。

"看来，坦克部队沿着道路开过去了。这一辆落后了。停放在森林里，进行维修。他们在折腾……我们靠近一点。"

两个有着一双脏手的德国鬼子，在互相说着什么，彼此指着坦克行走的后部，以及挂在装甲车上备用的履带。还有一个德国鬼子手里拿着冲锋枪坐在坦克的炮塔上，环顾四周，一定是被指定为警卫的角色。还有第四个鬼子在坦克一边看图板，计算着什么，他身穿皮短上衣，狭小的镶边肩章发出亮光，明显，这是个军官。

"快点！我们没有时间了！"[①] 他看了看表，对自己的下属大声喊着。

费奥多尔第一次这么近距离看到活生生的德国人，第一次听清楚他们的快速说话。他恐怖地打起了寒战。

"我们将怎么办？"他低声说，感觉到声音突然也颤抖着。

"你从这里把手榴弹扔过去？"列什卡问。

① 此句原文为德语。——译者注。

“那你呢？”

“我扔。你知道，我在城里扔棍子……你到这里来，我从那边扔。投掷手榴弹，然后射击。”

“不要走远，否则我们彼此会打起来。”

列什卡从包里拿出手榴弹，悄悄地钻到枝叶茂密的灌木丛里。费奥多尔从树干后面看着巨大的“老虎”。其中的一个德国鬼子在修理，冲自己的搭档喊了一声：

“等一下！我带上工具！”[②] 他迅速地钻到打开的舱门里。

“好你个恶棍，躲起来啦！”费奥多尔骂了一句，“应该瞄准舱门。快点打死这些家伙们。列什卡为何沉默？快点吧……”他手里拿着手榴弹，准备拉开保险栓。但是，此时德国鬼子的一簇冲锋枪的射击打破了森林的寂静。“飕飕！飕飕！”子弹熟悉的声音从头顶上掠过。费奥多尔扑倒在地上。被子弹击穿的树枝倒在他的身边。“老虎”坦克兵共有五人，未被发现的德国鬼子在林中空地的另一个方向站岗，他看见了费奥多尔。德国鬼子惊慌地喊叫起来。但是，列什卡那里一个接着一个投掷手榴弹，两声爆炸声响彻森林。费奥多尔从自己被射击的地方奔跑到一边。半路上他拉开保险栓，最终把手榴弹扔了出去。

爆炸后，他从树后伸头看，看到德国军官拖着受伤的腿，急急忙忙地藏到密林中。费奥多尔紧追其后，用冲锋枪的枪托狠揍。德国人脸朝地倒下，双手伸到前面。在林中空地的另一边响起了密集的射击声：俄罗斯的冲锋枪和德国的冲锋枪交上了火……一切停息了。

一缕灰烟如乌云在林中空地上弥漫。两个德国鬼子躺在坦克旁：一个就是修理工——被爆炸抛到履带下，他身上挂着履带；

② 此句原文为德语。——译者注。

另一个就是坐在塔楼上的警卫，他蜷曲在弹坑旁。总共三个……剩下的一个在哪里？费奥多尔一个鱼跃，变换方位，从白桦树干后冲向舱门盖子，进行短点射击。子弹如核桃发出咔嚓声。之后又安静下来。伴随着焦油味、太阳油味，寂静的恐怖更加强烈。

“列什卡！你在哪里？”费奥多尔大声地喊了一声。

“你轻点声！不要大声叫！”从近处传来令人惊愕的回应。

列什卡从灌木丛中跳出来。他的头转来转去，眼睛瞪得圆圆的，随后兴奋地说：

“一个德国鬼子一下子逃到森林里了。我没有赶上他。还有一个似乎坐在坦克里。没有爬出来。”

“他干吗坐在那里？”

“被震昏了，或者等待帮助。可能，他就不在那里。”列什卡擦掉脸上的汗，“我有一个燃烧瓶。掩护我，我直接把它投到舱门里。

他们四下看看，跑到林中空地。列什卡尽管歪着脚，但他动作敏捷地把瓶子投到打开的舱门里。坦克里轰的一声响——从舱门里腾起一股火焰，然后冒出滚滚浓烟。

“咱们跑吧！”费奥多尔挥了挥手。

“应该把军官的文件拿上。好让他们信任我们。”列什卡跑到军官跟前，俯下身，开始摸口袋。

费奥多尔慌乱地扫视森林周围，监视着巨大的冒烟坦克的背后。最后，他用冲锋枪横扫了一下灌木丛，好打发令人紧张的寂静。他的双手因紧张酸痛，几乎下意识地扣动了扳机。枪栓发出咯吱声，最后的子弹夹，就像嗡嗡叫的胡蜂，向空中射出……

“你为何射击？”列什卡已经从林中空地窜出，问道。

“这样，以防万一。为了勇敢。”费奥多尔抱歉地，但高兴地回答。

他们没有隐藏，迅速离开……直接踩过灌木丛。脚下的树枝咯吱响。后面被击中的“老虎”在燃烧，冒着黑烟。

他们并没有迅速地观察森林附近的道路和田野——景色明亮。不用的望远镜在列什卡的胸前摆动。他们决定给营长这样汇报：半路上，大概，来了德国坦克纵队，其中一个坦克需要修理，掉队了；他们给坦克带来了无法弥补的损失，杀死了四个机组人员，一个“跑掉”。列什卡独自编着这个汇报，虽然不知道那个第四个德国鬼子真正在哪里：他已经钻到森林，或者在密集的混乱中被射中，或者磨磨蹭蹭地做完事，被烧死在坦克里。他们带来了德国军官的文件和图板，作为自己功绩的证明。

“你杀了两个，我杀了两个，”列什卡把杀死的坦克兵分摊，“现在一定得把我的罪撤销。我没有强奸那个女人。而且我还杀死了两个德国鬼子。最主要的是——坦克完蛋啦……”

“一定的，”费奥多尔同意，“也就是说，你说的，我杀了两个？”

“都是诚心诚意，一切平分。”

费奥多尔满意地点了一下头，颤抖的双手从口袋里掏出一包黄花烟。

“列什卡，你是个机灵的小伙子。从外表上看不出来。你可以如愿地征服任何女人……”

他们以刚毅的英雄姿态回到了营队的战壕里。胜利地偷袭了坦克使他们兴奋，他们带着物证和口头汇报去找营长。可是营长不在。他彻底不在了。波德列利斯基上尉死了。对战争来说他的死是无硝烟的、日常生活的死亡。波德列利斯基脸上的皮肤极为松弛，因工作劳累和疲倦两眼发红。在炙热的太阳照射下，他站在观察所——突然他弯曲，倒在地上，因脑出血死亡。起初周围的人没有想到他是因强度的工作累死的，因此他们寻找神秘的无声子弹的痕迹。可是，大士克萨利从他头上取下帽子，解释说，指挥员的死亡是因血管崩裂所致。“怎么，他这么及时地不醉酒了？……”所有人的脸上露出不知所措和同情的神情。“不是英勇地牺牲。”

费奥多尔和列什卡将汇报转交给大士，把德国军官的“证件”和图板交给了他。

克萨利按照指挥员的方式对他们表示感谢，然后，把手分别放在两个人的肩上，说：

“不好的是，我们的营长刚去世。现在我们这里，就像牦牛一样，一下子乱成一团。波德列利斯基勇敢地站在……”

大士当然不知道，在经过几小时的突击战后，营队彻底阵亡。德国剩下的步兵部队从中断的进攻开始，冲破我们的防线，与惩戒营发生交火。德国部队结果被击溃得剩下三四十人，而波德列利斯基营队实际上不再存在。可是，这已经不涉及费奥多尔和列什卡。

“应该为营长祈祷平安，”当他与费奥多尔单独待在堑壕里时，列什卡说，“一起用酒庆祝我们偷袭德国鬼子。我从军官那里拿来了白酒。就想尝尝他们喝的什么，这帮恶棍们。”他从怀里拿出扁平的小瓶，仔细地看着壶壁上刻的字：“送给我亲爱的弟弟海因里希”[1]。“上面写着，给我的弟弟海因里希。还画着

① 此句原文为德语。——译者注。

一个塔。埃菲尔铁塔。最高的，在巴黎有这样的铁塔。”他拧出塞子，把鼻子伸向瓶口，闻了闻。

费奥多尔期待地观察着，列什卡被晒黑的细长脖子如何痉挛地动着。当看到他歪着嘴，嘴唇上金黄色的胡须绒毛开始向上翘时，他甚至大笑起来。

“哎哟，就是毒药！发出霉味，”列什卡嘶哑地说，摆动头，“最好问大士要伏特加酒。”

轮到费奥多尔把嘴唇对着酒瓶喝，他不赞赏德国白酒的质量。这不是白酒，而是昂贵的法国白兰地。但是他们分不清白酒和白兰地的区别，因为这是他们第一次尝到它。

他们很快就喝醉了。他们仔细地回忆起森林里的袭击，发现出了漏洞。还可以再有成果些，不让一个“胆小鬼”藏起来。但是，最后他们达成一致的意见，就是“如果那个人从坦克里逃掉，迟早会让他们遇见，或者他向布满雷区的林间小路走去……”

此时，当德军瞄准俄罗斯防线其中的一个堑壕，从炮筒发出杀伤性炮弹时，士兵费奥多尔·扎维亚洛夫和列什卡·克罗托夫喝了缴获的白酒，因战功结成一对好友，而他们一点也想不到死亡。

女人们在森林附近长长的普列什科夫宽谷地割草。在两周之前就应该割草：草长得过高，被太阳和干热风晒蔫了。但是女

人的人手不够，如果不算上老人和孩子，在拉门斯克村只剩下九个男劳力。为什么是奇数？手风琴手马克西姆从前线回来，他右腿残肢。他不再拉他俏皮的双排式按钮的手风琴，手风琴落满灰尘，风箱因干缩而翘曲。马克西姆为了不让自己想念弹琴，就把手风琴藏到储藏室的角落里。

早晨，还能感觉到凉意。当草地还有露水且湿润时，就可轻松而快捷地割草。现在草的叶子和草茎都已干枯，割草很费劲；天气炎热，小蚊子飞到人们流汗的脸上，牛虻在人们头顶上环绕着。

“奥莉[1]，从那一边，你开始割新的一排草。我们面对面地割草。”丽达一边用头巾擦着汗，一边说。

“你自己从那儿开始，”奥莉加不同意，“我习惯从这里割草。”

丽达还想说什么，之后她却神秘地微微一笑，走到割草场的另一头——到达莉娅那里。

自上次吵架之后，现在奥莉加和达莉娅不再吵架，双方也不再妒忌地愤恨，但是干活时彼此宁愿离得远远的。

爱情能手达莉娅最近勾引马克西姆。她用抚爱和诱饵勾引他，给他许诺要成为“至死”忠实于他的女人。她激动而颤抖地向他低语，发誓：“你，亲爱的马克西姆，不要想着过去。就像把脏泥从玻璃上擦去——擦掉它，玻璃还是很干净……”达莉娅在马克西姆面前对上帝发誓，说即使费奥多尔回来，她与他一点暧昧关系也不会有。达莉娅给自己也给所有有想法的女人们解释自己的选择：“就让马克西姆——虽然独臂，但还年轻、身体结实的他与我生活在一起。我们姑娘们都没脑子。她们希望，从战场回来的都是戴着奖章的勇士。仿佛不是这样！阵亡通知书一个

① 奥莉加的表爱之称。——译者注。

接着一个，就像寒鸦飞来。瞧，村里已经没有人可送到战场上了。这个可恶的战争何时才能结束？要阵亡多少人啊？……没有手但我们活下来了。上帝保佑，战后我们要生孩子。当我与马克西姆两个人生活在一起，我们不再痛苦，有很多事该做……”痛苦的眼泪使达莉娅哽噎：无法摆脱的痛苦就是想到自己痴呆的女儿卡奇卡，想到她活着的时候，她的那对天蓝色的眼睛。战争初期，卡奇卡死于饥饿。达莉娅把忠诚的木偶娃娃放到卡奇卡的小棺材里，放到女儿的手下。

奥莉加不仅仅因离达莉娅太近，拒绝变换割草的地方，她还想留在离伊丽莎白・安德烈耶夫娜不远的地方：安德烈耶夫娜在间歇时会突然与女人们聊起天，突然提到费奥多尔。奥莉加自己不敢与伊丽莎白・安德烈耶夫娜说话；从那时起，在见面时她只是简短地问候，之后立马低下眼睛，走过去。但是现在情况发生了变化。从不记仇的塔尼卡那里，奥莉加得知，“费季卡的刑期已结束”，并且他还去当了“士兵”。这样的变化使奥莉加的内心得到安慰：费奥多尔坐牢，她自己感到内疚——而战争、前线——战争的罪过和参与，都与奥莉加没有关系！所有人饱受战争之苦。奥莉加的父亲死在战壕里，她的哥哥还战斗在烽火连天的前线。

奥莉加考虑到为自己以前的罪过赎罪，她多次想给前线的费奥多尔写信。她脑海中已经饱含忧患地逐字逐句地斟酌写信，可是她不知道部队的邮箱。可以从塔尼卡那里得知邮箱号，但是她不想通过这样曲折的渠道打听。在劳动中，在不可避免地与伊丽莎白・安德烈耶夫娜平静的交流中，她想诚实地得到了伊丽莎白的允许再给费奥多尔写信，这样直接就知道了他的地址。

白天好，或许是晚上好，费奥多尔！这是我——奥莉加给你写信。多次想以书信的方式给你解释，但是又害怕一切。我不方便到监狱探视，要知道，事情的结果，好像是我把你送到那里。但是，就让我们不要再提到监狱，请原谅我的过去，不要诅咒。如果我知道结果会是这样，那晚我不会出家门一步的。现在时间已经过去，我凭良心地向你承认：我没有对萨韦利耶夫有过任何爱，只是姑娘的某种兴趣和骄傲，似乎就想玩一玩，不想玩真的。在你被判刑之后我与他没有说过一次话。一切都从内心赶走了……

写到这，她跑题了：也许是土疙瘩掉到了长镰刀下，需要双倍努力把草茎割掉，也许是因为手本身的无力，双手放在光滑的镰刀把柄上。这激起她一阵令人狂喜而又悲伤的回忆，她回忆起与萨韦利耶夫一起跳的华尔兹舞。在音乐的起伏中，她转着圈，身体向上引，紧靠在维肯季结实的身躯上，垫着脚尖，旋转。在幸福的旋转中闪动着村民的脸——她喘不过气来！她是晚会的舞后，所有的人给她鼓掌……但是就在深呼吸之后，奥莉加手里的长镰刀又有节奏地割起谷地的杂草，内心又大量涌现出背熟的写好的信。

……费奥多尔，不要记恨萨韦利耶夫。他不想做对你不好的事。他无意纠缠。他现在已经死了。听说，他被伪警察抓去做了俘虏，被吊死了。现在不能用不好的话说死人。

我们这儿的那个晚会再也没有举办过。已经没有人了。最主要的组织者，你的好朋友帕尼亚，他死了。丽达为他悲哀地痛哭。马克西姆失去胳膊后回来了，他把自己的手风琴藏起来。原来我们喜欢跳舞的地方长起了野蒿。而那些木板铺面和长凳子都被毁坏了，烧掉了……

线在很薄的地方崩断。奥莉加手里的长镰刀不听使唤，刀尖触碰到草根上。衰老感涌上奥莉加心头。似乎她活了好多年，但这些年又瞬间闪现。似乎她什么新鲜事物都没有经历过——她没有力气。甚至活泼的四句头对歌、踩脚舞、小伙子们的吸引和亲吻，对她来说都是冰冷的过去。

在过去的两年内，奥莉加真的改变了。以前的她清瘦，脸色粉红，热情奔放，眼睛充满激情和幻想；现在的她变得寂寞，消瘦，脸色不好。她剪了辫子，让自己不再抱有少女的幻想。她将任何脱离现实生活的痴心妄想都赶走了，就像赶走在炎热的割草场上纠缠不休的蜘蛛一样。她的行为、谈话完全是村妇疲惫而严肃的样子，常常还沉思地叹口气，她笑声很短，似乎在假笑。甚至与丽达在一起，她也很少唱歌，常常驴头不对马嘴地话说到半截——就沉默不语。她只有一个常常苦恼而又甜蜜的希望就是，费奥多尔给她光明和温暖。可是这个希望需要支柱。

奥莉加偷偷地看了看伊丽莎白·安德烈耶夫娜。多想走到她的跟前，跟她说话，问一问费奥多尔的事。他在哪儿？他做什么？尽快地给他写信。她是否是一厢情愿？他是否回信？

可是现在费奥多尔正冒着枪林弹雨……突然被杀死了。她还没来得及给他解释清楚。于是她不得不心情沉重地生活。

奥莉加扔下长镰刀——在太阳的照射下，镰刀银光闪闪。她跑向森林。

“奥莉，你去哪里？做什么？”丽达呼唤着。

“没什么！我去一会儿！”奥莉加摆摆手。

她跑到森林里，穿过干枯的布满蜘蛛网的小灌木丛，来到一片透光的空地上，走到一棵高高的白桦树前。她气喘吁吁，伏在树干上，拥抱它，把脸颊贴在带毛刺的树皮上。她无声地哭泣起来，咬着嘴唇，用无力的指甲抠着桦树皮。她为自己一去不复返的青春年华，以及未得到满足的爱情哭泣，为得不到男人的抚爱和无法表达胸中压抑的激动而哭泣。

她满脸泪花。阳光透过白桦树叶，斑斑点点地洒落在奥莉加的脸颊上，晒干了她的眼泪。阳光对待任何感情都是无所不包、心平气和的。

太阳给所有人送去光明，一视同仁。

太阳挂在巴黎的上空，阳光照射在德国法西斯领导奥托·杜林上漆的制帽边沿、制服纽扣和十字胸章上。他刚在勒冯先生的饭店吃饱午饭，配着甜点喝了一杯白兰地后，他抽着烟走到塞纳河边。奥托·杜林走在通往科罗生“先生”开的店的路上，科罗生是专门为德国高级军官开办的妓院老板。离指定的约会时间还有一刻钟——墨守成规地准点到达妓院，在妓院甚至不允许早来或晚来——德国法西斯领导打发走自己的轿车，决定沿着塞纳河散步。塞纳河苍白、冷漠，不像是法国的妓女，而像“老处女”……他情绪快乐、高涨。

奥托·杜林情绪不错，除了一个：东方战线上的事情，从西方他的弟弟海因里希被派到了前线，很快他本人也将被派往前线，他预测德国遭受的损失大于胜利。那些准备到俄罗斯的人，确切些——那些被派往俄罗斯去的人，开始酗酒，不放过去花天酒地的妓院享乐的机会。这已是司空见惯的行为了……

“已经与莫斯科纠缠了三年！还可能更多！”奥托·杜林内

心指责某人，因刺鼻的烟味眯着眼睛。他明白又不明白元首的失算。为什么这样轻率地在东方作战？要知道俄罗斯——不是文明的欧洲。这是野蛮人、亚洲宗教狂人的国家。俄国猪！[①]这群畜生永远不会明白，雅利安民族将给他们带来秩序和文化！他们什么也不明白——应该全力消灭野蛮！欧洲很快想到并毫无条件地服从强者。在欧洲元首没有失算。欧洲作为最美的人质，害羞地眯着眼睛，把小鼻子扭到一边，顺从地投降统治者……德国法西斯领导为自己想出的尖刻比喻禁不住微笑了一下，他把烟灰弹到河岸护栏外。然后猛地将烟愤愤地弹到水里："缴获的臭烟！没有比德国香烟更好的了！"

他站住，似乎忘记该朝往哪个方向走：他站着，间歇地嘿嘿暗笑，看着远处——巴黎屋顶那边。他回忆起1940年朋友们的热闹酒宴——那一年德国接连获胜。朋友们现在被分散在各处。许多人已经出现在该死的俄罗斯战场上。只是还无法说一些人是幸运的。例如，好朋友卡尔以前经营地下生意，非常富有：他偷偷地将东欧博物馆的文物卖给美国的古董商。约翰·克雷默是位有名望的拍卖组织者，实质上他就是一个非常出色的无赖，是靠收购偷盗的东西发达起来的。大学朋友恩斯特也被安排得不错：装扮成瑞士的化学专家在纽约闲逛，最后成为情报局的间谍，研究在欧洲开辟第二战场的可能。"嗨，在那里有何研究！没有什么可研究的！"奥托·杜林想起了某个人。"最近俄罗斯人可能不希望有这个研究！这些胆小的、重商主义的美国佬们，从来就不会伸手帮助红色的斯大林，除非算计获得三百倍的自身利益的时候。那个肥胖、笨拙的丘吉尔在大陆也不成气候。并且他也不是傻瓜，当我们还没有彻底在俄罗斯失败时，他是不会撤退

① 此句原文为德语。——译者注。

的……”一想到这些侮辱性的想法，这位德国领导皱了皱眉头。他不想思考在东方前线的战争——这对他是最大的刺激。其他一切都很好。太阳照射。“老处女”的塞纳河顺着石岸平静地流淌。巴黎还是巴黎。显然，总的说来没有战争也是可以的。

奥托·杜林跑了几步，以便准时在约定的时间迈进科罗生“先生”店。今天科罗生“先生”为他预定了浅色头发的妓女安都阿奈塔，他温柔地侮弄了这个法国妓女。完事后，他醒来，一个人留下，思考着如何请求爱妻格尔特鲁达的原谅。格尔特鲁达和两个女儿在科隆等他，经常给他写信，温柔地讲述她与女儿每晚如何长久地祈祷，不要把他派到东方前线。他的弟弟海因里希已经从被占领的法国派往东方前线。

太阳就这样地普照大地，照射万物。

太阳光对死人永远是暗淡的。一个小时前，对德国“老虎”指挥员海因里希·杜林来说，太阳是昏暗的，他的白兰地被两个聊天的俄罗斯士兵在堑壕里喝完了。

……就在某个瞬间，列什卡发现，炮弹如黑色的闪电在头顶上划过，插入堑壕的两侧部分。爆炸使得大地抽动，爆炸的气浪猛烈地将他抛起来，他的胸被烧焦了，土和碎块扑打着他的身体。显然，气浪将他抛得很高，瞬间，就在落地的那一刻，他的生命转向不存在，他用最后的力量喊了一声：“妈妈！”但是他的喊声不是外在的，因为他的肺和喉咙被炸开，不能发出声音，这是内在的——最后的喊声。之后，一切向下飞去。炮弹的碎片、土块、木屑和石头，还有被烟雾弥漫的太阳。

列什卡无意中掩护了费奥多尔，保存了他的生命。费奥多尔离炮弹爆炸的地方很近，那些碎块原本是炸在他们俩人身上，老实说，如同炸死了一批法西斯，大部分的碎片盖到了他的身上。

列什卡还没有来得及把对他自己不公正的控诉撤销。

值得闭上眼睛——在黑暗中，闭紧眼睑，黄色的蠕虫在蠕动。头疼。全身的器官充满了令人恶心作呕的混浊物。费奥多尔多处受伤并严重震伤，被送到野战医疗队的帐篷里。

“怎么样，小战士？看样子，我们没有死？”医疗队的女中尉西佐娃鼓励他。她笑眯眯的，胖胖的，身上散发着花露水味。她给他做检查，摸摸伤口，咧着大嘴笑。“到最后的战斗你就被打成补丁了。拖长时间……你为什么不说话？你听不清楚我？我知道，小战士，听不清。”

“我们没有死，”费奥多尔低声地回应着女中尉善意的话，强忍虚弱，尝试微笑。“我们没有死，魔鬼的灵魂！”

“小战士，对待死亡，就应该像对待法西斯鬼子一样，更放肆些，”从热爱生活的女中尉嘴里说出的这些话，谢苗·沃洛霍夫也说过。“放肆和勇敢是一对姊妹。没有它们，战斗太冷清。有了它们，如果被杀死，那么站在最后的审判上也不羞愧，掉脑袋都不感到有愧。在你的面前和上帝面前都会有胆小如兔的人。”

费奥多尔后来还见到了谢苗·沃洛霍夫，他出身农民家庭，是个读书人，获得过“乔治”胸章，他热爱真理，天性爱玩台球。事情发生在后来的1944年冬天的前线。费奥多尔不是逼真地看到他。但是沃洛霍夫，似乎很友好地，向他伸出拯救的手。

……周围的雪非常干净、轻软。没有风，甚至芦苇细小的白冠都纹丝不动。在小湖沿岸，芦苇的周围围满了细长的栅栏。湖中心被炸弹炸出个冰窟窿。湖对岸高高的白松树倒影在冰窟窿黝黑平静的湖面上；四周围未被踩过，非常干净：没有人的痕迹，没有弹坑，也没有射击弹筒的痕迹。

“生火，去拿水。”扎哈尔把手提饭盒递给费奥多尔。

费奥多尔机械地拿着手提饭盒，但哪儿也没去。他从小山丘往下看——看到森林倒影在湖水中，看到森林里枝叶茂密的白松树枝。洁白无瑕的雪、松树林和黝黑的湖水潭，以及倒影蔓延在湖中的树，这些勾起了他童年的某种东西。好像这一切都曾见过，但是想不起来在何时、何地，也许，不是现实中的，而是在某个冬天的图画或者新年明信片上看到过。

“瞧，老乡，森林就像画的一样！”费奥多尔说着，自由自在地吸了一口气。“在伐木场上多次见过各种树木，但是没有看到美。当自由的时候，美变成快乐。啊呀，要是没有战争该多好——似乎可去滑冰！”

扎哈尔不爱说话，他把手提饭盒放到架起的干树枝下，环顾着覆盖着雪的森林的生动画面。他什么也没有说，但是从他眼角的细纹显露出了微笑。显然，他也分享着费奥多尔对大自然赞赏的感受。扎哈尔不年轻了，他经历丰富，参加过和平时期的劳动建设，参加过多次前线战役，他是一个可靠而稳重的人。他会讲述如何卷“山羊腿”。有些自卷纸烟看起来不好看：要么不尽心地放了很多烟丝，要么相反——放得很少，密度不均匀，抽烟的纸卷有许多层，让人白白吸了一口。而扎哈尔自制的纸烟均匀、结实，刚好够抽：不会填得太多，也不会填得太少。扎哈尔做事都是这样的——不紧不慢、简单、直入主旨。“许多人都很聪明。生活是简单的，”有一次费奥多尔听他说，“如果想吃——就可得到这个面包。想穿衣——就要连根拔麻。你觉得冷了——就要生火。懒惰和嫉妒会带来整个的混乱。消除了它们——一切就变得明白了。”他把战争看做不可避免的工作，这项工作谁也不会替他做的。

扎哈尔在地上铺上军用雨布，从士兵背囊中拿出备用的肉罐头、面包干，从破布里拿出两小块白糖。他坐下来，卷起纸烟：趁着水没开，他歇一下，抽支烟。

“也给我卷一只。”费奥多尔就像往常一样，向他要，准备到湖水前打水。但是，他看到扎哈尔手里拿着准备要撕开的报纸，突然喊了一声：“停！瞧一瞧，扎哈尔！”他把手提饭盒抛到雪地，一下子从他的手里拿起报纸：“圣母啊！这竟然是谢苗！……我可是与他一起……我昨晚还想起他了！”

费奥多尔仔细地看着那页报纸，仔细地看报纸上的照片。就是他！谢苗·沃洛霍夫那个独特的人！胸前戴满了胸章！浓眉舒展，眼睛里——充满着骄傲！简直就像元帅！他穿着军官制服：肩章上有彩色条纹和小星星。看来，惩戒犯人也可以高升，甚至获得军官军衔。

“谢苗·沃洛霍夫少尉的炮兵营勇敢地杀敌，”照片底下的文字解释，“因决定性的战役授予全体营队和光荣的指挥员祖国奖章……”

“瞧一瞧，老乡，多么威武啊！在伐木场上他就那么卖力地干活！又在营队里做出这么大的贡献！那时阿尔吉斯特——我们那里的小偷——把他的半个脸打青了。要是现在的话，谢苗会把这个阿尔吉斯特塞到炮杆里。”费奥多尔大笑起来，甚至听到沃洛霍夫虚幻的认可：“哎呀，小伙子！我要把他这样塞，好让他……狗崽子！”“他是长官，老乡，他不喜欢犯错误，总是接连不断地骂人。他说，在俄罗斯聪明人不会爬到官位上。在其他民族聪明的人很少，但是他们那些聪明的人就站在傻瓜的前面。我们的聪明人很多，傻瓜们却站在他们的前面。结实的庄稼汉谢苗——他聪明，身体魁梧。但是他偶尔也犯糊涂：与一个士兵争台球。”

“费季卡，你什么时候把水拿来？”扎哈尔打断他。

篝火已经冒烟，火苗伸向树杈撑起的手提饭盒。

“你等一等！让我再看一眼谢苗！报纸上刊登他了——这可非同小可啊！”费奥多尔扔下报纸，看到昔日的老朋友被“印刷”出来，他像孩子般地感到快乐。

扎哈尔看到费奥多尔如此的兴奋，默默地拿起手提饭盒，打水去了。他从缓坡下去，经过带着奇形怪状发白小冠的芦苇丛，慢慢地向冰窟窿走去。费奥多尔一直看着部队的报纸，为沃洛霍夫的出名而感到自豪。他感到惊讶。人一辈子还能这样翻身！一会儿惩罚他，一会儿又给他名誉！要知道他总是一样的。肩上的脑袋、手和脚，什么也不能被替换。结果，就是给他附加的尺码不同。或者在他的身上，就是魔鬼和正人君子坐在同一个桌子旁……

传来不大的射击声。声音短，但很响亮。好像就在湖岸边，在松树林里，被雪压弯的干树枝崩塌了。扎哈尔突然站住，手提饭盒从他的手上掉落，他朝后打了个趔趄，仰面倒下。他的帽子歪到一边，血从额头的子弹孔流到干净的雪上。他一动不动地躺着，孤零零地与白色的湖边空地极不相称，他甚至还没走到几米远的湖中心的冰窟窿。

起初，费奥多尔还没搞明白是什么东西打中了扎哈尔？他朝扎哈尔那里奔去，可是他突然使自己刚迈出的步子停下来，呆住了。要知道他一定会躺在扎哈尔那个地方的！狙击手的枪偷偷地正在瞄准他！扎哈尔替他死了。

费奥多尔扔下印有沃洛霍夫照片的报纸，从膝盖上抓起冲锋枪，从树干后，开始对着湖水那边的岸边，向迷人的森林射击，那里隐藏着德国的“布谷鸟”[①]。松树枝猛烈抽动，雪散落下来。整个周围响起了密集的无用的射击声和长久的回音。对不起，老乡！上帝看到了，我不想让你送死。对不起！……费奥多尔从单侧迎接过去的同伴，这次他失去了真正的伴侣。

但是，这一切也会轮到他自己。就在1943年的夏天，费奥多尔也躺在了营队医疗站。

他的头被铅炮震伤，耳朵嗡嗡响，像是待在水下的深处。缝合的伤口化脓了，缠着的绷带连着肉被撕了下来。

“不疼，小战士！可怕的东西已经过去。剩下的就是在医疗站治好伤。”例行检查费奥多尔时，乐观的女中尉西佐娃说。

“你，长官，把我送回家。在那里就恢复得快。”费奥多尔说着，天真地向往家乡。

“呵呵！”她笑着感叹着，“所有下肢受伤的病人——不能战斗的人才会被放回家。你在我们这里，小战士，是幸福的。你们营队，看样子，什么书面的东西都没有留下。”

在后方医院治疗之后，费奥多尔简单地认为，能把他放回家休假。但是他想错了。已经秋天了，前线转到德涅伯河，准备强行渡河，红军战士费奥多尔·扎维亚洛夫，以血清洗了不体面的前科，成为步兵独立营的一名前锋战士。

① 此处意为德国的狙击手。——译者注。

11

在土窑洞里，营队指挥员少校格里申阴郁地坐在一块原木上，他没有刮胡子，大衣扣子被解开，肩章已经折断。政治部副营长雅科夫·伊利伊奇少校与他并排坐着，两条粗壮的短腿交叉在一起。在他们面前，在装过子弹的空箱子上地图被铺开了，在侧面有火焰照明，火焰发黄，滚边冒着烟，从扁平的弹筒里冒出来。格里申生气地歪坐在土窑的角落，一台被毁坏的无线电台如废物堆在那里，他用厚厚的指甲去挠马裤膝盖。

“进攻—攻—攻！冲锋—锋—锋，咬住敌人不放……”他张大嘴，带鼻音地仿效着司令部队某个官员的动作。“不要想着碰运气，而是要冲进包围圈。营队被冲散了。武器陷在沼泽地，没有联系，司令部的一名官员和两个连长都被杀死了。我和你，雅科夫·伊利伊奇，会被解职，送到法庭。在这里，在这个谢列兹涅夫卡，到底布置了多少德国鬼子？我们要么突破过去，要么我们剩下的战士都战死了？过了沼泽就有路了，绕行过去？”

雅科夫·伊利伊奇也仔细地瞪大自己的小眼睛，看着地形图上弯弯曲曲的条纹。在他的宽额头上，细小的皱纹汇集成一条弯曲的粗线。但是他不时地介绍：他自己不属于军队干部，是被指派来管理部队的意识形态工作。

在战前雅科夫·伊利伊奇在织布生产厂当工长，领导三十多个女工和一些男的调整工，这些人尊敬而讽刺地给他起了个外号“小圆面包”。绰号不仅仅因他粗壮短小的身材，还因他的性情。他与任何人都能和睦相处，没有闹过别扭或吵过嘴。如果说到他的缺点的话，就是他与人交谈时间过长。他阅读过很多文章，所以他本人也从侧面看自己，作自我批评，并且自我可怜：“最好骂娘，比处在这样的选择下要好……”在动乱年代之初，雅科夫·伊利伊奇正好赶上政委的培训，按照军队党的发展道路，他当上了少校，直到今天当上政治副营长。

营长格里申独裁地为这个军事建议画上句号：

“第一，”他用拳头打在自己的膝盖上，“从沼泽地里把武器和军备拖出来。第二，派通信兵到后方。穿过地下到我们这里，并要求协助。第三……你，雅科夫·伊利伊奇，选择能干的小伙子，他们与我们处在一个包围圈里。派他们到谢列兹涅夫卡去抓‘舌头’。侦查排长受伤了，而你最了解全体官兵。请选一些聪明的人，以便非常出色地完成工作。”

雅科夫·伊利伊奇心满意足地笑了一下：他的确仔细认真地研究了侦察分队的战士，几乎叫得上所有战士的姓名。与他们开玩笑时，他圆脸上的微笑表现出一种诚恳的态度，他就像一把万能钥匙可以开启战士们的心灵。

“去命令他们：万不得已不能进攻。敌人不一定知道我们已经在那里布下埋伏。他们完成了任务——我们就会妥当地奖励。”

“明白。”雅科夫·伊利伊奇点点头，起身，在土窑的入口处脱掉了帆布短上衣。

很快雅科夫·伊利伊奇的粗壮小腿迈着步子，在由他选拔完成任务的士兵短列队前面来回踱步。格里申的命令非常清楚，但雅科夫·伊利伊奇还不放过有教育作用的开场白。他简短、清晰地讲了斯大林同志给军队提出的任务，之后才转达了营队指挥员的指示，并强调可能奖励的意义。

“大家都明白了吗？”雅科夫·伊利伊奇更准确地补充说，虽然他不怀疑回答的确定性。他如家庭式地完成了训导，并说出了祝福旅途的温暖的话：“孩子们，上帝与我们同在！”

士兵们接到命令之后，围成一个圆圈坐下来，仔细地琢磨即将来临的出击。

“我们的政治部副营长说得好极了。他从斯大林说起——以上帝结束。”

“他有点像神父。我们村子里的圣堂工友——就是政治副营长的复制……”

“他们把营队派到偏远的地方。现在他们又派我们去抓‘舌头’。为抓一个‘舌头’整个排会被打死。”

“我们刚好抓了两个。好像是罗马尼亚人。两个蠢货，什么也不说。”

“现在是秋天的夜晚，伸手不见五指。何况我们要抓这么可爱的人呢。最主要的是忍耐。”

“德国人不喜欢夜晚，发射了所有的照明弹。看来，当地的人不害怕。”

“政治副营长说过：他们好像不知道我们。”

“他说了很多关于奖励的事。”

“奖章不影响任何人。胸脯也承受不了。”

“那就让我们所有人轮流得到……”

费奥多尔也坐在这个士兵圈子里，他观察，扎哈尔手里拿着嫩枝，他被确定为作战的指挥员，他在沙子上勾勒着到谢列兹涅夫卡的设想的途径。费奥多尔仔细地听着，记着，但是他的思绪早已越过侦查，飞到明天诱人的战斗中去了。他们抓来了“舌头”，指挥员将给费奥多尔的胸前挂上奖章。他却突然拒绝他！

他不需要奖章！代替奖章的是给他……

“扎维亚洛夫和罗莫夫是最好的帮手。随时埋伏在侧翼。不要拉长战线，也不要慌乱。”

“知道了，乡党。”费奥多尔不合时宜地温情地笑了一下，引来扎哈尔指责的目光。

“我们会按吩咐去做。认真完成一切。”瓦夏·罗莫夫承诺道并担保地把大手放在费奥多尔的肩上。罗莫夫原来是乌拉尔小城镇的一名锻工。

太阳落山了，黄昏弥漫着青灰色，小组好不容易从长久隐蔽观察的森林里走出来，开始仔细地盯着谢列兹涅夫卡方向。士兵们弯着腰，钻到一块散发着秋天潮湿味的茂密漆黑的山沟，由此可通向村子。工兵匍匐前进，其他人在等待时互相低声说话。

“窗户里的灯光亮着。就是说，村子没有空。”

“在房屋的最边上，大概就是岗哨。”

“他们在那里设了临时火力点。德国人喜欢坚固性。”

黑暗有利于侦察，但是夜晚有双重亮光：在天空苍白的地方，星星闪现，耀眼的月亮从乌云中滚出。返回的工兵向扎哈尔报告，在铁丝网障碍物上已“咬出”通道，探摸附近的土地，没有发现地雷。不久，一团乌云遮盖住了皎洁的月亮。村子边缘的坦克上的炮塔对准了这块地。

“这是强有力的防御工事。他们在那里不少于一个排的人数。我们只抓回哨兵。我们在埋伏。你们从左边。你们从右边。再不要低声说话。”扎哈尔极其镇定地命令道。

穿过铁丝网通道，士兵们潜入德国防御工程附近，按照商量好的图形疏散。德国人的哨兵自我暴露了。短暂的冲锋射击打破了寂静。另一端也响起了枪声——村子中间某个地方，还有一个地方——在远处村子边缘的对面也响起了枪声。哨兵们时而放枪呼应。

费奥多尔趴在水沟背面，卧在瓦夏·罗莫夫身旁。在小路旁，哨兵来回踱步。德国人个子高，迈出的步伐很大，他时常停下来，四下环顾，对着密灌木丛大声地打着哈欠。寂静中传来不断的哈欠声音——他发出哈哈声，嗓子发出呼哧声。有时月亮甚至照在他大衣的纽扣、乌黑的冲锋枪和椭圆的钢盔上，有时乌云遮住了月光，哨兵隐没在黑暗里，使人惊慌地感觉到他好像正在走近。

“扎哈尔从我们这边做了埋伏，”瓦夏·罗莫夫低声地说，“在这里伏击他更顺手。”

“你怎么伏击他？”费奥多尔也低声地问道。

“飞奔向他，抓住这个丑八怪。不要让他出声……没什么，我们等等。”

“那有什么好处？”费奥多尔心里反问道。任性的、急切的欲望控制了他。“现在让他走近些，再抓他。瓦夏是个魁梧的小伙子，动作笨拙。等他站起身，跑到跟前动手时我自己去抓。没什么难受……”

月亮冲破云蜃，又充满生机地出现。一切看得很清楚，地上的每一根小草都可以被清晰地辨认。月光下哨兵的侧面像拉长，在他的后面更远的地方，竖立着坦克炮筒。德国人把手放到大衣口袋里。费奥多尔猜到他手的动作，显然，他在自己的口袋里摸出一包香烟。现在他拿出一支烟，揉松后放在嘴上。然后他用手掌盖着打火机的火，要点燃烟。正当对火点烟时——瞬间目眩：整个世界好像就在香烟的末端。

月亮明亮地照射着。费奥多尔的强烈欲望和德国打火机耀眼的火光撩起了他的疯狂冲动。费奥多尔似乎已经暴露在月光下，他扑向德国鬼子，因害怕用超乎寻常的力气一把卡住德国人的下巴，捂住他的嘴，把他的头扭到后面。紧接着他用膝盖折断他的脊椎骨，将他按倒。德国鬼子没有出声，只听到他的脊椎骨咔嚓一声响。他倒在地上，用鼻孔出气。瓦夏·罗莫夫跑到倒在地上的哨兵前，一下子用东西塞住他的嘴，用绳子绑住他的双手。德国人的眼睛就像玻璃球，在月光下恐怖地闪耀着，目瞪口呆。

他们把哨兵拖到沟里。及时赶到的扎哈尔从德国人身上取下冲锋枪，给他从头到腰套上了一个袋子。当月亮又隐没在乌云后，扎哈尔用德国冲锋枪连打了几发子弹。其他的岗哨也连发子弹回应他。此时瓦夏·罗莫夫已经肩扛着这个活猎物，走向安全的山沟。

在返回的路上，大家激动、活跃地说着。他们夸赞费奥多尔，夸他是今天最值得庆贺的人，预测营队指挥员定会奖励他。只有扎哈尔默默地走着，似乎不相信成功的侦查，也不赞扬费奥多尔。

“肥胖的德国人落网了。”

“很快他就瘦下来……”

“你怎么扛得动他？就让他下来，跺跺脚吧。”

“松软的一团！一团！跟你说，走吧！”

“就让这个傻瓜滚着走。他不想走。”

他们尝试着让被俘的德国人站起来，但是他摇摇晃晃，歪着跪下来。他们摇晃他，希望弄醒他，冲他喊叫，但是他还是站不稳。

“没关系，我们扛得动。就地用一桶水浇到他的脸上——他就清醒了。”

小组费力地挤进营队指挥员的小土窑。子弹筒上面冒着黑烟的火光，火光照亮了这些幸福人的脸。微笑的雅科夫·伊利伊奇与格里申少校并排坐着，也在听汇报。

“完成命令，没有损失地返回。士兵扎维亚洛夫表现出色。他抓住他……”扎哈尔汇报。

“太棒了，小伙子们！松开。”指挥员闪到一边，好让灯光照到“舌头”身上。

瓦夏·罗莫夫从德国人身上取下袋子，取下他嘴里塞的脏布子。脸上带着黑青点（费奥多尔铁掌的印记）的德国人耷拉着脑袋，带血的口水从麻木的下嘴唇滴下。雅科夫·伊利伊奇走到跟前，拨开他的刘海儿，稍微抬起他耷拉的脑袋，仔细地看了看他的脸，厌恶地转过身去：

“同志们，他已经死了。”

大家疑惑地互相看看，围住德国士兵，他没有生命迹象地坐在地上，双腿劈开。费奥多尔简直扫兴死了。

“哎呀，魔鬼的灵魂！”他内心脱口而出，“用力太狠了！对这个蠢货用力过猛……”

“把死人抬走，大家都去睡觉！”格里申冷淡地命令道。

费奥多尔内心所有的幻想都完蛋了。

士兵们七零八落地离开指挥窑洞。把这个死“舌头”就像一袋子粪一样埋到森林的沟里。

“白白地扛回这个猪。肩膀不听使唤了。”瓦夏·罗莫夫嘟嘟囔囔，“费季[1]，跟你说了，我去逮他。我会小心地逮他的。你却把他的脊椎折断了。”

“你说了，说了，”费奥多尔顶撞，“不要再扯着嗓子喊

① 费奥多尔的表小称呼。——译者注。

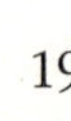

了！你咕咕嘟嘟说得太早：走运的话，走运的话……难道我想让他死？”

扎哈尔还像以前一样沉默不语，这让费奥多尔更加心情沉重。

士兵们挤在不稳定的快速建起的临时小屋里，做短暂休息，小屋能快速折叠。费奥多尔慢慢地钻到自己有裂缝的屋顶下，喊了扎哈尔一声：

“乡党，你等一会儿。我说两句话。”

费奥多尔的脸颊因惭愧发红，营队重复说进攻的地方是多沼泽的山杨树林，那里漆黑一片，甚至在一米距离内看不清对方。

“乡党，你再次派我去。我一个人去。立马获得成功。”

“不会获得成功的。”扎哈尔阴沉地回答。沉默了一会儿。“为什么派你去？坐在掩体里。好在瓦西卡[1]没有跟在你的后面。若动静太大，其他人也会被杀死……你是想得到奖赏吗？”

“我只想回家，乡党，”费奥多尔承认道，“我想，指挥员给我奖赏，我就讨价还价。我请求两天的休假替代奖赏。家乡吸引……假如我立刻参加战斗，也许，就不会这样了。不然我还要走许多冤枉路……现在我还在服刑。我就想见到亲人。然后，据说，以干净的良心再回到这里。”费奥多尔沉默不语。他回想起，坐在山丘上，坐在长着青苔的原木上，看着拉门斯克村的屋顶。那时他的目光凝重、暗淡。现在他对此有不同的感受。“显然，好久没在家里待了……因恐惧我又把这个德国蠢货弄死了。没有预料到月亮还在照亮。”

“我也理解这个。但是反正不会让你在家短期休假。我们是

① 瓦夏的表小称呼。——译者注。

在前线。在进攻，”扎哈尔心平气和地说，“回家只有两条可靠的路。经过医院——残疾人。或者经过柏林。你最好不要想家，不要白白地折磨自己。”

“如果脑子里不浮现的话，我也不想。”

12

早晨，当朦胧的太阳升起在暗淡的秋天苍穹时，淡红色的阳光透过灰蒙蒙的一团云雾，照射在光秃秃的山杨树林，营队的先锋队队员系紧大衣上的皮带，整装待发，穿过沼泽，向德国人占领的谢列兹涅夫卡的后方行进。被任命为上级指挥员的雅科夫·伊利伊奇走在前面。

“我们将夹击村庄。” 前一天少校格里申就说过，他把营队军官召集在土窑指挥部，把手放在地图上作为屏障。“先锋队袭击后方。其他人正面作战。可以穿过沼泽地，由当地的居民引导。进攻的信号——白色照明弹。”指挥员握紧拳头，在地图上，谢列兹涅夫卡上方被用立方块标注。

在黑色的沼泽水域，布满绿色的浮萍，漂浮着脱落的腐烂树叶。在沼泽低地上，长着一些干枯的树皮发黑的稀疏树木，显然这些树木永远地丧失了生命力，让造访这些沼泽地方的人立刻感到恐惧。士兵踩在灰色的草茎和草墩子上，发出吧唧吧唧的响声，青苔上的冰冷露珠落到士兵的靴子上。一个列队跟着一个列队前行。沼泽地上空传来响亮的戒备敲击声——啄木鸟的声音。

当地的一个妇女做向导，她半裹着头巾，穿着厚棉衣，腰上牢牢地系着根绳子，就像非常怕冷的老年马车夫。但是，尽管

她腰带绳系得很紧，仍不难看出，她是个孕妇——接近临产。在她年轻的脸上依稀可见一些淡红色斑点，一对水汪汪大黑眼睛透出暗淡的目光，证明她即将临产。妇女默默地走着，尽量避免与他人目光接触，也不微笑，只是点头或简短地回答紧跟在她后面的雅科夫·伊利伊奇的问题。其他的人谁也不敢与她说话、开玩笑、说妇女爱听的话。在士兵集体的潜意识里有个沉重的问题。假如她生活在敌占区，她怀的是谁的孩子？是德国强奸者的种吗？是德国情人的种？是叛徒伪警察的种吗？她拿什么保护自己到德国去？当士兵丈夫（假如是他的话）回来，如何对待陌生的德国孩子？当她遇到冲锋上阵、疲惫不堪、因贫血而苍白的营长少校格里申时，为什么不高兴？不，谁也不会给怀着孩子、内心有秘密的她提出这些问题。

“到那里。过一个村子，经过田野，就到了谢列兹涅夫卡。”女向导指着像黑色炉子的轮廓，折返。

她低下头，在士兵中间艰难地返回，行走在踩过的沼泽草墩子上。士兵给她让出道路；她抱歉地垂下眼睛，没有一个人敢与她开玩笑。

前方是一个很小的村庄，一些房子整个被烧毁，已变成残垣断壁，甚至没有一个完整的房子。没有人烟，周围死气沉沉，听不到狗吠叫，听不到鸡叫——庄子被烧得像发黑的炉子，剩下一堆堆的废墟和破烂物。在废墟上耸立着熏黑的炉烟筒，就像棺材前的柱子。在厚厚的炭黑木头中间有一张铁床、变形的茶炊、烧尽的圣像上的铁皮制的衣饰和干农活用的犁。

“唉—唉！唉！”瓦夏·罗莫夫喊叫道。他用手指向井边倒地的取水吊杆，那里躺着一个裸体的人。

这是一个被杀死的姑娘。裸体。她的旁边有一团被撕扯下的衣服。姑娘的双手展开，手上有淤斑和抓伤，裸露的胸部乳房周围显现出酷刑的青淤痕迹。从腹部枪口处血凝结住了。甚至死了，姑娘似乎还感到害羞，感到侮辱，把脸埋藏起来；她长长的几绺披散的头发遮住脸。显然她在这个冷透的秋天大地上赤裸着，感到很冷。士兵们不好意思地把目光移开。

瓦夏·罗莫夫起初用撕破的衣服盖住姑娘，之后，他看到附近的干草，抱了一捆，盖住她的双腿。

在村子边，在泔水坑旁边，他们还看到一个庄子的女主人——被杀死了的老太婆。她就像个孩子，侧身蜷曲着，一只褐色的老手捂着太阳穴，从这一切看来，她是在保护谁。在她旁边泔水坑斜坡上，有一只脏羽毛的死鸡，还有一把古怪的白色梳子。

“就在那里……”费奥多尔听到走在前面的政治副营长的断断续续的话，“那里就是我的整个宣传……被杀死的士兵——就是战争。强奸小姑娘——……不是战争！枪杀老人——也不是战争！……虽说福音书里写到，一开头就有这一句话。不！首先要行动！每次行动就会明白一切……不用说任何话！”

“我的村子，”从费奥多尔的背后传来一个士兵的声音，“还在前方。从这到那里约四十公里……”

太阳高高升起，却被密布的乌云遮盖，散发出不热的柔和的光芒。队伍走向田野，田野后面的白桦树林和落叶显得光亮而静谧。在白桦树林后面，距离谢列兹涅夫卡非常近的地方，那里不会安宁的。当队伍闯过一片狭长的空地时，大家不由自主地有一种无掩护的感觉，感觉到似乎有人在监视着这一切。

整个早晨费奥多尔在行进的队伍中始终沉默不语，一直为失败的侦查万分悔恨；他尽量不看雅科夫·伊利伊奇。但是走到田野，看到头上飞翔的大鸟时，他与扎哈尔说起话来：

“瞧，乡党，鹞鹰在飞翔。这么大，显然是只老鹰。我好想做只鸟！想飞到哪里就飞到哪里。把整个战争撇在一边……”

扎哈尔，因阳光眯着眼，也抬头看大鸟。

在热浪的空气下，鹞鹰很少扇动翅膀，它在田野上空翱翔，把自己看成一只老鼠。它那对机灵的猎鹰眼睛捕捉着田野里的一切，在那里落地的麦粒与杂草丛生的滨藜交错生长着。鹞鹰吃惊：为什么人们要放弃这块肥沃的黑土地带来的好处，以前这些都很好地供养着人们？它猜到，大地上人们发生了某种极不好的事情：大地上太多的轰鸣声和烟雾、废墟和灰烬、没有埋葬发臭的尸体。尸体的眼睛被乌鸦啄食。鹞鹰只能用人类的普遍疾病解释人类所有的混乱和轰鸣，但是关于这种瘟疫的存在它什么也不知道，只是首次观察到了它的后果。

就像世间的生物一样，在力量和勇气方面，周围同类的鸟是无法与鹞鹰相比的，可是炮弹射击使这只勇敢的大鸟感到恐惧。嗖嗖的炮弹划破天空，大地浓烟滚滚，坑洼地里还长久地冒着令人恶心的焦煳味。如果炮弹落在河里或者湖里，那么就会掀起水柱，之后漂浮起一片翻着白肚皮的死鱼。炮弹是让鹞鹰感到憎恶的东西。在高高的云端，在乌云开始云集的地方，怒吼的神奇十字形的鸟群出现，随着黑色炮弹的轰鸣声，大地上爆发出震撼的力量，这些飞鸟被击落下来。整个房子变成一堆碎片、垃圾，古树被劈开，砸碎，连根拔出来。

最近，人的出现也让鹞鹰感到不安。假如以前它毫无惧怕地翱翔在田野上空，观察人们来到这里收割庄稼，现在人们成群到这里，不是劳作，而是相互射杀。他们杀人和放火。鹞鹰不信任那些从燃烧的村子走到田野的人，它用力地扇动着翅膀，更加谨慎地飞往高空。艰难地飞到最高空，它用机灵的眼睛俯瞰巨大的空间，它看到，从白桦树林另一侧，从安然无恙的村子（从谢列兹涅夫卡）另一股身穿灰绿色大衣、头戴有标记钢盔的武装士兵，正在快速行走，他们截断了走在田野的另一部分武装士兵的路。它仔细地观察，这一部分和那一部分人甚至互相看不见，都在靠近白桦树林，它猜到，他们之间必定要发生大屠杀，乌鸦又要高兴了！

很快，人们手中的冲锋枪嗒嗒地响起来，手榴弹嘭嘭发出爆炸声，小片孤林中充满了射击的股股声和野蛮的喊叫声。从上面，透过没有树叶的白桦树，鹞鹰看到，两股力量交锋，人们纠缠在一起，甚至射击越来越少，人们用刺刀交锋，拳头相加，吼叫着，互相厮打在一起，企图杀死对方。目睹白刃战，鹞鹰忘记扇动翅膀，平缓地飞翔，下旋。但是突然一颗白色火箭拖着冒烟的尾巴从白桦树林冲向天空，从沼泽地那边大炮开始不断地发射，鹞鹰的鹰钩鼻子恐惧地抽搐着，它被一股高空顺风吹落到远处的森林前。

14

费奥多尔长久地吐唾沫，并咳出恶心的黏液。他还长久地感觉到，他的口水里掺杂着其他人的血，掺杂着棕红色头发的德国

士兵的血。德国鬼子的脸伏在落叶上，死在旁边。费奥多尔艰难地喘着气，用手掌擦拭着嘴唇，他爬到最近的白桦树前，背靠在树干上。他现在感到异常的疲乏。他听不到，也看不见周围的战斗，如果另一个德国人扑向他，他未必能抵抗得了。

……这个棕红色头发的德国人，面红耳赤，满是汗水，已经没有头盔，拿着血迹斑斑的刺刀，疯狂而快速地向费奥多尔刺杀，以至于离他几步远的费奥多尔来不及躲闪刺向他的刺刀。但是，费奥多尔来得及用胳膊肘抵挡，截断刺刀的刺杀。德国人将费奥多尔打倒在地，扑倒在费奥多尔的身上，龇牙咧嘴，发出呼哧声。现在他们在地上厮打在一起。棕红色头发的德国人吼叫着，用全部的力气将刺刀刺向费奥多尔。费奥多尔双手扭转德国人的手腕，将刀尖扳到下面，在德国人的身子下面他手抓脚踹，终于躲闪开，将德国人从自己身上推下。棕红色头发的德国人过于全神贯注自己的刺刀，希望刺中目标。但是，发狂的费奥多尔，身上的人性被动物所取代，他突然用头扑向前，用牙紧紧地咬住德国人汗津津、长雀斑的脖子。棕红头发的德国人疼得号叫，一下子松开了手，刺刀掉下来。当费奥多尔文身的手将他的刺刀压戳在他的背后时，他嘶叫起来。

费奥多尔费力地从德国人身子下面爬出来，首先不得不抱住他，好杀死他，他大声地吐出嘴里苦涩的黏液，跪爬到白桦树前。棕红色头发的德国人鼻子冲地躺着，背上绿色呢子大衣的刺刀周围已经湿润，变成褐色。有小雀斑的脖子上留下了红色的一个圈——牙印；从咬伤的地方渗出黄色的浓血。

“你为什么坐着？受伤了？”扎哈尔急忙跑到费奥多尔跟前。

“没—没有……与那个人厮打在一起。不得不用牙咬。就像打架中的小男孩……”

“你不是第一个。我也刚刚咬伤了德国鬼子的手。走吧，费季卡！站起来！”

在远处，在谢列兹涅夫卡的另一端，四十五毫米口径的火炮发起进攻的炮击。在白桦树林附近，政治副营长雅科夫·伊利伊奇狂妄地大声吼叫“乌拉”。

费奥多尔回头看了看被自己杀死的德国鬼子，背后戳进的刺刀，脖子上的咬伤处，后脑勺整个蓬乱的棕红色的头发。经历了厌恶和正义的报复，他的内心有一丝对这个德国青年的可怜。“你自己将我变成野兽。你为什么来到这里？我没请你来……呸！”他急忙走到扎哈尔跟前。

围堵谢列兹涅夫卡的德国摩托化步兵被前后包围，疲乏至极，被撵走了。与其说是以军事力量，还不如说是以全战线进攻的道德，彻底摧毁了德国军队的气势。在库尔斯克战役失败之后，德国鬼子明白：他们应该往西撤退。不知道新的或最后的防御界限勾画在哪里，但是准确的不是谢列兹涅夫卡经线，而是离自己的家乡德国更近。

四个德国鬼子——一个军官和三个士兵——被包围在一个房子里，他们宁愿被俘也不愿忠诚地死去。他们走出房子，在台阶上扔掉武器，举起双手。

“就是他们，这些‘舌头’。”费奥多尔微笑一下，用胳膊肘捅了一下瓦夏·罗莫夫。

但是，使费奥多尔惊讶的是，瓦夏·罗莫夫没有表示赞同。一般，在战斗之后他喜欢评论，谁“认真”或者“不认真”完成任务，他现在却皱着眉头站着，一声不吭。德国人就像一堆被捕捉的甲壳虫，集聚在被击碎的小窗户的房子墙边，害怕和仇恨捉拿自己的人。瓦夏·罗莫夫仔细地看着他们，好像想识别出哪个更能给他带来害处……费奥多尔不再干扰他算计德国人，走开了。何况瓦夏·罗莫夫还这样的精明！也许，他需要时间睡觉或者喝一杯伏特加酒，好消除许多厌恶的印象。费奥多尔偶尔想到棕红色头发的德国鬼子时，心里就发毛。

经过雅科夫·伊利伊奇短暂的审问之后，被俘的德国人被关押到了原木棚里。瓦夏·罗莫夫自愿申请看管他们。当附近的同事走了之后，瓦夏·罗莫夫第二次绕着大棚子走，非常仔细地查看棚子的每一个角落。然后，他给自动步枪的弹盘里补充子弹，仔细地检查弹盘，好不让弹夹卡住。他先站在棚子门口，深思一会儿，体验某种感觉，最终推开门闩。

阳光穿过打开的门，照射在坐在干草上的德国人身上。瓦夏·罗莫夫进到里面。

“起来！”他大声呵斥，“德国人，卑鄙的家伙！德国人！”他咬牙切齿地把每个德国人单独拖开，又连续发射子弹，把他们驱赶、聚在一起。

棚子里传出射击声和叫喊声，德国士兵们一片惊慌，四处奔跑。政治副营长也疾奔到那里。瓦夏·罗莫夫站在门口，门闩不知为何又被锁上了。

“你干什么？”雅科夫·伊利伊奇大声冲他喊，“你想被交到法庭？”

“我怎么啦？”瓦夏·罗莫夫闷闷不乐地回答，“他们要阴谋。瞧他们是怎样在原木下挖坑。我不得不使用武器。我是按照规章做的，少校同志。”

雅科夫·伊利伊奇摇了摇头：

“很清楚，你是按照规章办事……应该把军官留下。”

瓦夏·罗莫夫难为情地耸耸肩，冲着离开的政治副营长背后狞笑着，驳斥道："不要这样才好——留下。从他，从这个败类，我从第一个开始。这就是他们祸害姑娘的结果。我情有可原。"

经过几个小时，灵活的自动火炮一列列地穿过谢列兹涅夫卡。从滚滚车轮下腾起股股尘柱。快乐的自行火炮炮手满脸灰尘，头戴布满灰尘的钢盔，矗立在舱口下。他们大声而友好地与走在前方道路上的列步兵们开玩笑。少校格里申的营队也离开村子。活下来的谢列兹涅夫卡的老人们目送他们离去。

15

夜晚时分，喝醉了的奥莉加，沿着冬天的道路走向拉门斯克村，她的脚绊到雪草墩子上。喝醉酒、好说话的上尉亲吻了她，上唇的胡子扎得她发痒。奥莉加到城里看望自己的嫂子和侄子，无意中参加了酒宴。嫂子和头生侄子住在公共宿舍里。隔壁邻居的亲戚从医院顺路来，这个亲戚是个上尉，他好开玩笑、嘴唇上留着黑胡子。奥莉加和嫂子没有拒绝邻居的邀请，一起结伴而行，参加酒宴。在那里她遇到了即将奔赴前线的等待女人温柔的军人的纠缠不休的娱乐。

"纠缠的人——受不了。除了我，有三个女人坐在桌子后面，而且她们都是士兵，每个人都有孩子。只有我一个人单身……他就像是挣脱了的链子。在这里胡说八道。他叫我为美女，开玩笑。然后把我叫到走廊。我起初不明白……他，小鬼头，一下抓住我，挤到角落，硬要亲吻。胡子茬磨着我的整个脸颊。他这样的顽固，我几乎对付不了他……费奥多尔，你听到了

吗？我现在给你讲述。毫不隐瞒一切。就像在神父那里做忏悔。”

奥莉加大声地出了口气，往身后维亚特卡城市那边看去，城市已经很远，看不见了。但是她看见了在橙黄色流苏灯罩下度过的酒宴，坐在中央夸夸其谈的小胡子上尉，因家酿酒喝得面颊红润。而奥莉加此时因他而脸发烧，似乎被抹布揉疼……奥莉加大笑起来。她迈着脚步向前，看不到自己的脚，被地沟里的滑雪板绊了一下，摇晃到一边。她能够站稳，有意傻呵呵地“啊呀”一声，倒在路边高高的雪堆上。因奥莉加的跌落，雪堆顶上的雪飞起，撒满她的脸。雪落到她的眼睑、睫毛上，很快融化，充满了她的眼睛，就像是眼泪，寒冷而湿润。在奥莉加的眼睛里，一层薄翳里明亮的月牙如射束在天空中铺开。

道路的两边，覆盖着雪的田野形成巨大的平坦的弧形。四周被黑黝黝的森林环绕。夜晚似乎从森林的黑暗处降临。田野上空的黄昏也越来越密集，挡住了人们的视野。但是天空很亮，远离了昏黑的大地。大熊星座的星星呈弯曲的四边形，甩出光尾，清晰可见，强有力地将宇宙深处的其他星座吸引到自己跟前。一轮银白色的月亮似昏黑的圆卫星前妻的不听话的儿子，用头顶撞继母的肋骨，想脱离开它……渗透着微寒的寂静，很快被奥莉加行走在雪地上的嘎吱声吞没。但是现在奥莉加躺在雪堆上，寂静让她有机会喘口气，撞击她疲惫的心。

奥莉加没有遇到任何同路的人。她独自一人艰难地穿过被冰雪覆盖的维亚特卡河，独自一人往拉门斯克村的方向走去。

“天亮你到不了家的。留下来吧。不要让我再失去你，”嫂子建议她留下来过夜，“你又没有丈夫……如果你想留下，我们给你把房子让出来，与客人一起安顿在一起。他也在早晨到车站。”嫂子无恶意地开玩笑地说道。

奥莉加深感受到侮辱，响亮地回答：

“那是你自己想睡到他的床上！”

嫂子一下子脸色发白，一双油光发亮的眼睛变得严肃而冷漠：

“你胡说什么？你的哥哥——我的丈夫！我们的关系就像地上滚的酒杯牢不可破。我是他合法的妻子！我就是他保护的对象。那你在等谁？为谁活着？干吗经不起玩笑地活着？”

“住口！我想怎样生活就怎样！……我走了。做客做够了。”

显然，其他人没有听到她们之间的谈话，纠缠不休的上尉不明白，为什么奥莉加这么热心地回家：

“今天就够了。她快乐了……我也不需要人陪。”

但是，不想带着不光彩的告别离开好客的酒宴。奥莉加穿上靴子和大衣，转向酒桌，以缓和的口气告别：

“如果我让某人委屈或者我没有说清楚——请原谅。谢谢盛情款待。”

平息的嫂子一下子奔到奥莉加跟前，搂住她的肩，她为自己的“伶牙俐齿”道歉。在嫂子的提议下，以示和解，要喝“践行酒”，奥莉加一口气喝下了满满一杯原浆酒。由于这一百克的烧酒，她醉醺醺的，在路上艰难地行走。

奥莉加从来没有这样醉过。热雾笼罩她的头，持久的温暖布满她的全身——她的双手没有戴手套，却不感到寒冷。她完全不认识自己了，似乎不是在走路，而是在漂游。她不感到疲倦，几乎一路都在自言自语。有时她莫名其妙地高兴，把头向后仰，无缘无故地笑；有时变得阴沉，把双手伸到大衣口袋里，攥成拳头，直线行走；但是很快又放松地两手一摊。她对着黑暗说话。现在，她躺在路边的雪堆上，盯着天空，不愉快的思想一个接一个地涌现。淘气的上尉只是挑起了她的不快——这无意加深了她的孤独。

“费奥多尔，你在干什么？在战斗吗？不能给我半点时间？嫂子也许说的实话。她是我哥哥的合法妻子，给他生孩子。我对你而言——是谁？等待的一个傻瓜姑娘，我自己不知道为什么……以前给你写信，找你的母亲，恳请她的同意，然后自我折磨。几个月过去了，你都没有回信。你知道，我不需要。需要的话，你立刻就会写信……应该留下来与小胡子的人待在一起，一切就当场解决。他那么可爱，快乐。给我读诗。‘哪怕爱我一个小时——我会永远不忘你……’他忘了，我的心里过去和现在只有你……我软弱无力。因为你——我无力。你就是这样的一个坏蛋，费奥多尔！瞧，你的那个有力的达莉娅。她搞到了多少个男人，但没有比她更干净的人。谁要是说她不好，马克西姆就找那个人打架……而你为那个维肯季不能原谅我。你什么也不会袒护。你铁石心肠。”

奥莉加费力地走出雪地。她站在路上，又开始摇摇晃晃。她大笑：“费奥多尔，瞧，我现在就是一个捕捉器。因家酿酒我已经变傻。我钻到大雪堆里。”奥莉加用手套拍打自己，抖掉围巾上的雪，把脸转向远处的森林，这时她感觉到了夜晚的来临。“哎呀—呀！这个田野被雪覆盖——哪怕只看你一眼！哪怕只看一看……要么给我毅力！要么给我幸福！”奥莉加突然大喊一声，打破了脆弱的寂静：

“费—奥—多—尔！”

然后她害怕地用手掌捂住嘴，低下头，摇摇晃晃，费力地行走起来，听不到回音。

离拉门斯克村还不到半俄里，从山丘上已经可以看到窗户里清晰的灯光。奥莉加的醉酒已经过去，平静的忧伤和习惯的沉思代替了激情。

奥莉加往后转过身：也许是沙沙声，也许是背后某人追逐的脚步声。她转过身——大喊“啊呀”一声，然后战栗起来，仿佛心脏停止了跳动。在路上，离她几步远，站着一只狼。灰色的长尾巴的狼，张着大嘴，也吓呆了。被喊声惊吓的狼，也许，在等待。奥莉加开始挥手，更加大声地喊叫起来：

“走开！走开，骗子！”她绝望地抓起雪团，往狼的方向抛去，“林妖从哪里把你带到这里的？滚开！”

她自己跑开了。狼却长久站着不动，似乎在沉思，然后胆怯地跟在她的后面。不粗野无礼，也不靠近，但是远远地跟着，不放过奥莉加。

“走，可恶的家伙！走开！死去吧！”

狼没有听从奥莉加的诅咒，继续跟随。好在她没有看到其他的狼——也许，不是一群狼，它是自己来到了狩猎区。但是，看来，狼胆小，或者病了：如果它想进攻的话，这么近早就得手了。奥莉加一边跑着，一边大声诅咒，狼也寸步不离地跑着。她有意放慢脚步，好喘口气，狼也放慢步伐，始终保持着一定的距离，然后站住。但是它哪儿也不去，就跟在她的后面。

奥莉加的醉意已从头脑里消除，她无意与野兽相遇。“这是为我的胡说八道，惩罚我，”从被风吹干的嘴唇里，奥莉加忏悔地低声说出，“为何我不这样做。原谅我，费奥多尔……你走吧，魔鬼！这么纠缠不休！”

村庄就在附近。她可以到村边达莉娅的房子求救。但是如果狼慢步走的话，那么她就不必拐到那里。穿过一条街就是寡妇阿夫多季娅巫婆的茅草屋。在她家的篱笆门口，奥莉加站住。

她上气不接下气，因疲倦眼前——旋转，内心——酒精使她恶心，浑身大汗，嘴里——干燥。奥莉加回头看路上。狼稍稍落在后面，在雪里掠过它黑色的轮廓。此时她听清了——起初轻声的、悲哀的，然后是尖叫——狼吼。在寂静中，在对任何声音敏感的黑暗中，狼的叫声显得洪亮、震耳欲聋，令人浑身起鸡皮疙瘩。

阿夫多季娅巫婆家的窗户透出黄色的灯光。奥莉加推开门，进到穿堂。但是她首先躲在那里，再次看了一下路上，再次听到狼的叫声。狼的吼叫声传得很远，使人心里不安。

“姑娘，你这是从哪里来？你出了什么事？”

“我被狼吓着了。”出汗的奥莉加坐在长凳子上，从头上取下围巾，疲倦地伸直双腿。“狼在山冈上遇到了我，一直跟到村里。现在还在那里吼叫，可恶的家伙……大娘，给我喝点水。我整个人快累死了。”

巫婆给奥莉加拿了一杯水。站在奥莉加的对面，仔细地看着这个不速之客。奥莉加头发蓬乱，双手颤抖，眼神慌乱，贪婪地喝光了水：一股水从嘴边流到了下巴。

“姑娘，你好像心慌意乱。野兽不会是幻觉吧？我不记得村子附近有狼吼叫。它们只在森林乱窜，不会到住房附近……”

“大娘，我没有精神失常。您到台阶，自己听听。”

巫婆没有出去查看，她怀疑，这个到家里来的稀客——有点醉意，她一下子就发现了。

“脱下外套，你冷了吧。把背靠在壁炉上，别站在门厅的台阶上，会因跑步出汗而受凉感冒的。你参加庆祝活动了吗？”

煤油灯照亮了阿夫多季娅巫婆低矮的茅草屋。沿着壁炉顶棚梁的钉子上挂着一包包干草，因此整个屋子散发出愉快的干草味道。在漆黑的抽屉柜里，放着如小书本大小的一面镜子、一个眼睛发乌却快乐的德姆科沃小泥人[①]（少妇穿着很小的无袖宽松长衫，头戴盾形头饰），还放着与这个房子不可分开的东西——一副纸牌。老婆婆不仅是个有名的女巫医和接生婆，而且还会用纸牌算命。如果村里女人们长久没有得到前线亲人的消息，这个时候她们经常来找她。不管纸牌卦如何摆放，阿夫多季娅巫婆对谁也不会说不好的预测，她诚心诚意地对待每一个受苦受难的女人，寻找红方块和红桃心牌解答问题。

奥莉加眼睛盯着因算卦而变得膨大的纸牌，用手指指向它。

“大娘，给我算一卦吧！”

以前，有一次阿夫多季娅巫婆预测过奥莉加的命运。恰好遇到她与费奥多尔在一起，她看了看奥莉加的手掌，看到奥莉加手掌里的生命线，预测奥莉加长寿。从那个时候起，奥莉加回避她的算卦。奥莉加得到一次好的预言，她迷信地害怕，下一个就可能是不好的。但是对今天发生的一切，小胡子的诱惑者上尉、与嫂子发生口角、醉人的家酿酒、路上的狼，她决定算一卦——已经够多了。

阿夫多季娅巫婆仔细地盯着奥莉加，确信她的请求不是玩笑之后，她开始准备算卦的东西。她用干净的抹布擦净小桌子，把煤油灯的火苗挑亮，在洗脸盆把手洗了一下。

“你是否要红方块K啊？”

“是方块K。”奥莉加不敢正眼看，激动地回答。阿夫多季娅确实知道，红方块菱形下藏着什么。

老婆婆的手不急不慢地将扑克牌像马赛克一样拼放在桌子上。奥莉加，咬着嘴唇，敏锐地观察着排列，每一个连续被反过

① 德姆科沃小泥人是一种俄罗斯民间陶制小玩具。——译者注。

来的扑克牌上的面孔都会唤起她内心对算卦结果的不安和恐惧。

“那是什么，大娘？结果是什么？”奥莉加忍不住问。

五颜六色的扑克牌花纹拼制得不一般，但是不能用绝望的话吓到订制纸牌卦的人。老太婆毫不回避地解释纸牌面上预见的含义：

“姑娘，你爱情道路上没有女对手。这张牌意思是别离。原本就是这样。这张——意思是障碍。但障碍死了。障碍，显然，就是发生的战争……你的方块也不会被子弹射死。”

“那这是什么？与王后放在一起的？”

“姑娘，这是道路。道路漫长。”

“那么一对梅花J是什么意思？大娘，从边上。他们配什么？”

阿夫多季娅巫婆现在只是仔细地关注着两个牌的神秘接邻，没有完全顺利地猜到良好的谜底。老太婆微微上挑眉毛，黝黑的额头上深深地刻出许多皱纹。她稍作短暂的停顿。

“其他的牌是朋友对朋友，”阿夫多季娅巫婆沉思地低声说——对自己说得要比对奥莉加说得多。“两张牌预测要特殊些。似乎是双子的。”但是老太婆从奥莉加的眼睛里看出了害怕，一下子岔开话题。“边上的第二组是过路人。他们起的作用不大。姑娘，主要的是，根据中间你一切都好。瞧，这里的这张牌……”她又开始阐释算卦布局中主要情节的实质。

奥莉加从老太婆那里出来，缓过了劲儿，外表平静，但是还是带着未解决的疑问。如果在烧红了的锅里滴上一滴水，那么水滴就会发出咝咝声，尚未变成水蒸气，就会迅速地被烧干。奥莉加就是这样理解炽热，任何想法——就像一滴冷水滴在烧红的金属上。现在奥莉加的这些水滴——就像整个雨水。头脑里——思绪混乱，思绪万千，一下子也不明白：什么是重要的，什么是次要的，什么是虚空的；为何羞愧，为何高兴，为何这些感觉在睡觉的时候迅速消失。

奥莉加走出篱笆门口，手捧一把雪，抹到脸上。冰冷的雪让她安静下来。

“姑娘，怎么啦，需要送你吗？”阿夫多季娅巫婆上前说。

“我能走到家。狼不会长久待在田野里，也不敢站在住房附近。”

奥莉加沿着街道静静地、吃力地走着。以防万一，她回头看，没看到一个人，四周空荡荡，十分寂静。弯月明亮地挂在天空，四周星光闪烁。雪不时闪出暗淡的微光，在靴子下微微发出嘎吱声。寂静的夜晚变得更加寒冷。

她不害怕地走着，忘记了狼。此时就像闪电或是针尖从她的头穿过脚。她的心脏突然收缩，停止呼吸。吼叫……又是吼叫。那个狼的吼叫声，就在附近。已经不是在后面的栅栏，而是在前面的村里，就在扎维亚洛夫家附近。

16

公狗绕着主人宽阔的穿堂跑着。它用鼻子拱着老人冰冷的手，发出呼哧声，并把脸伸向主人的脸。它闻了闻主人的胡须，仔细地看着，听着。没有发生什么变化。老人突然扔掉斧头和削平的短木，躺在一堆碎木片上，一动不动，他永远地闭上了眼睛。公狗用脸拱着老人的头，舔他的额头。主人的额头比以前更冰凉——现在主人身上一点温度都没有了——这样冰冷的和无生命的主人，就像穿堂里的任何物件，就像主人精心制作的短木。

黄昏渐渐地降临到守卫室的穿堂里。入口的门微微打开，在这个林中空地上，阳光失去了白天的耀眼光芒，被主人抛掉的斧子的刀锋不再反光，而是发出暗淡的光。公狗一动不动地站着，从门里看着漆黑的森林，也不知道怎么办，又卧到主人的身边。公狗已经感受不到平日主人身体散发出的温暖。它只有一个希望：也许，主人在工作时突然想睡觉了，他终究要醒来，之后深深地呼口气，变暖了……

公狗也饿了。它不止一次地跑到空的食盆前，把头伸到盆子里，又离开，它不明白，除了主人，谁也不会填满食盆。而主人奇怪地睡着了，一点气息都没有。它饿得痛苦，但是更使它痛苦的是失去感和孤独感：公狗一生都伴随在主人身边，几乎一步不离。它内心感到害怕和厌恶，希望能够帮助主人醒来。它又将脸贴到主人的脸上，快速地舔他冰冷的额头。但是，它突然迅速地闪开，咬住主人，将主人拖出穿堂。

现在它明白，在穿堂躺着的是另外的一个人，不再是与它长久生活的主人——可能，另一个不是人，而是冰冷的会变化的人。公狗从阶梯跑到雪地里，决定四处看看，嗅嗅附近：突然什么东西让它感到害怕，老人，活着的老人，以某种神秘的方式离开守卫室，而让一个一模一样的死人代替他看守森林，他本人在森林边的某个地方住着。公狗等着，附近有人习惯性地用“哎”或“喂”回应它，那它将使劲儿地朝着声音跑去；它后腿站立，幸福地吼叫着，前腿却放到主人的胸脯上，勉强地够到主人的胡子，感受温暖的呼吸。老人温柔地用手拍拍它，又安静了，用希望感受保护和温暖的拯救。这种感觉在公狗身上本能保存着，从最初，它还是小狗的时候，在老人的怀里就有这种感觉。

“你生火取暖吗？”安德烈爷爷在通往河的小路上遇到一个背着筐子的庄稼汉，问道。

庄稼汉的筐子底有三个狗崽子，拥挤在一起，轻声地尖声吠叫几声，枉然地寻找母乳。

“母狗生的崽子。把它们带到哪里？虽然可惜，我也不能一窝都要了。”庄稼汉回答。

“那就给我一个。”安德烈爷爷说。

“如果把所有的狗崽子都拿去，我的罪过就少了。”

“我难以养活三个。只能养一个。要公狗。”

“就有一个公狗。拿着。”庄稼汉从中抓起一个狗崽子的脖子。

安德烈爷爷把它轻轻地捧在自己的手掌，看着小狗崽儿那双睁开的小黑眼，他微笑了一下。

“它会成为一名好的守卫，”庄稼汉大加夸赞，“它的母亲带有狼的血统。”

“我需要的不仅仅是警卫，也是为了开心。”安德烈爷爷回答。

“它虽然不是纯种的，可是为了开心还是合适的。”庄稼汉说着，继续往小河前走去。

安德烈爷爷把小狗放在怀里：

“小家伙，现在给你弄些牛奶。在饮马场旁，马群在草地上吃草。在那里应该可以弄到牛奶。劝说牧马人，他应该会给你一小撮……”

这个老人温柔的说话声，他的温暖，后来——他弄到温热牛奶，这些给公狗留下了深刻的印象，它感觉要永远跟随主人。公狗渐渐长大，它对主人的依恋更加强烈。

……在守卫室周围哪儿也找不到新的芳香的痕迹，附近也

看不到瘸腿的、不慌张的老人的身影闪现。公狗又站在阶梯旁。周围一个人也没有。天色越来越黑，周围也越来越安静。但是如果是外界的安静，守卫室外的寂静，公狗用自己的——哪怕是年老迟钝的，但还是敏锐的——狗的听觉能够辨认出：树枝的折断声，被微风吹动的落雪声，而最重要的寂静，死一般的寂静不是来自森林冬天的黄昏，而是来自守卫室。

公狗战胜了内心的害怕，又返回到穿堂。希望，以前的所有感觉都欺骗了它，它又舔着老人的额头，试图稍许感受到有生命的温暖。老人越发僵硬。公狗绝望地想大声吠叫：也许，它可以用声音惊扰和唤醒主人。但是吠叫不起作用。公狗的喉咙开始嘶哑地发出尖叫声，它的整个吼叫先是变成可怜的、无力的哀号，然后就变成了狼吼。

它仰起头，忘我地哀号，已经无力用吠叫传遍周围。在这个吼叫中，在这些拖长声调的吼叫中甚至有一种悲歌……公狗全身心地投入这个悲哀的声音中，诉说着自己的可怜。公狗发现，人们有时不是用一般分解的话语，而是用不习惯的一连串的话表达，并在这样的时刻发呆，但是他们的声音里流露出对周围一切昏然的伤感。首先它在自己的主人身上发现了这一点。有时老人坐在床铺上，背靠在墙上，把头向后仰，开始拖长话语说一些不明白、非常令人忧伤的话。老人很少唱歌，但是此时公狗不敢动，也不敢对他表示亲热，甚至不敢摇尾巴。他一动不动地看着老人，在他深邃的眼睛里，它不知道用什么帮助主人不再伤感。

在我们家乡旁边
在村子边上
有一朵白色稠李

怒放展开—开—开。

白色的、芳香的稠李
在你们的大门—门—门旁，
一条街道通向—向—向
直通向那颗稠李树。

主人总是唱着同样的歌曲：其他的歌曲，显然，他不知道；但是这个歌曲似乎是由其他忧伤的歌曲编织而成的。在这个歌曲中所有恐惧的声音都出现了，这些都是公狗从人们拖长的哭泣歌中听到的。

不要沿着街道行走，
沿着家乡—乡—乡的街道，
我就坐在那里
一个人—人—人思念你。

我在想明天
要私奔—奔—奔，
也许，幸福降临
多年—年—年里只有一次。

如果幸福降临，
那么就回家
我也将沿着街道行走，
沿着家乡—乡—乡的街道。

主人刚唱完歌，在短暂喘口气后，公狗开始活跃起来，立刻跑到主人的腿前，用前爪趴在主人的膝盖上，伸向他的胡子，想用自己的温柔安慰主人。

……公狗的吼叫突然停止了。在自己的吼叫中，它叙说着失去主人关心和保护的伤痛。公狗似乎想起了什么，突然沉默。它想起，不止一次与主人到村子，他们遇到主人称为“丽扎”的女人，还有一个呼唤公狗为“灰狗” 的小女孩。她们一定会帮助唤醒主人，要知道她们早就认识它。

公狗碎步小跑，静静地离开守卫室。当它好不容易跑到通往村子的雪橇路上，天空上明月照耀，星星闪烁。在前方远处闪现出某个女人的影子。

17

冬天，格里申少校的营队来到了白俄罗斯。这里的严冬给人留情面，它不像北方维亚特卡的严冬，那里的严寒灼伤面孔，眉毛周围会结一层霜，得眯着眼睛看路。如果在行军中没有遇到隐蔽的安身之处的话，士兵们就直接住在森林里，成对地过夜。在云杉枝条之间撑起了一个挨一个的军用雨布，在高处的地方——还有一个军用雨布，雨布之间没有一点“空隙”。

“老乡，看来所有的人都得冻僵。在一般生活中只要这样小睡一下，都会冻死的。”费奥多尔愉快地对扎哈尔说，有滋有味地吃着熏黑的饭盒里的粥。

野炊散发出的香味与烧火的青烟缓缓飘向森林的上空，与早已降临的黄昏融合在一起。营队停留在这个森林里，宿营，按照行军方式安排。

“扎维亚洛夫！喂，扎维亚洛夫！钻到哪里去了，这个魔鬼的灵魂？”瓦夏·罗莫夫在寻找，没有看到费奥多尔站在松树后。

“你喊叫什么？”费奥多尔回应了一下。

“政治副营长要你去一趟。他说尽快。”

“你瞧！他这么快地催促。难道把粥倒掉？”费奥多尔气愤地说。

“传达吩咐，”瓦夏·罗莫夫耸耸肩，“我只是捎话，对我来说重要的是认真地将命令传达到。”

当然，这不妨碍费奥多尔迅速到达政治副营长那里。不论是少校，还是值得尊重的人，要让他扔下未喝完的粥——休想！费奥多尔珍惜任何食物，因为他忍受过监狱的饥饿之苦。为何还要急急忙忙地到长官那里？从他这样一个普通的战士这里，能等出什么？或是教训，或者就是干别的事。不会给他吃甜饼干的。

“错在哪里啦？”扎哈尔感兴趣地问道。

“真的，我不知道。”

“喂，如果你自己没有感觉有罪，那么就没什么可担心的。”扎哈尔沉默了一会儿，然后和善地大笑，“魔鬼的灵魂……这说明非常狡猾。魔鬼那里的灵魂是什么样的？”

“这是安德烈爷爷给我起的外号。早就用在我的身上了。外号也不成为外号了。俏皮话也不是俏皮话了。就是中和了某些东西。以前，据说，商人生意没有成功的时候，一时冲动说出这样的话。在新政权执政时期，其他人把它们变成口头禅……谁知道，也许，如果很好地对待它，魔鬼是有灵魂的。或者应该按照另一种方式理解它。这是魔鬼时常经历过考验的灵魂。”

“爷爷还活着？”

“前不久去世。他在守卫室里孤零零地一个人生活。母亲写信，说他的公狗跑到村子里。蹲在窗户下，吼叫。起初吓坏了所有的人。人们想是狼。等仔细一看，是公狗，它没有枉然地跑到村子里。第二天，人们到了守卫室，爷爷已经死在了穿堂里。他给自己砍伐了坟墓上的十字。棺材早已经做好，人们把他埋在十字架下。埋葬爷爷之后，公狗失踪了。也许被狼咬死了，也许死在别的什么地方。它也已经老了……爷爷艰难地生活，结果以死亡轻易地结束生命。看来，他曾祷告赦免罪过。”

费奥多尔寻思起来，停止用勺子喝粥。

扎哈尔捅了一下他的肩膀——小心翼翼地，像唤醒孩子：

“不要惹怒长官。去到政治副营长那里。”

但是，费奥多尔还是把自己饭盒里最后的一颗米粒刮净、吃完。

政治副营长雅科夫·伊利伊奇坐在帐篷里的一对木块上，穿着一件新的短的白色皮外套，佩戴着新肩章，且佩带了一把新的武装带，十分威武，似乎现在就要去视察。他借助一丝“鼠光”在阅读文件，用红色的铅笔在改着什么，大概，他在润色新《战斗传单》的每一个词句。

“少校同志，可以进来吗？”费奥多尔出现在三角帐篷里，这个帐篷是用移动帐篷槽孔驻扎的。

“有什么不允许进来呢？甚至是特批。”雅科夫·伊利伊奇友好地接待了费奥多尔。他起身，握握手，指着旁边的一块原木让费奥多尔坐下。

“似乎，不会骂人。”费奥多尔想了想，少校热情的接待使他感到温暖。“好吧，那就听听政治情报——我就这样随随便便地。”他准备仔细地聆听政治副营长的话，以讥讽的态度对待他，因为雅科夫·伊利伊奇没有什么滑稽欢愉的话。如果人们自己不能娱乐的话，那么与这些人也不能开玩笑，而另一类人：这些人自己都不愿意擀毡靴，也就不容许你做这些。政治副营长，按照费奥多尔的估计，就属于这另一类人。

雅科夫·伊利伊奇慢慢地开始走入正题：

“你，扎维亚洛夫，为你在强渡德涅伯河和最近战斗中出色的表现，授予‘红星’奖章。这是家乡的荣誉奖章。它更强烈地唤起你对敌人的仇恨……现在红军在整个前线发起进攻，还需要英勇的付出，我们要到达苏联边界。我们应该更加坚决地与敌人作斗争。”

费奥多尔简单地点了一下头：这样—这样……政治副营长有着圆圆的、几乎没有眉毛的脸和一对灰色的小眼睛、厚嘴唇，每说到意义重大的话语时嘴就往前撅，字正腔圆。特别是说出崇高的词时，雅科夫·伊利伊奇短粗的手指使劲地攥紧手中的红铅笔。他也不掩饰自己演讲的做派，好像号召进入他的角色，服从倾听官方话语。

“正如报纸上吹嘘的。”费奥多尔内心嘲笑地想到。他想了想——想起了村共青团团委书记克里卡·德罗诺夫，他也是更多地使用从政治手册读到的辞藻华丽的语言。他经常用低沉的声音讲党、列宁、斯大林同志，挥动着双手，一个口号盖过另一个口号，也不明白，他内心想什么，官职如何。真的，德罗诺夫被杀死，在1942年，在高加索的某个地方。

……“我们的分队等待祖国的任务，这一定是我们战士的军人精神……”

“政治副营长这样滔滔不绝地说着。也许，给某人编写事

件。编写的纸张不够。”费奥多尔的脑海里提心吊胆地闪过，“扩展开—扩展开。”

“扎维亚洛夫，我早就注意到你了，勇敢的战士。获得奖章，利用声望……一句话，入党吧！”

“啊呀，原来如此！瞧他扯到哪儿去了。”费奥多尔终于弄明白了政治副营长说话的含义。

“这是一项严肃的事。但是领导们还是把希望给了你。营队党小组‘同意’了。我相信你会成为一名未来的共产党员。我们就推荐你。”此时雅科·伊利伊奇的装腔作势慢慢地消失了。他诚恳、鼓励地盯着费奥多尔的眼睛，“你为什么不说话？这就是纸。我帮你。我口述。”

“要知道我刚从监狱出来还不到一年。我的刑期够打三次战争，政治副营长公民。”费奥多尔顺便插话，希望最后的话语打消少校宣传的任何兴致。

但是，雅科夫·伊利伊奇只是诚恳地嘲笑“公民”，满意地用武装带拍拍自己的胸脯。

“扎维亚洛夫，来自监狱，还是来自乞丐……民间说：因一个被打碎的就要打碎两个未打碎的。我们现在是大量地选拔党员。我们特别需要年轻人。给你这个表格——填吧！”

政治副营长很固执。费奥多尔慌了神，不知道该如何周旋。他不想让政治副营长为难，也不想口述填写。

“我没有权利到您这里入党，”最后，他压低声音，说谎，“我信仰上帝，我有信仰，少校同志，我不能加入共产党。”

“可以，”铁面无情的雅科夫·伊利伊奇轻声地，几乎是小声地回答，“你不要吹嘘自己的信仰，也不要展示它。扎维亚洛夫同志，不是那个与上帝一起准备吻圣像的人，而是那个按照上帝方式生活的人。我给你举个明显的例子。妇女们在我以前的织布车间工作。一部分人到俄罗斯教堂，另一部分到鞑靼人清真寺。还有一些人类似某教派信徒在家里读圣经，祈祷……回答我，亲爱的扎维亚洛夫同志，他们祈祷一个上帝还是不同的？”

费奥多尔耸耸肩，他不准备回答难解的问题。

“都一样！”雅科夫·伊利伊奇握捏着铅笔，“人们，就像异教徒，也留在世上。对他们而言上帝不是唯一的。”

“那他们是谁？”

“是异教徒。以前他们想出很多的神。现在他们够了……因此你，扎维亚洛夫同志，内心保存自己的上帝。让你的信仰成为天理良心。而党员证就是世俗的良心。在世上就要与世俗良心同步。党拥有这种良心。在天堂就转为天理良心。在教堂谢恩的人很多，在教堂生活的也有不信教的人。你不相信这些，就不要以他们为榜样。”雅科夫·伊利伊奇和善地微笑，“我，可能，如果心里没有上帝自己就不知如何迈步。但是我不会在神父面前鞠躬。上帝的良心，不阻碍世俗的良心。”

费奥多尔不信任地仔细看着政治副营长：“他的胡子和教袍——就和神父一模一样。只是他手里的福音书成为其他的东西……”政治副营长也同样地直率地看着他。严肃地看着。只是他嘴唇上的微笑表达了某种诡秘的东西。

雅科夫·伊利伊奇确实不是居心不良。他是工厂工程师和纺织女工的儿子，他接受了时尚的革命无神论的教育。但是，一次，他还是小孩子的时候，在森林里迷路，落入云杉混交林，差点吓死。他痛哭流涕，呼天叫地，东奔西窜。但到处都是浓密的针叶林。夜色已经降临。他穿着一个单衬衣，感到非常寒冷。肚子饿得咕咕叫。他呼喊着，用双手抱着头。准备死去……那时他等待的奇迹发生了。他闭上眼睛，面前不是黑暗——是上了箭的弓。弓弦拉长——弓箭射出。他就像梦游病患者，迷迷糊糊，朝着弓箭射出的方向慢慢走去。他一路都在说："救救吧，上帝！救救我，上帝！"于是他走出了密林。他没有给父母讲述那个故事，但是他终生相信自己的上帝。

"圣像和十字架，扎维亚洛夫，不是每个人需要的。对某个人这里的十字架就够了。"雅科夫·伊利伊奇用粗手指敲着自己的额头的帽沿边下镶着的五角红星。

费奥多尔心慌意乱：或许是政治副营长开玩笑，狡猾地进行红色宣传，或许他真的找到了两个神：一个在地上，一个在天上，自作聪明把它们同等对待。他到底扮演怎样的一个角色，费奥多尔亲眼看到，雅科夫·伊利伊奇抓着被打碎的木筏原木，艰难地渡过德涅伯河，从冰冷的水中窜出来，就像疯子一样大声喊叫起来："共产党员，前进！"，也不回头看——谁跟着他跑，或者谁没有跟他跑，他把手里的手枪抛到前面。费奥多尔不仅一次看到，士兵们自愿写入党申请。那个瓦夏·罗莫夫是个呆子，在学校学习时，差不多只得"1分"，写都写不明白，一个音节一个音节地读，他也只能打铁，而在那里——在战斗前，他唧唧歪歪地说："如果我被杀死，就把我追认为共产党员……"要知道他是基督徒！他把圣母圣像与红军小册子一起随身携带……

所有的这些隐藏着某种无法解释的、成分驳杂的东西，显然，除非把它们联合在一起，按照生活方式将它们联合起来！在家乡拉门斯克村村委会的屋顶上长长的旗杆上竖立的红旗，与对面教堂圆顶上耸立的十字架，它们彼此似乎仇恨地耸立。如果人民全部被新信仰传染，上帝的权力显然不是权威的。但是布尔什维克，显然，放弃了上帝，但还记着上帝，似乎，又害怕上帝……难道他们拆除拉门斯克村教堂的威力还不够吗？不是的，威力找到了。看来，是精神不足。红旗和十字架面对面竖立着，红旗一心想询问十字架，但是没有结果。城市来的女人们背着自己的丈夫，把自己出生的孩子悄悄地带到拉门斯克村洗礼。甚至狂热的共青团员克里卡·德罗诺夫用自己的“鸦片”制伏不了亲妹妹：她把自己的孩子——克里卡的外甥——亲手交给拉门斯克村神父接受洗礼。起初克里卡不理她，之后与她和好；他喜欢外甥，总是用小推车带他玩……政治副营长就记得上帝、教堂，在战争时期，首先把钉死的教堂打开，以便让人们进行祭祀和祈祷。难道商量妥当了？为何那时红旗和十字架彼此要打仗呢？

“口述吧，少校同志。我写申请，”费奥多尔说，“嗨，魔鬼的灵魂！你将成为共产党员。”

当费奥多尔写好申请，雅科夫·伊利伊奇从原木上站起来，激动地握着费奥多尔的手。他引用报纸上的话，用低沉的声音说着一些关于战士的勇敢和保卫祖国的话。但是几乎在喘息的同时他收敛起激动，慈父般地结束谈话：

“我们的谈话，扎维亚洛夫，要保密。明白？或许我也要到那些地方遛一遛。一年前你曾经走过的地方。”

“这样符合实际，少校同志！”费奥多尔守规矩地回答。

昏暗和寂静降临在秋天的森林，降临在营队暂时居住的田野上空。四周布置岗哨，其他人休息。疲倦好似黄昏笼罩着欲睡的寂静。露天的雪地上非常寒冷，但人们已经习惯了寒冷，感觉不到太寒冷。疲乏不至于让人倒头就睡——不是战后，像士兵般的普通行军，且胃里饱饱的，而是对内心来说——很苦闷的时刻。

唉声叹气越沉重和长久，吸烟越深。压抑无法说出来的话，很苦闷；但对此也无法解释。

扎哈尔已经折断了许多松树枝，把军用雨布全铺满——他准备与费奥多尔分开睡。

“与政治副营长谈妥了？”他问。

“与他谈妥了。我与其他人比总是与自己冲突更多。”费奥多尔沉思地说。他坐在军用雨布上，坐在扎哈尔旁边，笨拙地盘起穿着靴子的腿。“以前在我身上就能找到这样的东西。这些，我觉得，不十分明白生活最重要的东西。好像我本人不是自己的主人。我发誓不再写任何申请，却写了。我这个该死的入哪门子党?……应该内心主动信仰，而我的内心连真正的概念都没有……已故的奶奶安娜一直教我信仰宗教。她说，上帝统管一切，看到一切，把自己的东西献给所有人。但是她不能够解释清楚上帝……安德烈爷爷一生脖子上挂着十字架，甚至知道圣书。他却成为罪人。他信仰什么？——我也不明白。”费奥多尔沉默了一会儿，讥笑了一下。“我记得，小时候，我们玩捉迷藏。把眼睛蒙住，转圈，好让人不知道他人在茅草屋的哪个角落，你张开双手捕捉。你会知道，他旁边是哪儿，甚至嗅到他的呼气，但用手抓，那里却是空的……听着，扎哈尔，你当真相信上帝？或者这样，那么，他何时来到呢？”

“费季卡，信仰由此构成。无论看见还是看不见，抓到还是抓不到，你知道，那里有什么……我当真相信，”扎哈尔回答，“我们睡会儿吧，趁安静。还不到一点，中断夜行军。”

“瞧，你还没有给我回答清楚。对你来说上帝的力量在哪里？”费奥多尔不退步。

“费季卡，信仰上帝的人轻松地想到死。死亡不可怕。到生命的最后一刻，一直希望上帝存在。或者拯救，或者死后让自己升入天堂……瞧，树枝间的那颗星星闪烁。它就是永恒的星星。伴随着信仰，我的生活也就是永恒的。没有信仰就是空虚的。生活空虚了，就会冷漠地死去。”

他们躺在安置好的“床垫子”上，背靠背，上面盖着军用雨布。两个人开始入睡。扎哈尔很快就呼吸均匀，进入睡梦，而费奥多尔睡不着——看着灰黑的森林、青空。头顶上树枝间星星闪烁。似乎，这些星星从一些树枝跳到另一些树枝……费奥多尔的思绪，就像围在灯周围的小蚊子，盘旋，燃烧，消失，又围绕着上帝的信仰盘旋。为什么受教育的苏希宁大夫不信上帝，却以主要的标准选择美？那么谁又创造了美？果真只有人们吗？可能，有上帝的参与？那么为什么与谢尔盖·伊万诺维奇说的完全不相符呢？他也玩捉迷藏？用双手抓真理，而真理却没在那里……或者谢苗·沃洛霍夫，要知道他机灵，尝尽了不幸，他诅咒任何权力。他嘲笑最后的沙皇，严厉地责备斯大林，却相信上帝。要知道就在那个圣书里，据说，写着：任何权力是上天赐予的。结果，谢苗的眼睛被绷带蒙住……军队司令部坐着某个粗心大意的人，不按照地图射箭——营队牺牲于不平等的战斗中。上帝惩罚了谁？那个粗心大意的人——反基督的人，而那些牺牲了的人——都是东正教教徒。罪人在谁面前认错？为什么他就可以控制他们的生命，他自己就是——无神论者？在谁面前给他回答？……德国人逼近库尔斯克，徽章上刻着“上帝与我们同在”。难道上帝把他们引向这样的死亡？希特勒——下流胚子！上帝是怎样观察这样的恶魔？也许，天上正在发生战争，如果这里都是这样创造的话？要知道那些德国人有自己的母亲、妻子和小孩……

费奥多尔猛地从沉思中惊醒。他忘记了扎哈尔已经睡了，呼唤他：

“喂，乡党！喂！”

“你干什么？”扎哈尔尥蹶子似地问了一句。

“我总是忘记问你：你有几个孩子？”

“五个儿子，”扎哈尔不满意被意外叫醒，嘟囔了一句。

“五个？”

“手上有几个指头……”

“他们都大了吗？”

“老大十六岁，最小的四岁。再不要叫醒我。”

费奥多尔不再打扰他，但还是长久地惊讶。五个孩子，全是儿子——开玩笑！半个步兵分队！如果一切顺利的话，奥莉加，也许，会给他生这么多的……这个权力在谁的手里？是在他的手里，费奥多洛娃吗？不是他——这已经是真的！无论怎么转，生活都是不公平的！如果生活不公平，那么那时还需要信仰公正的上帝吗？哎呀，魔鬼的灵魂！

他轻声地叹息了一下，以便叹息声不打乱扎哈尔均匀的呼吸声。“休息吧，乡党。再不叫醒，”他想了想，感受到扎哈尔后背的温暖，闭上了眼睛。

虽然费奥多尔称扎哈尔为乡党，其实扎哈尔算不上他的老乡。他来自西伯利亚叶尼塞河，但是他的姓很好听——维亚特金。

第二天早晨，在白雪覆盖的湖岸边，在芦苇丛附近，德国狙击手开枪射中扎哈尔·维亚特金的头部，他被杀死了。

18

费奥多尔受到零碎的伤——肩膀、肋骨、大腿——外科手术缝合之后伤口周围结痂，中间明显可见薄薄一层新的粉红色伤痕皮肤。现在他不用拐棍也能移动，腰部没有损伤，可以自由地活动手关节。但是在军医面前他“歪斜”，他说，“腰部的肿块还没有消失”，不能完全控制住“扭曲的”手。为什么匆匆忙忙上战场？先锋部队——战争的边缘——战争的坟墓，较简单地把普通人埋到坟墓里——边缘非常的黏滑，好像因长时间倾盆大雨变得黏滑。最好还是在后方医院的白床单上再躺上一两个星期！

六月初，鲜花盛开，绿树成荫。温暖的充满阳光的生活开始了！

“费奥多尔·伊戈尔维奇，来测量体温。”一大早，护士嘉丽娅温柔地叫醒他。她把温度计递过来，可是费奥多尔一直不拿温度计，而是拉住嘉丽娅的手，拽向自己。“别淘气。”她微笑着说，把手抽出来，走到另一个常住的病人跟前。“赫里斯托福尔·亚历山德罗维奇，你的温度计。这是您的，尼古拉·帕雷奇。”

病室里的其他床铺暂时空着：治疗好的伤病员最近刚出院。

嘉丽娅许诺很快回来，她离开了，但是病房里仍留下看不见的无形的女人身影。她每次来似乎都会带来一束新鲜的野花——洋甘菊，看着洋甘菊，感觉到它散发出温存爱抚的芬芳，令人神志清醒。嘉丽娅长着淡眼珠，淡褐色头发剪得短短的，脸颊红润健康，在白色护士队伍中她一般都是在紧张地工作。但是她还是吸引了战士们的目光。她是唯一的咧嘴笑的护士，而且有着那样一双小巧的手！

“怎么说得过去——我全身都僵硬了。这样漂亮的女人！”费奥多尔说，由于想嘉丽娅他变得精疲力尽，“她长得这样标致。摸一摸这样的女人就是幸福。”

“兄弟们，我认识相当多这样年龄的女人，但是在我们的护士中，我对你们说，她就像多汁的苹果，显得独特。如果与这样的女人过上一夜，就满足了，我敢保证，你会更好。”赫里斯托福尔文绉绉地评论道，他是来自工程部队的大士，胖脸蛋儿，一大块秃额角，鬓角上有一缕白发，腿打着绷带。“在这样的夜晚，本人绝不把时间用在睡觉上。半夜，相信我，兄弟们，我要跪在她的面前，说最好听的话，后半夜我就要行驶男人的职责。”他的脸颊粉红，高傲地收住话。

“行了吧！嗬！离开了，一群傻瓜！只有一个——相当年轻的、轻浮的人。喂，就你，赫里斯托福尔，整个脑袋光秃，而上那辆马车……上陌生人的商队——别吹牛了！”帕雷奇抢先说，他头上缠着绷带，绷带下露出厚厚的耳朵。他是炮兵团的驭手，遇到雷区，弄坏了一匹重役母马，他自己也住进医院治疗。“嘉丽娅人特别好。步态文雅。称呼每个人的名字和父称。她是个乐于助人的女人！但是她与你们这些贪婪的人无缘。她有丈夫。她年轻的丈夫在波罗的海舰队打仗。她忠诚地等着他。所以你们的兄弟……”起初帕雷奇用拳头威胁，之后快乐地转动长满老茧的手掌，握成一个大拳头：“你们的兄弟——太好了！棒极了！”他满足于自己的冷静姿势，笑起来。

费奥多尔也笑了。赫里斯托福尔也笑了，并擦去脸颊上的眼泪：在笑的同时他越发伤感。所有的人就像孩子一样笑着，大家彼此有点喜欢，他们已在一个病房里共住了几个星期。但是他们更喜欢护士嘉丽娅，等待她的出现。

医院坐落在小城镇边缘，是一座旧三层楼房，带着方壁柱和阁楼。在灰绿色泥墙上，雕塑的麦穗弯曲着，垂落在小窗户下，宽大的石阶支撑着两根粗壮的白柱子。大楼正面砖砌的花坛被毁坏了，圆喷泉池里的水已干枯。带小亭子的苹果花园已经荒芜，亭子的顶部也已塌陷，浓密的橡树林荫道也看不到往昔贵族之家的痕迹，现在被用作军事医疗之地。在天气晴朗时，林荫道上挤满了“行走”的病人。枝叶繁茂的老橡树倾听着他们的谈话、笑声，呼吸着士兵们抽的烟味。费奥多尔身体渐渐恢复，他夹在这些病人中，在林荫道上散步。他坐在板凳上下棋，听前线兄弟们谈话，无忧无虑地打诨，开玩笑。医院的饭食虽然不可口，但能帮助病人恢复健康。他在医院得到了细心的照料和服务。这里的医生不像野战营医疗所那么忙碌——他们富有同情心和耐心。有时死亡被老鹰在战场上空看到，它俯冲下来，想叼走受伤的战士，但这种死亡不能破坏疗养院正在恢复的病人的情绪。

“我冲进农舍，那里有两个德国鬼子，醉得一塌糊涂，胡乱地躺着。其中一个满脸是血，大概，是鼻子出血了。两个都是军官。我把他们拖拉到四轮马车前，拖到指挥员跟前。我打了许多仗，却没拿到一枚奖章。一下子就颁发了个‘下士’的证章。我自言自语：为抓两个醉酒的德国军官获得。”

“我们有两个高射炮兵连。两个炮兵连长，一个比一个神气……一次刚开始落雨点，能见度很低。突然听到——天空轰隆响——飞机。两个炮兵连立刻发射炮弹。击中的飞机长啸一声，机尾冒着烟飞走了。一个连长冲着另一个喊‘我打下的！’‘不对，是我！我的高射炮！’‘不是你，是我！’‘不，是我！’俩人为此差点打起来。此时从团指挥部传来消息：我们的侦察飞机被击中……”

“而在我这儿，兄弟们……”

“说啊，说啊，士兵！”费奥多尔善意地讥笑道。在这里，无论你是冲锋、避雷，还是损伤了肚子，都会被拖出炮架，及时去包扎、吃饭、睡觉、读书，还可以欣赏嘉丽娅细长匀称的小腿、白皙的脖子和漂亮的蓝眼睛。当嘉丽娅听到许多前线故事的时候，她激动地睁圆了眼睛，讲述的故事里有编造的成分，也许，一半或更多——谁去核实？而且在成千上万个人里面有什么不能发生呢！

渴望女人温暖的费奥多尔，不仅以欣赏感，而且以男人内心的期待感看着嘉丽娅。他不止一次地恰好遇到与她单独待在一起的机会——在走廊、在电梯、在治疗室。他挑起诱人的谈话，唆使她去约会。“嘉洛奇卡[①]，只要召唤，我就从医院跑到天涯海角找你……”嘉丽娅快乐地笑着，数落他的玩笑。

每天夜晚，当轮到她值班的时候，费奥多尔就不能入睡。亲吻嘉丽娅这种狂热的念头极其折磨他。就在那个时候，在间隔一堵墙的地方，什么也不知道的她，斜坐在护士值班室的桌子后。

今晚就是机会。最终，费奥多尔对用爱欲的想象折磨自己感到厌倦——他从床铺站起来，慢慢地走向嘉丽娅。

“费奥多尔，你为什么不睡觉？半夜——正是睡觉的时候。天很快就要亮了。六月的夜短暂。睡觉吧，可爱的人，睡觉一觉吧。”嘉丽娅关心地、柔声细语地说，这更加强烈地燃起了费奥多尔的欲望。

“我想你，嘉洛奇卡。一闭上眼睛，看到的都是你。我一直梦到你。”费奥多尔微笑着，总想用自己的手拉嘉丽娅的手。

---

① 嘉丽娅的表小表爱的称呼。——译者注。

她把双手藏到桌檐下，清醒地说：

“想想你自己的未婚妻吧。她没有你也很寂寞。这就是你想她了。但是您应该白天想，晚上病人应该干什么？……也许您想让我给您开一些治疗睡眠的药？”

嘉丽娅从桌子后面站起身，打开玻璃柜上的门，俯身到医疗器械箱。费奥多尔任性的心似火燃烧。他小心地、偷偷地从后面靠近嘉丽娅，因情欲丧失理智，扑向她，用嘴唇亲吻她的脖子。费奥多尔的双手摸向嘉丽娅的腋下，寻找她的乳房。她的乳房富有弹性，非常大。嘉丽娅的整个身体柔软而富有弹性，非常诱人。发狂的费奥多尔贪婪地亲吻着她。

“不，不，不，费奥多尔！不应该。”她迸出这句话，从他的怀抱里挣脱，用胳膊肘推开他。“如果你不想发生不愉快的话，去睡觉。我会向医院领导申诉……你明白：我的丈夫在前线。我和他在战前就登记结婚了！不，费奥多尔！”嘉丽娅呼吸急促，快速地说，“你怎么就不明白！”

费奥多尔因白费的激动涨红了脸，害羞地沉默不语，内心为笨拙的行为责备自己。

“那就给我倒一点酒精！我喝了——也许，就会睡着的。你，我不会再难为你的。”他悔过地请求。

嘉丽娅摇摇头。不赞成，但还是宽容地用量杯给他倒了约50毫克的酒精，又倒进一杯水稀释，随后从桌子的抽屉里拿出一块方糖，给这个夜晚的纠缠者做下酒的小吃。

“哎，魔鬼的灵魂！命运不让我成为温柔的人。那就让我张开口说些温柔的话吧，说出最甜蜜的话语吧。可是怎么也说不出口。”费奥多尔一口喝完，没吃方糖，好让自己更加感觉到内心的苦楚。“我在医院就盼望你值班。”

嘉丽娅想方设法掩护自己，还称呼费奥多尔为“您”，她追问道：

“您自己一次说漏嘴，说未婚妻在等着。她，大概，很漂亮？”

“为了漂亮的人付出得更多。”费奥多尔没有直接回答。“瞧你身上的白大褂，任何灰尘很快就会黏到它的。哪怕是一点点的东西，整个白大褂就不干净了。”他皱着眉头看着嘉丽娅，忧愁地想，“摆架子，摆架子，之后还是让步。不是给我——而是给其他人，某个身居要职的军官。瞧她那样——多汁的苹果！虽然说是等丈夫，但是分离对她来说不是蜜酒。小脸不是也开始发红了！嘿！”

轻微喝醉了酒的费奥多尔溜走了。在病室，他低声地叫骂着，捅捅帕雷奇的肩膀，帕雷奇打呼噜，如空杯子里的茶勺咣当咣当地响……啪地合上赫里斯托福尔床头柜上打开的书。爱读书的赫里斯托福尔几乎翻遍了医院图书馆的书，但是还没有掌握古老的迷信：夜里不能把书打开放着——他记不住……

做完这些巡查，酒精的剂量让费奥多尔感到轻松，他带着忧郁的想法躺在床铺上，但不是一下子睡着。他翻来覆去，脸颊在枕头上转来转去，对不可分割的过去思绪万千。不仅仅是因诱惑者可爱的嘉丽娅撩起他渴望已久的纠缠，不仅仅是帕雷奇鼾声如雷的打呼声让他失眠，更主要的则是伤痛似乎没有停息，对于奥莉加的无法忘记在折磨着他。

你的奥莉加完全犯傻。她去过州军事委员会，请求上战场。他说，派她到护士训练班，然后去打仗。她将把受伤的战士从战场上抬走。确实，军事委员会拒绝了她。他们说，对她来说集体农庄的工作就是前线。我们集体农庄的主席，当知道这件事后，责骂了奥莉加。他说，不放她到任何地方。所有的男人被招走了，如果姑娘和婆娘们都走了，我们所有的人都会饿死的。我也多次与她谈话。她说，你为何编造这么多！她又说，这里的一切对她来说都是空的。我明白，她发生了什么事。她在等你，而你不回信。不回信折磨着她——再没有比此更糟糕的了。你最好给她写信，费季，她是个活人。每时每刻她都想着你……

这是丽达信里写到的一段话，费奥多尔在受伤之前，从意外的信函中得到的。而奥莉加给他写的信，他珍藏在套头服的口袋里已经几个月了，而且怎么都不会回信的。

还在以前，在部队的最初几个月，他就从家里得到了邮政三角信件，渐渐地等到了奥莉加的飞信。他时而高兴地等待，时而担心地等待。他害怕自己所忍受的苦难日子、整个乱七八糟的东西一下子消失，丑闻又会纠缠奥莉加。他又开始嫉妒，妒忌之火燃起了对她的爱。他又开始担心她的每一个行为。她在做什么——与谁交往，又得重新处理这些事。难道她招惹的事还不够多吗？他猜不透姑娘的心。他自己有时也不能控制自己，好像魔鬼的力量在作怪。这样的力量也在与他交往的人身上蔓延。而且他早就没有任何控制女人的感觉了。

“她准备到哪里？到战场，看来，她愿意抬伤病员。让这个傻姑娘去立功。给自己寻找某种奇遇。”费奥多尔内心嘀咕着，奥莉加的意图他还是明白的。孤独的人不想怜惜自己。为何他要珍惜自己？要走在寂寞的直道上呢？还是让他机灵些吧。他已经经历得够多了。“算了，她有自己的脑子。就让她如愿地生活。我不再打扰！”显然，费奥多尔作了坚决的声明。

有时候他用力地嘲笑自己，试图打消想念奥莉加的念头。他

挖苦自己："傻瓜，你得到还少吗？难道劳改营的虱子和小偷阿尔吉斯特给你的教训还少吗？在战争中你活下来——成千上百个姑娘将属于你。一个比一个漂亮，一个比一个忠诚！"在这个怀恨在心的时刻，他将一切怪事和无法说出的委屈全部归罪于奥莉加。但是最近他越发频繁地幻想见到奥莉加，哪怕瞄她一眼！哪怕用一个指尖触碰她一下！

至此费奥多尔万分悔恨，他没有猜透奥莉加，也没有在炎热的伐木场与她约会。有一次大家在伐木场收草莓，奥莉加绊倒在一个树墩上，一筐子的浆果撒出来。草莓有很多汁，过于成熟——从细小的针叶树落叶里挑拣——只剩下红色的果酱，已经不是浆果了。奥莉加坐在树墩上，旁边散落着筐子，她脸色苍白，浑身因懊丧而颤抖，眼泪模糊了双眼，显得极为痛苦。

"我们再摘一筐，"费奥多尔俯下身，安慰她，"没什么可悲痛的。奥莉安卡[①]。浆果还很多。"

此时奥莉加突然抱住费奥多尔，依偎在他怀里，就好像害怕的小孩子钻进大人的怀抱，尖声地低语起来：

"任何人不会像我这样地爱你。我爱你胜过其他人。我们两个人克服痛苦。你只要不背叛我，不要留下我一个。不欺骗。欺骗会损坏任何爱情。不要到达申卡[②]那里去。求你，不要去了。"她泪流满面地低语："我自己会爱你的。整个身心地爱你。将我的心和身体都给你……我的一切都是你的，你整个也是我的！"

此刻费奥多尔甚至有些惊慌失措，他完全没有预料到奥莉加对自己的感觉……他只是对她表示可怜。她直率的就像小孩子。

① 奥莉加的表小表爱之称。——译者注。
② 达莉娅的表鄙之称。——译者注。

他只有抚摸着她的头。之后，每次经过伐木场，甚至在冬天下雪的时候，他都会带着犯罪的感觉看着这个地方。那时，当奥莉加用颤抖的声音对她表白的时候，他只是刚开始追逐达莉娅。而奥莉加自己还不认识萨韦利耶夫。谁欺骗谁？为什么追逐达莉娅就成为障碍，那不幸的萨韦利耶夫呢？——对此无法解释。一切都只能用姑娘的多变性解释，无法解释如何关联。如果是复仇？复仇对于爱情——不是姐妹，不是女朋友，而是远方的亲戚。复仇——就是道路上的树墩，就是绊倒的那个树根，毁坏了善良的浆果……那么人的爱情是什么东西？爱情是否也有坚硬的表面？或者这一切都是风呢？妄想？来自监狱的爱情完全就是自由的人和吃饱的人的娱乐。政权控制不了对饥饿和被侮辱人的爱！这就是战争。战争是血腥和可怕的不自由，但是在战争中每个人浸透着爱。如果爱不跟随胜利，那么胜利有何价值呢？每个阶层的士兵都幻想着爱。有时大声地无意地说出关于爱的话，就会一辈子与它在一起，在梦里低声呼唤着爱人的名字……更何况现在，当把卑鄙的法西斯走狗从所有战场上赶走，当所有人相信，已经很快就要到达绞首架，将希特勒——这个可憎的恶棍绞死在绞首架上……

“顺其自然吧，奥莉加！你的丽达不是我的决策人。我现在不属于任何人，除了你，我不相信……”费奥多尔夜里的思考就像风中脆弱的栅栏门，狂怒，焦虑不安，时而愤怒，时而安慰。

但是早晨太阳重新升起，医院远离前线，值班的人该休息了。嘉丽娅分发体温计。人们对她说着恭维话。然后她收走体温计。人们又给她说着恭维话。一天伴随着平淡无奇的闲聊开始了。

“告诉我们，帕雷奇，”费奥多尔放肆而好意地问驭手，

“假如给你机会与嘉丽娅做爱。那时她假如还是个无主的女人在田野上溜达。你会怎么选？”

帕雷奇从床上微微抬起头。在包扎了绷带的眉毛下，一双眼睛机灵地看着费奥多尔，想要更准确地听清楚问题。

“与嘉丽娅做爱？”他再次问，他的嘴角上露出可疑的一笑。

“而是在那时——那个时候！——她假如是个无主的女人……”

赫里斯托福尔的圆脸因微笑变得更圆了，眼睛里集聚了笑的眼泪；费奥多尔提前的预测令人开心。

“当然，我会选她！”帕雷奇申明，“你在哪里去找拒绝这样幸福的傻瓜？”

“拒绝女人？”

“让这个女人见鬼去吧！反正不是我的。拒绝这样的女人！”

赫里斯托福尔开始笑出声，他找不到恰当的词，开始发出“哎”声，眼睛发亮。

“明白。解释了第一种情况，”费奥多尔一本正经地弯曲一个指头，“现在说，帕雷奇。假如这是你的女人，像我们的嘉丽娅，也在医院当护士……”

“是吗？”帕雷奇警觉起来，绷带下竖起的耳朵发红。

“就你这样，士兵——勇士，奖章获得者（帕雷奇的确有奖章）……”

“那又怎样？”

“欠揍！先听着，别催。竖起你的耳朵。”

眼泪已经顺着赫里斯托福尔的脸颊流下。

“就是这样。勇士，奖章获得者，就像你，与她、你的女人勾搭在一起，你会原谅她，还是不原谅她呢？”

“与我的女人勾搭？”驭手更确切地探问。

“兄弟，就是与你的，与你的女人。”深受感动的赫里斯托福尔也混入逗乐中。

“也就是说在医院里与士兵勾搭？”帕雷奇再确认。

“是的！就像与你这样的勇士、奖章获得者勾搭……你没有女人不是很难受吗？想吗？她也多少会想。哪怕她退让过一次。”费奥多尔详细地分析。

帕雷奇面部狰狞。眼睛里冒着怒火。大手掌握成拳头：

“去她的！我原谅她！我会收拾这个疯女人，折磨这个傻瓜！我在前线打仗，流血，而她想……她多少还想！我会收拾她……”

帕雷奇已经不是在开玩笑了，而是对自己无罪的女人吹毛求疵了。费奥多尔和赫里斯托福尔笑得喘不过气来。

“追嘉丽娅。你的女人看别的男人，你就不能追吗？”费奥多尔笑着评判道。

“老兄，瞧瞧这样的勇士、奖章获得者！”赫里斯托福尔不断怂恿，从脸上抹掉感动的眼泪，自己讲起故事：“我的老兄们，让我给你们讲个故事，一个事件你们就会弄清楚，男人如何自爱，以及如何嫉妒得发疯。战前的一年，我有一次在建筑工地出差，我在供给部当发货员。在工作岗位上我不得不与当地的仓库主任打交道，仓库主任年纪很大，蓄着胡子，但他有一个年轻的富裕的妻子。老兄们，我顺便发现这个女人非常迷人，我甚至可以说，是非常好看的。给我的是单独的房间，他们都睡在凉台上，因为夏天有时天气炎热。夜里，电闪雷鸣，下着倾盆大雨。仓库主任急忙去检查，在这样大雨瓢泼的夜晚，他去检查仓库是否正常，物质财产是否损坏。我住的房间一扇窗户面向凉台，我亲耳听到，他是如何警告妻子的，早晨醒来，我，大概，感觉到，我单独留下来面对他可爱的小妻子，请相信，老兄们，我非常激动，因为一下子看到她的肉体。”

“胡编的！”帕雷奇声音不大地插了一句，但是充满激情的赫里斯托福尔没有理会他的不相信的插话。

“后来发生什么了？”费奥多尔催促着要结局。

“老兄们，就那样，我决定到凉台看看她，但是电闪雷鸣，起初我到她那里，想问她：她一个人在这样闪电的天气不害怕吗？我悄悄地靠近她的床铺，感觉到：她没睡着，翻来覆去，当转向我这边时，她没有发现我，可是，我发现，她感觉到我的到来。我就这样蹲着，突然看到，老兄们，她的腿上被拴着木制的轮枷，就是仓库上的锁子……主人嫉妒心太强了，正如我后来得知的，他不给自己的妻子通道，想法折磨她。后半夜我整个人失眠，思考着怎么惩罚这个恶棍。

“惩罚了？”费奥多尔忍不住地问。

“老兄们，怎么可能不惩罚！”赫里斯托福尔兴高采烈地回答，“我给你们说，这个漂亮的女人非常爱我，想法子逃避开自己的丈夫与我约会，这些约会，我敢确信，在我们这儿非常激情的。因为无论你怎么看守女人，如果她理智地为自己选择了他人，那么什么轮枷和链锁都不起作用。”

“得啦吧！她怎么可能选择像你这样的秃头傻瓜！”帕雷奇残酷无情地评论道，“你说的一切都是谎话！从哪本书上读到的？胡编的！”他挖苦地笑道。

费奥多尔帮他的腔。毫无抱怨的赫里斯托福尔把帕雷奇所有的恶意挖苦抄写在他的“阴暗的忌妒心和不会真正地爱女人……”中。最后大家一起哈哈大笑。

在欢乐的喧闹中，嘉丽娅走进病室，制止这些大笑的人。但是他们开始请她坐在一起，尽管时间不长，仅有几分钟。在这个时候大家开始讲述关于战争的某些事情，显然世人更多地是憎恨战争的。

胸部受伤的音乐家西穆欣被安排到费奥多尔对面的空床铺，西穆欣是来自前线音乐队的巴拉莱卡琴手。有时窒息折磨着西穆欣。他就像被抛弃在陆地的一条鱼，张开嘴，急促地呼吸，把被子蜷成一团，全身抽搐。他脸色发青，黑色大眼睛不停地晃动，整个脸，似乎被浸湿了，被大滴汗珠浸湿了。

在这样的时刻，费奥多尔急忙去找值班医生，按“警报”。人们把氧气袋带到病房，病人渐渐地调整好呼吸，被麻醉针送入了芳香的梦里。

西穆欣沉默寡言。甚至在子弹伤病（音乐队遭到扫射）不再纠缠他时，他也很少与同病房的病人说话。他要么盯着自己的乐谱笔记，要么反复阅读一叠裁剪的报纸资料，要么一双黑眼睛盯着天花板。他的眼睫毛又长又漂亮，就像亮眼睛白脸蛋的少女。

“没给便盆？你别不好意思，音乐家同志。我们自己就像木头人一样躺着。”费奥多尔对邻居说，“有时候憋着，不好意思叫护士。如果护士是中年人的话，算了，一般都是非常年轻的护士，你就别不好意思了。”

费奥多尔进行同志式的照顾，用最细微的服务照顾邻居，用

琐碎的谈话试图弥补西穆欣令人厌烦的静卧。费奥多尔对音乐家感兴趣还有另一个隐私。确切些，对他床垫下头枕的绣朵红花的黑荷包感兴趣。

“不要抽烟，刺激肺。不抽烟难过吗？”费奥多尔问，寻根问底地看着西穆欣，察觉到他的面部有些激动。

“能应付过去。”西穆欣简短地回应。

但是有一次，费奥多尔刨根问底地问到抽烟的问题时，音乐家的回答闪烁其词：

“我不是抽烟的人。我，就像你们说的，没什么要强忍着。”

接待室的护士将西穆欣私人用品拿来，把它们放在床头柜上——一个床头柜是与费奥多尔俩人共用的：一个夹着纸张和照片的文件夹。照片上的西穆欣穿着黑色燕尾服，脖子上系着蝴蝶领带，文件夹里还有用细绳捆绑在一起的信件和一个黑色荷包。看到荷包，费奥多尔起初内心没有任何想偷看的想法，但是，当过夜时，西穆欣把荷包藏起来时，他就非常好奇。

“他的荷包为何放在那里？他说，自己不是抽烟的人，”费奥多尔思量着，“巴拉莱卡琴手耍滑头。他的眼睛轻佻放纵，似乎偷拿了什么。”

费奥多尔善于观察，他与不同习气和性情的人接触过。他观察到，西穆欣与大兵们（费奥多尔、帕雷奇、甚至说着太多文绉绉语言的赫里斯托福尔）格格不入，不是因为他是五线谱学者且穿着燕尾服表演，而是另有原因。如果他守护着某种不体面、不好的隐秘，任何人都感到不舒服和害怕……

“请告诉我们，音乐家同志，现在几点了？”费奥多尔大声地问邻居。

西穆欣不想看手表。他的手表，说实话，令人赞叹不已！每天夜里，手表上的时间点和时针闪烁着绿色的磷光。

“音乐家同志，让我给你把床单稍微整理一下。瞧，床垫下的东西跑出来了。”费奥多尔建议。

“不需要。我自己会整理的。自己。”西穆欣反对，匆忙地开始整理自己的床铺，之后，在费奥多尔审视的目光下，他还不时地蜷住，似乎他怕自己的裸体被人看到。

在费奥多尔和西穆欣之间，开始了更多表面上伪装的、无原因的游戏。由于无事可做，待在医院里寂寞、无聊，费奥多尔开始进攻，幼稚的不止一次地打听物品，这些使巴拉莱卡琴手难以忍受：

“你的乐器有多少根弦？……你就是这样拨它的，你的指头弹拨后不疼吗？皮也不会掉下来？发僵，看来……马蹄的皮也是僵硬的。你，音乐家同志，见过马蹄吗？就让帕雷奇给你多讲讲马的故事。帕雷奇，现在就直接给音乐家同志讲马蹄的故事！……”

费奥多尔提这些惹人厌烦的问题，目的就是想知道荷包里藏着什么。西穆欣沉默不语，皱着鼻梁，面部显露出不满意的表情，他以此反抗这个令人厌烦、可恶的人和热心帮忙的傻瓜。

“音乐家同志，你就用烟草犒劳犒劳我们吧！行不行？你怎么想的？”费奥多尔纠缠着。

“我不抽烟。我说过一百次了！”西穆欣生气地说。

“对不起，忘记了。要知道我受过震伤。记忆已不是那个……也就是说，你说，你的烟草劲儿大吗？”

有一次，费奥多尔偷看了一眼邻居的床底下，为了证实荷包是否还藏在枕头下。他看到一个金光闪闪的东西：好像，从松开的荷包口露出一条闪闪发光的链子。西穆欣此时正在打盹。费奥多尔弯低腰，伸手去拿闪光的链子。但是西穆欣虽在打盹，却察觉到潜在的危险，在床铺上乱动起来。费奥多尔做了个天真无邪的鬼脸，又装扮成老实人，用头对着邻居指着表：

“音乐家同志，让我们把你的表换成酒和下酒菜。在这里有个司机，叫费久尼亚·纳扎罗夫，一个十足的傻瓜，往医院运送食品。他可以给我们好好地安排一切。喝了酒，你身体里的血液才会生机勃勃。你的呼吸才会更好。我们与赫里斯托福尔和帕雷奇一起会变得更快乐。”

西穆欣像石头一样沉默不语。

“音乐家同志，你可惜什么？战争很漫长，你的伤很危险。不知道，你的巴拉莱卡琴会发生什么奇怪的事情。你活着，还会获得其他的手表。金的、带小链、带音乐的。”

西穆欣的眼光充满怀疑，同时又充满憎恨。音乐家立刻背过费奥多尔。

“太吝啬”，费奥多尔嘲笑地想了想，大声喊叫帕雷奇：

“瞧，假如你也有块手表，帕雷奇……”

“那又怎样？”驭手回应了一声。

“你也会像保护眼珠一样珍惜它，还是把它换成酒？”

帕雷奇对手表显露出轻蔑的态度：

“一下子就换掉。我要它有什么用处？我没有任何闹钟也记得住时间，从来不会搞错。”

费奥多尔冲他挥起手：

“你记得时间，因为你穷的叮当响。这样的手表，如音乐家同志的表，你没有见过，就像看不到你的红耳朵一样。”

帕雷奇委屈地皱起眉头，悄悄地摸了摸绷带下自己的耳朵，似乎确信：真的看不到它们，但是它们还在。赫里斯托福尔从书本的幻想中出来，也加入了谈话：

“老兄，你就回答我们，现在几点了？我们以这样的方式考你。”

“是一是的，说！我们检查，在我们这里你是胡扯的高手，”费奥多尔挑逗着说，“我们也核对音乐家的表。”

帕雷奇盯着窗户，寻找窗户有阳光的地方，吃惊的是，他非常准确地说出了时间。

“瞎碰到的，是偶然。”费奥多尔不相信地说。

“老兄，我发现，你就像个精密的计时器！”相反，赫里斯托福尔赞赏道。

“瞧，如果从音乐家同志手里取下手表，他还能猜到时间吗？”费奥多尔引起兴趣，他的战友们将目光投向西穆欣。

音乐家假装睡着。

午饭后，在“安静的时刻”，西穆欣真的睡着了。好打呼噜的帕雷奇不停顿地、继续打着呼声。中午的炎热使赫里斯托福尔昏昏欲睡，他的肚子上放着一本打开的书。

谁也不打扰费奥多尔。费奥多尔小心翼翼、贼头贼脑地从邻居的床垫下抽出荷包——显然不是装着烟草。他无所顾忌地把东西藏在自己的被子里，用棉花碎块裹上。荷包里藏着两块怀表，一块是德国的或是瑞士的，缴获的，显然，是从德国军官手里取下的；另一块重一些，尺寸大一些，是国产的。费奥多尔看着它们镀金的、沉重的外壳，一压按钮——表盖弹到一边，显现出带细小罗马数字的亮白刻度盘和镂空花纹的指针。在表盖的内层雕刻着“表彰因指挥军队立战功的上校谢利瓦诺夫·伊万·彼得罗维奇”的字样。

当西穆欣醒来时，费奥多尔安静地坐在床铺上，开心地玩弄

着表：链子上的手表像摆轮一样摆动着。他温柔地笑着，对西穆欣点头：

“上校伊万·彼得罗维奇，看来，把它们转送给你了？但是签字没有更改。看来，他也震伤了。忘记了。”

西穆欣苍白的脸上迸出鄙视的眼光，他甚至愤怒地悄声吼叫。

“你自己取下的？”费奥多尔有些阴笑地问，“不是，音乐家同志。我看到，本人没摘取。你太要脸面了。你是个有洁癖的人。在掠夺者手里赎回的……你别抽搐——别弹巴拉莱卡琴。我放回原处。我不需要他人的东西。”他按照以前的样子，把东西包装到荷包里，冷笑了一下：“你，音乐家同志，你不可能屁股坐稳，却伸手偷表。嘿！”

第二天夜里，西穆欣情况变得很糟。他狂怒，张开大嘴，大声地吸气。他的眼睛打战似地一闪一闪。双手机械地做出抓的动作，揉着被子。帕雷奇和赫里斯托福尔睡大觉，费奥多尔却没有睡着。他一下子意识到了邻居发病的症状，在黑暗中他看见西穆欣眼睛歇斯底里地闪光。费奥多尔坐在自己的床铺上，不断地打着哈欠，伸懒腰，然后不慌不忙地把光脚伸到拖鞋里。邻居的病情加重，但是费奥多尔没有显出急救的意思。他伸伸懒腰，挠挠痒，走出病房，在走廊的灯光下眯着眼。在走廊里费奥多尔遇到值班护士可疑的目光，他冷漠地回答“到厕所”。在吸烟室，他消磨了几分钟，用烟草折磨自己，冷笑着。从厕所他转身走到一桶水前，喝下一杯无味的开水，然后又回到吸烟室。当他很好地估算出时间，他游荡着返回病房。这时西穆欣已经不能呼吸了。在穷困的世上他留下一张苍白的脸、半张开的嘴，以及还没有干的汗水。

费奥多尔走近西穆欣的床前，用手摸到床垫下的荷包，把它塞到自己的枕头下，又跑到走廊。在那里他向值班人员说，音乐家同志好像死了，应该把他转送到停尸房，并说，他，费奥多尔在这方面不是帮手，因为受伤之后他的腹部疼，而且虽然他是士兵，但从小就害怕死人。

20

第二天早晨，费奥多尔去军医那里坚决要求出院。在露天仓库，他找到司机费久尼亚·纳扎罗夫。费久尼亚·纳扎罗夫忙忙碌碌，是劳动组合的庄稼汉。他穿着一身油腻腻的、没有肩章的制服上衣，费奥多尔与他纵酒狂饮。但是，费奥多尔之前已先到过城市的军事警备司令部，上交了有名字的手表。

“我在车站的路基上捡到的。看来，是丢掉的。那里写着全名和军衔，请找到失主，转给他！如果上校牺牲，就把它转给失主的亲人！您听清楚了吗？一定得转给亲人！物品是有功劳的，而且非常珍贵。有签字。”费奥多尔严厉地嘱咐警备司令部的中尉。

戴眼镜的中尉，起草完交接书后几乎大怒：“士兵同志！您与我用怎样的口气谈话？”但是他又有些害怕：在士兵的制服上有“红星”奖章和“英勇”奖牌，而且脸上有股乖戾的坚决性——这样的军衔他没有见过，绰号为“后方的大老鼠”[1]。

费奥多尔将绣花荷包当作垃圾扔掉，缴获的手表在市场上卖给一个中年的茨冈人。茨冈人长久地仔细地看了看表，先把它靠近戴耳环的黝黑的耳朵上，再把它拿到近视眼前。

---

① 即“后方的士兵”的意思，——译者注。

“我便宜卖！趁没有抬高价，拿去！”费奥多尔紧逼他，然后突然跨过摊位抓住茨冈人的胸部，用粗鲁的黑话吓唬：“我可不是孱弱的公子哥！我说的可不是假话！拿去，我说过！”

费奥多尔用卖手表的钱买了酒，在费久尼亚·纳扎罗夫寒碜的小屋子里，与他纵酒。屋子里的沙发没有腿，用四个砖撑着，桌子裂开，铺着褪色的油布，相框挂在糊着报纸的油光锃亮的墙上。首先他们为悼念阵亡的朋友们干杯。第二杯“为胜利！”干杯。后来就一杯接一杯地干。费奥多尔多半沉默不语。他好久没有醉过，有时他眼神发呆。主人费久尼亚·纳扎罗夫与他相反，不让酒宴沉默。费久尼亚·纳扎罗夫回忆起自己一生经历的岁月，他一边讲述一边用工服的袖子擦嘴，用中指把桌子上爬行的蟑螂弹掉。他讲述，因受伤他被送到后方，他的妻子和两个女儿在疏散时被炸弹掩埋，他战前的房屋也被烧毁。确实如此，费久尼亚·纳扎罗夫有家庭和房子，曾是城市修车房一名成功的机械师，每逢节日他都会戴着浅色的帽子，在上衣正面口袋里装着发黄的照片；现在这些照片就挂在墙上的相框里。

按照男人的想法，费久尼亚·纳扎罗夫没有留费奥多尔在自己家里过夜——而是把他安排到年纪不大的寡妇邻居那里。邻居，瘦高个子，是个扭捏作态的精明女人，她从头到脚打量着客人，使了个眼色：

“为了过夜我得从你这里——少喝些酒，稍微吃点东西……”

费奥多尔睁开眼睛——一下子不明白：这个他在哪里？没有医院病房的高高的天花板，没有贵族雕塑的残迹，床铺不是柔软的，枕头散发出陌生的气味。而且，他像个雄鹰一样裸躺着。他转过头。与他躺在一起，背对着他，躺着裸体的女人，她的肩胛骨间有一块很大的胎记。此时他一下子回忆起在费久尼亚·纳扎罗夫那里纵酒的晚上、女主人的拥抱、她下垂的乳房、一对发黑的小乳头。他醉酒后头疼，就像被吵醒的蜂房嗡嗡响。他又闭上眼睛。但是他已经睡不着了。

灿烂的阳光照进窗户，斜射在自织的有花纹的地毯上。瘦花猫卧在地毯上，舔着猫爪。窗户旁的桌子上——一个士兵用的带把的杯子、打开的罐头盒、一头蒜和咬掉一块的燕麦面包。旁边的凳子上是主人的裙子和有磨伤痕迹的长袜子。

女主人也醒来了，转身面向费奥多尔，她狡黠的一笑和快乐的眯眼，使得她细小的五官变得更活泼了。费奥多尔突然害羞，内心对醉酒后的行为自责。衣服堆放在长板凳上，他从床上弯着身去拿衣服，快速地穿上内衣和裤子。弯身时，他感觉脑后的女主人在床上观察他，他小心地迈着步子，绕过地毯上的猫，慢吞吞地走到窗帘后面。他长久地把头、脖子和肩膀弄湿——用光了两盆水。他吐唾沫，发出呼哧声。然后很快收拾好，把军大衣甩进肩膀上的大衣卷，背起背囊，不看女主人，含糊不清地嘟囔了一句再见的话。他没吃早点，甚至还没有完全醒酒，对这个意外的姘妇显得有点粗野。

费奥多尔走出房子，回头看房子的窗户，在这所房子里他过了一夜，找到了性爱的娱乐。他摇了摇头："瞧，我怎会被带到这里！整个一个男人的节日！在这里给你一个醉酒的女人。应该再与市场上的茨冈人打一架——为了完全的精神亢奋。"他想获得自由，对于战前的经历感到高兴。但一切结果却带着某种苦楚。

在车站费奥多尔得知， 他将乘坐午后五点左右"返回"的火车离开。几乎还有整整一天自由时间。也许是几个小时闲着无事，也许是想看到熟人，这些把费奥多尔引到了市郊。他经过橡树林荫道，来到有柱子的房屋前。

在医院的楼梯上他遇到了嘉丽娅。

“我的老天爷！费奥多尔·伊戈里耶维奇！我想，今后看不到你了。昨天不是我值班。我还想到您了。”她高兴地说。

她身着干净的白大褂，站在他的面前，她是完美的。费奥多尔醉酒后的敏感、罪恶的心被某种隐秘的东西刺痛。他拉着嘉丽娅的双手，把她贴近脸颊，难为情地亲了亲。

“原谅我，嘉洛奇卡，原谅一切。突然欺侮。”

“你一点都没有欺侮我。我与您在一起感到非常有趣。”她笑起来，因费奥多尔的温柔而变得脸红。

“我想拥抱你，嘉洛奇卡，但是我现在有点脏。”

“您一点儿都不脏。只是能闻到您身上散发出的酒味……战争结束后请到我们这里来。”她顺便说着，而费奥多尔内心想教导她：“保重自己，嘉洛奇卡。等着自己的丈夫……男人比女人更变化无常。他们的心是脆弱的。不要援引上帝，在男人面前你会证实。”但是他什么也没有说出来。

在病房里，在费奥多尔曾经躺了一个多月的床铺上，躺着新来的病人——受伤的坦克兵。西穆欣的床铺空着，床铺已经被整理干净了。

费奥多尔靠近帕雷奇和赫里斯托福尔坐下：

“来干杯。我带来了……”

帕雷奇和赫里斯托福尔不是那些拒绝喝酒的人。他们高声叫喊着，一杯接一杯地干了伏特加酒，真正的男人团结一致。坦克兵——新人也稍微喝了一点。

喝酒后不久，费奥多尔不再耍酒疯，身体的肌肉变得松弛。

他感到有点软，甚至是欢愉。只是一想到那个女主人狡黠的面容和下垂乳房的黑乳头，他就有点恶心，而且他还不恰当地把她称为“奥莉加”。

费奥多尔与男人们谈完一切之后，从背囊里拿出一瓶子伏特加酒：

“我已经够了，你们把它藏起来，晚上喝。请为音乐家同志祈祷安息。或许，他就是一个有天赋的巴拉莱卡琴手，除了吝啬点。他说过，巴拉莱卡琴有三根弦。一根断了，其他两根就弹奏不出乐曲。瞧他这一根弦最细。”

“果然如此，兄弟们，最细的弦总会断的。”脸上泛起红晕的赫里斯托福尔承认。

“是的。”帕雷奇同意。

他们不约而同的友好地大笑起来。费奥多尔拥抱他们告别，他确切地知道，在错综复杂的战争中他们不会再相遇。

走出病房前，费奥多尔站在西穆欣死亡的空床铺对面——重新整理好的床铺、蓬松的枕头、弧形靠背上的方格毛巾。床铺干净而空荡。音乐家怎会没有了！为何藏表？他从谁的手里买来的，换来的，藏起来，然后害怕。那个害人的东西！人一生经常是这样缓缓走过：抓住、珍惜、信仰，然后一下子惊呆——不去抓什么，不去珍惜什么，不去信仰什么。“每个人都不清楚自己的命运！”在费奥多尔自己的记忆里，意外地出现鲍里斯拉夫斯基在劳改营卫生所说的话。这些话里流露出一个反布尔什维克的病态和绝望，与此同时它们却承载着致命的真理——那个真理，就是人猜到的那个，大概，人不想探寻出真实，或者不能为它感到惭愧。当西穆欣最后大口吸气的时候，想必，他探寻到了这个真理？……“你祈祷什么，你就选择了怎样的命运。人的命运就在每种信仰里”，费奥多尔的脑海里闪现出卫生员马特维说的箴言。不，独眼的马特维与共产党员鲍里斯拉夫斯基不矛盾。他们俩人说的是一回事。人不理智、盲目地信任。如果理智地信仰什么，那么这就已经不是信仰了。质疑和目光的敏锐会毁坏任何信仰。西穆欣在财富上是瞎的。他还没来得及成为目光敏锐的人就死了……

费奥多尔对音乐家没有怜惜和忏悔。但是他觉得，某人知道他残酷的蓄意，他不知道他将面临的命运，以及何时获得何种回报。

整整一天费奥多尔在不熟悉的街道上走来走去，不知所措。他一直盯着所遇到人的脸，似乎想认出谁。最后他来到火车站。铁轨上停着乘客车厢、取暖货车、敞开的货物平车。火车头的窗户里坐着肮脏的司机，熏黑了的机动火车头把列车脱离开原来的位置。车厢的缓冲器咯吱响。在这里费奥多尔敏锐地想起，他的休息结束，前面——乘车前往西方的道路，又是直达战场。

费奥多尔绕过车站大楼和最近站台的车厢，越过铁轨支线，走到沟壑的斜坡。在沟壑底，奔腾的小溪消失在翠绿的树丛中。明净的水面倒影着蓝天和白云。费奥多尔走到溪水边，找到一块平坦的地方，把军大衣铺在草地上。他自己也不知道为何，他打算翻检背囊里的东西，口袋里装的所有东西。但是他仅仅开始检查，没有进行完，他就背躺在军大衣上，仰面看着天空。

阳光没有让他的眼睛感到难受，他躺着，被沟壑影子遮住，长久地看着天空。白云漂浮在他的上空，尖翼的燕子飞翔在沟壑上。云朵慢慢飘荡。它们似乎在仔细地看着大地，以便知道一切。费奥多尔脑子里又想起，童年时奶奶安娜给他讲的久远的雪姑娘的童话。“……她决定跳过这个篝火。此时她一下子没了，变成了一片云。这片云飘浮着，现在它飘到那个……”童话是永恒的，雪姑娘也是永恒的。云中她处在何处？……云还是云，不是乌云。它洁白、美丽，让人想起久远的、令人陶醉的、盛开的一串串白色丁香花。

周围静悄悄的。小溪的喧闹声、火车的汽笛声都没有干扰这里幽居的寂静。费奥多尔用手捂住脸，从脸颊上擦去最先滚下的泪水。但是微咸的泪水已经再次布满了他的面孔。一个接一个往下流……他已经分不清面前的任何东西——天空、白云、燕子。他用袖子捂住眼睛，蜷缩在大衣上，好像躲避所有的人，虽然这里任何人都看不到他的眼泪，听不到他的哭泣。

当他用倒映着蓝天和白云的溪水洗脸时，他突然猜到，为何想翻看自己的家什。他想找到小的变色铅笔头，那是节俭的扎哈尔留给他的。铅笔找到了。

在沟壑的斜坡上，费奥多尔捡到了一块胶合板。他把胶合板上的薄皮当做信纸，在铅笔上舔了点唾沫，开始写。

你好，奥莉加！

到了我该给你写信的时候了。我一直盘算着回家短期休假，可是这样的指望没有了。休假一下子被取消。

我听说，你请求准许到战场上当卫生员。不要做这个。我在这里就够了。现在，大概，已经不会太长久。没有你们我们能完成任务。在家等我。一打完仗，我回家找你。（在这个地方他中断了。他又舔了舔铅笔。）我还是，奥莉加，像以前那样地强烈地爱着你。我一生中不爱任何人，除了你，奥莉安卡……

写了这封信之后，费奥多尔觉得，在前线的日子长了一倍。

第三部　未婚妻的连衣裙

由战争控制的时间是不可改变的。时间有节奏地往前走，战争也进入最后的重要阶段。这时的塔尼卡已经过了十五岁，成为大姑娘。她渐渐长大了，抽条了，少女般的身材显出曲线美，她已经告别了少女时代，不久的将来也会怀孕、初为人母。

塔尼卡成为大姑娘——她非常害怕，对新的身体变化还没有准备好。感觉到自身尚未认识到的东西，她害怕地哭着跑去找母亲，诉说意想不到的症状。伊丽莎白·安德烈耶夫娜温柔地拥抱她，向她传授女人机能的一些秘密。塔尼卡听着母亲讲述，感到极为羞怯而难为情，她既忐忑不安，又稍感高兴：她以前觉得自己不会成熟，现在生活中以前被禁止的东西向她开放了。

现在学校的课程提前结束，塔尼卡回到家，放下书，来到教堂做晚祷。她已经几个星期没来教堂，现在她以这种特殊的、还没完全辨认出自己成年人状态的身份，首次来到教堂。现在所有的幻想、惊恐，甚至身体的任何不适，包括今天的某些虚弱，她都解释为是初为女人的激动状态。

1945年冬天的最后两个月过后，三月到来。但是它只是名义上的春天。没有出现柳树丛，冰溜子也没有融化掉。雪还是很厚，很白，同样闪烁着耀眼的光，如主显节前后的寒冷天气。太阳沿着天蓝色的苍穹继续滚动，时常潜入云雾中，因而阳光并不暖和。夜晚和霜冻依然让人寒冷，人们清早出门，不时地瑟缩、哈气，脚底下被踩出的小路咯吱作响。而白天天气却暖和些。

教堂里也非常寒冷。在门廊，寒气从门底下透进来，弧形窗檐上窄长的高窗、圆顶下的风孔，被蒙上了一缕奶白青色的冰泉。墙上壁画的某些地方也挂着一层白色霉霜。

大殿里昏暗，回声很大，人很少。人们在做祈祷，做礼拜。神父的声音回荡在高高的拱形天花板下，轻微地发出断续的颤抖声，声音波动不定，显示出神父年事已高，以及老人的勤奋和努力。教堂由旧的神父管理：一直没有修复。墙上和天花板上的绘图被熏黑了，变得暗淡，圣徒像的轮廓变得模糊不清，像从寒冷的昏暗的雾幕里出来的。但是越走近讲经台，周围的一切越变得清晰和舒适。这里有更多的光。圣像壁上端庄的圣徒显得更加光亮和深邃。在这里可以感觉到长期祈求的悲哀和高兴的气息，这个地方的重要意义和虔诚——在抬高手指的圣父、受苦受难十字架上的耶稣基督、圣母和圣子以及其他圣者的目光下。

塔尼卡最敬重边缘变黑的古老的大圣母像。她把自己所有内心的期望、所有忐忑不安的疑问、所有的希望都轻松地托付给圣母。在圆铜烛台上，一些燃烧的蜡烛在圣像前静静地融化，蜡烛的火焰变成柔和的花瓣形，黄色的反光映照在沉思的、有点疲倦的圣母面容上，映照在一动不动，却栩栩如生的洞察一切的眼睛上。可以站在圣像前，可以移位到她的侧边，但是她值得关注——此时的圣母察觉到看她的目光，她用目光回答……圣母洞察一切的眼睛、细腻的双手以及依偎在她怀里的圣子，带来的是平静、顺从和无罪。

塔尼卡虔诚地祈祷，恭顺地鞠躬。现在她特别恭敬地看着圣母的面容，想把自己内心的秘密与圣母分享：她，塔尼卡，现在也幻想做母亲，她没有孩子的幼稚，认真地思量着把亲生婴儿紧紧拥抱在怀里。

礼拜继续做。从祭坛、从打开的圣障[1]，传出低沉有力的男中音的祷告，神父走出来。疲惫的宣叙调从他嘴唇下垂的口髭花白胡子里轻声唱出，传遍教堂。唱诗班歌手席位中，有两个个子不高的老太婆，穿着黑衣，紧紧地围着黑纱巾，她们用尖细的高声重复着神父的祷告。其中一个老太婆用指头在赞美诗上比划，把它捧在面前。神父一挥，轻轻地敲打了几下香炉上的盖子，从银色的手提香炉冒出的烟，像淡蓝色的透明的三角头巾，飘浮在寒冷的教堂上空。

有时塔尼卡聚精会神地听神父的祈祷歌，听两个老太婆协调的重复歌，然后猛然抬起头，面向圣母像。塔尼卡突然觉得，在蜡烛漫射的不清晰的世界里，圣母的面容开始模糊变形，融化，似乎圣像被放在水里，她渐渐地离开，走到这个昏暗的水层中。神父的声音变得遥远，完全是低沉的、从地下发出的声音，两个唱歌的老太婆尖细的声音完全停止了……教堂的地板倾斜，开始从脚下移开。塔尼卡全身感到昏昏沉沉、发热，血涌向头，膝盖发软。她几乎站不住了。

“圣母，救我。”她低语道，把披肩拽到瘦小的脖子上，松开结，让自己多呼吸空气。意外的昏沉和无力如浪袭来。

塔尼卡很快地划了三次十字，用虚弱的嘴唇亲吻圣像，然后摇摇晃晃地走向出口。在教堂门前的台阶上，她深深地吸了一口气。蜡烛的味道、手提香炉的烟味以及教堂房间浑浊的气味，化为气体挥发掉了；她身体的热量彻底消退，她重新感到寒冷。阳光下的雪闪闪发光。不是三月的空气，而是寒冷的、刺骨的空气，猛烈地袭击着她的脸颊。

① 教堂中通向祭坛的正门。——译者注。

塔尼卡往马厩方向走。她昨天顺便到过那里，她得知：今天可以使用雷日卡马。人们对她说，今天雷日卡马是自由的——供人们使用。最近没有下大雪——也许，雪橇踩踏出通往宽谷的路已经看不出来。不用多余地操心，可以从草场运出干草。正好坐着雪橇去，完成一趟运输。

人们没有把雷日卡马运到战场当拉马车用——它不适合被“套上金属薄片饰件”，但是战争也不怜惜它。由于喂饲不足，它瘦得很厉害，又因承担着双倍的工作，它变得很虚弱。它的眼睛变得更黑，马脸更窄，耆甲总是被拴着。反正它是最好的！爹爹曾精心喂养它！塔尼卡突然想起父亲。但其中很少有具体的、完整的回忆，她内心涌起某种凄婉的心声，开始思念阵亡的父亲。塔尼卡转身面对教堂，遗憾的是，在那里，她没有为死者的安魂写下标记。而是写着“为安康”：哥哥费奥多尔在战场上打仗……塔尼卡站在街中间，还默想着什么。她诡秘地环顾四周。她不想遇到谁，也不想让人看到她。她从拟定的线路拐弯，不是径直而是穿过街道边的一排房子，绕道走到马厩。

这些房屋十分低矮，雪厚厚地围着房子。屋顶几乎与炉子烟囱一般高。顺着墙堆着一堆雪——就在窗户下。在一些房子旁边，雪刚刚被耙掉，勉强地清理出一条狭窄的小路。另一些茅草屋完全是荒芜的、黑暗的，窗户上钉着木板。

在这个房子里所有的人都死了：两个在战争中死了，三个死于饥饿。还有一个死在这里。从这里一个父亲和两个儿子应征到战场，一个死在医院。两个死在那里……“快点结束吧，上帝！”塔尼卡内心祈祷着，目光扫视着孤独的茅草屋。难道还要延长多年？如果是这样，那么会将他——塔尼卡的萨什卡带走。他已经年满十七岁……塔尼卡害怕地想到这个。她不想萨什卡被带走！她害怕，把他带走和杀死在战场！她喜欢他……“请不要带走他，”塔尼卡内心祈求着，“救救他，保护他，圣母！我祈求你，为了我……”确实，在拉门斯克村和整个世界，没一个人知道，她喜欢萨什卡。萨什卡是个有浅色头发和一双快乐灰眼睛的瘦高个的小伙子，甚至他本人也不怀疑塔尼卡·扎维亚洛夫爱他。他，大概，不记得——忘记，他与塔尼卡一起如何站在狭窄的起伏荡漾的小板子上，矫健地（有勇气）荡秋千；她如何一手抓绳子，一手抱住他。在她的眼睛里既有害怕又有高兴。他也没有猜到，就是那天，两个相恋的人荡秋千时，她牢牢地抓着他……塔尼卡的心里充满着爱，这是其他人怎么也无法感触到的一种令人感动、藏在内心深处的、暂不能分享的爱。有时这种爱让她感受到无法表达的幸福，好像秋千抛到最高点，迅速地回落下来；迎面吹来的风驱散了所有思绪、所有的大地阴霾，她内心充满着欢乐。当然，谁也不知道，塔尼卡自己早就想成为萨什卡的妻子，最近经常想要为他生儿子……塔尼卡小心谨慎地将自己的幻想珍藏着，胆怯地从中寻找某种罪孽。她把这个罪孽托付给唯一的、可信任的圣母——托付给女人、母亲、庇护者，希望得到她的理解和一切宽恕。

前面就是塔尼卡幻想的温柔的小伙子萨什卡住的房子。塔尼卡放慢脚步。在窗框间的报纸上放着一串无光泽的枯萎的花楸果，阳光反射在玻璃上；屋里——虽然窗帘拉开——可惜，谁也看不到。可是当塔尼卡走到这些窗户对面时，她胸中还是充满甜蜜的激动，她热血沸腾，屏住呼吸。“圣母，原谅我这个罪人，”塔尼卡快速地祈祷，想象着十字架笼罩着自己。她再次往恋人家的窗户里看了一眼，好像看到了亲爱的人的眼睛。

雷日卡马疲乏地晃动着脑袋。因为运动一缕浅色的马鬃微微发抖，但是即使它拉着空驶的无座雪橇也跑不快。塔尼卡坐在雪橇上，盘起腿。只是空洞而机械地喊着：

“吖—吖！走了，亲爱的！动一下！”

她大声地说出第一句话，但是后面的句子几乎是小声说出的。

雪橇行驶在通往小山丘的路上，拐过大道，转向普列什科夫宽谷，从积雪稀少且坚硬的小岔路上奔向草场。

草场上的干草比预想得要多。塔尼卡气喘吁吁，忙活了好长时间，把软的干草捆绑在一起后，她用绳子和粗杆子勒紧。在返回之前，塔尼卡已干得汗流浃背，她靠在大叉子的把柄上小憩。她凝思地看着，在一缕缕粉红色的阳光里，风雪中晶莹剔透的雪粒发出碧绿色，风雪无止境地吹卷起一堆堆雪堆，将冰状的尘粒带到昏暗的森林里。有时这些风雪闪耀的光点变得非常活跃、忙乱，塔尼卡观察着它们的旋转，感觉很不好。好像她自己被人旋转、托起和带走……明朗愉快的风雪，当然，与此无关，只是有时塔尼卡因疲倦头晕目眩，感到不舒服。“没关系，不管怎样已经平静多了。不管怎样……”她自我安慰，深深地吸了一口冷空气。

她轻轻地用缰绳勒住雷日卡马的后部，因货物压在平坦道路的沟槽里，雪橇轻微地墩了一下，慢慢地离开了原地。“没关系，无论如何慢慢地……”雪橇滑过的痕迹如阳光下闪光的冰面。雷日卡马艰难地、吃力地拖拉着雪橇。塔尼卡与马车一起行走在雪地上，间或跌倒在雪堆里，她大声地喊叫——为了马，也为了她自己：

“走！吁—吁！往回走！回家！”

在从田里通往大路的雪橇坡道处，路边有一条覆盖着雪的小水沟。塔尼卡谨慎地想一想：雷日卡马千万不要卡在那里，不要把装载的雪橇倾斜——结果就这样发生了。雷日卡直接横越小水沟，但是扯到了一边，雪橇侧歪着奔跑，离开了道路。雪橇前部撞到路边压实的雪上，滑木搁浅到荒地上。

“没人把你往这里引！你都做了些什么，笨蛋！”塔尼卡责骂着，虽然她可怜消瘦、软弱无力的马。

塔尼卡陷到深雪中，雪灌进了她皮筒靴，她撑住雪橇，让马帮忙。

“喂，我们一起吧。吁—吁！走！拉！拉，亲爱的！”她大声地喊着，双手撑住，全身用力顶住卡住的雪橇。

雷日卡马翘首，颤抖着马鬃，不时地蹬着马蹄，用力地嘶叫，但是还是不能把埋在雪里的雪橇拉出来。

“吁！吁！”塔尼卡更加绝望地喊叫着，开始向雷日卡挥动着缰绳，然后又使出浑身的劲儿，想抬起、顶出雪橇。“吁！再来！吁！”她吃力地抬，拼命地顶……

顷刻，塔尼卡眼前一下子发黑。整个闪亮的雪飞旋在空中，洒满道路和道路两旁雪堆的粉红色的阳光，骤然地阴暗下来。塔尼卡几乎失去了知觉和支撑力，跌倒在马车的干草上。“我又因用力过度受内伤……疼……”她想了想，半躺在干草上歇了一会儿，闭着眼睛，处于昏迷状态。

她被雷日卡马的嘶叫声惊醒，马在原地徒劳地踏步不前，但

是，显然，它使出最后的力气，试图拉出雪橇，或者试图脱离开抬不起的累赘的雪橇。她踉踉跄跄，挪到马车的另一边，仔细地看了看。道路两旁一个人也不见——也许，谁也不能帮助。塔尼卡哭起来。她把脸埋到柔软的干草里，又昏迷了过去。

塔尼卡不知道过了多长时间，她倚着马车，把脸藏到捆绑在一起的草垛里，这次寒冷将她带回到现实中。她打冷战，嘴唇颤抖。手套里的手指怕冷地不时地掐一掐。布满酱红色余晖的大太阳也已经下落到森林那边。

她前面做过的一切，留在意识里的都是暗淡的意外的片段，似乎她很早就做了这个，或者这都发生在梦里。塔尼卡带着时常发作的疼痛感和满脸泪花，用大叉子、腿、双手刨开道路两旁的雪，砍掉草墩子；她蜷缩着，爬到马车下，为雪橇的滑木清理道路。然后，她催促雷日卡马，给它套上马鞦，大声地喊着，又撑住马车，帮助马把雪橇拽向大路。她把一捆干草丢到雪堆上，当雪橇冲上马路时，她也已经浑身是汗。

她抓住马的辔头，否则自己会跌倒，她步履艰难地与它并排走在一起。回拉门斯克村的整个路上，她说服自己："剩下不多了。完全不多了……"她以这种半意识的、机械性的劝说使自己的骨架变得更坚强，好把干草卸到自家门口。现在，塔尼卡觉得大叉子不听使唤，干草似乎在整个路程里被浸湿，变得沉重。任何的努力、剧烈的动作、肌肉紧张都会引起她遍布全身的钝疼。塔尼卡皱着眉头，强挺着不倒下。汗滴从她灼热的额头滚下。她完全不记得如何驾驶空雪橇来到马厩，如何卸下雷日卡马，如何把它交还给集体农庄的饲马员，如何步履艰难地回到家。

塔尼卡靠在炉子旁的小板凳上，没有脱掉外衣，长久地坐着，手和腿没力气动一动。她冷漠地看着自己，看着自己的靴子。靴子里的雪融化了，在鞋尖部形成一大滩水印。塔尼卡往一边微微摇晃了几下——极度的虚弱和长期积累的无力打垮了她。塔尼卡好不容易从身上脱下外套，勉勉强强地、痛苦地脱下靴子，换手抓住炉子，以防摔倒。她挪到床上，在冰冷的床上她颤抖了好长时间，她用被子把自己裹住，但还不能暖热。冷战之后，接着就是憋闷的、引起疼痛的热。

从塔尼卡的内心深处开始发出教堂做礼拜的声音，今天听得很清楚：神父低沉的朗诵赞美诗和老太婆尖声的重复歌唱声。塔尼卡眼前出现了蜡烛光照的手抱婴儿的圣母面容。蜡烛的火焰均匀而缓慢地燃烧着。塔尼卡感觉到这个火焰就在自己身体的每一个细胞里。有时她恐惧地觉得，自己就是那些在圣像面前高高燃烧的蜡烛中的一个，她也燃烧着，发出安详的、不停歇的火焰。她想喊叫，呼唤人来帮忙，哪怕让这个吞没她的火焰稍息片刻。她想向圣母祈求。她却喊不出，也祈祷不成。她只能大声地、呻吟地呼气。但是，幸运的是，幻觉很快过去了。

她想喝水。口渴开始折磨她。嘴唇干裂，嘴里干热。口渴变得难以忍受。塔尼卡试图起身——可是起不来。每一个小动作、每一次企图自控都让她感到疼痛，身体就像一块沉重的、有棱角的石头，任何细小的挪动都会引起痛苦。塔尼卡一动不动地躺着，恭顺自己的疼痛、自己的口渴、自己的火焰。她安详地躺着，几乎看得见的微笑出现在她那忧伤而恭顺的脸上：塔尼卡想起了自己的萨什卡，想起了自己高兴的不可思议的幻想。此刻她头旋转起来，觉得自己与萨什卡拥抱着，在快速的秋千上飞翔着。

伊丽莎白·安德烈耶夫娜回到家里，看到房间中间塔尼卡脱下的衣服和靴子，大吃一惊。她想女儿正在睡觉，就小心翼翼

地、悄声地走到床前。她俯身去看塔尼卡，女儿没有睡觉，直盯着上面看，不看她。伊丽莎白·安德烈耶夫娜触摸了女儿的手，啊呀了一声：

“天哪！你浑身滚烫！”

“妈？”塔尼卡最后看到母亲，轻声地问道，“妈，你知道我现在在吃什么？”

伊丽莎白·安德烈耶夫娜呆住了。

“心爱的，怎么啦？”她用颤抖的声音小声问。

“牛奶黑莓果。你记得，安娜奶奶在牛奶里把浆果揉压成泥状。太好吃了……”

“你发生什么事了？心爱的，怎么了？”

“我生病了，起不来。这在我的身上过去了。但内心好像有东西在移动……我想喝水，妈。给我一小勺。”

当伊丽莎白·安德烈耶夫娜跑去找阿夫多季娅巫婆时，阿夫多季娅命中她因用力过度“腹部受伤”。她气喘吁吁地返回家，塔尼卡已经躺着没有了呼吸。圣母像前的一根蜡烛烧完……塔尼卡的脸上留下了某种罪过和可惜的表情——大概，因为没有实现的爱情。

伊丽莎白·安德烈耶夫娜坐在长凳上，一对发狂的眼睛、疯狂地张大的嘴巴，很难看，她像庄稼汉那样把手放在两个膝盖之间，放在被撩起的裙子下摆上。阿夫多季娅巫婆低声地为死去的年轻姑娘唱哭别歌：

“她从小就做祈祷，承担任何工作，经常做善事。在她的年龄，还没有小伙子。她已经不是第一次用力过度损伤了自己，可爱的……伊丽莎白，”阿夫多季娅巫婆回头看了一眼女主人，“我给她清洗和更衣。你把衣服准备好……需要蒙上镜子。”

3

俄罗斯士兵的高勒皮靴走过了整个欧洲——波兰、捷克、匈牙利、罗马、南斯拉夫、奥地利还有德国！——几千公里的战争。如果使高勒皮靴复活，他们可以成为消息灵通的叙述者和编年史的编纂者，因为没有它们任何一个人都不会有出色的行为，历史就不会完成……伟大的受苦受难者带着满脸皱纹和心灵创伤，带着泥土和马粪，带着血痕，战斗在戏院的每一个舞台上，高勒皮靴注视着每一个步伐。在军需品中高勒皮靴是首要的，虽然它看起来简单。在某些忧郁的高勒皮靴中隐藏着对主人的衷心和对道路的服从。它们既有墨守成规的农民的质朴，流浪者的随意性，还有老人的睿智。高勒皮靴要比制服经历得多：车辙很深的泥泞土路、枯萎的沼泽地的湿气、冬天道路上的寒冷以及炎热草原的干热。制服，当然，比靴子更吸引人。它一抛起来，好看，甚至会卖弄风情。但是它缺少勤劳，它甚至懒惰。高勒皮靴是永远的仆人。与它们贴近的还有军大衣——也是一个勤劳者，冰冻的一月，湿透的十月，军大衣是垫子，也是被子，当士兵肩膀受冷时，它几乎又是女护士。

高勒皮靴——不是历史的目睹者，而是历史的创造者。正是它们参加了楚德湖冰湖之战，参加了与鞑靼人决战的库利科沃之战，用双桅船把有罪的小贵族从克里姆林宫赶走，在伊斯梅尔的石碑上和阿尔卑斯山脉上踏破鞋掌，撤退，但是在博罗金诺战役中它们不退却，参加了第一次世界大战和野蛮的国内战争，现在又英勇地保家卫国……

“嗨，小皮靴！无论把你们拽得多紧或者涂上油，这还是爹爹做出来的。”费奥多尔手里拿着从脚上脱下来的、皱巴巴的、鞋帮下沉、鞋跟踩平了的充革布高筒靴。把鞋掌拔下来，靴筒冲下——放到篝火上。“瓦夏，我爹是鞋匠，一个能手。我很不听他的话。现在常常想起。要是一切重新开始的话，我们会友好地相处。”

“别回忆了。我也让母亲难受，长大了不听话。现在难道还是这样？”瓦夏·罗莫夫说，“她教导我一切：认真在学校学习。但是那是强迫我学习。我溜达了四个冬天，经历了风吹，接着又过了一个冬天。首先到锻工间当助理、技工帮手。然后到工厂的锻造车间。现在看一看、瞧一瞧——我只是不适合学习。”

“等等。你还得写上几页。不晚。”费奥多尔让他放心。

“这就不错了。最好上个夜校。瞧我们的新连长，中尉舒米洛夫，听说，他在大学学历史。他个子不高，整个比我矮一头。我却从下往上看他……他也不说脏话。他说的最粗鲁的话就是‘恶棍’。他也不喝酒。所有的人也观察到，他不欺负爱好和平的德国人，也不动他人的财物。他比政治副营长更好地进行着宣传。”瓦夏·罗莫夫微微一笑。

费奥多尔非常幸运：从医院养病回来的士兵一般不再安排到“自己的”部队——他竟然返回到中校格里申的团（格里申提升，营队改名为团）。这种事情不是按照队列军人的意愿，而是按照政治副营长雅科夫·伊利伊奇的职权。费奥多尔无意中发现少校——思想家在公路上开着敞篷的嘎斯牌汽车，前往部队司令部。费奥多尔高兴地叫住他。雅科夫·伊利伊奇是个记性好的男人，一下子认出费奥多尔，刹住汽车。

“随后调整书面命令。我们从团里发到集团军战斗部队。与我们一起坐车走吧，扎维亚洛夫！老朋友胜过两个新朋友！”

这样费奥多尔成功地返回到同团战友中。当他成为第一位白俄罗斯前线突击部队的步兵时，指挥该部队的就是精力充沛的朱可夫元帅，士兵走了什么运？

“包脚布也是湿的。把它放在小木桩上，让它变干一些。”瓦夏·罗莫夫指着军用雨布向费奥多尔点头。“趁脚光着，把它缠上。从地里散发着冷气，空气很潮湿。”

“这里比别的国家冷和潮湿。”

“是这样的。眼睛最好不看这个德国！”

舒米洛夫的连队被安排在森林边的公路旁小憩，森林光秃秃的，毫无趣味，阴沉的天空也是这样的枯燥无味。灰色的赤杨树干、黑色的椴树和槭树、被灰色遮盖的稀少的白桦树、绿色松树的针叶时而闪现。按照俄历现在到处应该覆盖着三月的雪，而这里已经没有雪，在地的深层——脏灰色的雪融化完了，顺着公路道路旁的水沟——铁灰色的水洼流下；因潮湿土地松软；空气含着湿气。连队的篝火冒烟燃烧，烟弥漫在大地上空。地上到处都是腐烂的树叶和去年留下的枯草。难看，凄凉，大自然显得十分贫瘠。

因此，德国的城市被挖苦为富裕。这也是一种讥笑。这些城市布满了上千个伪装起来的枪炮，甚至注定要用俄罗斯将士们做祭品。将成为被征服者的他们，从质量好的房屋的干净的窗户里，鄙视地看着从敌对的俄罗斯来的外来者……在中心广场上，一般会在石头盖的路得会教堂顶端，升起坚硬的、阴森的十字架——就像骄傲而有权威的女教师在对一群孩子们发号施令。在路得会教堂附近，到处是铺砌的保养得很好的小街道。在街道上，全是如小城堡似的瓦顶的石头房屋。各式各样的门脸、铁制和木制的小围墙包围着这些单独院落。明净的玻璃后是昂贵的双层窗帘和豪华的家具。宅院和日常家用的建筑坚固、整洁，在这个建筑的骨架下就是人的住宅。

“瞧瞧，庄稼汉们，他们这里的一切都收拾得很整洁！没有歪斜、也没有倒塌的房子。”

“啊呀，还住得这么干净！一切都极为平坦，笔直。”

“他们的牲畜不会受到这样的待遇。到畜栏里看看——透光而坚实……”

“他们这里的耕地很优质。”

“是这样的。在庄园里揉搓手里的一块土——感觉揉的是油脂。把步枪插到地里——也会开花的……”

“他们这里的一切都井然有序且富裕。”

士兵们在德国城市里到处瞎看，以证实这个城市是有秩序和富裕的：甚至看到了房屋拐角处清晰的门牌号、铜门把手、长方小石块的人行道和许多草坪的路缘。

“为何从这样豪华住宅和奢华的院落跑到我们那里打仗？”

“越富有，越吝啬。”

“卑鄙的家伙！”

突然从顶层阁楼处，一个疯狂的、醉酒的德国鬼子用冲锋枪或是步枪扫射将士们的后背。这个疯子已经不指望拯救，他的生命好像不属于他。只剩下唯一的躯体，浸透着雅利安人的优越，在其优越受到伤害之后，他狂怒而盲目地忠诚于元首，多半——就是简单的醉酒和傲慢——这个德国鬼子以自焚剥夺了他人的生命，成为胜利者。俄罗斯士兵和军官中的某一个人永远地留在了这个可憎和可恶的德国土地上。

瓦夏·罗莫夫也是这样被醉心于无理智的德国党卫军分子杀

死的。当国会大厦沦陷之后，他荒诞地被射死。

……“给，费季，喝一口。以便不要冻僵。”瓦夏·罗莫夫伸手把小酒壶递给费奥多尔。

他们挨个地把小酒壶的酒喝了一口。刺骨的液体渐渐地分散到身体内。微苦的篝火的烟雾低旋在大地上空，升向德国不好看的森林，那里伪装着一种宁静。

“早接到娘的来信。下了命令：春播前结束战争。应该挖种菜园的土豆，”瓦夏·罗莫夫讲述着，“我们的房子是木制的，长长的。简单地说，就是简易住房。容纳着八个家庭。但是房子后面每一家都有菜园和板棚。我娘在板棚里养了窝兔子……在小山和房子中间有个大池塘。在那里你可以游泳，也可以钓鱼。我回家之后第一件事就是拿着鱼竿去钓鱼。在我们那里钓鲤鱼。两手掌宽的鱼。我没撒谎……这个德国鬼子毕竟是个愚钝的民族！战争反正都是失败。为何要流多余的血呢？”

“荣誉贵于制服。”费奥多尔说。

“死了——还谈什么荣誉？谁承认这个荣誉？不是每个德国鬼子都有坟墓的。试着找找看，谁的脑袋、在哪里掉了脑袋……”

“见他的鬼，瓦夏。那里既没有荣誉，也没有真理。只有一个毁灭。人类的愚蠢。人们中就有煽动者，惹事生非……正常的人与他一起做坏事……起初做出不好的事，然后问到：‘这一切为何？’……我本人好想去钓鱼。‘鱼笼’，一般，都是为鸭嘴鱼准备的。”

“那你就到我们这里来。我们一起去钓鱼。我娘很善良。来客人她会很高兴。”

费奥多尔微笑地点点头。

1945年战线延伸到了德国领土，每一个军人内心经历了特别的、胜利之前的恐惧。在临近战争结束阵亡难道不亏吗？费奥多尔的内心也隐藏着这样的担心和害怕。为回应这种摆脱不掉的感觉，他将对和平日子的任何瞻顾和希望深埋在内心，以分秒生活，比以前更加勇猛和残酷地作战。他也是个走运的人。更何况他还学会了手艺。

在占领大厦之前，费奥多尔都会往窗户里抛掷一枚“柠檬型手榴弹”，之后才潜入，现在他已经投掷了三枚，他想尽可能投掷到其他的小窗户里——那里是一对小窗户，以便把每个小老鼠炸成碎片。费奥多尔遭遇敌方掩体的进攻，他怀疑地扫射完整个卧着的德国鬼子：突然他受了伤，他想，要么清醒过来，要么装死，若是真的死了，那么多的子弹给死人就白费了。在战斗激烈时，他作战越来越猛。在占领大厦时，费奥多尔冲进房子——那里有三个德国鬼子在窗户旁拿着机关枪，往大街上扫射，枪声震耳欲聋。费奥多尔发出一梭子子弹——但放空了，冲锋枪被卡住了。费奥多尔想用枪托轮向德国鬼子的脑袋，他没有这样做——他从后面跳起来，跑近德国鬼子，从底下抓住鬼子的裤裆，结果夹住了德国鬼子的命根子，把德国鬼子与冲锋枪一起从三楼的窗户抛到了柏油马路上。

“扎维亚洛夫！我把阵亡的沃龙科夫的分队交给你——堵住这个……这个恶棍！”连长舒米洛夫喊叫着，命令道，“他杀死了许多人！”

恶棍隐藏在被围困的城市边的用混凝土伪装的火力点里，他猛烈地发射自行火炮，紧跟着用大口径的炮火阻挡行走的步兵。费奥多尔与同志们一起匍匐着，绕圈子，当爬到目标，想炸开火力点的铁门时，铁门完全敞开，德国鬼子机枪手举手从那里走出来：他的炮弹打光了。

“我要枪杀你这个废物！你杀死了我们多少个人？现在你举手投降？你这个没有良心的畜生！”

起初是黑色的，然后是鲜红的血迹浸透了德国鬼子的呢子军大衣。

战争还没有结束。

就在这里，在凄凉的森林边，在士兵的篝火旁，寂静突然停止。连队被突如其来的射击惊扰：一组被包抄的德国人，想冲破防线，试图往回返——回到自己的、日益缩紧的西方。但是当费奥多尔在军用雨布里背靠在赤杨，裹好腿之后，他疲乏地把皮靴和包脚布放在篝火旁烘干，安然地打着盹。

瓦夏·罗莫夫独自一人观察，燃完的树枝中间红炭还在燃烧，他向往着家。他还在向往什么？有时他转身对着费奥多尔，看到费奥多尔胡子拉碴塌陷的面颊上流下的眼泪，他顺便想：“也许他做了个哭泣的梦。”

相反——费奥多尔做了个没有任何痛苦的梦，兴高采烈的、光明的梦。他脸颊上的眼泪是意外的，被篝火的烟熏出来的。

似乎在阳光明媚的一天，他漫步在绿色的白桦林中。白桦树干均匀，白洁，没有任何瑕疵。细垂枝上的树叶——个个完全一样的翠绿。头顶上一团团卷起的云彩，在天空中飘荡。小树林中小鸟在歌唱，就像在天堂。无论费奥多尔转向何方，白桦树在他面前到处延伸，铺出一条枝叶茂盛的柔软的道路。在前面的空地上，他看到孩子们在玩耍。五个淘气的小男孩。他们尖声叫喊着，笑着，追逐五彩缤纷的蝴蝶。孩子们的衬衫白洁，一模一样，都穿着短吊带裤。大家长得像一个人一样，淡褐色的头发，褐色的眼睛欢乐而明亮。“五个孩子？”费奥多尔想着，“这些是否是扎哈尔的儿子呢？乡党正好就有五个。”费奥多尔甜蜜地梦见与扎哈尔见面。但是在哪儿也看不到“乡党”。一个穿着浅色女短上衣的年轻的姑娘驱赶着这些孩子。长长的辫子搭在肩上，头戴花环。费奥多尔走近她。“你好，美女！”他对着女牧师说。“白天好，费奥多尔·伊戈里耶维奇！”她冲着他微笑着；她的脸颊上泛起和蔼可亲的红晕。费奥多尔看着她，拍案称奇：他对她的一切都熟悉，每一个线条都看得见，但是完整的容貌却看不到。她的声音是嘉丽娅护士的，眼睛和笑容却是奥莉加的，但是身材完全不是奥莉加的——非常纤细，举止又是另一种。“你的孩子，还是谁的？”费奥多尔问。她不明白事实，或者开玩笑地笑着说：“你的，费奥多尔·伊戈里耶维奇。难道你没有认出？”费奥多尔惊慌失措，仔细地看着每个孩子，与自己的脸对比。他不能相信，但还是问，什么时候发生的这种事？他有些担心。无论如何不能身败名裂：不认自己的孩子是可耻的。看着这些孩子们，他高兴地颤抖。也许，真的所有的苦难很早就结束了，正是他的孩子们，是奥莉加生的孩子。费奥多尔充满了幸福，然而，这样崇高的、包罗万象的幸福只可能在梦里。他又看着这个善良的姑娘，想问奥莉加的事。但是他又有些担心：突然站在他面前的就是奥莉加！姑娘的女短上衣上面的扣子解开，费奥多尔看到她的乳房，锁骨上，熟悉的贴身的十字架。这个小十字架是在判刑之后塔尼卡顺便塞到他手里的。这个小十字架救过他的命。费奥多尔看着姑娘的眼睛，打算探听清楚关于小十字架的事。

还没来得及。人们叫醒了他。

4

连队的邮政员从栏板式载重汽车的车厢里拿出一封信递给费奥多尔。习惯性地快乐地加了一句："你一定要回信！""我会的。"费奥多尔同意道。

"妈妈的来信？"并排坐的瓦夏·罗莫夫感兴趣地问道。

"她的亲笔信。是妈妈的来信。"费奥多尔机械地回应着，贪婪地目光紧盯写满的纸张。

"写的什么？也许，春天也开始了吗？雪融化了吗？"

瓦夏·罗莫夫自己没有等到友好的回答。费奥多尔沉默不语，放下阅读完的信，塞到怀里，竖起大衣领子，把脸埋在领子里。瓦夏·罗莫夫感到不舒服和某种过错，他猜到，信给费奥多尔传来很不好的消息。"以前，一般某个人会大声地阅读起来，瞧，现在怎样，"他想了想，时而看看抽搐的费奥多尔，时而看着低沉的灰色天空。

载重汽车行驶在公路上，超过步兵们和马力牵引的炮弹。前方，越来越深入别国的国土。风从侧面吹打着坐在拦板车箱里的士兵们的脸。

在小城镇的郊外，汽车赶上了停在路上的坦克团，拐到空旷的街道上，停下来。连队指挥员舒米洛夫从司机室下来，显然，他提前得到那个书面命令，并下达命令："仔细搜查街区！"

"费季，下来。连长吩咐。挨家挨户检查。"瓦夏·罗莫夫小心地摇了摇费奥多尔的肩膀。

费奥多尔，眼光躲避着，还像以前用竖起的大衣领子遮住自

己，就像老人，很不灵活地从载重汽车的拦板车箱里下来。

瓦夏·罗莫夫端着冲锋枪，用皮靴踹开了地主两层楼房低矮的篱笆门。一个篱笆门环斜垂下。在房子的窗户里一个人也没有闪现。没有人触动窗帘。只是在房子的后宅院里，听到狗低沉的吠叫。但是很快就不叫了。

“安静！闭嘴！”[①]一个男人的声音制伏了狗。

瓦夏·罗莫夫走到正门前。费奥多尔缓慢地走在他的后面。正门没有关。他们进入宽敞的前厅，站在地毯旁：不想用靴子踩脏了地毯上无辜的彩色花纹。

“有人吗？”瓦夏·罗莫夫喊了一声。

在多套房屋的深处没有人回应。只有从宅院再次听到狗低沉的吠叫，以及德国人急速的说话声，说话声压住了这个吠叫声。他们没有仔细查看楼里的各个房间，而是沿着走廊朝通往院子的黑洞洞的通道走去。

沙土院子由鹅卵石围绕着，在院子中间，站着一个高个子的白头发的主人，长着精巧的鼻子，鼻梁旁有一对明亮的眼睛。他穿着深红色的、缎子翻领的厚棉布长衫。主人冲着肥头大脸的白色大猛犬喊着，大猛犬被皮带拴在凉台的柱子上。它吼叫着，凶狠地睁着一对红眼睛。瓦夏·罗莫夫想一下子射击敌人的大狗，但是主人做了个安慰的手势：他说，别担心，它不会咬人，并用俄语–德语担保：“一切都好了！一切都好！”[②]此时，在沙土小平台上，一只肥臀的黑公火鸡笨拙地溜达，似乎为了展露它的肥壮；公火鸡鼻子下佩戴着红色饰物，它转动着高傲扬起的小鸡头。

① 此句为德语。——译者注。
② 此句为德语。——译者注。

“士兵先生，我对你们做善事。在我的房子里没有别人。我诚实地说。”主人的俄语说得过去：斯拉夫民族被俘的雇农强迫屈从于当地的地主。“你们可以拿走这里的一切，想拿什么就拿什么。我请求只是不要动我、我的公火鸡、我的狗……希特勒即将完蛋！”他喊叫了一声，就像在与俄罗斯人约会时说出必需的暗号。

瓦夏·罗莫夫不满意地仔细地察看主人。他不喜欢他精巧的鼻子和棉布长衫的缎子翻领。但是他不知道以什么结束这个检查。更多的是白色大猛犬让他生气。“给这个小崽子一枪，就完了，”他想了想。但是主人呵斥大猛犬，又结结巴巴地坚持三点：

“士兵先生们，一切可以拿走。随便拿。只是我请求——不要动我的公火鸡、我的狗，我的命……”

此刻，这个重复的条件把费奥多尔从自我沮丧中推出来。他像个影子一样站在瓦夏·罗莫夫的身后，突然坚定地迈向前，紧握解除保险的冲锋枪。主人还在讨好和提条件：“……可以拿走我许多的吃的，肉……只是不要动我的公火鸡、我的狗和我的生命……”

费奥多尔首先射死了公火鸡。子弹将重量很轻的公火鸡扫射到一边，打落的黑鸡毛飞起。大猛犬往前冲，不断地吠叫着。但是冲锋枪的一梭子子弹一下子扫射到了它的嘴、胸上，大猛犬也倒下了，白色毛皮上有许多枪眼，从中冒出鲜红的血，以及龇着的獠牙和沾满口水的牙龈。

德国人惊恐地站着。他的双手颤抖。发白的薄嘴唇神经质地抽搐着。

“希特—勒—勒即将完—完—蛋，”他结结巴巴地嘟哝说起

来。突然，狂怒地嚎哭起来："希特勒即将完蛋！完蛋！"

费奥多尔慢慢地走到他的面前，端起冲锋枪口，从枪口冒出一丝硝烟，射向长衫的缎子翻领。

"以前，狗杂种，为何沉默？"他咬牙切齿地盯着德国人，说，"你怎么，恶棍，没有我们就不活了吗？啊？"

德国人顷刻变得头发蓬乱，歇斯底里地想尽力看清楚这个残暴的俄罗斯人充满杀气的目光，他的面颊上凸起肌肉。德国人明白，"希特勒即将完蛋！"不起作用，不能赎身，挽救不了他。

"房子！我的房间！[1]都是你们的！一切都是你们的！一切！想拿什么就拿什么！"他抖动着双手，指着墙壁。

"我们不是游民！我们有自己的房子！"费奥多尔扣动扳机。

瓦夏·罗莫夫皱着眉头，环顾寂静下来的院子。大猛犬从大嘴里，吐出白沫，血流到沙地上。被冲锋枪扫射的主人的身体仰面朝天，一股股鲜血冒出来。公火鸡的鸡毛飞起来，下游吹来的风将它吹到了一边。

"你不应该就让他这样不整洁，"最后他说，为难地把帽子挪到脑后，"舒米洛夫嘱咐过：不枪毙'平民'。最好不要传到别处。"

费奥多尔什么也不回答，把冲锋枪像棍子一样扛到肩上。他紧皱眉头，离开了院子。瓦夏·罗莫夫再次看了看。"您必将受到惩罚，蹲监狱。"他训诫性地说着，跑到被杀死的地主的房子里。

在客厅墙上的铜的彩色雕花饰条的油画旁，瓦夏·罗莫夫看到了一个古老的猎枪和一对火枪。他手里旋转着火枪，把它们摔倒在地上，并夹起猎枪返回到院子，把猎枪放到僵硬的主人的手

① 此句为德语。——译者注。

下，用刀子切断狗的缰绳："为了更不清楚……"意识里出现了严格要求的舒米洛夫。瓦夏·罗莫夫心想在他面前汇报："我们进去，他用猎枪对着我们。他想发射，放狗咬。我们只好射击。都是按照规章，中尉同志……"

当他从房子的篱笆门走出来时，哪儿也不见费奥多尔。"趁着激动他不会又做出什么事，"瓦夏·罗莫夫担心，走去问那些到处乱翻邻居房子的士兵："没看到扎维亚洛夫？""没看到。"他走到十字路口，严密注视，沿着街道行进着弯弯曲曲的一队被俘的德国人，他们没有戴帽子，穿着脏兮兮的大衣。年轻的押送员带着伏尔加河流域一带字母"O"发音很重的口音，冲着俘虏喊叫着。他在瓦夏·罗莫夫旁停下来：

"别看他们像温顺的羊一样地走着。昨天他们就杀死了我的两个战友。他们仓皇溃逃。你不知道，他们又会干出什么。现在投降了，一个小时后就猛冲……得了吧，老兄，常有的事！"

押送员跑去赶上俘虏。他赶上，踹走在末尾的德国人，喊叫着什么。

"不认真。"瓦夏·罗莫夫若有所思地说，向四周环顾。

最后瓦夏·罗莫夫在那个载重汽车的车厢里找到了费奥多尔。费奥多尔完全醉酒，懒散地躺着，对他来说，这一天什么也不存在。瓦夏·罗莫夫给他盖上军用雨布，认为他这样都是"因德国闷热的气候引起的激动不安"，他不会让指挥员知道他做的这一切。

不久，舒米洛夫连队接到司令部的命令，继续行动。炮兵部队和坦克军分队紧随其后，都混杂行驶在道路上。一些人赶上了，另一些人超过了。上等女兵被安排在十字路口当调节员，一个劲儿地挥动着小红旗。

费奥多尔再没有动过爱好和平的德国人。只有一次与此相关，但是没伤人——没流一滴血。围着镶花边围裙的德国人的金发太太，像是在玻璃陈列橱窗里的模特玩具，她站在小饭店的大窗户后，拿着高高的一杯带泡沫花冠的啤酒，用手指邀请："桶装啤酒！请喝！"[①] 她卖弄风骚地微笑着，在被苏联军队占领的城市里，这种微笑粘贴在许多做生意的小市民的脸上。费奥多尔看着"啤酒"玩具，内心顿起憎恶。他从肩上扯下冲锋枪，用枪托猛地打到窗框上，"用自己的啤酒喝醉吧，妓女！"这次他没有发怒。后来他厌恶德国商人献媚的服务，甚至他们的作坊也让他厌恶。那些打扮漂亮的卖淫女，无论穿什么绫罗绸缎，反正都是妓女，甚至从她刚洗过的手里拿过的食物都让他厌恶。费奥多尔有时鄙弃德国的食物、甜点和白酒。

自从在母亲的来信中得知塔尼卡死亡的消息之后，某种深深的、萦绕不断的忧郁吞食了他。他现在话也不多说。周围的士兵再也听不到费奥多尔用普通的维亚特卡的讽刺语言给交谈者讲笑话，娱乐自己和他人。他甚至沉默不语地喝酒。显然，他在战场上很累，也变老了。只有不可避免的战斗才能激发他内心复仇的激情，他忘记了世上的一切。

前方就剩下最后的希特勒堡垒——柏林。

柏林战役之后的许多年，军事历史学家舒米洛夫，在一篇文章中与辩方辩论，他这样写道：

① 此句为德语。——译者注。

攻克柏林不仅仅是必需的，而且是不可避免的。

在办公室里进行研究的分析家可以推论，那个时候的柏林处在精力消耗的围困中，德意志帝国的首都自然要沦陷——因而成千上万个苏联兵士在通过基尔凯尔登的要冲中没有阵亡。这些无聊的战术家们在自己的理论里抛开当时的许多实际情况，把斯大林和大本营领袖们的个人素质提到第一位，或从人道主义原则的观点解释一切，这些原则对和平时期完全公正，而在残酷激烈的军事战斗中绝对的不合适。

甚至那个事实也是被疏漏的，极其残酷的希特勒本人几乎战斗在柏林战役的最后时刻，他完全丧失理智，卑鄙地出卖德意志民族。高谈阔论的智者们对苏联领导一边提出高要求，一边在德国领导面前屈服。他们一边要求斯大林明智，一边甚至不期望他的明智，提前让法西斯褐衫党徒的偶像们无条件地投降。但是斯大林，甚至朱可夫要经受最大的请求，斯大林，仿佛，历次显露了自己对人民的无情，朱可夫则显露了自己的仓促和虚荣心。

甚至最重要的事情被忘记：战争开始不是在柏林附近，也不是从柏林战役开始的，而是更早的很多战役。现在在放大镜下仔细地研究这个战役，寻找斯大林和军官们的漏洞。战争开始于布列斯特、基辅、明斯克附近。它持续到莫斯科、斯大林格勒和库尔斯克近郊……在列宁格勒、敖德萨近郊，在布达佩斯和维也纳近郊。柏林是长长四年流血链条上的最后的一环。任何“合理的”考虑，任何“围困”性质的进攻柏林，不能仅仅顺着这个长链条，而且这种性质是背叛、失败，是与法西斯的“和解”。

不能按照人的规则战胜野兽。整个高谈阔论的智慧瞬间消失，当狼扑向这种理智的主人和咬住他的大腿时……斯大林铁的意志和朱可夫的才能是战争最需要的实质。起初用任何代价驯服野兽，然后彻底勒死它。按照“野兽的、血腥的”规则驯服野兽是奇怪的，而且是戴着白手套厮杀。可以这样设想，甚至以理论为基础，但是任何时候也不能完成。

任何战争都具有自己的大众本能，这种本能不受因战争而放弃的陈旧的理智逻辑的支配。不是战略的考虑——不让盟军第一个进入柏林，也不是共产党与西方资产阶级的意识形态斗争，也不是其他的遥远的未来和前景，而是大众本能，首先——是胜利的大众本能！不是单独的开战，而是领导大家，包括斯大林、朱可夫、苏联军队和全国，在柏林战役时进行长久的残酷战争。那个大众本能——仅带相反符号——领导必遭灭亡的、被围困在最后棱堡里的德国部队，包括希特勒和整个希特勒上层领袖们。

苏联战士以热情洋溢和自我献身的精神全身心地投入战斗，去实现神圣的目标。德国防御忠诚地坚持到最后的死亡时刻。

历史学家舒米洛夫在刊物上申明，他早就将自己的军事中尉事业放弃，因为不仅某些智者对最后的战争时期而且对整个战争时期的研究结果，让他气愤。

就在1945年的四月，正在柏林战役进行过程中，进攻支队的指挥员、近卫军中尉舒米洛夫，有计划有步骤地记下了详细的日记，在他的日子里记载着：

在巨大的炮火发射之后，我们与坦克排一起冲进柏林的郊区街道。战斗非常激烈。德国鬼子疯狂地抵抗。每一个房子里的火箭炮手和步枪手向我们射击。希特勒分子可能出现在我们没有预测到的地方。他们从阁楼、地下室，甚至从下水管道口开枪。街道上设置了阻碍坦克的障碍物和堡垒。一些房子燃烧着。射击和轰隆声一分钟也没有停息。飞机时常从天上俯冲下来。

与我一起并排跑在坦克后面的是两个士兵扎维亚洛夫和罗莫夫。俩人都是有经验的战士。我总是信赖他们。离我们不远一枚炮弹突然爆炸。这些德国鬼子们在十字路口迅速推出大炮，对准我们的坦克开火。我们顺着一座灰色的大房子开始移动。但是前面手榴弹爆炸。我觉得，这是从二楼上扔出来的。我命令士兵扎维亚洛夫和罗莫夫检查这个房子的二楼。房子入口的门被筑垒堵住了。一层的窗户非常高。那时罗莫夫，高高的结实小伙子，扶着扎维亚洛夫登了上去。扎维亚洛夫抓着没有玻璃的窗框，开始往上爬。此时机关枪从下水管道口突然射击。扎维亚洛夫掉了下来。他的两个胳膊骨折。德国鬼子一下子钻到水道口。我向道口的盖子上投掷了一枚手榴弹。罗莫夫将扎维亚洛夫拖到拱门下，跑到街的另一端，去呼叫卫生指导员。正好这时拱门的楼板遭到德国大炮的炮击。水泥板倒塌下来。在水泥板里，就像神经系统一样，全是武器装备。所有的一切都沉没在灰尘中。当我与罗莫夫和卫生指导员一起跑到扎维亚洛夫跟前时，他还活着。

直接进攻柏林城市仅仅开始……

在舒米洛夫的日记里，详细地讲述了进攻柏林最初时刻之后的一系列事件，但是已经不再提到士兵扎维亚洛夫了。

五月初，春天的温暖令人精神焕发。几乎在一天里，树枝

就像商量好的，破壳发芽，长满了树叶。拉门斯克村和周围开始变得嫩绿。充满温暖阳光的大地到处生机勃勃。秋播耕地露出黑麦芽，而不久以前的无色和道路两旁的暗淡，被新鲜的绿地毯代替。大地母亲将黄色的火光散落在它之上。

在明媚的中午，仙鹤飞翔在蓝色天穹下。它们急速地飞向北方的家乡，飞向自己的鸟巢。拉门斯克村的人们感到眼睛刺疼，用手掌遮盖在额头前，观看排成一线颤动翅膀的鹤群回归。好像整个大自然，与全世界人的震惊无关，历经艰辛的道路走向和平欢愉的生活。

伊丽莎白·安德烈耶夫娜从自家的台阶上也观赏着难得见到的仙鹤飞翔。飞翔的翅膀将她带离了大地——这种感觉就是母亲的光明的希望。她不断地指望自己的希望，但是同时，就像憎恨倒霉，害怕信使杜妮亚出现在栅栏旁。心底善良的信使会将儿子最新的不幸消息带给伊丽莎白·安德烈耶夫娜。也许杜妮亚不应该将费奥多尔本人的任何来信交给她——让她忍受费奥多尔沉默的折磨——只要邮递员杜妮亚不来到她的家门口就行，虽然杜妮亚那里可能有公函。

有时伊丽莎白·安德烈耶夫娜想逃离拉门斯克村，偷偷地在父亲的守卫室里（安德烈老人去世后，守卫室就这样空着）躲避所有的人，长久地坐着，焦急地等着那个时刻，战争明显快结束，但是还无法预测她的损失。这就是她躲避人的意愿，首先就是躲避杜妮亚带来的信件，有时这让伊丽莎白·安德烈耶夫娜觉得自己被捆绑在“上路的”包袱里。

可是所有的事物有始有终，有悲有乐。终于胜利了！胜利不是突然的，也不是偶然的，而是为了不可避免的不成熟的痛苦的付出。取得功绩的时刻到来了。

“丽扎！你在家吗？”信使杜妮亚冲着扎维亚洛夫家敞开的窗户喊了一声。“战争结束了！宣布胜利了！……我们打扮一下，到村委会去。先是群众集会，然后全村子酒宴。”

伊丽莎白·安德烈耶夫娜在小窗户旁惊呆了，甚至什么也没再问一遍，也没有回应杜妮亚的消息。耳朵里只有庆贺的声音：“战争结束了！宣布胜利了！”兴高采烈的颤抖渗透到她的每个细胞。身体迸发出的高兴使伊丽莎白·安德烈耶夫娜不知道该拿什么，干什么。她想奔跑到街上，跑到人们面前：与同村人拥抱，爬在阿夫多季娅老巫婆的肩上大哭，一下子见到奥莉加。但是她想起邮递员说的第二句话：“打扮……全村子酒宴……”她从身上拿掉围裙、头巾。她洗完脸，用干净的毛巾擦拭，用梳子梳理好头发，把手伸到大箱子里去拿衣服。

在装东西的大箱子里，除了各种“破棉絮”之外，在箱子的最底部，存放着伊丽莎白·安德烈耶夫娜出门穿的连衣裙。整个战争期间她一次也没有穿，就等着现在的时刻。伊丽莎白·安德烈耶夫娜在箱子里挑选上衣，她担心：衣服会不会被蛾子毁坏了。连衣裙用绿色的毛料做成，它可不是一般的物品。高兴的是，连衣裙保存得非常好。质料还是如以前一样结实，看起来还是新的，衣领的透针缝里的针线没有断开。只是连衣裙因长时间的存放皱了。“应该把烧热的木炭当做熨斗——熨平。”伊丽莎白·安德烈耶夫娜匆忙回头看炉子，无意地发现小炉子旁自己的一双胶皮靴，她更忙乱起来：“要知道我还有一双鞋用于出门。我怎么就一下子没想到！”

就在这个箱子里的另一个角落，还有她很少穿的薄皮做的便鞋，是伊戈尔·尼古拉耶维奇给她缝制的礼物。伊丽莎白·安德烈耶夫娜拿出这双鞋，微笑着回忆命名日那天，丈夫制作了这双便鞋，当作“意外的礼物”送给她，清早，她就将这双鞋穿到自己的脚上。她把鞋拿到灯光下，仔细地看，此刻一团丝布从一只鞋里滑落，掉到地上。她害怕地抽搐了一下——只是现在回想起埋藏的宝物。伊丽莎白·安德烈耶夫娜放下便鞋，解开头巾结，小心地拿出遗传的戒指。她把戒指拿到阳光下，就像以前那次，惊异。钻石的内部光芒四射，透过多棱角放射出白色的光芒。

“按照习惯你应该把这个戒指赠送给塔尼卡作结婚礼物，”她记得父亲的嘱咐。因此她就将戒指保存在箱子里。“戒指理应给塔尼卡！”她说，一次也没有想把它卖给城市的收购商。它就放在鞋里，被遗忘了。现在，意外的戒指发光，闪着白色的光芒。塔尼卡不在了！她没有等到！伊丽莎白·安德烈耶夫娜把戒指紧紧地握在拳头里，以便不再看到。

最近几个月，她又感受到自己的内心被难熬的恐惧盲目地缠绕。胜利的消息瞬间传来，而从远方的德国传来的开具姓名的音讯还在路上。早早地庆祝。只有费奥多尔才能宣布它，而不是信使杜妮亚。

在扎维亚洛夫家里，听到沉重的箱子盖砰的一声。伊丽莎白·安德烈耶夫娜最后一个来参加拉门斯克村村委会的群众聚会。虽然她面带微笑，祝福，但是她却穿着日常的裙子，穿着一双胶皮靴。她整个人有点胆怯。

温暖的五月还在持续。炎热的六月即将到来，人们还在不断地翘首空等。

“费奥多尔在哪儿？伊丽莎白·安德烈耶夫娜，听到了什么？”达莉娅与丈夫马克西姆一起站在扎维亚洛夫家的栅栏旁，问道，“我们所有的男人有回来的，有回信的。只剩下他了。”

伊丽莎白·安德烈耶夫娜看着达莉娅那双狡黠的，带着遥远的回忆的碧绿色的眼睛，耸耸肩。她经常以这种关心折磨自己。但一切都是枉然、徒劳无益的折磨。达莉娅用快乐的声音打招呼，大概，她不想把悲伤驱赶到早先情人的母亲身上。达莉娅对费奥多尔的命运非常关心，但是没有对未来的自私的想法。达莉娅现在已经是有夫之妇，她挺着怀孕的大肚子；她漠视过去曾经历过的曲折的事情，漠视一切放肆的爱。

马克西姆插话：

“假如他被俘了，也应该有消息。也许从俘虏中被放了。据说，他们被送去检疫……等一等，费季卡会回来的。那些回来的人，还没有打到柏林附近。他们在比较近的地方作战。他不得不服役到底。”马克西姆早就可以正视自己被扎住的袖子，没有妒忌地对待达莉娅的过去，也不将费奥多尔视为自己的任何威胁。“战争结束了，服役还没有完。坚守岗位，运走武器。为此随着部队跑到哪里去了？费季卡在某个地方服役，升职了。”

伊丽莎白·安德烈耶夫娜想极力地相信马克西姆所说的有关服役的有道理的话。当他推断时，希望结果也是如此。她同意地对他的每一个道理点头。但是很快没有解决的问题又完全遮盖住了马克西姆的整个想法。“为什么不给他休假，假如他的服役期限还没完？突然又把他关到监狱里？也许，宽恕地欺骗？是的，大概，战争还在进行？只是主要的战争结束了。人们说，在报纸上报道了关于日本？”但内心整个的疑惑——很大的痛苦：“为什么费奥多尔一点消息都没有呢？” 当伊丽莎白·安德烈耶夫娜目视着现已是幸福夫妻的达莉亚和马克西姆离去，她非常担心。

过了一天。过了一个星期，又过了几个星期。费奥多尔没有任何音讯。但是没有——谢天谢地！——没有死亡的通知。

“突然给奥莉加邮递了消息？”伊丽莎白·安德烈耶夫娜弯着背锄菜园的草，决定立刻去找奥莉加。但是在菜园边，简单的理由让她站住了，她又返回锄草。假如奥莉加得到消息，她会自己疾奔到她这里！对她来说，奥莉加现在已不是外人！费奥多尔与奥莉加的爱情重新开始了（整个拉门斯克村的所有人都知道此事）。是的，可能，爱情还没有中止。对她来说，奥莉加已经是儿媳妇了！已经是半个亲人！啊呀，但愿不要用毒眼将事情看坏！

“天气炎热，”伊丽莎白·安德烈耶夫娜遇到村子边的奥莉加说，“我去拿刺柏，满身都是汗。太阳这样灼热。”

“我也觉得，四周干枯。沼泽地也干枯了。森林里的蚊子很多。昨晚上从森林的牧场过来——我被叮咬了。蚊子沾满整个脸。”奥莉加继续着琐事的谈话。

但是在日常生活的谈话、每一个叹息和目光、每一个动作的背后——两个人的共同关注只有一个：费奥多尔！他在哪里？为什么他不写信？发生了什么事？伊丽莎白·安德烈耶夫娜和奥莉加都不敢说起费奥多尔，圣神地保守着这个禁忌。似乎两个人商量好的：一旦说到他，就要一下子说个痛快。

“伐木场上的浆果盛开了。应该去摘草莓。”奥莉加陡然引开话题。

“只希望天气不要炎热。”伊丽莎白·安德烈耶夫娜说。

说过的话一下子就忘记了。两个人感觉到急不可耐的意愿，想回到森林和最近的伐木场，回到森林旁的通往山冈的路上。这条道路通往维亚特卡河，通往码头，从河岸的另一边坐上轮船可以到达河岸城市，从那个河岸城市的道路可以通往火车站；费奥多尔将沿着火车站无止境的铁轨返回故乡。

伊丽莎白·安德烈耶夫娜和奥莉加分手时，俩人偷偷地看了看，似乎担心说出各自的等待。山冈上发白的道路：突然，似乎出现——一个穿着制服的人……

伊丽莎白·安德烈耶夫娜与奥莉加见面之后，在茅草屋的长板凳上坐了好长时间，把一双手放在衣服的下摆上。她什么也不能做。农活没有重要性和任何意义。已经几个星期了，窗户里默默地亮着灯，送走了夏天。

在胜利节前，奥莉加一下子想到了费奥多尔。她顺从而坚定地接受了时代的悲剧。如果费奥多尔阵亡——也就是说，这是命运。她不会保存一滴眼泪和哭泣歌。但是现在，现在！——在这个和平的时期，——当为所有的亲人和熟人举杯悼念或者祝福时，仍在服役的拉门斯克村的小伙子们邮递回了各自服役的照片。现在的奥莉加不知劳累地过着每一天。费奥多尔没有消息是那样的可怕、神秘。他到底发生了什么事？他在哪里？一封信都没有回，消失得无影无踪。

费奥多尔的杳无音信有时让奥莉加处于极度的神经错乱。她找不到自己的位置。她手里的东西从手里滑落。她忘记做最一般的工作，或者同样的工作重复多次。她拉长细绳子，要凉晒洗干净的衣服，却又立刻把绳子收回来，缠成团；去喂鸡，却站在干草棚子里，不知往哪里走，没有走到鸡舍；抱着满满的洗衣盆返回到房子里；经常坐在那里发呆——等待着没有木炭的茶炊沸腾。

她的闺蜜丽达给奥莉加做出各种推测："他，也许，在那里找到了心上人？也许，找了个外国女人？波兰女人？"奥莉加敏感地嘲笑这些令人难受的推测，或者她干脆缄默不语。丽达诚心地共同感受着没有费奥多尔的杳无音信。他不仅是女朋友的恋人，也是阵亡的帕尼亚最亲密的同志。费奥多尔的返回向丽达预兆着某种自由：他会以帕尼亚的朋友资格，似乎能够解决她的另一个爱慕，恩准她重新获得爱情。在这件事情上丽达向奥莉加承认：

"费奥多尔返回后，我就交往另一个人。有点良心了。似乎我就是个风骚的女人。帕尼亚现在也可怜我了。但是我一辈子不再号哭他。费奥多尔回来，他会理解一切的。从他的角度看问题，他不会有任何指责。"

"啊呀，丽达！你在说什么？你又在胡想些什么。如果爱上了谁，尽管爱。费奥多尔不是兄弟，不是媒婆，也不是审判官。"

"你说得倒是对。但是最好还是等到他。"对纯洁爱情吹毛求疵的丽达说。

"谁也不敢对你的内心指责。难道你没有权利获得幸福？你应该获得！记得，忍受了多少饥饿，多少次冻死。难道忘记了，怎么扛着耙子吗？代替犍牛。别人怎能责备你！我们在这里休息不了。我本人，你记得，还申请到前线当卫生员……"

"你是我们这里勇敢的人。我不会想到这样的事……听着，奥莉。母亲从城里给我带来了衣料。白色的。啊，穿上它简直如参加婚礼……"丽达高高地仰起头，开始引吭高歌。歌曲是忧郁的，但是从她的嗓音里唱出的却是激情奔放、充满幻想的。奥莉加时而给她伴唱。

每天晚上，当漫长的缺乏信心的时刻降临之时，奥莉加从家里走到村子边。沿着小路经过沟壑，来到沟壑边的干草棚子旁，在那里她与维肯季亲吻，费奥多尔认为是下流的——哎呀！这是早已发生的事——奥莉加绕路。她长久地看着山冈，看着进入拉门斯克村的路。时而看着和倾听外面的世界，时而倾听自己的内心。她试图在自身找到答案，她感觉到费奥多尔，就像感觉到自己，说出他不回来的真相。她内心的恐惧和疑惑不断崛起，但是无可争辩的只有一个：费奥多尔不可能背叛她和抛弃她。

路过以前的对手达莉娅的家，达莉娅总好挑剔她，路过阿夫多季娅巫婆的家，她漫无目的地在路上徘徊，之后又站住，倾听一会儿。在街上的某个地方响起了手风琴。这是灰色眼睛的小伙子萨什卡学习拉双排式手风琴，琴声邀集了许多新的年轻人。现在已经不是丽达大胆的声音，而是某个少女开始的领唱。

别骂我，亲爱的妈妈，
你别严厉地骂。
你本人原来也是这样的——
回家晚。

草里的蛐蛐在叫。它叫啊叫——或许因习惯于无忧无虑，或许是某种召唤。如果仔细地倾听，那么会听到从森林处传来布谷鸟的声音。它在那里咕咕叫什么，叫了多久？——反正所有一切都是谎言。瞧那个在林中的夜莺已经叫完，把自己的嗓音的力气全部用完后躲藏到来年的春天。丁香花已经凋谢。以前从路边很容易辨认出盛开的白色花蕾，现在一串串的丁香花褪色成棕红色，慢慢凋谢。白色的花蕾开始干枯。

奥莉加哀求地看着山冈，看着消失在暮色中的大路。她低声说着什么。虽然每一次话语都是不同的，但是每一次都是同一个名字和同一个愿望。她融化在这个低语和这个愿望中，使自己狂怒……她温柔地迎接费奥多尔。她不再向人们隐瞒自己的感情。四年的分别之后，她将无语地走近费奥多尔——敞开一切、所有的都属于费奥多尔——她将用双手搂着他的脖子，依偎在他的身上，亲吻他的头发和制服。

霞光逐渐消失，火红的云彩升到地平线上。天黑了，大地渐渐静息。天空上星星闪烁。

奥莉加再次聚精会神地看着远处黑暗的道路，往自己家走。原来的沟壑小路，现在因露水而变得潮湿，她沉思着，漫步走着。“最后的火车已经经过维亚特卡走了。现在到明天早晨再没有火车了。但是白天有几辆火车。”

最后，杳无音信使奥莉加本人精疲力竭，她按照费奥多尔旧的前线地址写信给部队的指挥员。她把给费奥多尔的信和用大写字母的称呼“指挥员同志”的一页信装在信封里。

> 非常请求您：如果费奥多尔·伊戈里耶维奇·扎维亚洛夫在其他的地方服役，请找到他，转达我的信。或者请告诉我他的新地址。
>
> ……费奥多尔，我日日夜夜等着你。如果需要，一百年我将等你。只要你回信，写信。只要你回来。我等着你拥抱我……

医院外科主任，军医马雷舍夫大尉，视线离开摊在桌子上

的信，伸手拿了一包“卡兹别卡”烟。他用嘴吹烟斗嘴儿，点燃烟，忘记手里拿着的点燃的火柴，重新看着信纸。火柴提醒他指头被烧了。马雷舍夫猛地一抖。

“我等着你拥抱我，”他大声地读完，大大地吸了一口烟，低声地回答最后写的一句话，“不，可爱的姑娘，他已经不能拥抱你了。他没有什么可以拥抱你。”

马雷舍夫放下信，把它藏到自己的大褂口袋里，把没有吸完的烟熄灭在烟灰缸里，之后走出办公室。

病房坐落在明亮的长走廊的一侧，另一侧大窗户面向医院的小花园。马雷舍夫透过窗户，看到中央花坛中间斯大林的半身雕塑，以及离雕塑最近的长椅子。在这个长椅子上，不久前上校库利科夫开枪自杀，震惊了整个医院。最后上校实现了明目张胆打算干的和不能够拒绝的愿望。他用缴获的“瓦尔特”小手枪向太阳穴开枪自杀。虽然从警备司令部来了个侦查员，收集了证据，他在哪里得到的这个手枪，暂时还是个谜，找不到开启这个秘密的钥匙。其中有一个摆在明面上的一个说法：手枪是一个胆大的战友留给他的。在开枪自杀前不久，从库利科夫服役的航空大队来了一些军官，看望他。但是“瓦尔特”手枪可以通过其他渠道落到上校的手里：胜利之后不仅军人有武器，而且战争期间掠夺死伤人员财物的人、兵匪和粮食投机商都有武器，因此……而且，马雷舍夫大尉几乎没有想到这个。主要的是事实：上校库利科夫自杀。

库利科夫的歼击机被德国的高射炮击伤，他驾驶着受伤的飞机，成功地返回到机场，把飞机停在跑道上。在燃烧的飞机爆炸前几分钟内，人们将烧坏的、受伤的上校从驾驶室里拖出。

“反正我不想这样活着！”当库利科夫稍微康复，他一瘸一拐地走到镜子前，看到自己局部被解开的绷带，尖声叫喊着。

他震惊地一点一点从皮肤上撕下绷带，虽然他的身上留下了一半活皮。

“我的手枪在哪儿？大尉！我问您！我个人的武器在哪儿？如果您是胆小的人，那么我从来不是胆小鬼。我命令您：把武器还给我！我是一名骁勇的飞行员！我有这个权利！我以您的上级命令您！“上校在马雷舍夫面前发狂地喊叫，虽然他觉得这是喊叫，事实上他仅仅是声音不高的，吸引人地扯着嗓子说话。

听到怪罪他胆小的话，马雷舍夫很痛苦，但更痛苦的是，看到这个勇敢的人发疯，他的外表已经不像正常人的外表。他被火烧的变得丑陋，独眼，没有头发，没有耳朵，鼻子被割掉——在手术台上他的双目被包扎，他完全就是个被缝制、修补的人。军医默默地忍受着不幸的飞行员说给他的一些侮辱的话。军医希望，让时间这个主治医师不要改变他的内心，而是给他的心灵以力量，去影响和改变他；他还希望，上校渐渐习惯对待自己，抓住生活中某种持续的兴趣。

可这没有发生。上校似乎坚强和果断地计划好了自己的生活，在临死前的字条里他表现出的仍然是勇敢和坚强。他在报纸的一块边缘留下遗言：“反正我们胜利了！”难怪他在斯大林的石雕附近开枪自杀。

“自杀者是个神经非常脆弱的人。”马雷舍夫在上校的葬礼上无意中听到医院的木匠的话。

“他不是自杀者！”那时马雷舍夫转身对着他，低沉而严厉地说。

“不！他，当然，不是自杀者。”马雷舍夫默默地重复着，现在已经走到走廊上，“他只是留在那里，留在战场上。战争夺走的不是他的美丽，而是夺走了他，战争却永远存留下他的精神。从‘瓦尔特’射出的子弹仅仅是解决了要解决的东西。上校库利科夫死在德国的上空，把他带到这里已经不是为了生活……”在那件事情上，马雷舍夫看到自己的奇怪的思想：为什么他要给自己证明，已经有一次给自己证明过的？他试图还要证明和给谁解释上校库利科夫的事情？他是否要把那个不认识的姑娘的信寄回收件人？

马雷舍夫走到最后一个病房。病房坐落在走廊的最顶头，有最大的顺序号码，但是在医务工作者的日常生活中表面上称为“最后的”，完全是有另一个原因。病人在这里躺着进行“最后的阶段”的受伤、重伤和烧伤的治疗，活着或度过最艰难的日子。在飞行员库利科夫自杀之后，这里的病人只剩下三个。海军准尉叶若夫在这个世界里勉强地活了一小段时间。他的颌骨被打碎，需要通过小管子给他喂饭，更确切些，护士喂他，同时他的食道出现肿块。“喀秋莎”火箭炮的炮手泽列宁，脊椎受伤，做了两次手术，还在等下一次手术。可以把他拯救过来，但是他得平卧——一辈子就要以这样的姿势躺着。第三个人就是费奥多尔·扎维亚洛夫。他可以活很长。他的生命没有任何危险……

马雷舍夫走进病房，大声地问好。谁也不回应他激情的声音。叶若夫和泽列宁不能回应，而费奥多尔把头转向医生，用嘴唇作了无声的动作。他现在极少出声说话，只是在特别需要时才说话。马雷舍夫在床铺间走了走，不问病人的自我感觉如何（在这个病房里他从来不提这样的问题），而是说起不相干的：

“有点热……下场雷雨多好。雷雨之后空气怡人。”

他站在敞开的窗户旁。在窗外，一颗老榆树上长着许多豁口的宽大树叶，但树杆发黑且有结节。因炎热老榆树疲乏无力，但却用自己的树影拯救他人。马雷舍夫把双手扶在窗台上，站着，陷入沉思，他还是没有决定如何处理那封信。他坐在费奥多尔旁的凳子上。

“扎维亚洛夫，你家里谁在等着你？”他柔声地问。“谁是你的亲人和亲戚？”

“为什么您问这个？”费奥多尔不信任地斜眼看着他。

“战争结束了。我们和你迟早都要考虑回家。也许，亲人们在担心，在等待。”

“就让他们等着吧，”费奥多尔轻声地、不客气地对医生说着，把头扭到一边。

费奥多尔不想与马雷舍夫说话。他更不想让人追问他家里的情况，也不需要某种无结果的安慰和教导。费奥多尔以对抗的方式对待那些试图与他说话的每一个人。他感到羞愧，几乎生所有人的闷气：护士、医生、来自其他病房康复的战士，这些人有时顺便到这里串门。在自己人中间——这两个不幸的哑巴——叶若夫和泽列宁，他感觉自己相当平静和平等。他还把已故的库利科夫视为自己人。剩下的所有人都是外人。他不喜欢他们。他也不喜欢大尉马雷舍夫。但这个不喜欢是软弱无力的，因为费奥多尔也生自己的气，比生周围人的气更厉害，他还固执地不让他们靠近自己。但这又与周围的所有人有何相干？！与军医马雷舍夫何干？！他们无错，而是错在他、费奥多尔·扎维亚洛夫，他原来是个生命力极强的人，是不能被消灭的、渴望生存的人！德国鬼子没有想到，柏林房子的拱顶上的水泥板碎块摧毁的是他的双腿，而不是胸脯，这没有让他带着一双被子弹射透的胳膊彻底地死亡！德国鬼子也没有看到，瓦夏·罗莫夫是如何快速地将费奥多尔从堆积物下拖出来，卫生指导员如何有经验和动作迅速地将他搬上停在附近的十字路口的医疗卫生营的汽车上，很快将他送上手术台。费奥多尔虽然没有意识，但他还活着！

在医疗卫生营里，费奥多尔膝盖下的两条小腿被锯掉了。就在那个手术台上，后来沿着胳膊肘，医生又截断了他没有希望的被子弹击碎了的左胳膊。右胳膊最末端也被子弹损伤，外科医生马雷舍夫也做了截肢处理，已经在这里，在后送的医院里：他的整个右胳膊上的坏疽扩大了。

“将他肢解了，”马雷舍夫想，当切除了铿亮的变成褐色的肿胀的胳膊时，在胳膊上子弹受伤旁边有一块几乎看得清楚的青色文身。或许是太阳升起，或许是太阳落下。

“扎维亚洛夫，你应该给家乡写封信。你口述，护士写下。我本人也准备写这样的一封信，解释清一切。我需要你的同意。怎么样，你委托吗？”马雷舍夫问，已经不是一次地观察到他毫不留情的抵触。长着黑色硬毛的成年人的头枕在枕头上——戴着顽强的面具；被子下却是短小的，孩子似的，与成年人不成比例的短小躯体。

“不需要任何信。”费奥多尔低声地坚决回答。

马雷舍夫小心地把手伸到大褂口袋里，把信封塞得更深些，有意不让费奥多尔发现它，不要燃起怀疑和多余的恐惧。背着费奥多尔，医生什么也不打算做，未经病人的同意，不能给病人的家乡邮寄信件，但是将来信不退还……

“唉，可爱的姑娘！他甚至不敢正视我。不想听。你以为他会怎么！甚至你的信会让现在的他觉得——比刀子还疼……”马雷舍夫想着，因陷入长时间的停顿而感到尴尬。

“别发火，扎维亚洛夫，已经不能挑选其他的命运了。”马雷舍夫从凳子上起身，看看窗户外的老榆树。他现在想说很多。想说，他，扎维亚洛夫，是个男人和士兵——这个士兵出色地战

斗，获得奖章，在战场上无疑见识过各种人：被炮弹炸掉脑袋的士兵，无辜的孩子、妇女和老人的流血、死亡——应该明白一切，咬牙地挺住，坚强地活着。但是马雷舍夫没有说出这些有进取心的话。所有的讲话结果都是平庸的空话，只是证实了俄罗斯的俗语：饱汉不知饿汉饥。

“应该给护士们说，好让她们与他谈论家。让其中年龄大的女人，以母亲的方式谈话，”马雷舍夫打算这样做，他走出病房，口袋里的手触摸到枉然带来的信封。

医生走了。费奥多尔长久地、无缘无故地生军医的气，但更多的则是生自己的气。他为自己的丑陋感到羞愧。更确切些，这甚至不是羞愧，而是某种新的、内心深处的令人心灰意冷的感觉。这种感觉是从未体验过的、惹人生气的，以至于他整个人垂头丧气——现在，当他的生活发生急剧的，而且是永远的变化之时。

很早——显然，在许多年前——正当青春年华，上帝赋予他爱情和嫉妒之心。遥远——显然，已经这样的遥远——服刑期满，但这是以独特方式“圈在”劳改营的令人憎恶的期满。似乎战争还没有停息，轰鸣声不断，而机关枪的扫射和德国拱顶的横梁水泥块，将想象中的战争与真正的战争猛然地隔断了。

经过手术，费奥多尔似乎获得了重生。这一次他成为一个无法补救的残疾人，现在对他来说，就是沿着重新获得的生活开始独自走向狭小的道路——这个生活，甚至连只有一只手和几个手指的人都领悟不到。

费奥多尔用长于右胳膊的假肢撑着自己，伸长脖子，用牙咬住放在床旁边凳子上铝制杯子的边缘，慢慢地喝水，水流到下巴和胸上。在此他喝水的动作几乎是自如的。他甚至能艰难地坐着，于是身体常常定位地躺在床上。他似乎戴着无形的镣铐。剩下的整个生命力只能转给大脑。大脑是自由的，它承受费奥多尔个人的所有活动。大脑紧张地工作，并做了很多，它唤起回忆——意外的和断断续续的、持续的和极为有趣的回忆。回忆燃起了情感，费奥多尔时而充满爱的激情，时而充满憎恨，时而以内心的痛苦折磨自己，时而充满着平静的温顺。情感痛心地折磨着他，他出了一身冷汗，嗓子干燥，开始流泪。他的大脑疲乏，回忆消失，情感减退。费奥多尔在梦里神志不清，睡不踏实，好像有起伏荡漾的迷雾缠绕着他，使梦境暂时浑浊了现实。他正常的夜间睡觉被破坏，就像婴儿“颠倒”了白天和夜晚。

今夜，费奥多尔也尽情地享受着失眠。

月光照射在宽大的白色窗台上，盛着水的高长颈玻璃瓶的玻璃边棱泛着银光。玻璃瓶中的水如透明的冰。窗外无风。老榆树弯曲的、不动的影子穿过窗台折射在地板上，一些树影反射在墙上，一部分树影阻挡了射进窗户的月光。因这个月光和这个树影，病房里的夜晚显得更加安静。只是这种安静间或被海军准尉叶若夫睡梦的呻吟，或被泽列宁偶尔的鼾声打断。又是安静。一切安宁、寂静。这样的无止境！

现在费奥多尔想着那些在战争中遇见过的人。他们太多了！他们穿着磨损的军大衣，穿着弄脏的高靿皮靴，穿着晒褪色的制服，打着医疗绷带。对他们七颠八倒的回忆，集中在一个个接连不断的幻觉中，伴随着迫击炮的轰鸣声，时而是连发的射击声，时而是冲锋时野蛮的喊叫声和脏话声。在战场上遇见的这些人一一出现在费奥多尔的眼前，他们还保持着当时情况下的那个姿势。他的脑子较为清晰地回忆着他们。他们走着，跑着，挖战壕，抽烟，喝伏特加酒，中弹倒下。营长波德列利斯基手脚伸开，懒洋洋地坐在长板凳上，喝醉，打着嗝，但是立刻站在了观察所，严肃而“巨大”，他把望远镜放在眼睛上。列什卡·克罗托夫缝制着裤腿，然后笨拙地但非常迅速地奔向坦克的舱口，以便把燃烧液体的瓶子投进去。政治副营长雅科夫·伊利伊奇快乐地把武装皮带弄得咔嚓作响，他用指头敲击着自己的额头，然后大声吼叫冲锋，全身湿透地从冰冷的德涅伯河爬出来。扎哈尔乡党生起篝火，潜入谢列兹涅夫卡抓“舌头”，脑袋被射穿地躺在洁净的雪地上。驭手帕雷奇绷带下竖着一对红耳朵，坐在床铺上，赫里斯托福尔大笑不止……

显然，幻觉没有结束。这不是旷日持久的幻象。而是他现在的想象，他不能在健康的生活里设想，幻觉成为现在夜生活不可分割的部分。

这些熟人重新出现。他们发着光，好像手提灯笼的光，从长久的前线之地而来。好说梦话的大士克萨尔手拿步枪，指向射击场的靶子。中尉舒米洛夫在避弹所的小墙角里，往厚厚的便条本上记下“智慧的”东西。瓦夏·罗莫夫“认真地”把子弹塞到冲锋枪黑色的弹夹里。中校伊萨耶夫用大拇指转动打火机上的小齿轮。突然费奥多尔看见了自己。他坐在挖开的坟墓边上，头向后，仰向天空，听到从近处森林里传来的夜莺的叫声。人在世上可是多么的幸福！

费奥多尔抽搐了一下，害怕地从枕头上抬起头，清楚地看到结冰的长颈玻璃瓶镶着玻璃边缘，看到整个寂静的病房世界。他绝望地想向整个医院、整个陌生的城市、整个睡着的世界大声喊叫。

他努力喘了口气，把头伸向铝制的杯子——用牙咬住杯子的边缘，想用水浇灭燃烧的幻觉。哪怕短暂地躲避开它们——用夜里的宁静、月光、老榆树的影子遮挡这样刺激人的活生生的、特别强烈的幻觉。

当天空发亮，月光失去光泽，老榆树的影子散开，费奥多尔被长久的思绪折磨得疲惫不堪，他进入昏昏欲睡状态。他眼皮发沉，睡着了。但是睡梦没有让他休息和安宁。他梦见了白刃战。

又是同样荒芜的田野，在谢列兹涅夫卡郊区，同样稀少的秋天白桦树林。又是那个汗渍渍脖子上有斑点的红褐色头发的德国鬼子。德国鬼子扑向费奥多尔，费奥多尔倒在地上，刺刀刺向他的胸膛。但是刺刀没有刺中。狂怒的德国人两眼怒火中烧，突然用牙齿咬住费奥多尔的脖子。费奥多尔感觉不到疼，但是感觉到自己的脖子被咬伤，从伤口处流出股股热血。因流血费奥多尔整个人发软，无力。他不能动。德国人胜利地龇着咬人的牙齿，站起来，从自己的裤子上抖掉森林废物和尘土。他满足地笑着，将刺刀插入刀鞘。看来，他不想杀死费奥多尔。就让他痛苦着。然后德国人完全消失。费奥多尔孤零零地躺着。从咬伤的脖子处鲜血哗哗地流。流出的血越来越多，地上整整一洼血！费奥多尔越来越沉没在血泊里。手脚都不能移动。突然一个小鸟，带钩鸟嘴的鹞鹰，从天空俯冲下来，用尖利的爪子抓住费奥多尔的胸膛，闪烁着贪婪的眼睛，用鹰嘴刺入费奥多尔的肚子，剖开他的肚皮，抓起他的内脏，扯出他的肠子。费奥多尔没有感到疼，而是吓呆了。他想从胸脯上驱走和打掉鹞鹰，但他的双手黏在血泊里，就像黏在沼泽地的泥塘里——他喊叫起来，号叫起来。手脚在红色的泥塘里乱动起来——他也醒来了。梦的迷雾一下子散去。费奥多尔从梦的血泊里落入现实，落入医院病房、白色的床铺。

似乎觉得，噩梦结束——苏醒会高兴。不！噩梦现在才开始。

费奥多尔想抬起手，擦拭眼睛，用手掌抹擦出汗的额头。但是手没有了！他试着动了动腿，伸了伸，想象稍微活动一下两个脚。但是脚没有了！费奥多尔拉紧背上的肌肉，用力从枕头上抬起头，好亲眼看见：事实是否如此。费奥多尔确定自己已经没有手臂和腿脚，他无力地把头枕在枕头上，痛苦地闭上了眼睛。

现实渐渐地越来越清晰，他清楚地意识到，现在他的四肢永远被锯掉了。好像只剩下一个带着四个残肢的躯干。他成了半个人。

每次醒来，第一时刻，他或许还留有希望，或许是怀疑：可能，梦还没有结束。他——现实中还不是他，而是幻象的影子。或许理智地抓住这个希望，或许又怀疑，他猛地环顾自己。一下子确定，没有希望，没有怀疑，看到自己短小的身体躺在医院的床上。不，不是他人，正是他自己！费奥多尔·扎维亚洛夫！他，这个魔鬼的灵魂！他永久地成为这样的人。

费奥多尔无言地呻吟，眯着眼睛，牙齿咬得咯咯作响。他想倒回梦里，回到昏迷状态中。就让梦成为最残酷的，就让流血、痛苦，就让前线、监狱——不管什么在哪里，但是他——不是残废，不是躺着的丑八怪，而是人，能够奔跑、射击、打架、砍伐森林、挖墓、跑到厕所，没有他人的帮助可以排泄大小便。

他经常想抽烟。对此费奥多尔没告诉任何人，暗自用渴望抽烟残酷地折磨自己。只是他白白地刺激自己，费奥多尔想模仿扎哈尔抽烟，扎哈尔如何把芬芳的黄花烟丝卷成硬邦邦的“羊腿”烟，第一口烟是如何甜蜜地环绕着他的头。有时候费奥多尔抑制不住抽烟的欲望，他昏昏沉沉，竭力从床铺上起来，努力站起来，把脚伸到拖鞋里，一下子走到吸烟室，走到男人们那儿去——前线的兄弟们抽烟，他们不拒绝抽烟！但是床旁边没有拖鞋。如果他没有脚的话，为何要给他拖鞋呢？

在一次白天短暂的睡梦中，费奥多尔梦见了母亲。与几年前他在劳改营的单人禁闭室里，在死去的利亚马身边梦见的一模一样。好像怀孕的母亲坐在正房的长凳子上，坐在红角的圣像下，他与母亲并排，跪着。他紧贴母亲。母亲用温柔的手掌抚摸着他的头，轻声地给他讲述，怎样生下他，婴儿时他的脾性怎样。然后母亲提问题：“你知道，费季卡，人们为何在世间痛苦？”他急不可耐地等待母亲的回答。她回答说，但是母亲说的话，他一句也弄不明白。他竭尽全力地努力听清楚她，理解她的话。但是母亲不出声了，只有她的嘴唇无声地动着。这时这个梦被另一个声音打断，不是母亲的声音。这是护士用管子喂海军准尉叶若夫，劝说他：“再吃一点，可爱的人。忍着。应该……”短暂而重复的梦彻底消失了。

病房里闷热。窗外是六月炎热的中午。费奥多尔的脸上满是汗水。潮湿的头发黏在额头前——他精心地把褐色波浪形的一缕头发，梳到一边，打算参加晚会。那时他站在镜子前，穿着绣花的侧扣竖领，腰系流苏绳腰带，穿着锃亮的高勒皮靴，踩在塔尼卡洗干净的地板上……整个家里的正房呈现在费奥多尔的内心视野前。结实的桌子、宽大的长板凳、壁炉旁银质的茶炊、餐柜的绿色玻璃、母亲绣花布上精致的带罐子的姑娘。

费奥多尔全身被汗水浸透，但是他不想动，他从自己身上拿掉被子，拿走汗渍渍的枕套。他重新闭上眼，试图继续做梦。实实在在的梦没有了。但是在半迷糊中他还像以前那样似乎看见了家和母亲。

母亲从窗户望着盛开天竺花的红色花坛上方。当父亲到别的村子工作去时，她经常从窗户看街道两旁。她等待着丈夫的归来。现在她等的不是疲惫的、工作劳累的父亲，不是灵巧的塔尼卡——她在等待唯一的儿子费奥多尔。她等着，从窗户看着对面落日的太阳。最后，她唉声叹气，走到木桶前，拿起挂在上方的长柄勺，喝了点水桶里的水，可是几乎没有水——只在桶底有一点水。母亲拿着桶，从茅屋走向水井。

从井的卷筒上，链环晃动着被放了下去。水桶迅速地被放到下面，井口的深处。啪地一甩——卷筒停止了。链条微微摆动。桶打上了水。母亲抓住摇杆，以便将拉紧的链条转动到卷筒上。

“你好，丽扎韦塔[①]！”此刻阿夫多季娅巫婆站在篱笆旁，叫住她。

母亲转向她，点点头，打招呼。

“为什么你的儿子没有从战场上回来？”阿夫多季娅巫婆与她谈起话，问道：“用纸牌算卦了——一切都会顺利的。他活着。”

① 伊丽莎白的表小表爱之称。——译者注。

母亲整了整头巾，耸耸肩。不知道回答什么。她没有回答。

阿夫多季娅巫婆继续沿着街道走，母亲用力按摇杆。水从满满的桶里溅到井台。链条咯吱咯吱作响，又被紧紧地缠在卷筒上。

链条的响声就像从铁丝床的网眼里发出的咯吱声！这是海军准尉叶若夫疼痛发作时的颤抖。他翻动、呻吟。他的身体拒绝任何食物。每一次迫不得已的饮食，他都要忍受极度的痛苦。护士不怪罪他的痛苦，恳求道："忍一忍，可爱的人。忍忍。会过去的……"

很快护士走到泽列宁前，随后她开始喂费奥多尔。他一勺一勺喂食。他避开她的（年轻妇女的）眼睛，勉强地吞吃着热黍米粥，咽下护士手里送到他嘴里的一小块面包。

他近距离地看了几分钟护士的手、她的下巴、她的乳房和她的嘴唇。然后护士走出病房。费奥多尔仍然是不饱不饿，甚至记不得食物。听着叶若夫悲切的、令人心碎的呻吟，泽列宁断断续续的呕吐声，他恨不得把不可消灭的漂白的天花板钻个无底洞。而且，他被奥莉加无数次地折磨。

在医院漫长的日日夜夜，费奥多尔一次都没有梦见奥莉加。他心里恳求奥莉加本人，也在央求上帝，让她出现在他的梦幻里。没人理会他的祈求。奥莉加任性地不让他梦见。可是她的影像总是纠缠不已地萦绕着费奥多尔。有时，奥莉加的出现是绝对清晰的，似乎她出现在无数个对她的回忆中。她，如忠实的护士，坐在床边，静静地倾听他的表白。

"奥莉加。奥莉安卡。你是我亲爱的。结果却是这样的！我成为这样的人！没有手臂，没有腿脚，四肢都被截去——却活着。也许，因为某种特殊的罪过要对我进行这样的惩罚？要知道

飞行员库利科夫也是这样——为了不皱眉，你也不要看他。海军准尉也快完蛋了。还有那个小伙子泽列宁，一个带着折断脊椎的常住户。难道他们也做了许多错事吗？怎样才能理解一切，我亲爱的？……显然，这不是因罪过受到处罚，也不是因公正受到惩罚，那么还因什么受到惩罚？我只是不明白这个。似乎所有的人憎恶战争——这就是解释。但是解释非常的没有道理，难道战争本身就是这样的无道理和可憎？……飞行员库利科夫亲手开枪自杀，而在笔记里，据说，留下'反正我们胜利了！'他虽然解决了自己，却是以一个胜利者走了。如果我死了，我也是胜利者。现在我却不是胜利者。到我们这里来打仗的德国鬼子，我对他们现在恨得咬牙切齿。但是，要知道，对我来说，所有剩下的人都是外人。你明白，亲爱的奥莉安卡，人们不再需要我了，我与他们不平等。我用不着与他们一致，我羞于见到他们，不想与他们说话。我只有一个安慰，奥莉加—奥莉安卡，只想对你说出所有的真相……"

杜撰出的奥莉加从来没有给费奥多尔任何回信。他也不需要她的回信。他的兴奋在于她听到了。她坐在床旁，温柔地看着和听着。费奥多尔将所有想到的坦诚地讲述给这个奥莉加。

"奥莉安卡，大概，我想安排自己的生活！但是生活不总是像你想象和思考的那样度过。我希望活下去，回到你的身边……因萨韦利耶夫我不再怪罪你。愿他入土为安。我为自己的越轨行为付出全部的代价——坐牢、到惩戒营、被震伤。我带着一颗纯洁的心向往未来。我考虑与你结婚，好好地把一切安排好。"

此时费奥多尔沉默了。他的内心涌动着温柔的，甚至是欢快的感觉。他天真而神圣地满怀着他生命中本能有的东西。首先——就是与奥莉加约会。不一般的约会！瞧，她沿着普列什科夫宽谷奔向他（为何就是普列什科夫宽谷）。她裙子的下摆迎风摆动。头上的浅色三角头巾歪到了一边。她的脸上泛起红晕，嘴唇激动地颤抖。一双黑眼睛里闪烁着高兴的火焰。他从肩上扔下士兵背囊，也迎面奔跑过去。他们俩融合在一起，拥抱着原地转圈。他们气喘吁吁，互相亲吻，不能说出一句话。对他们来说，暂时不需要说话。因幸福的旋转他们俩人倒在草地上。他们之间没有障碍，没有距离。他们俩人紧紧地拥抱在一起，永久地在一起。现在他们彼此不再放弃。一切都与大家一样，他们举办了婚礼。就让全拉门斯克村尽情狂欢吧。他与奥莉加准备把自己的高兴分享给每一个人。在那些彼此相爱的人身上，善良是无极限的……他们将会有孩子。家庭里怎会没有孩子！两个、三个，哪怕是五个。

“头生子，如果是小子，应该起名为列什卡，为纪念战友。第二个——可以叫扎哈尔。他也是浴血的朋友。我给你，奥莉安卡，讲述他是什么样的男人。也讲述谢苗·沃洛霍夫。如果我作为完整的人回到家，我会讲给你很多的东西。现在结果是不死不活。我处在中间……”费奥多尔叹气，“你回头看，结果，我整个的生活也是处在中间。抛在爱情和嫉妒之间，处在村委会屋顶上的红旗和教堂的十字架之间，现在又处在生与死之间。中间的暴风雪总是吹得更有力。现在我感到沉重……虽然周围都是人，虽然没有战争，但我总是孤苦伶仃。只有你在我的身边，我亲爱的。”

费奥多尔杜撰出的奥莉加，她总是善解人意的，顺从一切的，赞同他的，甚至同意他糊涂的想法。她成为他本人的一部分，他命运的一部分。但是费奥多尔害怕世俗中的在拉门斯克村等他归来的奥莉加。他想驱赶开她。

当令人开心的杜撰消失，现实的状况残酷地出现之时，费奥多尔通过几千公里远——向真正的奥莉加喊叫：

“你别折磨我！也别折磨自己！走吧！你别与丑八怪待在一起。我不想扼杀你的生命。现在我有什么？任何怜悯都不够让你接受和忍耐我！走吧！永远地忘掉我吧！你不要撕碎了我的心，奥莉加！也不要撕碎你自己的心。我与你不再生活在一起。我祝你幸福，放下我吧……”

他坚定地知道，他不能再返回到真实的奥莉加那儿去了。他看到令人向往的难于接近的美人奥莉加，提醒自己的丑陋。她年轻，有结实的身体、高耸的乳房、黑眼睛、鲜艳的嘴唇和光滑的脸颊、吸引男人的目光——奥莉加将属于他人！他人将会拥抱、亲吻她，把她抱到床上，使她愉悦……而他，费奥多尔，截短了的半个人，落到用嫉妒折磨自己的地步。嫉妒这个凶恶的妖婆，永远地伴随着爱情，他已经受够了。现在他好一些，确切地说，就这样什么也不知道，什么也看不见——不见奥莉加，不想她！

他的心脏懊丧地咚咚跳着。怎么会是这样？还活着，活着！不要与她生活！没有她不能活……哪怕就是在以前那个时候，得到奥莉加，利用在伐木场的机会，“强奸”，就像达莉娅建议的。也许，现在容易忍耐。更容易，魔鬼的灵魂！

在混乱的回忆中，又闪现出劳改营的苏希宁大夫。费奥多尔没有忘记他的关于美的危害、彻底毁灭内心的爱情的连贯流畅的话语。“人活着自古以来就需要爱情，但是对爱情而言，不拥有爱情比拥有爱情的可能性更常见。年轻人，这样的矛盾就是人的毁灭。没有爱情的人总是自由些，豪放些。爱情就是围绕你的整个世界，就像小伤口，正在闭合……”费奥多尔疑惑地嘿嘿笑。

当然，谢尔盖·伊万诺维奇耍了点滑头。在劳改营里所有人都耍滑头，维护自己的个人私利：有人表现在行动上，有人表现在语言上。独眼的马特维说道："为遭遇的东西而斗争。人是有感觉的。都在为任何个人的行为寻找辩解的理由。做一件坏事，就会做许多坏事。"

可是，当只有心情好的时候，他才会回忆起苏希宁大夫。回忆之后，另一个事实摆在费奥多尔面前。要知道还不是奥莉加，她完全不存在，他甚至渴望以这样的残疾形象回到拉门斯克村，回到母亲那里。母亲就是母亲。在她面前他不害羞。无论他如何变化，母亲都会接纳他。"怎么办，妈妈？瞧，打仗了。去迎接吧，然后成为这样的人。"要知道拿奥莉加也万般无奈！内心怎么可能躲避开她！最好他的内心从没有这个奥莉加存在！最好不懂得任何爱情！他现在不仅不能全力地爱，而且连握拳抱怨的机会都没有！

他又看了看被子下的自己——非常惊讶，困惑不解。在那里，应该有手的地方——短小，在那里，应该有脚的地方——短小。费奥多尔蜷缩着被截短的身体，无声地哭泣。

12

过了几天，海军准尉叶若夫去世。他没有呻吟，没有在床铺上垂死挣扎。他毫无怨言地安静地走了。他那样的顺从……冬天的夜里，在劳改营的单人禁闭室里，伤残的匪首利亚马也是这样毫无怨言地安静地离世，当时他背靠着费奥多尔的背。现在，费奥多尔都感觉到了死亡的到来。他从自己的床上没有看到叶若夫

的脸，但是远在护士发现这个之前，他一下子就猜到了海军准尉的死亡。在病房的环境里某个东西不再有——显然，活人越来越少。

康复的前线战士们将死人从病房里送到停尸房。

“死人不太沉重。”

“他哪来的体重？不可能有。消耗干了。”

“可怜的人不用再受折磨了。”

“一切都听天由命。”

“他在彼岸世界，说不定，将会更好。上帝，原谅……”

费奥多尔观察着人们如何将死人用担架抬走，他突然悲伤地想起在劳改营的情形：不是高兴赋予某人生命，而是给予惩罚……

在医院无止境的思绪里，费奥多尔一次也没想讨好上帝。思考这个问题太沉重。某种东西还没有形成时，脑海中总是混乱的。但是没有这些思绪，他难以生活下去。也许，在这里面有某种道理？在世上哪个人不再痛苦，干净而无罪地走到彼岸世界？只是他很不走运：虽然小时候他被洗礼过，从来也不属于明显的不信神的人——敬重地看着拉门斯克村教堂的十字架——但是有真正信仰的人来迟了。他现在不能跪在圣像面前——没有膝盖，没有手划十字……

费奥多尔变得郁郁寡欢，内心忧郁起来。在这个忧郁里，人性的、凶恶的报复感又蠢蠢欲动。他不无理由地怀疑信仰。上帝软弱无力、意志薄弱、刁钻古怪，他这样地安排自己的俗世奴仆！为何杀害纯洁而虔诚的小妹塔尼卡？让虔诚的扎哈尔离开自己的孩子？把身为农民的库兹玛活活烧死？还有许多他遇到的无可挑剔的人，他们是没有罪过的人！在上帝的行为中就没有公正和秩序！瞧那个战争——难道不是证据？横尸遍野——比瘟疫更坏……公正和秩序在哪里？与真理有何关系？世俗上的恶魔比起上帝，更多地充当了主宰者。

费奥多尔眯着眼睛，紧闭双唇。他狂怒地完全否定上帝。世俗上没有任何上帝！这一切都是臆造。狗屁！世俗上没有上帝——也就是说，天上也没有上帝。人的生命就是苍蝇的生命，就如驼背的费普所说。而苍蝇有何种生命？短暂的、无条理的生命。上帝对它没有任何意义，也不可能对它有怜悯！

时间过去了——愤怒稍微减弱。费奥多尔害怕自己亵渎神的思想。而且如果他是用人的眼睛看世界，他能评论一切！上帝是用上帝的眼睛看一切。他，费奥多尔，用理性不理解这个，上帝则可以理解。合乎人的东西，也许，是上帝谴责的……费奥多尔为以前侮辱性的念头万分悔恨。可是在世俗中上帝的不公正仍然是不可扭曲的。没有它——公正！不，魔鬼的灵魂！

“不再受折磨……在彼岸世界……他更好。将会更好……在彼岸世界……”就像指针在留声机上转了一圈又一圈，费奥多尔长久地听到了抬送叶若夫的前线战士的话。

费奥多尔以为的阴间，是轻松的，甚至是供休息和招人喜欢的地方。如果在此岸，在世俗的人间，他顶撞和不信任上帝的权力，那么他谦逊而恭顺地信任阴间的公正。他完全毫不动摇地接受非人间的上帝。把自己全部奉献给他，对他充满着令人愉快而宁静的希望。当费奥多尔不断地思考彼岸生活时，平静和宽容降临到了他身上。

彼岸，只有在彼岸，当他的世俗期满，他离开有罪的世俗来到另一个住处，他即将高兴地见到家人和朋友，这是在此岸无法实现的见面。在彼岸他与父亲见面，直盯着他的眼睛，与他说

话："原谅我，爹爹"，他们俩拥抱；父亲心平气和地、亲密地用自己的胡子扎他的脸颊，他们之间不再有不和谐和争吵。在彼岸他遇见了塔尼卡。也许，认不出来——她长大了！塔尼卡闪烁着一对忠诚的眼睛，扑上去搂住他的脖子。他也紧紧地将她搂抱，这个消瘦的、轻飘的、最亲的妹妹。"哎呀，塔妞什卡[①]，我没有保护好你的小十字架。押送队的队长从我手里打掉了。可是你别惋惜。小十字架拯救过我的命。沃洛宁有点害怕开枪。在小十字架面前他迟疑了。你就另给我一个吧。现在已经是永久的小十字架。"在彼岸他同样见到了安德烈爷爷。他们谈论着什么，沉默了许久。安德烈爷爷一直无言地听着他的话，而且他已经不再是小学生来找爷爷。在彼岸等待与朋友们的见面——与帕尼亚在晚会一起跳舞跳到高潮，与列什卡・克罗托夫见面，灵活地攻击德国的"老虎"坦克，与扎哈尔乡党见面……还将有许多的人见面，世俗的命运将他们合并。一下子想不起来所有的人……

在彼岸，正是在彼岸，费奥多尔将获得最好的学习祈祷的机会。安娜奶奶在这方面会帮助他。他一定要学会祈祷！他将恳求光芒四射的上帝，让留在彼岸的人再不要出现在那个世俗上。但是他同时也在等待他们：人们死亡！耐心地、理智地等待，祈祷延迟带他们来到这里。剩下的人到彼岸来的时刻降临。谢苗・沃洛霍夫将不会在那里发犟脾气，而是善待一切。（也许，谢苗已经在那里？）拯救者瓦夏・罗莫夫也来了，"认真地"来了。（费奥多尔不知道，他已经死了。）

母亲来到了彼岸……那时他听清楚了她在重复的梦里、在圣像下说的话。在那里他也跪在母亲的面前，依偎在她的怀里，

① 塔尼卡的表爱之称。——译者注。

倾听她的每一句话。母亲抚摸着他的头，独一无二地称“费季卡”……手风琴手马克西姆也出现在那里，也许，他还想弹奏双排按钮式手风琴。达莉娅出现：快乐、绿色的眼睛。在彼岸达莉娅见到了自己的女儿卡奇卡。

但是费奥多尔更长地等待，同时祈祷时间延长，使他见到自己的奥莉加。要知道在彼岸他能够拥抱她，用手抱着，他为她准备好的许多话，可以完全说出来。在彼岸他们没有障碍，没有分离。

晶莹的泪珠沿着费奥多尔的太阳穴滚下，他因彼岸的永生欢欣鼓舞。

马雷舍夫多次探望病房。他又纠缠费奥多尔谈到家，他探问：“是否这样？”前几天，老的女卫生员也问过费奥多尔这样的问题，她柔声细语地劝导他，“亲人的、母亲的翅膀是最温暖的。”“他并非无因地打探，”费奥多尔想。

“您急着赶我出院回家吗?”他突然问马雷舍夫。

“你说什么，扎维亚洛夫！这，我们还是等一等。我想，你出院之后，把你送到疗养院。你不反对？”

“我无所谓，”费奥多尔冷淡地回答，“如果您让我出院，我不需要陪护的人。我自己会走到的。”

“我不怀疑，”马雷舍夫同意，“世界不是没有善人。”

这一次没有成功地获得内心的交流。马雷舍夫第二次拿着给费奥多尔的信，决定不转给他。“还不到让他接受这样的信的时

候，”他想着，仔细盯着费奥多尔更加消瘦和严肃的脸。马雷舍夫无疑是想到了有些可怕的情况：突然他自己也是这样——没有手臂和腿脚。他尝试着设想这个，但无法想象。靠理智去做这个。只明白一个，就是他站在扎维亚洛夫的位置，那么，他也会不着急出现在与自己和睦生活了十几年的妻子面前，不愿意永远把她变成女护士……“而这个姑娘还不是妻子，而是未婚妻，在等扎维亚洛夫！他与这个姑娘共同的家庭生活还没有开始。”

费奥多尔现在什么都不想。从马雷舍夫身上散发出很冲鼻而又好闻的烟味——就是这个可以让他兴奋。他自己几乎哀求道：“开开恩吧，大尉同志！让我抽根烟。想抽得要命！哪怕是抽烟头……”

此时，当他想说出这个朝思暮想的请求时，马雷舍夫从凳子上起身。他说还要到疗养院，走了。费奥多尔生气地目送他走了。

继续在医院治疗，或到疗养院，或回家——费奥多尔偶尔想过这个。他也偶尔想到给家里写信。因为某个奇怪的原因，他觉得，母亲知道他的一切，也了解他的一切。给奥莉加写信——又没什么可写。他在这里向她忏悔；她总是这样怀疑他……

费奥多尔不知不觉地、日复一日地、越来越少地思考未来，思考真实的世俗的日子，思考这些能够延长他命运、能把他的命运与亲人的命运编织在一起的日子。他大胆轻松而快慰地想着地球外的未来。这个超限的未来把现实的东西越来越多地排挤出。他就像那个安于全面阐释生活的龙钟老人一样站立着。他不思考，甚至也不怀疑，当人停止幻想尘世的明天时，人的生命也将结束。

14

费奥多尔一夜没睡。夜显得闷热。病房的窗户敞开着，但是，黑夜里的空气仍然是炎热干燥的，就像白天一样。

半夜，窗户外的老榆树微微摇晃起来。起风了。风没有减少闷热，但是能感觉到，哪里将要打雷。很快，从远方传来雷电的轰鸣声。天空上，在一线天边，费奥多尔看到了未来，在老榆树的树叶后面，厚厚的乌云里折射出粉红色的闪电。因这些强烈的闪光，昏暗的病房几乎摆动起来——短暂的夏天之夜中青白色的昏暗。

再没有什么可等待的了。费奥多尔微微抬起头，凝视着泽列宁。似乎，他睡着了。但是如果他没有睡着，不见得有人会打扰。泽列宁几乎无话，一动不动，他只能低声含糊地说些什么，或者用手指着什么，他的手失去了动作的协调。在任何情况下他都不会做出阻碍的响声。

费奥多尔侧过身子，头用力将枕头顶到一边，用牙齿从床垫下扯出铺得整齐的床单。费奥多尔的口水浸湿了床单边缘，他用牙撕扯床单，咬断接缝处。用残肢和肩膀按住床单，他开始用牙撕扯出一条结实的布条。床单变成合适的窄带子，但还是发出一些撕裂声。在深夜的病房里，布料撕扯的回声很响，很远都能听到。每一个撕扯之后，费奥多尔警觉地仔细地听了听，斜视着有网纹的毛玻璃门，“夜间”的光应邀地从走廊穿过这道门泻进来。走廊里没有脚步声。光从里面，不是值班护士的背影，散射到病房的地板上。暂时一切寂静。只有风在使劲儿惊扰着老榆树

有豁口的宽树叶。在风声响动之时，费奥多尔努力地撕扯着床单。

事情进展得很慢。费奥多尔的下颌骨疲乏，笨拙而忙乱地从身子下抽出床单。他浑身是汗，艰难地喘着气。

当布带子做好时，费奥多尔试验一些地方的拉力。他用截短的上臂按住一头拉到床铺前，另一头则用牙扯着，紧紧咬住。虽然布条是窄的，但是带接缝的。布带子正合适。要知道他的身子也不重——因为没有手和脚。

现在最困难的事降临：在布带子上打结。费奥多尔将布带子在肚子上来回滑动，弄得他满身是汗。他强忍着疼痛，把下巴埋到枕头里，用舌头和牙齿把一头穿到另一头。第一、第二次没有做成。带子歪了，结打的不是地方。费奥多尔重新弄直带子，用牙咬住，气喘吁吁，艰难地将布带打成结。

他这样执著地打结，以至于忽略观看昏暗的毛玻璃门后，在走廊光的背阴下出现的身影。护士突然走进病房。费奥多尔在床上忙乱起来，他用下巴和残肢把布带子全部扒拉到身下，他全身蜷缩，紧张而警觉地听着和看着。他的心脏咚咚地跳着，甚至心脏敲打着剩下的手臂和腿的最后手术缝合处。护士猜到，他没有睡：护士突然的出现让费奥多尔心跳加速。她走进他。

“扎维亚洛夫，您不舒服？”

“没有。”费奥多尔强忍地说出来，蜷缩得更厉害，似乎现在就要开始“搜查”。他更害怕的是，布带子的一端从床上耷拉下来，在护士面前露出马脚。

“您不热？需要我从您身上把被子去掉吗？或者给您拿杯凉水？”

“不。不用。我一切正常。”

护士在他的床旁站了一会儿，似乎在思考，或给他建议，或等待他的某种要求。然后，她走近泽列宁，俯下身，看了看，慢慢地朝走廊方向走去。护士的身影消失在毛玻璃门后。费奥多尔松了一口气，继续打结，枕套被脸上流下的汗水浸透了。

很快结打好了。现在剩下的就是把另一头没有固定的布带子紧紧地绑在靠背的铁横梁上。他想着，计算好捆绑的长度，不要将活结过分地耷拉到地板上，别让令人遗憾的错误毁掉所有做过的事情。一切都是经过斟酌和彻底决定好的。

从结扣到横梁也还要折腾一番。费奥多尔现在开始更加谨慎地行动，总是斜眼看着长方形的玻璃门。然后他再一次地确认一切是否结实：布带子的长度和捆绑是否牢固，为了保险，他把结扣的结又拉紧了一些。

当一切安排就绪，当感觉到脖子喉结处被口水稍微浸湿了的有点零乱的绳套时，费奥多尔仰面躺下，深深地呼吸。

此时窗外的风停息了。老榆树上的树叶无声地悬挂在夜色中。将临的清晨的霞光纤细的几乎能扑捉到地上掠过的树叶。雷雨还是没有来。看来，雷雨下到别的地方去了。远处雷电轰鸣声消失了。云彩里的闪电熄灭了。

现在，当临近死——不，不是死亡，不是完全的消失和腐烂，而只是世俗道路和痛苦的终结——费奥多尔想静静地思考最重要的事。他的生命由何构成？难道枉然地走完了无忧无虑的青春时代，忍受过劳改营饥饿和伤脑筋的许多事，经历过战争的长时间流血，最后结束残疾的短暂折磨？他的生命有何意义？也许，意义就在于，经历痛苦的道路，才能永远将人世间的疼痛从世界上带走？为了其他人永不再经历疼痛？最好就将这个人类的疼痛更多地承担起来，把更多的光明留给人们！也许，离开和失去这个疼痛的世界，他为某个人腾出位置，这个人也得经历痛苦

的道路？

费奥多尔不是用语言思考这一切，语言总是可以被理解的。他用感觉猜出所有未解决问题的含义。而现在已经没有时间做这个了。现在需要快一点。可能，护士又要开始巡视病房，到这里探察。

他给自己拟定了大约三分钟，需要与剩下活着的人告别。费奥多尔心里想对母亲说："请原谅，妈妈。我在你的面前有罪。我许诺要回家，我欺骗了你。我已经回不去了……"他心里想拥抱奥莉加，在这里，在人间拥抱完美无比的她。但是他渴望等到她……他要将自己的面颊紧紧地贴在她的脸上，看着她那对永远熟悉的眼睛，他要竭尽全力地微笑。透过滚动的眼泪，透过令人哽噎的痛苦，他轻声地对她道别："我们还要见面。我们一定会见面。奥莉安卡。现在我等你的时间到了。我将等待。哪怕等一百年……"

然后费奥多尔微微抬起头，他现在想大声地说什么——不管是谁，哪怕是睡着的泽列宁；只是说些喜爱的话和听到自己的声音。

"睡吧……睡吧，小兄弟。你是我们这里真正的胜利者。"费奥多尔对没有回应的泽列宁说。

预定的时间，似乎，已经流逝。它飞逝得那么快，就像他的整个短暂的生命——生命快速地渗透到日日夜夜，他没有清醒过来，与许多人亲近和分离。现在他们所有的人都成为他最亲近和理解的人，就像遮住眼睛玩捉迷藏，突然摔倒，所有人都清楚地看见……

费奥多尔喘了口气，爬到床的边缘。现在在黑暗中只剩下撞击自己小的不堪再用的身体。他倒在地上。做最后的努力——一切就完了！

他猛地冲向前并感觉到，脖子上的结扣变紧，扎入皮肤。但是他还没有掉到地上——只是陷入无止境的黑暗边缘。他又往前冲——开始越来越近……他全身因拉力颤抖，贪婪而频繁地用嘴吸入最后一口气。他的目光在闪烁。

最后他打了个趔趄，倒在床边。声音嘶哑地说：

“嗨，魔鬼的灵魂！” 当没有回头路时，他已经不努力回到原先的状态。身体挂在黑暗一边，渐渐滑落到黑暗处。

此刻费奥多尔的整个生命照射出难以表达的亮光，瞬间渗透到他的意识里。他突然明白，人类的迟钝和卑鄙是什么含义，人类让他失去手臂和腿脚，失去家庭和孩子，把他的头塞到结扣里。他突然看见了人类爱情丑陋的、兽性的一面，爱情能够夺走自由，在心里引起恐惧和痛苦。但同时费奥多尔充满着对留下来的人们一种竭尽全力的爱和同情。他已经不是用理智，而是用全部受难的心灵宽容世俗的不公正，以及包罗万象的平等的上帝的爱，接受迟来的信仰。

在这最后的时刻，他为自己开启了最重要的东西。那就是，似乎，上帝会给予每个人，而且只在临死前有意识的瞬间给予人。

亮光只存在了短暂的一瞬间。结扣很紧，费奥多尔急速而不可挽回地下落。没有一线光明的深渊在他面前逐渐在扩展。他以疯狂的地球外的速度落到深渊。虽然他下落，但是烧尽的意识的火星，似乎就是无限空间里迎面而来的星星，将他升向高处。他，如同童话中在火中融化的雪姑娘，升向云朵，在暂时还是乌黑的不清楚的云层中，有他的存在。

费奥多尔已经到了很远的地方，超越了万物，此时某个绝望

的喊声追逐着他。喊声无济于事。已经没有什么东西能够将费奥多尔从这个被忘却的、对他来说难堪的世界里带出来。

值班护士再一次探察“最后的”病房。没有手臂和腿脚的残疾士兵不在床上。蓬乱的被子，滑落在枕头边的揉成团的床单——人没了。护士吓呆了。然后恐惧地绕着床走，看到了上吊的人，她大声喊叫起来。这个没有希望的喊声冲着费奥多尔飞去。

第二天早晨，医院的木匠为死者钉做了一口短小的，几乎是儿童的棺材，之后去给马雷舍夫大尉汇报，葬礼的一切已准备好。马雷舍夫心不在焉地听完他的汇报，嘱咐邀请隔壁病房坚强的前线士兵们参加葬礼。木匠问：“军医自己也去参加葬礼吗？”——他生硬地回答：

“为什么要问？当然，我要去！”

然后马雷舍夫长久地在办公室里踱步，机械地抽起烟，机械地把没有抽完的烟灭在烟灰缸里。他最终还是没有将姑娘的信交给死者！（军医把“自杀者”一词从扎维亚洛夫身上赶走——也像从库利科夫上校身上赶走一样。）

马雷舍夫多次坐在桌子旁，想给这个不认识的姑娘写信。他试图选择最合适的语句，给她解释，但是他做不到。他觉得，姑娘不会相信任何语句，她想亲自来这里，好确认……

午后，棺材被装到载货用的大车上，马雷舍夫大尉和几个医院的士兵步行伴随，他们把棺材运到军人墓地。把费奥多尔与飞行员库利科夫并排埋在一起，他的隔壁还有海军准尉叶若夫。在墓地上他没有说出任何话语。所有的人默默地站着，然后向后转身。

费奥多尔的证件——红军部队证书和党员证——很快发给相关的机关，以便“注销”。扎维亚洛夫士兵的个人档案存放在军事档案库，放在一大捆档案里。对扎维亚洛夫葬礼解释为“因病”死亡。费奥多尔战时珍藏和随身携带的奖章——“红星”奖章、“光荣”奖章和两枚“为了英勇”铜质奖章，以及信件，都转寄给维亚特卡家乡拉门斯克村他的母亲伊丽莎白·安德烈耶夫娜。就在那个捆扎的信件里有马雷舍夫后来写给奥莉加姑娘的一封信。

费奥多尔·扎维亚洛夫在人世间不再存在。

……从葬礼回来之后，马雷舍夫安排了小型的追悼会。那些前来埋葬扎维亚洛夫的人们集聚在医院食堂的长桌子旁。在每个人面前，放着一盘汤和盛了半杯伏特加酒的杯子。其中一个杯子放在桌子中间，杯子上面放着一块黑麦面包。中年女卫生员带来了细细的蜡烛，点燃后把它放到原封不动的杯子旁一个空的小玻璃瓶里，随后她在自己身上细碎地划着十字。

马雷舍夫扫视了一眼前线战士们，从桌子旁站起来。其他所有的人挪开凳子，也站起来。大家各自拿着杯子，站着默哀。在共同悼念的酒宴中，其中有人看着盛汤的盘子，有人看着燃烧的蜡烛，有人看着那一块黑面包。

“一切都不应该是这样的。更确切些，我想，我们不应该成为这样。”马雷舍夫混乱地说起话，显然，他的话没有指向性。然后，他沉默不语，看着杯子里的伏特加。“扎维亚洛夫死了。他非常热爱生活。他不能不好地生活。这仅显示，当死亡早于期

满——意味着他无意生活。事实上，当所有的人都这样死亡时，这就是极大地期望活着。很好地生活！”

马雷舍夫喝完伏特加酒。其他人接着也喝完酒。大家小心地拉近凳子，又坐到桌子旁。马雷舍夫偷偷地观察了这些聚集悼念的人们。他们爱惜地伸出一双粗糙的手，去够黑麦面包，拿起勺子，俯身喝着盘子里的汤。他们默默地、不停地、津津有味地吃着。

尾 声

从那个时候起，从1945年夏天起，许许多多的云朵飘浮在维亚特卡河上空，向拉门斯克村方向游动。冬天，云朵似乎一个一个地凝固，汇集为一大块乌云，而春天和夏天——在阳光下它们洁白、鲜亮——它们独自游荡着……它们倒影在宁静的平缓的河流中，又离开，以便高高地、不声不响地重新出现在这里。

在时代的河流中，许多声音静息，许多人消失，那些与费奥多尔曾经一起生活和一起战斗的人们也消失了。新的一代休养生息，加快了生活的步伐，有时在日常琐事中，他们的贪婪引起新的风波，做了卑鄙下流的事情，他们不记得过去，忘记了最使人悲痛的俄罗斯问题："一切为了什么？"某个时候也会轮到他们消失在时代的河流中……

在费奥多尔的墓地上早就长出了一朵金合欢，它壮大起来，已经变老了。每年春天，金合欢盛开，它细小的黄色花朵掉落在石板上。这完全不是费奥多尔喜欢的丁香花。费奥多尔喜欢白色的、闪闪发光的丁香花——鲜亮的云朵颜色、连衣裙的颜色，这些都是未婚妻们穿的。这样的丁香花在拉门斯克村只在一家门前生长。只有一个丁香花——就开遍了全村。

不久前，在那个房子里，老太婆奥莉加死了。许多人认为，她是士兵的遗孀，她结婚了。其实，她从来没有嫁人。战后，奥莉加一直试图离开拉门斯克村，到新的地方工作，如果成功离开的话，她还可以去组建家庭。但是，她最终没这样做。奥莉加只是多次离开家乡，为了到费奥多尔的墓地去。最后几年，奥莉加非常虔诚。虽然她很少到教堂去，但在自己家里的圣像前祈祷。早在去世之前，奥莉加就为自己准备好了嫁妆。奥莉加嘱咐邻居们，一切要按照她的吩咐完成，在埋葬她的时候，给她穿上鲜艳亮丽的新娘连衣裙。